BASTEI
LÜBBE

Über die Autorin:

Susanne Kraus (geboren 1966) studierte Osteuropäische Geschichte, Französische Philologie und Slawistik. Anschließend war sie in der Presse- und Öffentlichkeitsarbeit tätig, unter anderem in einer diakonischen Einrichtung für Menschen mit geistiger Behinderung und in der Pressestelle der Stadtverwaltung Kaiserslautern. 2004 wechselte sie zur Stadtbibliothek Kaiserslautern. »Der Knochenpoet« ist der erste historische Roman von Susanne Kraus; die Fortsetzung ist bereits in Arbeit.

SUSANNE KRAUS

DER KNOCHEN POET

HISTORISCHER ROMAN

BASTEI LÜBBE

BASTEI LÜBBE TASCHENBUCH
Band 15316

1. Auflage: Mai 2005

Vollständige Taschenbuchausgabe

Bastei Lübbe Taschenbücher in
der Verlagsgruppe Lübbe

Dieses Werk wurde vermittelt durch die Literarische Agentur
Thomas Schlück GmbH, 30827 Garbsen
Umschlaggestaltung: Bianca Sebastian
Titelbild: Artothek
Satz: hanseatenSatz-bremen, Bremen
Druck und Verarbeitung: AIT Trondheim
Printed in Norway
ISBN 3-404-15316-2

Sie finden uns im Internet unter
www.luebbe.de

Der Preis dieses Bandes versteht sich einschließlich
der gesetzlichen Mehrwertsteuer.

»DIE EHRE DES KÖNIGS LIEBT DAS GERICHT.«

Inschrift auf der Reichskrone

PROLOG

Als ich noch ein junges Mädchen war, das gerade lesen und schreiben gelernt hatte, fragte ich einmal meine Großmutter, wer über die meiste Macht in der Welt verfüge.

Sie ließ die Näharbeit sinken. »Denk nach!«, forderte sie mich auf.

Ratlos knetete ich meine Hände. »Der Papst?«, schlug ich unsicher vor. Man erzählte sich, dass er in einem weitläufigen Palast voller Gold und Edelsteine wohne.

Großmutter schüttelte den Kopf.

»Der König?«, wagte ich den nächsten Versuch. Er besaß schrecklich viele Pfalzen, die kostbar ausgestattet waren. Jedermann sank tief in den Staub, wenn er sich näherte.

Erneut schüttelte Großmutter den Kopf.

Nun wusste ich nicht mehr weiter. Wer konnte denn noch mächtiger sein als Papst und König?

Bedächtig nahm Großmutter ihre Näharbeit wieder auf. »Es gibt Menschen, die mit ihren Händen über Leben und Tod gebieten.«

Ich verstand. »Die Ritter mit ihren riesigen Schwertern sind es!«

»O nein, Rotrud. Die mächtigsten Menschen der Welt haben zarte Hände, aber niemand kann sich der Kraft, die in ihnen steckt, entziehen. Sie herrschen über unsere Seelen, läutern oder verderben sie, bannen und lösen. Sie bringen uns unsägliches Glück und tiefsten Schmerz.«

Großmutter senkte ihre Stimme. »Und wenn unser letzter Atemzug naht, dann kommen sie, uns zu holen. Mit Flöten und Fiedeln bringen sie die Sterbenden zum Tanzen, erst sanft, dann immer wilder, links herum im Kreis, bis sich alles dreht und sie ihnen willenlos ins Jenseits folgen.«

Ihre Stimme war nur noch ein Wispern, hauchzart wie der Flügelschlag eines Schmetterlings. »Aber unter ihnen sind auch einige, die uns das Leben zurückbringen können. Mit ihren schmeichelnden Stimmen entreißen sie dem Tod die unglücklichen Seelen, die er schon in seinen Klauen hatte.«

Ich hob die Hände. »Großmutter, wer sind diese mächtigen Menschen?«

Ihre grünen Augen leuchteten. »Man nennt sie Spielleute.«

Lautern, im Mai 1158

1. TAG

Wache auf, werde wach, mir Recht zu schaffen und meine Sache zu führen, mein Gott und Herr!

Psalm 35

Der französische Schnitt meines neuen Obergewandes war gewagt, fast schon unanständig. Selbst in der Einsamkeit meiner Kemenate errötete ich vor Scham, als ich zur Anprobe in das laubgrüne Leinenkleid schlüpfte, das ich nach der Beschreibung eines reisenden Händlers angefertigt hatte. »Seid versichert, diese Gewandung verwandelt jede noch so langweilige Jungfer in eine aufregende Frau. Kein Mann wird Euren Reizen widerstehen können.« Der Händler wusste, welche Argumente beim weiblichen Geschlecht verfingen. Ohne zu zögern, hatte ich ihm den Stoff abgekauft.

Ich schnappte nach Luft, als ich die seitlichen Schnürungen des Oberteils straff zusammenzog. Wie ein eingewickeltes Bündel kam ich mir vor. Kritisch beäugte ich meine ungewohnte Aufmachung – und erschrak. Bis zu den Hüften zeichnete der enge Schnitt meine Rundungen so unbarmherzig nach, dass jeder sehen konnte, was die weiten Gewänder bisher gnädig verdeckt hatten: Meine Figur war entschieden zu ausladend.

Von hoch gewachsenen, schlanken Damen schwärmten die Minnesänger in ihren Liedern. Kleine, füllige Frauen wie ich wurden hingegen nie besungen.

Was der französische Schnitt dem Oberkörper an Stoff versagte, wurde den Flügelärmeln allzu großzügig zugestanden. Knapp über dem Ellbogen liefen sie in zwei riesige trichterförmige Öffnungen aus, die bis auf den Boden herabwallten. Wie schwere Säcke lasteten sie auf meinen Unterarmen. Beim Reiten würde ich mich mit diesen Ungetümen gewiss in den Zügeln verheddern.

Missmutig zupfte ich den viel zu langen Rock zurecht, der meine Beine in üppigen Falten umbauschte. Sein Saum lauerte begierig darauf, allen Schmutz und Staub der Straßen aufzusaugen. Bereits jetzt hatten sich einige der Binsen, die den Fußboden bedeckten, darin verfangen.

Ich musste mehrere Versuche unternehmen, bis ich es endlich geschafft hatte, den Stoffgürtel so um Taille und Hüften zu schlingen, dass der Knoten direkt über dem Schritt hing. Diese höchst verführerische Trageweise hatten die Französinnen erfunden.

Als ich an mir hinuntersah, fielen mir die Ermahnungen unseres Pfarrers wieder ein. Eitelkeit war eine Todsünde, vor allem bei Frauen. »Der aufreizende Putz der Weibsleute schürt die Sinnenlust und gefährdet das Seelenheil der Männer«, schleuderte uns der Geistliche Sonntag für Sonntag in seiner Predigt entgegen.

Ich jedenfalls hatte bislang keinen Mann auch nur in die Nähe des Fegefeuers gebracht. Mir war zwar die ewige Seligkeit des Himmelreiches sicher, nicht jedoch das irdische Glück des Ehebetts. Denn wenn man von Natur aus so wenig anziehend war wie ich, fing man sich mit Sittsamkeit alleine keinen Gatten ein, zumal die meisten Kerle besser gucken als denken können. Das Leben hatte mich gelehrt, dass Männer Frauen bevorzugten, die das Hirn eines Regenwurms, die Gefügigkeit eines Lämmchens und die Schönheit eines Pfaus in sich vereinigten. Ich hingegen besaß die Sturheit eines Esels und die Attraktivität eines Suppenhuhns. Immerhin war ich mit der

Klugheit einer Eule ausgestattet, manchmal eine recht nützliche Eigenschaft, auch wenn sie bei den Männern erfahrungsgemäß auf wenig Begeisterung stieß.

Es wunderte mich daher nicht, dass bisher niemand um meine Hand angehalten hatte. Doch je älter ich wurde, desto mehr sanken meine ohnehin schon geringen Chancen. Mit meinen achtzehn Lenzen wurde es allerhöchste Zeit, dem Glück auf die Sprünge zu helfen – notfalls auch mit einem unsittlichen Putz.

Die Binsen knisterten leise unter meinen Füßen, als ich an das kleine, rechteckige Fenster trat. Ich lockerte die Schnüre des neuen Gewandes, das der Händler hochtrabend »Bliaut« genannt hatte, und atmete die seidenweiche Frühlingsluft ein. Tief unter mir breitete sich endloser Wald aus, ein grün-braun schillerndes Meer, aus dem sich unsere winzige Burg wie eine steinerne Insel erhob. Ein schöner Anblick, aber ich hatte lieber Menschen als Bäume um mich.

Unsere Burgbesatzung umfasste gerade mal neun Köpfe, von denen ich mittlerweile jedes einzelne Haar kannte. Im Sommer kamen wenigstens ab und an Reisende vorbei. Aber im Winter fielen höchstens noch der Lautrer Schultheiß und sein ungehobelter Bruder bei uns ein.

Sehnsüchtig betrachtete ich die Straße, die sich durch den Wald schlängelte und vom Trifels Richtung Donnersberg führte. Ein ganzes Stück weiter nördlich – leider außerhalb meiner Sichtweite – kreuzte sie die Fernstraße, die Lothringen und das Rheinland verband.

Oftmals stand ich hier am Fenster und spielte mit dem Gedanken, meine Habseligkeiten zu packen und einfach loszuziehen. Was hatte ich denn schon von meinem Leben? Nichts als schuften, von morgens bis abends! Seit Mutter bei der Geburt meines Bruders gestorben war, hatte Vater kein einziges Mal mehr gelacht. Und weil er keinen Frohsinn mehr ertrug, gönnte er auch mir kein Vergnügen.

Wenn ich einmal im Monat den Lautrer Markt aufsuchte, kam mir das schon wie ein kleines Abenteuer vor – auch wenn der Ritt gerade mal so lange dauerte, wie eine Kohlsuppe benötigt, um gar zu werden.

Dann stand ich manchmal kurz davor, einfach nicht mehr auf die Burg zurückzukehren und sie alle sitzen zu lassen: meinen griesgrämigen Vater, die faule Magd Elsbeth, die beiden mürrischen Burgmannen Ludwig und Gero und den schweigsamen Schmied Hermann, der nie mehr als zehn Worte hintereinander von sich gab. Nur sein Eheweib, die gutmütige Köchin Gertrud, ihr kleines Töchterchen Agnes und natürlich meinen Bruder würde ich vermissen.

Doch leider war es als Frau so gut wie unmöglich, sich alleine durchzuschlagen. Binnen weniger Tage würde ich, vergewaltigt und ausgeraubt, am Straßenrand enden. Blieb nur die Heirat als einzige Lösung.

Vielleicht würde es jetzt endlich glücken. Auf der Fernstraße drängten sich heute ausnahmsweise die Menschen: Kaufleute, Bauern, Adelige, Spielleute, Bettler, Damen von der anrüchigen Zunft – alles, was sich auf zwei Beinen bewegen konnte, strebte nach Lautern.

Morgen war der große Tag. Zum ersten Mal würde Barbarossa seine neue prächtige Pfalz aufsuchen. Und jeder wollte Gewinn aus dem Aufenthalt des Kaisers schlagen.

Auch ich würde diesen Tag nicht ungenutzt lassen. Seit Wochen hatte ich mir einen Plan zurechtgelegt. Mit dem Bliaut wollte ich mich für den Festschmaus herausputzen, zu dem Kaiser Friedrich alle Würdenträger aus der Gegend um Lautern eingeladen hatte. Der Herrscher brachte sein ganzes Gefolge mit, das aus mehreren Hundert Personen bestand. Darunter musste doch wenigstens ein Mann sein, dem ich gefallen würde! Ich stellte auch keine hohen Ansprüche an meinen zukünftigen Gatten. Da ich nicht so bezaubernd war wie

Aphrodite, musste er auch kein Apollo sein. Vielleicht hatte ich ausnahmsweise Glück, und der Marschall, der das Gefolge auf Lautern und die umliegenden Burgen verteilte, wies uns einen netten Ministerialen zu?

Ich rief mich zur Ordnung. Was stand ich hier noch und träumte? Bis die Gäste morgen eintrafen, mussten wir die Räume herrichten und jede Menge weiße Semmeln backen. Ich hatte keine Zeit für Grübeleien.

Als ich mich auf das große Eichenholzbett setzte, dachte ich bedauernd daran, dass wir es ab morgen den Gästen zur Verfügung stellen mussten. Mühsam zwängte ich meine störrischen Locken in zwei dicke Zöpfe, die bis zu den Hüften herabhingen, und hielt mir prüfend den Handspiegel vor das Gesicht. Einmal mehr musste ich feststellen, dass mein Haar die unvorteilhafte Farbe von welken Herbstblättern hatte. Lieber nicht hingucken. Rasch legte ich den Spiegel beiseite und stülpte einen weißen Schleier über die Flechten. Sorgsam befestigte ich ihn mit einem Blechschapel.

Leider konnte ich meine Augen nicht verbergen, die aus dem sonnengebräunten Gesicht wie zwei große, pralle Erbsen hervorleuchteten. Ich wusste, dass hinter meinem Rücken über diese ungewöhnliche Farbe getuschelt wurde, die eher zu einer Katze als zu einer Frau passte.

Ich zog die Schnüre des Bliaut wieder straff und lief probeweise vom Bett zum Fenster und zurück, um mich an die neue Gewandung zu gewöhnen. In dem Bliaut hatte ich einen ganz anderen Gang, aufrechter und hoheitsvoller. Ich musste nur lernen, mit weniger Luft auszukommen. War ich in dieser Aufmachung fein genug für das morgige Festessen?

Ich blickte zweifelnd an mir herunter, als ein Entsetzensschrei die Stille zerriss. Unten im Palas klappte eine Tür zu.

Mit einem Schlag waren mein hoheitsvoller Gang und mein Bliaut vergessen. Blitzartig raffte ich den Rock, stieß die Tür auf und rannte los. In meinem Kopf hämmerte nur ein Gedanke: Meinem Brüderchen musste schon wieder etwas passiert sein! Erst im vergangenen Sommer war er vom Apfelbaum gestürzt und hatte seitdem keine Vorderzähne mehr.

Ich hastete die Treppe hinunter, vorbei am Saal, und warf einen raschen Blick in die Küche im Erdgeschoss. Aus der offenen Tür wehte der strenge Geruch nach Kohlsuppe, die in einem großen Kessel über der Feuerstelle vor sich hin köchelte. Davor lag auf dem Lehmboden der große Holzlöffel. Nur in der höchsten Not würde unsere sonst so ordentliche Köchin ihr Werkzeug derart achtlos wegwerfen. Meine Beine wurden ganz weich. Ich hatte Gertrud meinen Bruder anvertraut, damit ich in Ruhe die neue Gewandung anprobieren konnte. Ich hätte es wissen müssen. Merbodo war der schwerfälligen Köchin auf seinen flinken Beinchen entwischt.

Der Schrei war irgendwo von der Oberburg gekommen, doch woher genau? Fieberhaft überlegte ich, was Merbodo diesmal angestellt haben könnte. Bestimmt war er auf den Sandsteinfelsen geklettert. Der mächtige Beilstein reizte ihn schon seit langem. Siedend heiß fiel mir ein, was Merbodo gestern stolz verkündet hatte: »Bin jetzt stark genug, um da hochzusteigen.« Natürlich hatte ich es ihm verboten, aber was nutzten schon Ermahnungen bei einem Fünfjährigen, der sich in den Kopf gesetzt hatte, einmal der mutigste Ritter des ganzen Reiches zu werden?

Ich eilte aus der Tür unseres Palas. Rasch glitt mein Blick über den Felsen, der aus der Mitte des Burghofs herauswuchs. In der Frühlingssonne erstrahlte der verwitterte Klotz in warmen Farbtönen, von hellem Ocker bis zu tiefem Rot. Doch das einzige Lebewesen, das auf dem Felsen herumkrabbelte, war eine Mauereidechse, die neben einem Büschel Tüpfelfarn hervorlugte. Ich wollte nach meinem Bruder rufen, brachte aber keinen Ton heraus.

War Merbodo womöglich in die Zisterne gefallen? Mit einem Satz war ich am Becken und spähte in die Tiefe. Nur wenig Licht fiel in den Schacht, denn er lag genau unterhalb des Felsens. Mit Mühe konnte ich erkennen, dass sich in dem trüben Wasser nichts regte.

Stand Merbodo vielleicht auf dem Söller des runden Türmchens, das auf den Beilstein gebaut war? Ich hob den Kopf und musterte jedes der kleinen Fenster und jede Zinne. Nichts.

Meine Kehle war immer noch wie zugeschnürt. Wenn Merbodo tatsächlich den Beilstein bezwingen wollte, wäre er auf der westlichen Seite hochgeklettert, wo zu dieser Tageszeit niemand war, der ihm dieses Vergnügen hätte verbieten können.

Hastig umrundete ich den Felsen. Mein Blick wanderte unruhig zwischen dem Beilstein auf der linken Seite und der massiven Wehrmauer auf der rechten Seite hin und her. Im Vorüberlaufen spähte ich in das Lagerhaus, das neben dem Palas stand, und in den Verschlag, in dem ich meine Kräuter trocknete. Keine Menschenseele weit und breit.

Blieb nur noch der Bergfried. Mit zitternden Beinen schleppte ich mich das letzte Stück um den Felsen herum. Unwillkürlich krallten sich meine Finger in die Falten des weiten Rockes. Eine eiskalte Hand griff nach meinem Herzen, als ich sah, dass Gertrud, Hermann, Elsbeth und Ludwig vor dem Eingang des runden Bergfrieds standen und auf den Boden starrten. Eine unnatürliche Stille lag über dem sonst so geschäftigen Hof.

Es gab nur eine Erklärung: Merbodo war gestürzt und hatte sich das Genick gebrochen. Er musste tot oder schwer verletzt sein. Wenn er bei Bewusstsein wäre, würde er unzweifelhaft ein lautes Heulen von sich geben. Entweder war er auf der steilen Treppe, die zum Eingang des Bergfrieds führte, ausgeglitten oder er war auf die Zinnen des Söllers gekrabbelt. Der Bergfried war vier Stockwerke hoch.

Ich stolperte auf das Grüppchen zu. Die betretenen Gesichter verstärkten meine schlimmsten Befürchtungen. Als Hermann mir den Weg frei machte, fiel mein Blick auf – Merbodo!

Quicklebendig war er! Dem Himmel sei Dank. Er stand genau vor dem Schmied, dessen mächtiger Leib ihn verdeckt hatte. An Merbodos Unterarm krallte sich die kleine Agnes mit ihren beiden Patschehändchen verzweifelt fest.

Mein Bruder drehte sich zu mir um. In seinen braunen Augen las ich die pure Abenteuerlust, während der Kleinen dicke Tränen über die Apfelwangen rollten. Merbodos kastanienfarbene Locken standen so wirr nach allen Seiten ab, als wollten sie die Luft erobern.

»Da, guck!«, krähte mein Brüderchen erfreut und deutete auf eine aufgeklappte Eichentruhe, die vor der Treppe stand. Vor Begeisterung pfiff er durch seine Zahnlücke.

Fast hätte ich erleichtert aufgelacht. Gewiss lag nur ein harmloses Amulett oder ein seltsames Werkzeug in der Truhe, und unsere abergläubischen Männer und Frauen dachten wieder einmal, der Teufel habe hier seine Zeichen hinterlassen. Seufzend glättete ich den Rock, trat an die Truhe und spähte hinein.

Entsetzt fuhr ich zurück. Ein ausgebleichter Totenschädel starrte mich aus leeren Augenhöhlen höhnisch an. Darunter lag ein Haufen bleicher Knochen, wie die sorgfältig abgenagten Überreste einer grausigen Mahlzeit. Die Truhe war ausgekleidet mit einem dunkelroten Leinentuch, das aussah, als sei es in Blut getränkt worden. Unwillkürlich bekreuzigte ich mich. War das die Truhe, nach deren Schlüssel Elsbeth heute Morgen gefragt hatte?

Langsam hob ich den Kopf.

Das Gesinde hatte sich dicht zusammengerottet. Elsbeth war noch blasser als sonst und umklammerte das Stück Eibenholz, das sie zur Abwehr des Bösen an einem Lederband um den Hals trug. In ihren hervorstehenden Augen las ich blankes Grauen.

Auch unser Wachmann erinnerte mich eher an ein verschrecktes Huhn als an einen tapferen Recken. Der sonst so draufgängerische Ludwig zupfte an seinem Vollbart herum, während er die Gürtelschnalle aufmerksam betrachtete, als habe er sie noch nie gesehen.

Als Erste fand unsere kugelige Köchin die Sprache wieder. »Ach Gott, ihr Leut«, murmelte Gertrud. In den Härchen ihres feinen Oberlippenbarts glitzerten Schweißperlen.

»Der Herr steh uns bei«, brummte Hermann, an dessen Pranke das Brecheisen kraftlos herabbaumelte. Wie immer zählte ich mit, wenn er sprach. Ganze fünf Worte hatte er von sich gegeben. Der kahle Schädel des Schmieds glänzte in der hellen Frühlingssonne wie eine Speckschwarte.

Ich musste das Gesinde beruhigen – aber wie? Am liebsten hätte ich mich jetzt in meine Kemenate verkrochen und die Bettdecke über den Kopf gezogen.

Erleichtert vernahm ich Vaters feste Schritte hinter mir. Genau im richtigen Augenblick war er von der Überprüfung der Fernstraße zurückgekehrt, wo er zusammen mit den Männern des Schultheißen Zölle eingetrieben hatte. Bereitwillig machte ich ihm Platz. Sollte er sich doch mit dem Problem herumschlagen. Bestimmt würde er die richtigen Worte finden und das Geheimnis aufklären.

Vaters Spitzbart zuckte heftig beim Anblick der Knochen. Er fuhr sich mit den Fingern durch das kinnlange Haar und zog die üppig wuchernden Augenbrauen zusammen. Dann straffte er die Schultern. »Was ist passiert?«

Aufgeregt schnatterte Elsbeth drauflos: »Im Bergfried wollten wir die Waffenkammer ausräumen, um Platz für das Gepäck der kaiserlichen Gäste zu schaffen. Hermann hat mir dabei geholfen. Da wir die Truhe für die Gäste gut gebrauchen können, haben wir sie in den Hof gebracht. Dummerweise war sie aber fest verschlossen, und kein Mensch weiß, wo der Schlüssel ist.«

Hermann umklammerte das Brecheisen mit beiden Pranken und trat vor. »Ich sollte sie aufbrechen und ein neues Schloss einbauen. Und dann ...« Die Stimme versagte ihm. Elf Worte! So viel hatte er noch nie geredet. Die ungewohnte Geschwätzigkeit offenbarte mir das ganze Ausmaß seiner Fassungslosigkeit.

»Hermann hat so laut geschrien, dass ich von der Leiter gefallen bin«, krächzte Elsbeth. »Ich habe mir die Knie aufgeschürft.« Mitleid heischend blickte sie in die Runde, aber ihr ständiges Gejammer wurde schon lange nicht mehr von uns beachtet.

»Wo kommt die Truhe her?«, wollte Vater wissen. »Ich habe sie noch nie gesehen.«

Erstaunt sah ich ihn an. »Weißt du das denn nicht mehr? Sie stand in unserer Kemenate, als wir auf der Burg eintrafen. Wir haben uns doch noch so geärgert, dass wir den Schlüssel nicht finden konnten. Ich habe sie erst mal in die hinterste Ecke der Waffenkammer schaffen lassen. Und, ehrlich gesagt, habe ich das unnütze Ding dann vergessen.«

»Die Truhe gehörte also dem früheren Herrn dieser Burg«, stellte Vater fest. »Dann ist die Sache ja klar. Der Lothar soll ein recht wilder Geselle gewesen sein. Es passt zu allem, was ich von ihm gehört habe, dass er so eine gruselige Vorliebe hatte.«

»O nein, Herr«, widersprach Elsbeth energisch. »Am Tag Eurer Ankunft steckte der Schlüssel noch im Schloss, wie es sich gehört. Nach Lothars Tod habe ich seine Kleider ausgeräumt, die Truhe gründlich geputzt und sogar noch den Schlüssel poliert. Damit Ihr alles schön sauber vorfindet. Morgens hatte ich einen letzten Blick in die Kemenate geworfen, und nachmittags seid Ihr eingetroffen. Lothar war zwar ein wenig. ... äh ... verschroben, aber er hat die Knochen nicht in die Truhe gelegt. Das kann ich bezeugen.«

Ratlos sah ich Vater an, aber er bemerkte meinen Blick nicht und starrte in die Truhe. Ganz blass war er geworden. Keine Frage, wir hatten jetzt ein handfestes Problem. Womöglich gerieten wir sogar selbst in Verdacht. Immerhin hatte die Truhe in unserer Kemenate gestanden. Wenn wir die Herkunft der Knochen nicht aufklären konnten, würden die Gerüchte wie Unkraut wuchern. Manchen Einheimischen war unsere Burg ohnehin nicht ganz geheuer, denn Lothar war ein Trinker gewesen, der im Suff Möbelstücke zertrümmert und auf dem Söller unflätige Lieder gegrölt hatte. Das Gesinde hatte aufgeatmet, als er schon nach wenigen Jahren vom Schlag getroffen und nach einem letzten lauten Aufbrüllen verstorben war.

Da Vater weiter schwieg, ergriff ich das Wort. »Irgendjemand hat also vor unserer Ankunft, zwischen dem Morgen und dem Nachmittag, die Truhe verschlossen und den Schlüssel mitgenommen. Waren in dieser Zeit Gäste auf der Burg?«

Gertrud zog die Stirn kraus. »Ein Pfaffe war da«, erinnerte sie sich. »Er war auf der Reise in seine neue Pfarrei in Lothringen. Gegen Mittag traf er ein und bat um ein Mahl. Ich mochte es ihm nicht abschlagen, weil ich dachte, so ein Geistlicher, der eigentlich enthaltsam leben soll, würde bestimmt nicht viel essen. Aber anschließend habe ich mich ganz schön geärgert, denn er hat die Hälfte der Fleischpasteten weggefuttert, die ich für Euer Willkommensmahl zubereitet hatte.«

Vielleicht konnten wir die Knochen dem Pfarrer in die Schuhe schieben? Hoffnungsvoll hakte ich nach: »Weißt du noch, wie er hieß und wo er hinwollte?«

Gertrud schüttelte den Kopf. »Er hat keinen Namen genannt, und ich muss gestehen, ich habe ihn auch nicht danach gefragt. An dem Tag war ich viel zu sehr damit beschäftigt, das Festessen für Euch vorzubereiten. Ich habe mir besondere Mühe gegeben, damit es Euch schmeckt und Ihr mich als Köchin behaltet.« Ihre prallen Wangen röteten sich. »Aber ich erinnere mich, dass er ein ungewöhnlich großes Bündel dabeihatte. Da waren bestimmt die Knochen drin!«

Mochte das Gesinde ruhig glauben, dass der namenlose Pfarrer der Übeltäter war, dann gab es wenigstens keinen Ärger auf der Burg. Aber ich wusste genau, dass der Pfaffe unschuldig war. Am Abend unseres Einzugs hatte ich die Truhe ans Fenster gerückt, weil ich sie mit einer Haarnadel öffnen wollte und dafür mehr Licht brauchte. Damals war die Truhe unzweifelhaft leer gewesen, denn in ihr hatte sich nichts bewegt, als ich sie verschoben hatte. Die Knochen hätten sicherlich laut gerumpelt. Also hatte irgendjemand erst nach unserer Ankunft die Truhe mit dem makabren Inhalt gefüllt.

Ich musste mir letzte Gewissheit verschaffen. Ich trat näher an die Truhe und tat so, als ob ich versehentlich mit dem Fuß gegen sie stieß. Wie erwartet, klapperten die Knochen. Elsbeth kreischte los.

Ich zuckte erschrocken zusammen. »Halt's Maul!«, entfuhr es mir wider Willen. Ich schämte mich für meine Unbeherrschtheit. Aber schon an ruhigen Tagen betrachtete ich Elsbeths Anwesenheit auf unserer Burg als Buße für meine Sünden.

Alles blickte auf Vater. Von ihm wurde eine Entscheidung verlangt, was wir mit den Knochen tun sollten. Schließlich war er der Burgherr. Aber er schien uns gar nicht wahrzunehmen. Wie versteinert stand er mit hängenden Schultern neben der Truhe. Was war bloß mit ihm los? Er behielt doch sonst immer in brenzligen Situationen die Ruhe. Ich beschloss, erst einmal die Gebeine näher zu untersuchen, und beugte mich zur Truhe hinunter.

Die Knochen lagen kreuz und quer durcheinander, als habe sie jemand achtlos hineingeworfen. Es mussten Hunderte sein: Haufen von Knöchelchen, die nicht größer als Geldstücke waren, gebogene Rippen, lange Schenkel, unförmige Gebilde, die wie versteinerte Teigklumpen aussahen, und bizarre Wirbel. Ein besonders merkwürdiger Knochen, der oben breit und unten schmal war, besaß acht Löcher, auf jeder Seite vier. An welcher Stelle des Körpers er sich wohl befand? In einem schalenartig geformten, großen Knochen – einer Hüfte? – lag ein kleines buntes Abzeichen. Ich unterdrückte meinen Ekel und zog es hervor, sorgsam darauf bedacht, keinen Teil des zerlegten Skeletts zu berühren.

Erstaunt betrachtete ich einen bunt bemalten Zinnanhänger, der die Form eines Hahnes hatte. Ein Glücksbringer, den man mit einer Nadel an der Kleidung befestigen konnte. Der Hahn hatte ein prächtiges Gefieder, das in Gelb, Rot, Blau und Grün leuchtete. Ich hielt meinen Fund für alle sichtbar in die Höhe.

Die Umstehenden schüttelten verdutzt die Köpfe. Agnes riss ihre Rehaugen weit auf. »O wie schön«, murmelte sie verzückt. Merbodo trat unruhig von einem Bein auf das andere, ein Zeichen dafür, dass er gleich irgendetwas anstellen würde.

Vaters Schultern sackten noch ein Stück tiefer hinab. Ärger stieg in mir hoch. Er ließ mich jetzt ganz alleine mit dem Problem. Warum sagte er denn nicht endlich etwas? Wir beide hatten wahrlich schon Schlimmeres gesehen als ein paar Knochen.

»Wer legt denn solch ein buntes Teil zu einem Skelett?«, murmelte Ludwig und wühlte so heftig in seinem Bart, als könne er darin die Antwort finden. Hermann zuckte ratlos die Achseln.

Gertrud fasste sich ein Herz und spähte in die Truhe. »Die Knochen sind makellos rein, ohne Brandspuren. Und der Totenschädel ist auch nicht eingedrückt. Das Fleisch wurde wahrscheinlich abgelöst. Anschließend wurden die Gebeine sorgfältig ausgekocht.« Sie stellte es so nüchtern fest, als würde es sich um die Zubereitung einer Mahlzeit handeln.

Merbodo hielt es jetzt nicht mehr an seinem Platz. Er schleifte Agnes hinter sich her zur Truhe und musterte die Gebeine mit dem Interesse eines Kindes, das sich fragt, ob sie als Spielzeug taugen. Seine rechte Hand zuckte kurz, dann schoss sie pfeilschnell vor und packte den Totenschädel. Ehe ich ihm Einhalt gebieten konnte, warf er den Kopf von einer Hand in die andere, als wäre er ein Ball. Agnes quiekte entsetzt auf. Dann flüchtete sie zu ihrer Mutter und vergrub den Kopf in Gertruds Schürze.

»Was machst du denn da, du dummer Junge«, schimpfte Elsbeth. »Sei bloß vorsichtig, am Ende sind die Knochen kostbare Reliquien!«

Verärgert nahm ich Merbodo den Schädel aus der Hand und legte ihn in die Truhe zurück. Missmutig schürzte er die Lippen.

»Welche Heiligen sollte es hier schon geben?«, spottete Ludwig. Und auch die anderen blickten skeptisch drein.

Aber ich gab nicht so schnell auf. Elsbeths Vermutung war unsere Rettung. Besser der Glaube an eine Heilige als Gerüchte um Leichenschändung, teuflische Praktiken oder gar einen Mord. Ich beschloss, die Flucht nach vorne anzutreten. Streng blickte ich Ludwig an. »Kennst du etwa die heilige Lutrina nicht?«, sagte ich herablassend. »Diese edle Dame lebte zur Zeit der Christenverfolgung in Trier, wo Tausende von Menschen den Märtyrertod starben. Lutrina suchte Schutz in unseren einsamen Wäldern. Sie hat auch die Siedlung Lautern gegründet. Das hat mir unser Pfarrer erzählt.«

Ehrfürchtiges Raunen. Vater hob den Kopf ein wenig in die Höhe. Immer noch sah er durch uns hindurch, aber seine Gesichtsfarbe wechselte von leichenblass zu sahneweiß mit einer Spur von Rosa.

Auch Elsbeth ließ nicht locker. »Immerhin hat ein Geistlicher die Knochen mitgebracht«, gab sie zu bedenken. »Mit der Bitte um ein Mahl hat uns der Pfarrer auf die Probe gestellt. Und weil wir ihn so barmherzig gespeist haben, wie es redlichen Christen zukommt, fand er wohl, dass die Burg der rechte Ort für seine Heilige ist.«

»Und warum hat der gute Mann die selige Lutrina nicht mit in seine eigene Gemeinde genommen?«, wandte Ludwig ein.

»Was soll ein echtes Lautrer Weib in der Fremde?«, erwiderte ich. »Sie gehört hierher, wo man sie kennt und versteht.«

Ludwig starrte verdrießlich auf die Truhe. »Der Pfarrer hätte uns wenigstens mitteilen können, was für eine edle Dame er uns hinterlässt, anstatt sie uns so klammheimlich anzudrehen.«

Auch auf diesen Einwand fiel mir eine Entgegnung ein. »Vielleicht hat sie ihm in einer Vision mitgeteilt, dass sie im Stillen ruhen möchte. Sie will nichts Besonderes sein, sondern einfach eine von uns.«

»Wir können die heilige Lutrina doch nicht in dieser schäbigen Truhe vermodern lassen«, widersprach Elsbeth entrüstet. »Nein, wir sollten ihr zu Ehren eine prächtige Burgkapelle bauen.«

Vaters Kopf schnellte in die Höhe. Entsetzen zeichnete sich in seinem Gesicht ab. Elsbeth bemerkte es nicht. »Von nah und fern werden die Pilger herbeiströmen«, schwärmte sie. An dem gierigen Glitzern in ihren Augen erkannte ich, dass sie hoffte, eine ergiebig sprudelnde Goldquelle entdeckt zu haben.

Die Pilger würden Andenken kaufen und sich gegen klingende Münze bewirten lassen. Die Magd hatte einen Sinn fürs Praktische. Vor meinem inneren Auge verwandelte sich unsere Burg in einen belebten Wallfahrtsort. Ich erwärmte mich immer mehr für die Idee. Mit einer ordentlichen Mitgift würde ich gewiss leichter einen Ehemann finden. Vielleicht nahm mich auch einer der Pilger mit sich? Und selbst wenn ich bis an mein Lebensende als Jungfer auf dieser Burg ausharren musste, würde ich mich zumindest nie wieder langweilen.

Ehrfürchtig schaute Elsbeth zu dem Felsen hoch. »Lutrina wurde an der falschen Stelle begraben. Deshalb teilte sie dem Pfarrer in einer Vision mit, dass sie auf den Beilstein zurückwollte. Denn hier oben, auf dem sicheren Felsen, fand sie Zuflucht vor ihren Verfolgern. Wir leben auf geheiligtem Boden.«

Ich staunte über Elsbeths blühende Fantasie. Wenn es darum ging, Lösungen für alltägliche Probleme auf unserer Burg zu finden, war sie nicht annähernd so erfinderisch.

Aber Ludwig war immer noch nicht überzeugt. »Und was, bitte schön, hat die selige Lutrina mit einem Hahn zu schaffen? Dieser bunte Zinnanhänger ist nicht gerade die passende Grabbeigabe für eine Heilige.«

Auch wenn Vater bei dem Gedanken an Reliquienverehrung auf unserer Burg sichtlich schauderte – ich legte mich für Lutrina ins Zeug. »Beim ersten Lichtstrahl kündigt der Hahn uns jeden Morgen einen neuen Tag an. Deshalb ist er das Symbol für die Auferstehung der frommen Christen beim Jüngsten Gericht«, erwiderte ich.

Im Stillen beschloss ich, der wahren Herkunft der Knochen unauffällig auf den Grund zu gehen. Die Knochen konnten nur von einem Burgbewohner in die Truhe gelegt worden sein, und das gefiel mir ganz und gar nicht. Wer von ihnen mochte etwas zu verbergen haben? Und welche Rolle spielte der Zinnanhänger? Im Volk waren diese Glücksbringer sehr beliebt. In der Regel waren sie von einfacher Machart und unbemalt. Noch nie hatte ich einen derart schön gestalteten Anhänger gesehen. Gewiss war er eine Auftragsarbeit und keine gewöhnliche Ware, wie sie zu Dutzenden auf dem Markt feilgeboten wurde. Verstohlen ließ ich den Anhänger in der Stofffülle meines linken Ärmels verschwinden. Er konnte sich bei den Nachforschungen als nützlich erweisen.

Gegenüber dem Gesinde gab ich mir Mühe, gelassen zu wirken. »Bringt die Truhe wieder in den Bergfried«, trug ich Hermann und Elsbeth auf. »Am besten stellt ihr sie unter die Treppe, wo sie niemand bemerken wird. Wenn die Gäste abgereist sind und der Trubel vorbei ist, werden wir den armen Arnold fragen, wie wir Lutrina angemessen ehren können. Der fromme Einsiedler ist selbst schon fast so etwas wie ein Heiliger. Daher wird er mit Sicherheit Rat wissen.«

Folgsamer als üblich setzte sich Elsbeth in Bewegung. Mit bedauerndem Blick sah mein Brüderchen zu, wie Hermann die Truhe zuklappte und das aufregende Spielzeug verschwand. Dann packte Merbodo Agnes an ihrem dicken braunen Zopf und zog sie von Gertruds Schürze weg. Fügsam ließ sie sich zu ihrer Spielecke neben dem Bergfried schleifen. Gertrud watschelte zur Küche, während Ludwig wieder zum Burgtor zurückging.

Nur Vater blieb wie angewurzelt stehen und stierte vor sich hin. So still und ratlos hatte ich ihn noch nie erlebt. Dabei hatte ich die heikle Situation doch ganz gut in den Griff gekriegt, fand ich. Oder war er verärgert, weil ich mich eingemischt und für die Reliquien ausgesprochen hatte?

Ich wollte ihn gerade darauf ansprechen, als mich das Knarren des schweren Burgtores aufhorchen ließ. Kurz darauf bimmelte es leise. Welcher Gast brachte denn Glöckchen mit?

◆

Über dem steilen Abhang, der von der Unterburg zu unserem hoch gelegenen Burghof führte, wippten Gänsefedern auf und ab. Sie gehörten zu einer Kappe, die in allen Farben des Regenbogens schillerte. Darunter zeigte sich ein vor Schmutz starrendes Männergesicht, das von schwarzen Locken umrahmt wurde. Dunkle Augen strahlten uns erwartungsvoll entgegen. Über dem gelben Umhang hing ein Rebec, das den Gast als Spielmann auswies. Auf dem Rücken trug er eine mit weißen Linien und Kreisen bemalte Holzscheibe. Wozu sie wohl nütze war? Der Rock, der seinen abgemagerten Körper umschlotterte, war auf der einen Seite rot und auf der anderen weiß. Ein Schellengürtel hielt die Lumpen zusammen. Meine Augen weiteten sich, als ich die grünen Beinlinge sah. Was für eine aufreizende Farbzusammenstellung! Solch ein schriller Zugvogel war mir noch nicht untergekommen.

Mühsam stakste der Spielmann den Abhang hoch. Eigentlich mussten bald die Füße zu sehen sein, aber immer noch hörten die Beine nicht auf. Ich staunte. Wie lang war denn dieser Kerl? Endlich erschienen die hochgebogenen Spitzen viel zu enger, abgetragener Schnabelschuhe, an denen Glöckchen klingelten. Als der Sänger mehrere Schritte von uns entfernt auf dem Burghof stehen blieb, musste ich den Kopf recken, um sein Gesicht erkennen zu können.

Es erinnerte mich an einen Fuchs: Die hohe Stirn, die breiten Wangenknochen, die nach unten hin schmaler wurden, und das mit dunklen Bartstoppeln übersäte Kinn bildeten ein längliches Dreieck. Die feine Nase bog sich am Ende keck nach oben. Der Mund war viel zu groß geraten, fand ich, aber die Lippen waren voll und schön geschwungen. Ich verfing mich in seinen Augen, die tiefschwarz und unergründlich waren wie der Nachthimmel. Es blitzte in ihnen auf, als der Sänger meinen forschenden Blick bemerkte. Ich spürte, wie mir das Blut in die Wangen stieg, als er mich, amüsiert grinsend, nun seinerseits von Kopf bis Fuß musterte und vor allem das enge Oberteil entschieden zu lange betrachtete.

Mit einer eleganten Handbewegung lüpfte der Spielmann

die Kappe. »Seid gegrüßt von Trushard Scharfzunge aus Köln!« Samtweich und voll klang die Stimme. Sie hatte mehr Kraft, als man in dem schmalen Körper vermuten würde. Unverkennbar war der rheinische Singsang, der die Wörter wie Bälle auf und ab hüpfen ließ.

»Spielleute und Lumpen wachsen auf einem Stumpen!« Elsbeth lachte spöttisch. Der Sänger zuckte zusammen, als habe man ihm eine Ohrfeige versetzt, aber er schwieg. Ich schaute zum Bergfried hinüber. Elsbeth stand oben auf der Treppe zum Eingang, die Hände in die Hüften gestemmt. Konnte die Magd nicht ein Mal ihr dummes Maul halten?

Trushard Scharfzunge warf einen Blick zurück zum Tor, als wolle er seine Fluchtmöglichkeiten überprüfen.

Ich wusste, was jetzt kommen würde. Vater würde auch diesen Spielmann abweisen, so wie er bisher jeden Gaukler, der es gewagt hatte, an unser Burgtor zu klopfen, ohne Zögern fortgejagt hatte. Wie erwartet trat er ganz dicht neben mich. »Ich dulde kein Gesindel auf meiner Burg. Scher dich davon«, stieß er schwer atmend hervor.

Trushards Adamsapfel hüpfte auf und ab. Das Leuchten in seinem Gesicht erlosch so abrupt wie bei einer Kerze, die ausgeblasen wird. Widerspruchslos wandte er sich zum Gehen.

Über die Schulter warf er mir einen Abschiedsblick zu. In seinen dunklen Pupillen las ich Enttäuschung – und eine magische Verheißung, wie das Funkeln des unendlichen Sternenhimmels. Seine Augen waren Fenster, die mir einen winzigen Ausschnitt zeigten von einer unbekannten, aber aufregenden Welt. Ich konnte mich von ihnen nicht losreißen, wollte sie festhalten, nur ein bisschen noch, um ihr Geheimnis zu ergründen ..., und plötzlich hörte ich mich sagen: »Ihr könnt bleiben.«

Ein Strahlen breitete sich auf Trushards Gesicht aus. Es entschädigte mich für den schmerzhaften Griff, mit dem Vater mein Handgelenk packte. Ich erschrak über mich selber. Noch nie hatte ich seinen Anordnungen offen widersprochen. Vater lief rot an und öffnete den Mund.

Ehe er mich zurechtweisen konnte, fügte ich hastig hinzu: »Vater, sieh doch, wie ausgehungert der Spielmann ist. Erinnerst du dich noch an die Predigt des Pfarrers vom letzten Sonntag? Ich bin ein Gast gewesen, und ihr habt mich beherbergt. Was ihr einem meiner geringsten Brüder getan habt, habt ihr mir getan. Das wird Jesus sagen beim Jüngsten Gericht, wenn wir uns um den Spielmann kümmern.«

Ich schüttelte Vaters Hand ab. »Meinst du nicht, es ist an der Zeit, dass du dich wieder auf zur Fernstraße machst?«, fragte ich honigsüß. »Denk an die Zölle.« Ohne Vaters wütendes Gesicht zu beachten, winkte ich Trushard zu mir heran.

Zögernd trat er näher. Er ging so vorsichtig, als glitte er über die zerbrechliche Eisschicht eines zugefrorenen Weihers. Den Oberkörper hielt er merkwürdig steif. Als er nur noch wenige Schritte von mir entfernt war, verschlug mir sein Gestank den Atem. Er roch so stechend wie ein ungelüfteter Schweinestall.

Ich wich zurück und rümpfte angewidert die Nase. »Ihr seid ein wahrhaft atemberaubender Mann«, presste ich hervor und wedelte mir mit der rechten Hand frische Luft zu. »Bevor Ihr auch nur einen einzigen Bissen zu essen bekommt, werdet Ihr ein Bad nehmen. Ich dulde keine Läuseschleudern auf meiner Burg.« Ich rief laut zu Elsbeth hoch: »Bring einen Zuber mit heißem Wasser in die Kemenate!«

Die Magd setzte wieder ihren aufsässigen Blick auf, den sie mir jedes Mal zuwarf, wenn sie keine Lust zum Arbeiten verspürte – und das war eigentlich immer der Fall. Sie öffnete den Mund, als ob sie protestieren wollte, doch dann klappte sie ihn wortlos wieder zu und schlurfte mürrisch die Treppe hinunter.

»Eure Burg verbreitet auch nicht gerade den Duft eines Rosengartens«, stellte Trushard fest. »Die Ausdünstungen Eures Viehs und die Dämpfe Eures gewaltigen Misthaufens haben mir den Weg gewiesen, schon lange bevor der Bergfried zu sehen war.«

Ich bereute den schwachen Augenblick, in dem ich entschieden hatte, diesen unverschämten Stinkmolch aufzunehmen. »Seit Ihr hier seid, ist die Burg mindestens drei Wegbiegungen früher zu riechen«, gab ich scharf zurück.

Inzwischen hatten auch die Kinder mitbekommen, dass wir einen aufregenden Gast hatten. In scharfem Galopp preschte Merbodo auf seinem Steckenpferd heran. »Warten«, rief Agnes und wackelte auf ihren kurzen Beinchen schwerfällig hinterher. Einen halben Schritt von dem Spielmann entfernt, bremste Merbodo abrupt ab und sprang von seinem hölzernen Ross. Unbeeindruckt von dem Höllengestank, packte er Trushard fest an der Hand und wollte ihn fortzerren.

»Wir sollten die hübsche junge Dame nicht vergessen«, entgegnete der Gaukler gelassen und lächelte Agnes zu, die sich schnaufend herankämpfte. Er streckte ihr die freie Hand entgegen und ließ sich willig von den beiden Kindern wie eine Trophäe zum Palas schleppen. Ich spürte, wie sich feindselige Blicke in unsere Rücken bohrten, als wir den Burghof überquerten.

»Hau bloß schnell wieder ab, du Knochenpoet«, zischte Elsbeth dem Spielmann zu, als sie mit dem Eimer in der Hand an uns vorbei zur Zisterne lief.

Erschrocken musterte ich Trushard, aber seiner undurchdringlichen Miene konnte ich nicht entnehmen, ob ihn die Bemerkung getroffen hatte. Ich versuchte, ihn mit einer Plauderei abzulenken, und deutete auf das Sandsteinmassiv. »Unsere Burg ist nach diesem Felsen benannt, der die Form eines Beils hat. Man erzählt sich, der Teufel höchstpersönlich habe den

Beilstein geschaffen.« Lauernd sah ich den Sänger von der Seite an. Die meisten Gäste fuhren erschrocken zusammen, wenn ich den Satan erwähnte, und bekreuzigten sich hastig.

»Der Teufel kann überhaupt nichts erschaffen, er kann nur zerstören«, erwiderte Trushard und zuckte die Achseln. Er strahlte mich mit seinen Nachthimmelaugen an. »Ich schulde Euch Dank für Eure Gastfreundschaft. Ich hoffe nur, Ihr bekommt meinetwegen keinen Ärger.«

Diesen raffinierten Blick hatte er bestimmt schon tausendfach eingesetzt, um die Herzen der Damen zu erweichen. Bei mir hatte es ja auch bestens geklappt. Gewiss war Trushard wie alle Spielmänner ein sittenloser Strolch, der Frauen reihenweise die Unschuld raubte.

Für mein Wohlergehen war es besser, wenn ich ihm nicht zu tief in die Augen sah. Verlegen starrte ich auf meine Fußspitzen. »Macht Euch keine Gedanken.« Ich vergrub die Hände in den Flügelärmeln und krallte sie um den Zinnanhänger. Hastig suchte ich nach einem unverfänglichen Thema. »Unsere Burg besteht aus der Oberburg, hier auf dem Felsen, und der Unterburg, die sich von Osten her halbmondförmig an den Beilstein schmiegt«, plapperte ich und versuchte, dabei möglichst munter zu klingen. »Ein runder Turm, in dem sich eine Treppe befindet, verbindet beide Teile.«

»Wir wohnen unten«, piepste Agnes. »Und die Magd auch.« Sie zupfte Trushard so heftig an dem zerschlissenen Umhang, dass ich fürchtete, der Stoff würde auseinander fallen. Wider Erwarten überstand er die derbe Behandlung unversehrt. »Nachher zeig ich dir unser Haus«, kündigte Agnes in einem Tonfall an, als gewähre sie dem Fremden eine unendliche Gnade.

»Und wir wohnen hier! Im Palas«, lispelte Merbodo und entblößte beim Sprechen die große Zahnlücke. Ich würde mich nie an den Anblick seines Greisenmundes gewöhnen.

»Der frühere Burgherr lebte im Bergfried«, erklärte ich.

»Aber da war es viel zu zugig. Deshalb haben wir den Palas errichtet. Jetzt wohnen unsere beiden Burgmannen im Bergfried.«

Um Trushards Mundwinkel zuckte es verräterisch. Ich ahnte weshalb: Palas war ein allzu vornehmer Begriff für das schlichte Fachwerkgebäude, das eher an ein Bauernhaus erinnerte als an die Unterkunft eines Reichsministerialen.

»Und im ersten Stockwerk ist gewiss der große Saal, in dem Ihr Eure Gäste empfangt und festlich tafelt?«, fragte Trushard spöttisch und zeigte mit seinem dreckigen Zeigefinger nach oben.

Vater hatte Recht gehabt, wie immer. Wir hätten diese Elendsgestalt wegschicken sollen. Bis ich vor dem Jüngsten Gericht stand, hätte es noch viele andere Gelegenheiten gegeben, um gute Werke zu tun und meine unsterbliche Seele zu retten. »Im Bergfried haben wir auch ein großes Verlies. Da kommen besonders unverschämte Gäste hinein«, erwiderte ich patzig. »Geht schon mal vor. Ich hole derweil ein Getränk, mit dem Ihr Eure edle Kehle befeuchten könnt.«

Während die anderen nach oben polterten, schnappte ich mir in der Küche einen Krug Kräuterbier und teilte Gertrud seufzend mit, dass wir einen weiteren Esser auf der Burg hatten. »Mach dich auf etwas gefasst«, warnte ich sie. »Der Kerl ist ausgehungert wie ein Bettler und dreist wie ein Räuber.«

Verärgert über mich selbst, stapfte ich die Treppe zur Kemenate hoch. Seit Wochen schon gab es für uns nichts als diese widerliche Kohlsuppe zu essen, weil wir alle Leckereien für die Gäste aufsparen mussten. Und jetzt hatte ich mir auch noch einen gefräßigen Gaukler aufgehalst, nur weil mich seine Augen verwirrt hatten. Magische Verheißung, pah! Eine leere Speisekammer hatte mir sein gieriger Blick verheißen, sonst nichts! Aber mit meiner Gefühlsduselei war es jetzt vorbei. Gott hatte uns Frauen den Verstand geschenkt, damit wir die

Männer austricksen konnten, denn Kaiser und Kirche erlaubten ihnen leider, mit uns zu machen, was sie wollten. Deshalb mussten wir immer ein klein bisschen gewitzter sein als sie.

In der Kemenate hatte Elsbeth schon den Zuber aufgestellt. Ich versteckte den Zinnanhänger in unserer großen Eichentruhe und ging zu den Gästen hinunter. Der »große Saal«, wie Trushard ihn genannt hatte, war der einzige Raum in unserer bescheidenen Burg, der wenigstens ein bisschen vorzeigbar war. Ungezählte Winterabende hatte ich damit verbracht, Wandbehänge zu weben, um die Kälte der Mauern abzuhalten und einen Hauch von Farbe in den rauchgeschwärzten Raum zu zaubern. Ich bedauerte, dass ich keine weißen Leinentücher besaß, um die grob gezimmerten Holzböcke und Bretter zu verdecken, auf denen wir zu tafeln pflegten, aber mein Brüderchen hätte den teuren Stoff schon beim ersten Essen mit Flecken ruiniert. Immerhin lagen Kissen auf den Bänken, und ich sorgte auch dafür, dass die Binsen auf dem Boden regelmäßig ausgetauscht wurden, bevor sie anfingen zu muffen. Durch die schmalen Fenster fiel Sonnenlicht herein, das jedoch um diese Jahreszeit noch viel zu schwach war, um den Saal mit Wärme zu erfüllen.

Trushard und Merbodo hatten sich auf der Holzbank vor dem Kaminfeuer niedergelassen. Agnes kauerte zu ihren Füßen und drehte die Glöckchen, die an den Schnabelschuhen hingen, zwischen ihren speckigen Fingerchen versonnen hin und her. Ich reichte Trushard einen Becher Bier und setzte mich in gebührendem Abstand zu ihm auf die Bank. Um den Hals trug der Sänger ein Lederband mit einem kleinen Kreuz, das aus einem Knochen geschnitzt war. Trushard leerte den Becher in einem Zug. Ich stand auf und schenkte nach. Dankbar lächelte er mich an.

»Ein Rätsel, ein Rätsel«, befahl Merbodo und zupfte den Sänger ungeduldig am zerschlissenen Rock.

Trushard musste nicht lange überlegen. »Was gehört euch, aber die anderen benutzen es häufiger als ihr?«

Ich kannte die Lösung, hielt mich aber zurück, um den Kindern den Spaß nicht zu verderben. In Agnes' Augen blitzte es auf. »Mein Name!«

»Richtig«, lobte der Sänger. »Und wie heißt die kluge Dame, die das Rätsel so schnell gelöst hat?«

Lauthals posaunte sie ihn heraus und fügte hinzu: »Ich bin die Tochter des Schmieds. Mein Vater macht die schönsten Schwerter in ganz Lautern.« Ihr Vollmondgesicht leuchtete vor Stolz.

Mein Brüderchen musste natürlich noch eins draufsetzen. »Pah, das ist doch gar nichts«, sagte er wegwerfend. »Mein Vater ist ein Dienstmann des Kaisers, ein wichtiger Minischtaler.«

»Ein Ministerialer«, verbesserte ich, aber mein Bruder rief schon wieder ungeduldig dazwischen: »Ich heiße Merbodo, genau wie mein Vater, mein Großvater und mein Urgroßvater!« Er sprudelte vor Mitteilungsfreude über. »Wir haben Knochen gefunden. In einer Truhe! War ganz schön aufregend. Am besten hat mir der Totenschädel gefallen.« Begeistert pfiff er durch die Zahnlücke.

»So, so, und von wem stammen die Knochen?« Trushard zog amüsiert die Augenbrauen hoch und nahm einen Schluck Bier. Misstrauisch sah ich, wie er sich am Kopf kratzte. Hatte er Läuse?

Ehe ich es recht bedacht hatte, entfuhr mir eine wenig zart fühlende Bemerkung: »Die Gebeine sind die Überreste eines Spielmanns, der sich geweigert hat zu baden.«

Trushard lachte laut auf. Um seine Augen bildeten sich feine Fältchen. »Eure Zunge ist mindestens so scharf wie meine. Aber keine Sorge, ich werde schon in Euren Zuber schlüpfen.«

»Wofür schleppt Ihr eigentlich die schwere Holzscheibe mit Euch herum?«, lenkte ich von den Knochen ab.

»Ich spiele nicht nur Rebec und singe, sondern beherrsche auch die Kunst des Messerwerfens«, antwortete Trushard und grinste, als ich erschrocken zusammenzuckte. Wen hatte ich da bloß in unsere Burg gelassen?

»Zeigen!«, forderte Merbodo und stampfte mit seinem stämmigen Beinchen auf.

»Es würde zu lange dauern, die Scheibe aufzuhängen. Aber heute Abend beweise ich dir, dass ich den winzigen roten Punkt in der Mitte der Holzscheibe treffe. Und jetzt trage ich euch ein Lied vor. Mir ist gerade etwas sehr Passendes eingefallen.«

Trushard stellte den Becher zur Seite. Als er das Rebec hochhob, um es auf seine Knie zu stellen, verzog er leicht die Mundwinkel. Nachdenklich zupfte er die Saiten seines Instruments, dann lachte er leise auf. Seine schwarzen Augen funkelten mich spöttisch an. »Ich habe eine ganz besondere Komposition für Euch.«

Seufzend zupfte ich die Flügelärmel zurecht, denn von Trushards Darbietung erwartete ich nur das Allerschlimmste. Wer so abgemagert war wie er, musste als Künstler ein Versager sein. Entweder konnte er keinen einzigen Ton vernünftig halten, oder sein Rebec quietschte unerträglich, oder er würde schwachsinnige Reime von sich geben, so ähnlich wie »In der warmen Maiensonne gab ich mich hin der Liebeswonne ...«.

Hoffentlich sang er wenigstens nichts Unanständiges, sonst würde mein Brüderchen schlimme neue Wörter lernen, die er womöglich freudestrahlend vor den kaiserlichen Gästen zum Besten geben würde. Resigniert verbarg ich meine Hände in den weiten Ärmeln und harrte der musikalischen Folter, der ich nicht entrinnen konnte.

Trushard klemmte sich die schulterlangen Locken hinter

die Ohren. Der Bogen wirbelte in irrer Geschwindigkeit über die Saiten. Der Spielmann schien mit dem Instrument zu verschmelzen. Bald konnte ich kaum noch unterscheiden, wo der Bogen aufhörte und wo die Hand begann. Der linke Fuß wippte auf und nieder, das schwungvolle Bimmeln der Glöckchen begleitete sein Spiel. Beim ersten Takt horchte ich auf, beim zweiten schlug mein Herz schneller, und beim dritten klopften meine Füße wie von selbst den Rhythmus mit.

Als Trushard mit dem Gesang einsetzte, leuchtete sein Gesicht auf, und er wurde ein wenig langsamer. Seine warme Stimme erfüllte den Raum, trug in jeden Winkel, bis hoch unter die Holzbalken an der Decke, und hauchte dem klammen Gemäuer Leben ein. Eine Gänsehaut lief über meinen Rücken.

Trushard sang von dem Leid eines fahrenden Gauklers, der zu einer schönen, aber grausamen Jungfrau auf die Burg kam. Mit dem Messer in der Hand zwang sie ihn in einen Badezuber, der mit eiskaltem Wasser gefüllt war. Mit angewidertem Gesicht schilderte er, wie die stinkende Seife in seinen Augen stach, und klagte, die Jungfer schrubbe seinen zarten Körper mit der harten Bürste so derb, als putze sie eine Rübe.

Trushard ahmte meine Stimme nach und sah mich dabei herausfordernd an:

Wer Läuse hat, darf hier nicht bleiben,
erst muss er sich ganz sauber reiben.
Ist er dann piekfein und reinlich,
bin ich mit Speis und Trank nicht kleinlich!

Er konnte es einfach nicht lassen, sich mit seiner wahrhaft scharfen Zunge über mich lustig zu machen! Aber wie war ihm bloß so schnell der Text eingefallen? In meinen Beinen zuckte es, mich hielt es nicht mehr auf der Bank. Ich stand auf, zog die Kinder hoch und tanzte mit ihnen im Reigen durch den Saal.

Als Trushard nach verschiedenen Zugaben das Rebec beiseite legte, klatschten die Kinder begeistert. Eines musste ich ihm lassen: Der Spielmann verstand viel von seiner Kunst. Bei seiner Darbietung hatte sich der heruntergekommene Vagabund in einen Seelenfischer verwandelt und uns mit einem Netz voll berauschender Klänge eingefangen. Umso mehr erstaunte mich, dass er sich mit seinen Fähigkeiten so schlecht ernähren konnte.

»Tragt das Lied von der grausamen Jungfrau bloß nicht heute Abend vor«, warnte ich ihn. »Ihr untergrabt meine Bemühungen, diese Burg sauber zu halten. Hier gibt es einige Leute, die das Waschen scheuen wie der Teufel das Weihwasser.«

Elsbeths mürrisches Gesicht tauchte im Türrahmen auf. »Das Bad ist fertig«, meldete sie.

»Auf geht's!« Energisch stand ich auf. Den Reinigungsvorgang würde ich höchstpersönlich überwachen, um sicher zu gehen, dass Trushard auch jedes noch so winzige Fleckchen Haut wirklich säuberte. Im Kampf gegen den allgegenwärtigen Dreck und Gestank kannte ich kein Erbarmen. Ich fühlte mich wie ein weiblicher Ritter, der sich auf einem Kreuzzug befand, um – ausgerüstet mit Besen und Putzlappen – Heerscharen von Läusen, Wanzen und Flöhen unerbittlich zu vernichten. Meine schärfste Waffe war jedoch das Wasser. Zügig schritt ich voran, hinter mir bimmelte es folgsam.

Aus dem hölzernen Zuber, der vor dem großen Bett stand, stieg heißer Dampf empor. Gebieterisch deutete ich darauf. »Zieht Euch aus, und dann nichts wie rein mit Euch!« Spitz fügte ich hinzu: »Zumindest über kaltes Wasser werdet Ihr Euch bei uns nicht beklagen müssen.«

Trushard wurde rot. Langsam stieg er aus seinen Schnabelschuhen, dann zögerte er.

Ich amüsierte mich über seine Verlegenheit. »Ihr seid ja schamhafter als eine alte Jungfer. Gäste beim Baden zu bedienen gehört zu meinen Pflichten als Burgherrin. Stellt Euch nicht so an! Seid Ihr etwa noch nie in einer öffentlichen Badestube gewesen? Aber ich drehe mich um, keine Sorge.«

Hinter meinem Rücken fiel die Kleidung raschelnd zu Boden. »Fertig«, tönte es aus dem Dampf hervor. Trushard hatte sich größte Mühe gegeben, seinen baumlangen Körper in den Zuber zu zwängen. Aber die fest zusammengepressten Beine, die er mit den Armen an den Oberkörper drückte, ragten wie aufgestellte Lanzen in die Höhe. Ohne die Kleidung war von ihm nicht mehr viel übrig geblieben. Ich verstand jetzt, warum er sich so geniert hatte.

Mit spitzen Fingern hangelte ich nach Trushards schweißgetränkten Stofffetzen, die mit einer schmierigen Schicht überzogen waren. Bestimmt steckten sie voller Ungeziefer. Selbst durch hartnäckigstes Schrubben würde Elsbeth diese Lumpen nicht mehr sauber bekommen. Angeekelt warf ich sie in den Kamin.

»Um Himmels willen, was macht Ihr da! Das war meine einzige Kleidung. Soll ich etwa nackt herumlaufen?« Entsetzt machte der Spielmann Anstalten, aus dem Zuber zu klettern. Schwungvoll drückte ich ihn wieder hinein. »Ich schenke Euch abgelegte Kleidung von meinem Vater. Diese miefigen Fetzen wären ohnehin bald auseinander gefallen.«

Seufzend klappte ich unsere Eichentruhe auf. Mein schwacher Augenblick kam mich teuer zu stehen. Allmählich war mir im Himmelreich ein Ehrenplatz sicher. Aber nachdem der Spielmann nun mal hier war, musste ich aufpassen, dass er kein Ungeziefer einschleppte. Da war es immer noch besser, ich opferte den Stoff, aus dem ich eigentlich Kleidung für meinen Bruder schneidern wollte. Ich holte einen grünen Rock aus Leinen, ein weißes Hemd, ein Paar dunkelbraune Beinlinge und einen braunen Wollumhang aus der Truhe. »Seht her, das ist auch viel wärmer. Die Sachen sind zwar zu kurz für Euch, aber ich werde sie mit bunten Borten verlängern und passende Flicken aufnähen. Dann habt Ihr wieder eine echte Spielmannskleidung. Ihr mögt es doch ohnehin auffallend.«

Trushards Augen weiteten sich vor Überraschung. »Ihr seid sehr großzügig. Danke.«

Aus der Truhe nahm ich unser einziges Seifenstück. Trushard hatte sich in seinem Lied zu Recht über stinkende Seife beklagt, denn sie verströmte den penetrant ranzigen Geruch von Hammelfett und Rebenasche. Um ihn wenigstens ein bisschen abzumildern, schüttete ich getrocknete Kamillen- und Ringelblumenblüten in den Zuber. Besorgt dachte ich an die knappen Wasservorräte in unserer Zisterne. Seit Wochen schon hatte es nicht mehr geregnet, jeder Tropfen war kostbar geworden.

Ich setzte mich auf den Hocker vor dem Zuber und schob meine lästigen Flügelärmel hoch, damit sie nicht ins Wasser fielen. Trushard hatte inzwischen seinen Kopf untergetaucht und gesäubert. Ohne die Dreckschicht schimmerte die Haut bronzefarben wie bei einem Südländer. In den dunklen Bartstoppeln glitzerten Wassertropfen. Die vollen Lippen hatte Trushard fest zusammengepresst. Fast ängstlich musterte er mich. Was hatte er nur? Eben war er noch frech gewesen. So schlimm war Baden nun wirklich nicht.

Gerade schickte ich mich an, Trushard den Kopf zu waschen, als ich die Narben auf seinem Rücken entdeckte. Die Seife glitt mir aus der Hand und platschte ins Wasser. Fassungslos starrte ich die Striemen an.

Der Rücken sah aus, als wäre er von einer Egge aufgerissen worden. In den kaum verheilten Wunden, die sich wie tiefe Ackerfurchen von der Hüfte bis zu den Schultern hochzogen, war die Haut dünn und rosig wie bei einem Neugeborenen.

Kein Wunder, dass er sich bewegte, als habe er einen Stock verschluckt. Behutsam fuhr ich mit den Fingerspitzen über das Narbengeflecht. »Herr im Himmel, wer hat Euch denn so zugerichtet?«

Selbst unter meiner sanften Berührung zuckte Trushard vor Schmerz zusammen. »Ein kleines Andenken an einen besonders großzügigen Gastgeber. Mit den Prügeln war er äußerst freigebig, mit dem verdienten Lohn leider nicht.«

Mitfühlend musterte ich ihn, während er den Kopf senkte, um nach der Seife zu suchen. »Erzählt Ihr mir davon?«

Er fischte die Seife aus dem Wasser und reichte sie mir. »Es war kurz nach der Schneeschmelze«, begann er. »Ich bot meine Künste einem reichen Burgherrn an, der Angehörige des kaiserlichen Hofes zu Besuch hatte. Beim Abendessen sollte ich für Zerstreuung sorgen. Um mich für den Auftritt angemessen auszustatten, lieh mir der Gastgeber einige Kleidungsstücke. Für meine Darbietung heimste ich viel Beifall ein. Alles lief bestens.«

Mit kreisenden Bewegungen massierte ich die Seife in seine Kopfhaut. Ungeziefer konnte ich nicht ertasten. Trotzdem würde ich ihn nachher mit dem Läusekamm bearbeiten. »Und dann?«

Trushard griff sich eine Kamillenblüte. »Als ich den Saal verlassen wollte, rempelte mich ein sturzbetrunkener Höfling an und verschüttete einen ganzen Becher Rotwein auf dem kostbaren Rock. Der Burgherr geriet in Wut und ließ mich ins Verlies werfen.«

Ich konnte mir den Rest zusammenreimen. »Ihr wurdet ausgepeitscht?«

»Er legte sogar selbst Hand an. Auch seine Männer machten sich einen Spaß daraus, mich immer wieder zu verprügeln. Als sie mich endlich nach Tagen aus dem Kerker ließen, war ich am ganzen Körper grün und blau. Ich hatte gebrochene Rippen und hohes Fieber.« Trushard presste die Hand über der Blüte zusammen und zerquetschte sie.

Ich goss vorsichtig heißes Wasser über seinen Kopf und spülte die Seife ab. »Ihr habt viel mitgemacht.«

»Wochenlang konnte ich nicht auftreten und brauchte meine ganzen bescheidenen Geldvorräte auf. Sogar mein Maultier musste ich verkaufen.« Trushard stockte und atmete tief durch. »Immer noch schmerzt jede winzige Bewegung. Es fühlt sich an, als habe jemand ein brennendes Netz über meinen Rücken gespannt.« Resigniert setzte er hinzu: »Der Bader, der mich behandelt hat, meinte, die Beschwerden würden von Jahr zu Jahr besser werden.«

Betroffen hatte ich gelauscht. Aber in mir regten sich leise Zweifel. Hatte Trushard die Wahrheit erzählt? Oder waren die Prügel die wohlverdiente Strafe für ein Vergehen gewesen? Jeder wusste, dass Spielleute Lügner und Betrüger waren. »Warum habt Ihr den Burgherrn nicht zur Rechenschaft gezogen?« Ich reichte ihm ein Leinentuch und drehte mein Gesicht diskret zur Seite.

Kleine Wassertropfen spritzten auf meine Hände, als Trushard aus dem Zuber stieg. »Wir Spielleute sind rechtlos. Jeder kann uns Gewalt antun, ohne eine Strafe befürchten zu müssen.« Bitterkeit schwang in seiner Stimme mit. Er schluckte. »Dabei war dieser Wibald wirklich reich. Ihr hättet den Festsaal sehen sollen, alles voll mit teuren Teppichen und Silberleuchtern!«

Ich horchte auf. Wibald – der Name versetzte mir einen Stich. »Wie hieß der Burgherr denn genau?«

Ich hörte das Rascheln von Kleidung. »Wibald vom Turme«, nuschelte Trushard unter dem Obergewand, das er sich über den Kopf zog.

Ich hielt den Atem an. Wie grelle Blitze durchzuckten mich die Erinnerungen. Ein feistes Gesicht mit einem zufriedenen Grinsen. Das Schluchzen meiner Schwester – dann ihr erschöpftes Verstummen. Ihr leerer Blick, der durch uns hindurchsah.

Ahnungslos fuhr der Sänger fort: »Er ist einer der engsten Berater des Kaisers und soll sich seit geraumer Zeit in seinem Gefolge befinden. Wenn ich morgen beim Fest in den Straßen das Volk unterhalte, muss ich aufpassen, dass ich ihm nicht über den Weg laufe. Ich brauche die Einnahmen dringend, sonst würde ich es gar nicht riskieren, den Schuft wiederzusehen. Aber bei solchen Feierlichkeiten sitzt den meisten Menschen der Geldbeutel locker. Das ist auch der Grund, weshalb ich hergekommen bin.«

Wibald – hier in Lautern? Hatte ich richtig gehört? In meinen Ohren brauste es. Meine Hände krallten sich am Rand des Zubers fest. Mir wurde übel.

»Ist Euch nicht gut?« Trushards besorgtes Gesicht tauchte plötzlich ganz dicht vor meinen Augen auf.

»Alles in Ordnung«, brachte ich mühsam hervor. »Ich habe nur ein wenig Bauchgrimmen. Bitte entschuldigt mich jetzt.« Ich raffte das Gewand und floh aus der Kemenate. Ich schaffte es gerade noch bis zum heimlichen Gemach, dann erbrach ich mich so heftig, als könnte ich mit den üblen Magensäften auch die quälenden Erinnerungen loswerden.

2. TAG

Machet die Tore weit und die Türen in der Welt hoch, dass der König der Ehre einziehe!

Psalm 24

Wie sehr hatte ich mich auf den Tag gefreut, an dem der Kaiser in Lautern ankommen würde! Doch seit gestern kam mir sein Besuch vor wie ein knackiger Apfel, dessen süßer Duft das Wasser im Munde zusammenlaufen ließ und der die bittere Wahrheit erst offenbarte, als ich ihn mit Appetit verspeisen wollte: Ich biss mitten in einen fetten, glitschigen Wurm. Falls sich Wibald tatsächlich im Gefolge Barbarossas befand, wie Trushard es vermutete, dann würde ich demnächst am Bettelstab gehen. Das war so sicher wie das Amen in der Kirche. Denn Vater hatte nichts vergessen und nichts vergeben.

Mit dem Gefühl, meiner eigenen Beerdigung beizuwohnen, quetschte ich mich durch das Menschenknäuel auf dem Lautrer Marktplatz, vorbei an Schaulustigen, Verkäufern und Huren. Meinen Bruder hielt ich fest an der Hand, damit er mir nicht verloren ging. Selbst ein Lahmer wäre in dem Gedränge mühelos vorangekommen, denn wir klemmten in der Menge so fest, dass wir weitergeschoben wurden, auch ohne unsere Beine zu gebrauchen.

Der sonst so beschauliche Ort glich einem Ameisenhaufen. Niemand in der ganzen Umgebung wollte die Ankunft Barbarossas versäumen. Wann bekam man schon einmal einen leibhaftigen Kaiser und seinen Hof zu sehen? Schließlich zog der Herrscher mit seinem Gefolge unablässig quer durch das Reich, vom großen Nordmeer bis nach Italien. Erst jetzt – sechs Jahre nach seiner Wahl zum König – hatte er endlich auch einmal den Weg nach Lautern gefunden.

Zahlreiche Schankbuden und Imbissstände verpesteten die Luft des warmen Frühlingstages. Aus den Feuerstellen, über denen ganze Schweine am Spieß gedreht wurden, entwich starker Qualm. Scharf gebratene Zwiebeln, Knoblauch, gekochter Fisch, Honigkuchen, süßer Beerenwein und Bier bildeten eine ekelhafte Geruchsmischung, die ich als Kriegserklärung an meine Nase empfand.

Mein Bruder strahlte über beide Wangen. Seit Wochen schon kannte er kein anderes Thema. Er würde den großen Kaiser, den er so sehr verehrte, von Angesicht zu Angesicht sehen! Ich beneidete meinen Bruder um seine Unwissenheit. Er war noch nicht einmal geboren, als das Unglück über unsere Familie hereingebrochen war, und ahnte nicht, welches Schicksal uns bevorstand.

Ich musste mir schnellstmöglich Gewissheit verschaffen, ob sich Wibald im Gefolge des Kaisers befand oder nicht. Aber wo sollte ich einen Platz finden, an dem ich den Einritt sehen konnte?

Sehnsüchtig blickte ich zum Turm der Sankt-Martins-Kirche empor. Wie gerne würde ich dort hinauffliegen und das Spektakulum in Ruhe von oben betrachten! Ich beneidete die Glücklichen, die am Marktplatz wohnten und aus den Fenstern allerbeste Sicht genossen, wenn der Kaiser zur Messe in die Kirche ging. Zur Feier des Tages hatten sie ihre Fachwerkhäuser mit Girlanden aus Efeu, Buschwindröschen und Maiglöckchen geschmückt.

Andere fanden es weniger angenehm, in dem Getümmel zu wohnen. Als wir in die Gasse geschoben wurden, die vom Marktplatz zur Brücke führte, sahen wir den Fischer und seinen Sohn, die ihren Vorgarten mit Mistgabeln gegen die Meute verteidigten. Der Schmied sah nicht minder grimmig aus. Zur Verstärkung hatte er seine Sau aus dem Stall geholt, die wie ein Wachhund neben ihm stand und jeden, der es wagte, dem Holzzaun zu nahe zu treten, empört angrunzte.

Vor der Brücke unterhielten die Spielleute das Volk. Zwei wohl bekannte Gänsefedern tanzten über die Menge hinweg. Mein Herz zog sich zusammen. Aus dem heillosen Durcheinander von Trommeln, Sackpfeifen und Drehleiern drangen Fetzen eines schwungvollen Rebecspiels zu mir herüber und vermischten sich mit Wortflicken, die ich in meinem Kopf mühelos ergänzen konnte: »Wer Läuse hat, darf hier nicht bleiben ...«

Ich biss mir auf die Lippen. Also kam die Brücke für uns auch nicht infrage, denn unter allen Umständen wollte ich vermeiden, Trushard zu begegnen. Je weniger ich ihn sah, desto schneller würde ich ihn vergessen. Nur ein paar Wochen noch, dann würde ich mich nicht einmal mehr an den Klang seiner Stimme erinnern.

Ich stellte mich gerade auf die Zehenspitzen, um im Gedränge den besten Platz auszuspähen, als ich nur wenige Schritte von uns entfernt ein leidvoll vertrautes Gesicht erkannte, das mir heute jedoch wie eine himmlische Erscheinung vorkam. Erleichtert winkte ich Jost zu.

»Macht Platz für den Schultheißen!«, bellte er. Sofort wichen die Menschen vor ihm zurück. Zielstrebig quetschte sich Jost durch die Menge und zog uns über die Brücke hinweg bis zur Kaiserpfalz. Gegenüber dem Eingangstor machte er Halt. Einigen Handwerkern aus Lautern, die ich nur vom Sehen flüchtig kannte, befahl er energisch, uns in die erste Reihe zu lassen. Dabei spielte seine Hand auffällig unauffällig mit dem Knauf des Schwertes, das steif vom Bindegürtel herabhing und an seinem schmalen Körper doppelt so mächtig wirkte. Folgsam wichen die Männer zurück, denn wer sich dem Schultheißen widersetzte, musste damit rechnen, im Verlies zu landen.

Ausnahmsweise war ich froh über die unfreiwillige Freundschaft, die wir mit Jost und seinem Bruder pflegen mussten. Den Gefallen, den er uns heute erwies, betrachtete ich als gerechte Entschädigung für die Besuche auf unserer Burg, die eher dem Einfall einer Heuschreckenplage glichen als einer gesitteten Aufwartung. Bereits kurz nach unserer Ankunft auf dem Beilstein hatte uns der schmächtige Jost mit seinem mindestens viermal so breiten Bruder Siegfried ohne Vorwarnung heimgesucht, »um uns in Lautern gebührend willkommen zu heißen«, wie der Schultheiß sich damals ausdrückte. Seitdem pflegten die ungehobelten Kerle auch ohne Einladung unsere Bierfässer leer zu saufen und den Saal zu verdrecken.

Ich atmete tief durch, vergaß für einen Augenblick meine Sorgen und genoss den Blick auf Barbarossas Palast, der mich stets aufs Neue faszinierte. In den vergangenen fünf Jahren hatte ich voller Staunen verfolgt, wie auf der leicht aufragenden Felseninsel eine riesige Anlage aus rotem Sandstein emporwuchs und ihr Mauerwerk herausfordernd immer näher gen Himmel reckte. Aus unbehauenen Brocken schufen die Mitglieder der kaiserlichen Bauhütte elegante Arkaden für den Palas und die Kapelle, rankengeschmückte Säulen, zierliche Erker, pompöse Treppenaufgänge, den einschüchternden Bergfried und eine massive Wehrmauer, die sich nordöstlich um die Pfalz zog. Hinter dem großen Weiher, der die Anhöhe im Süden und Westen umspülte, ließ Barbarossa einen Tiergarten mit Hirschen und Rehen anlegen. Um den Herrscher willkommen zu heißen, wehten auf den Türmen Fahnen, die den schwarzen Reichsadler auf goldenem Grund zeigten.

Der Palast war Stein gewordene Macht und spiegelte Barbarossas festen Willen wider, die Welt dauerhaft seiner Ordnung zu unterwerfen. Von hier aus beherrschte er das Reichsland um Lautern. Noch in Hunderten von Jahren würden die Menschen staunend vor der Pfalz stehen und sich an den Kaiser erinnern, der dieses monumentale Bauwerk hatte errichten lassen.

Die Anlage besaß nicht den ausgeprägt militärischen Charakter anderer Burgen, die mehr Festungen als Wohngebäuden glichen. Auch im Inneren bot die Kaiserpfalz zu Lautern jede nur denkbare Annehmlichkeit, obwohl sie erst vor wenigen Tagen fertig gestellt worden war.

Die Anstrengungen der vergangenen Wochen, in denen Jost von früh bis spät gearbeitet hatte, um den Besuch des Kaisers bestmöglich vorzubereiten, waren ihm anzusehen. Unter seinen klaren hellblauen Augen zeichneten sich dunkle Ringe ab.

Trotz der Müdigkeit hatte Jost leider nichts von seiner Streitlust verloren. »Wofür sind denn diese Ungetüme von Ärmeln gut?«, fragte er herablassend und lieferte die Antwort gleich hinterher: »Die sind bestimmt für Ehemänner sehr praktisch, damit sie ihre Frauen besser festhalten können.« Ehe ich reagieren konnte, hatte er schon nach den Flatterärmeln gegriffen und zog mich damit näher zu sich heran.

Ungehalten riss ich mich von ihm los. »Wenn sich die Ehemänner gut benehmen, haben ihre Frauen auch keinen Grund fortzulaufen«, zischte ich.

»Anständige Weibsleute stellen ihren Körper nicht zur Schau«, bemerkte Jost mit einem tadelnden Unterton in seiner etwas zu dünn geratenen, quäkenden Stimme und musterte schmallippig meinen Bliaut.

Ich wollte gerade zu einer passenden Erwiderung ansetzen, als drei Fanfarenstöße erklangen. Ein erwartungsvolles Raunen ging durch die Menge. Merbodo sprang aufgeregt in die Höhe. »Der Kaiser kommt!«, jubelte er.

»Ich muss noch letzte Anweisungen erteilen«, rief mir Jost zu. »Wir sehen uns beim Festessen. Ach ja, und pass auf, dass dein enges Oberteil nicht platzt, wenn du dich verneigst!« Bevor ich meinen Mund aufmachen konnte, eilte er grinsend davon.

Verärgert blickte ich ihm nach und beobachtete, wie sich sein drahtiger Körper zielstrebig einen Weg durch die Wartenden bahnte. Warum nur musste er ständig an mir herummäkeln?

Kaum war der Schultheiß mit seinem imposanten Schwert verschwunden, quetschten sich von allen Seiten schweißdünstende Leiber heran und schlossen sich wie Kerkerwände um uns herum. Schmerzhaft wurde ich in den Rücken gestoßen, als sich die Handwerker rücksichtslos nach vorne drängten. Von links grinste mich ein abgerissener Bauernlümmel an, der entsetzlich nach rohen Zwiebeln stank, und auf der rechten Seite wogte mir in Augenhöhe der füllige Busen einer Matrone entgegen. Wie ein Getreidekorn kam ich mir vor, das zwischen Mühlsteinen zerrieben wurde. Ich japste nach Luft. Vor einer kleinen Frau und einem Jungen hat niemand Respekt, dachte ich wütend. Hoffentlich würden wir hier wieder heil herauskommen.

Besorgt nahm ich Merbodo fest an die Hand. Mit meiner Linken fächelte ich mir etwas Luft zu. Für einen Frühlingstag war es ausgesprochen heiß.

Die schweren Glocken der Sankt-Martins-Kirche setzten sich in Gang – ein Zeichen, dass der Zug näher kam. Ich reckte mich, um etwas sehen zu können, und tatsächlich konnte ich die Spitze des kaiserlichen Trosses ausmachen. Ganz vorne marschierten Trompeter, Trommler und Beckenschläger. Der Höllenlärm, den sie erzeugten, tönte grell in meinen Ohren. Aber der Menge schien es zu gefallen. Heftiges Klatschen und Beifallsrufe begleiteten die Musiker. Mein Brüderchen machte eifrig mit.

Dann folgten Lasttiere, Planwagen mit hoch aufragenden Gepäcktürmen und schließlich bewaffnete Kämpfer, die auf den riesigen Schlachtrossen so weit oben thronten, dass selbst ich sie mühelos erkennen konnte, ohne mich auf die Zehenspitzen zu stellen. Bis auf Augen und Kinn war kein Fleck ihres Körpers unbedeckt: Blank polierte Topfhelme mit Nasenbügeln, silbrig schimmernde Panzerhemden, die aus Tausenden von kleinen Einzelringen zusammengesetzt waren, und sporenbewehrte Stiefel schützten sie vor Angriffen. Sie sahen nicht wie Menschen aus, sondern wie abgerichtete Kampfkolosse, die auf Befehl hin ohne Zögern zuschlagen würden. Unwillkürlich zog ich meinen Bruder näher zu mir heran. Aber er war natürlich hingerissen. »Mann, die kann niemand besiegen!«

Weniger begeistert war er von den prächtig gekleideten Hofdamen, die den Beifall der Menge mit huldvollem Nicken aufnahmen und den Bettlern milde Gaben zuwarfen.

»Schau nur, was für kostbaren Schmuck die Damen tragen«, schwärmte ich. Aber Merbodo war noch nicht in dem Alter, in dem er sich für Frauen interessierte. Gelangweilt wandte er sich ab. Ich weidete mich am Anblick der bunten Edelsteine und goldenen Ketten, die in der Sonne funkelten. Noch nie hatte ich solche Pracht gesehen. Ich selbst besaß nur das Schapel aus Blech und die Bernsteinkette, die ich von Mutter geerbt hatte.

Unruhig spähte ich nach den Adeligen. Ob Wibald vielleicht doch nicht darunter war?

Als Nächstes ritten die hohen Geistlichen heran. Manch böser Blick aus der Menge folgte ihnen, denn in ihrem farbigen Pelzwerk waren sie viel zu prunkvoll ausstaffiert, um wahre Diener Gottes zu sein. Einer von ihnen zeigte sich sogar mit einem aufreizend tiefen Kleiderschlitz, der fast bis zum Unterleib reichte.

»Scheiß Heuchler«, schimpfte die Matrone, die mich mit ihrem fülligen Leib fast erdrückte.

»Pscht, sei still«, mahnte ein graugesichtiger Mann neben ihr, der wohl ihr Gatte sein musste, und stieß sie in die Rippen. »Halt die Klappe, sonst landest du noch auf dem Scheiterhaufen.«

Ich teilte die Wut der Matrone über diese verlogenen Geistlichen, die aus uns den Kirchenzehnten herausquetschten, um sich davon ein Leben in Saus und Braus zu leisten. So mancher musste hungern, damit die selbst ernannten Nachfolger Christi schlemmen konnten.

»Wann kommt denn endlich der Kaiser?«, maulte Merbodo. Und wohl zum hundertsten Mal in den letzten Wochen fragte er mich: »Hat er wirklich einen Feuerbart?«

Geistesabwesend spulte ich meine Antwort ab wie einen Faden von der Spindel. »Natürlich, deshalb nennen ihn die Italiener auch Barbarossa. In unserer Sprache bedeutet das Rotbart.«

Lange konnte es nun nicht mehr dauern, bis die Adeligen kamen. Dann würde ich Gewissheit haben, ob sich Wibald im kaiserlichen Gefolge befand oder nicht. Ich schloss die Augen und schickte im Stillen ein kurzes Stoßgebet zu meiner Schutzheiligen, der seligen Margarete. Wenn uns doch bloß Wibalds Anwesenheit erspart bliebe!

Als ich die Augen öffnete, zuckte ich zusammen, als habe mich der Blitz getroffen. Mein Blick fiel auf dasselbe feiste Gesicht, das mich so oft in meinen Albträumen verfolgt hatte. Wie eine mächtige Welle durchflutete der Hass meinen Körper und spülte Trauer und Zorn wieder hoch. Jetzt war auch das winzige bisschen Frieden dahin, das ich in den vergangenen Jahren an unserem neuen Wohnort gefunden hatte.

Wibald sah aus wie das blühende Leben. Sein dicklicher Körper, der in Kleidung aus feinstem Scharlach gehüllt war, verriet, dass er dem guten Essen bei Hofe allzu reichlich zusprach. Obwohl er schon auf die vierzig zuging, wirkte er erstaunlich unverbraucht. Nur an dem dunklen Haar, das von silbernen Fäden durchzogen war und sich an einigen Stellen lichtete, konnte man sein wahres Alter erkennen. Ein selbstzufriedenes Lächeln umspielte die fleischigen Lippen. Ganz offenkundig genoss er den überschwänglichen Empfang. Einem einbeinigen Bettler, der an sein Pferd heranhumpelte, warf er mit angeekeltem Gesicht ein paar kleine Münzen hin und ritt rasch weiter. Auf seinem Schild prangte das Wappen seines Geschlechtes, ein gelber Turm auf schwarzem Grund. Den Gottlosen geht es immer gut, dachte ich verbittert, und der Groll stieg wie üble Galle in mir auf.

Meine einzige Hoffnung war jetzt noch, dass er Vater nicht begegnete.

Begeisterte Heilsrufe der Menge rissen mich aus meinen Grübeleien. Die Schar der Würdenträger aus Lautern, die dem Kaiser entgegengeritten war und ihn nun in die Pfalz geleitete, ging ihm in einer feierlichen Prozession voran. Mit brennenden Kerzen in den Händen bewegten sich Priester, Äbte, Adelige und die bedeutendsten Reichsministerialen in gemessenem Schritt vorwärts, umgeben von einer Wolke aus Weihrauch.

»Da ist er!« Mit seinem dicken Zeigefinger deutete Merbodo aufgeregt auf unseren Vater, der so dicht vor dem Kaiser herschreiten durfte.

Aber ich konnte den Stolz meines Brüderchens nicht teilen. Fast hätte ich Vater nicht wiedererkannt. Seine sonst so gleichmäßigen Gesichtszüge waren zu einer grimmigen Fratze verzerrt. Die brennende Kerze stieß er wie eine gezückte Waffe nach vorne. Sein Spitzbart stach zornig in die Luft. Das war's wohl, dachte ich entsetzt. Nun konnte ich den Kampf auf Leben und Tod nicht mehr verhindern. Kein Zweifel, diesmal würde Vater auf seinen Erzfeind Wibald losgehen, um die Schande von damals zu rächen. Wie würde die Auseinandersetzung wohl enden? Gewiss, Vater war ein imposanter Mann. Man sah es seinem muskulösen Oberkörper an, dass er regelmäßig für den Kampf übte. Aber man brauchte mehr als Kraft, um Wibald zu besiegen, man brauchte Glück – und vor allem gute Beziehungen zum Kaiser.

Ein Raunen ging durch die Menge, als die Herolde nahten, die dem Herrscher das Reichsschwert vorantrugen, das Zeichen königlicher Macht und Gerichtsbarkeit, die ihm von Gott verliehen worden war. Merbodo hüpfte von einem Fuß auf den anderen und zerrte an meiner Hand. »Reiß dich nicht los«, mahnte ich ihn. »Wehe, du gehst mir verloren!«

»Der Kaiser, der Kaiser!«, schrie Merbodo und stimmte in das Brüllen der Menge ein. Ich hatte Mühe, überhaupt noch etwas zu erkennen, denn rings um mich herum wurden bunte Tücher geschwenkt und legten sich wie ein Flickenteppich über meinen Kopf. Ich reckte mich auf die Zehenspitzen, um ein Guckloch zu finden, das mir einen Blick auf den Herrscher erlaubte. Unter einem Baldachin aus Seide, auf dem der Reichsadler prangte, ritt das kaiserliche Ehepaar ein.

Als ich Barbarossa betrachtete, spürte ich im ersten Augenblick ein wenig Enttäuschung. Ich hatte mir den Kaiser immer wie einen Helden aus den griechischen Sagen vorgestellt – groß, stark und strahlend. Wer innerhalb weniger Jahre das Wunder vollbrachte, das Reich zu neuer Größe zu führen und zum Kaiser gekrönt zu werden, konnte doch nicht wie ein gewöhnlicher Sterblicher aussehen! Gewiss, der Kaiser hielt sich kerzengerade im Sattel, und seine ebenmäßigen Gesichtszüge strahlten eine heitere Gelassenheit aus. Aber er war höchstens von mittlerer Statur und keineswegs gut aussehend. Die Haut fand ich viel zu blass, die Lippen zu schmal und den Hals entschieden zu kräftig.

Aber wenigstens mein Bruder war entzückt. »Er hat ja wirklich einen Feuerbart!« Friedrichs rötlich schimmernder Backenbart war genauso sorgfältig gepflegt wie die kurz geschnittenen blonden Locken, die an der Stirn von einem Goldreif geschmückt wurden. Unter dem purpurfarbenen Mantel leuchtete ein mit Edelsteinen besticktes Seidengewand hervor.

Das Antlitz des Kaisers wurde von durchdringenden Augen beherrscht, die mir so scharf erschienen, als könnte ihnen nicht die winzigste Kleinigkeit entgehen. Aber konnten sie auch ins Herz der Menschen sehen? Würden sie erkennen, wann jemand log und wann jemand die Wahrheit sprach? Friedrich war bekannt für seine unbestechliche Gerechtigkeit, die er ohne Ansehen der Person walten ließ. Aber auf wessen Seite würde er sich stellen, sollte es tatsächlich zum befürchteten Eklat zwischen Wibald und meinem Vater kommen?

Als ich meinen Blick der Kaiserin zuwandte, wallte der Neid in mir hoch. Sie war zart, blond, blauäugig, mit einem Teint so duftig wie ein Himmelswölkchen. Kein Wunder, dass die Minnesänger landauf, landab ihre Schönheit rühmten. Aber sie lieferte den Spielleuten auch in anderer Hinsicht reichlich Stoff für Erzählungen. Die Geschichte ihrer Heirat mit Barbarossa trug märchenhafte Züge. Der böse Onkel hatte die arme Beatrix nach dem Tod ihres Vaters in einen finsteren Turm gesperrt, um ihr Erbe an sich zu reißen. Doch auch der Kaiser hatte ein Auge auf die Grafschaft Burgund geworfen, in der immerhin die strategisch so wichtigen Alpenpässe lagen, die ihm den freien Zugang nach Italien sicherten. Dem Druck Barbarossas musste sich der Fiesling beugen und die edle Dame zähneknirschend wieder herausrücken. Barbarossa freite die von ihm Befreite, die sich natürlich prompt in ihren Lebensretter verliebte, obwohl er mit seinen vierunddreißig Lenzen mehr als doppelt so alt war wie sie. Barbarossas Gegner bezeichneten ihn als »Weiberknecht«, was darauf schließen ließ, dass er seiner Gattin herzlich zugetan war, und das wohl nicht nur wegen der Alpenpässe. Bisher war ich mir nicht sicher gewesen, ob die Geschichte ein Körnchen Wahrheit enthielt oder einfach nur hübsch ausgedacht war, aber nun bemerkte ich, dass Beatrix über die Pferde hinweg ihrem Mann einen zärtlichen Blick zuwarf, den er genauso liebevoll erwiderte.

Nur mühsam konnte die Leibwache die Menschen abwehren, die sich an das Paar herandrängten. Jeder wollte den König berühren. Das einfache Volk war felsenfest davon überzeugt, dass vom Körper des Königs magische Kräfte ausgingen. Notfalls sollte auch ein Zipfel seines Mantels ausreichen, um am Segen teilzuhaben. Die Anwesenheit des Königs konnte angeblich sogar Krankheiten lindern und für eine reiche Ernte sorgen.

Aber der glühendste Anhänger des Kaisers in ganz Lautern war sicherlich mein Brüderchen. »Heil Friedrich!«, trompetete Merbodo voller Inbrunst, riss sich plötzlich von meiner Hand los und stürzte wieselflink vorwärts, seinen schmalen Körper geschickt zwischen den Menschen durchwindend.

»Komm zurück!«, rief ich wütend und griff nach ihm, aber Merbodo war schneller. Weil er so klein war, entschlüpfte er sogar der Leibwache.

Entschlossen kämpfte ich mich hinter ihm durch, bis ich es zur ersten Reihe geschafft hatte. Merbodo näherte sich dem Pferd des Kaisers. Besorgt beobachtete ich, wie die Leibwache von den herandrängenden Menschen immer näher an Barbarossa gedrückt wurde. Die Troddeln des Baldachins schwankten heftig hin und her, als würde ein Sturm toben.

Schon streckte mein Bruder triumphierend die Hand nach der bestickten Satteldecke aus, da prallte ein zurückweichender Wachmann gegen ihn, und Merbodo wurde schräg vor das Ross des Kaisers geschleudert.

Ich schrie auf.

Der schwarze Hengst des Kaisers scheute und stellte sich auf seine Hinterbeine. Die riesigen Hufe wirbelten in der Luft – genau über Merbodo. Jeden Augenblick konnten sie meinen Bruder zerschmettern.

Ich stand da wie festgefroren. Unwillkürlich kniff ich die Augen zusammen. Heilige Magarete, rette meinen Bruder ... Die Menge verstummte. Die plötzliche Stille ängstigte mich mehr als jedes Geschrei. Sie konnte nur eines bedeuten.

Um mich herum hörte ich ein erleichtertes Aufseufzen. Zaghaft öffnete ich ein Lid.

Merbodo lag neben dem Hengst, regungslos, aber anscheinend unversehrt. Dem Kaiser war es wohl im letzten Augenblick gelungen, das Pferd herumzureißen. Das war knapp, äußerst knapp gewesen. Ich öffnete das zweite Lid.

Barbarossa sprang vom Pferd und barg den Jungen vorsichtig in seinen Armen. Auch Beatrix stieg ab und beugte sich über meinen Bruder. Mit ihrer kleinen Hand strich sie ihm die Locken aus dem dreckverschmierten Gesicht.

Es schien eine Ewigkeit zu dauern, aber endlich regte sich Merbodo in Barbarossas Armen und schlug die Augen auf. Mein Herz hüpfte vor Erleichterung.

»Er lebt«, raunten sich die Menschen zu, und die Nachricht wanderte in Windeseile durch die Menge. Plötzlich rief jemand: »Ein Wunder! Der Kaiser hat ein Wunder vollbracht!« Jubel brandete auf.

Meine Versteinerung löste sich, und ich schwankte auf die Leibwache zu. »Lasst mich durch, es ist mein Bruder«, bettelte ich die Männer an, die mich nach kurzem Zögern passieren ließen.

Demütig versank ich vor dem Kaiserpaar in einem tiefen Knicks.

Barbarossa sah mich scharf an: »Wer seid Ihr?«

»Rotrud von Saulheim, Majestät. Mein Vater Merbodo befehligt die Burg Beilstein. Habt Dank für die schnelle Hilfe. Eure Geistesgegenwart hat meinem Bruder das Leben gerettet.«

»Euer Vater ist einer meiner fähigsten Männer«, erinnerte sich Barbarossa und wandte seine Aufmerksamkeit wieder meinem Bruder zu: »Hast du Schmerzen?«

»Nein«, erwiderte der Junge tapfer, aber an seinem verzerrten Gesicht sah ich, dass er log. Dem Kaiser gegenüber wollte er sich keine Blöße geben. Aus ihm würde einmal ein guter Ministerialer werden.

»Kannst du stehen?« Als Merbodo die Frage bejahte, stellte Barbarossa ihn behutsam auf die wackeligen Beinchen. Rasch nahm ich meinen Bruder, der noch etwas benommen wirkte, an die linke Hand. »Au«, entfuhr es ihm.

»Du hast bestimmt das Handgelenk gebrochen«, vermutete der Kaiser und hob den Kleinen auf sein Pferd. »Du reitest jetzt mit mir in die Pfalz, damit dich mein Leibarzt behandeln kann. Und anschließend bekommst du ein großes Stück Kuchen.«

◆

Während Merbodo verarztet wurde, hatte ich ein wenig Zeit für mich. Ich sehnte mich nach Stille, um meinen aufgewühlten Geist zu beruhigen. Ein Gebet in der alten Kapelle der Kaiserpfalz würde mir gut tun. Vor Hunderten von Jahren war sie auf dem höchsten Punkt des Burggeländes errichtet worden. Sie war das einzige Überbleibsel aus vergangenen Zeiten und gehörte zu dem – ebenfalls uralten – Friedhof, der bei der Anlage der Kaiserpfalz eingeebnet und überbaut worden war.

Ich klinkte die Tür auf und trat leise ein. Doch ich hatte mich getäuscht, als ich geglaubt hatte, in der Kapelle zur Ruhe zu kommen.

Auf der Holzbank vor dem Altar saß ausgerechnet Trushard. Mit seinem hocherhobenen Lockenkopf und den gestrafften Schultern wirkte er nicht wie ein demütiger Christ, sondern eher wie ein zu allem entschlossener Sünder.

Ich wollte mich gerade zurückziehen, als er den Kopf drehte. »Ich bete schon eine geraume Weile, aber der Hass brennt in mir wie eine lodernde Flamme. Ich würde am liebsten mit meinen Messern auf ihn zielen.« Seine Stimme klang dunkel.

Unwillkürlich ballte ich die Fäuste. »Und ich könnte Wibald mit eigenen Händen entmannen.« Kaum hatte ich geantwortet, biss ich mir auf die Zunge. Aber es war zu spät.

Ein leises Lächeln stahl sich auf Trushards Lippen. »Wusste ich's doch. Das Bauchgrimmen überfiel Euch, als ich von Wibald erzählte. Vorher wart Ihr munter wie ein Spatz.« Er räumte das Rebec beiseite, das neben ihm auf der Bank lag, faltete seinen Umhang zu einem Kissen und schob ihn mir hin. »Setzt Euch doch und erzählt mir, was Euch bedrückt.«

Es war das erste Mal seit Jahren, dass sich jemand für mein Wohlergehen interessierte. Für Vater war ich seit Mutters Tod nichts weiter als eine Magd, die auf der Burg ihre Pflichten erfüllte, und für meinen Bruder eine Ersatzmutter, die sich gefälligst Tag und Nacht um seine vielfältigen Bedürfnisse zu kümmern hatte. Aber seltsam erschien mir Trushards Interesse doch. Außerdem: Wie kam er überhaupt hierher? In der Kaiserpfalz hatte er als Spielmann nichts zu suchen, es sei denn, er wäre eingeladen worden. Was ich allerdings bezweifelte.

Vorsichtshalber ließ ich mich am äußersten Rand seines Umhangs nieder. Starr sah ich an Trushard vorbei zum Altar, auf dem kleine Vasen mit Butterblumen und Gänseblümchen standen, umgeben von silbernen Leuchtern. Tief atmete ich den honigsüßen Duft der Wachskerzen ein. Das warme Rot der schmucklosen Sandsteinwände hüllte mich beruhigend ein. In dem Sonnenlicht, das durch die runden Fensterbögen hereinfiel, tanzten Staubkörner.

Die Glöckchen an Trushards Schnabelschuhen klingelten leise, als er näher rückte. »Was hat Wibald Euch angetan?«

Zögernd wandte ich mich zu ihm um. Mein Blick fiel auf das Kreuz, das über dem grünen Leinenrock hing. Aus welchem Knochen es wohl geschnitzt war? War es womöglich der Überrest eines Menschen – ein Stück von einem Schädel, einem Becken oder einem Schenkel? Knochen wohnten Zauberkräfte inne, hieß es. Eigentlich glaubte ich nicht an solchen Unfug, aber seit gestern war ich mir nicht mehr so sicher, ob nicht doch etwas daran war. Es wäre eine Erklärung dafür, warum ich in Trushards Gegenwart so verwirrt war und Handlungen beging, die ich später bereute. »Niemand kann mir helfen«, wiegelte ich ab.

»Sagt das nicht. Nicht nur meine Zunge ist scharf, sondern gelegentlich auch mein Verstand. Vielleicht fällt uns eine Lösung ein, wenn wir gemeinsam nachdenken.« Er rutschte ein wenig tiefer, bis unsere Augen auf gleicher Höhe waren, und streckte die Storchenbeine aus. Rasch drehte ich den Kopf zur Seite, aber er griff nach meinem Kinn und drehte es zu sich hin, sodass ich seinem Blick standhalten musste. »Warum weicht Ihr mir aus?«

Weil seine Augen Abgründe waren, die mich in die Tiefe zogen. Weil ich einen ehrbaren Ehemann suchte und keinen Lotterlümmel, der nach einer kurzen Liebelei zur nächsten holden Dame weiterziehen würde. Weil ich unter allen Umständen den Zauberkräften seines Knochens trotzen musste. Ich zwang mich, ruhig zu atmen, obwohl mein Herz davonzugaloppieren schien. »Wieso sollte ich ausgerechnet Euch vertrauen?«

Wenn ihn meine Frage gekränkt hatte, ließ er es sich nicht anmerken. »Wieso nicht?«, gab er gelassen zurück und nahm die Hand von meinem Kinn. »Glaubt mir, ich bin nur halb so schlimm, wie ich aussehe. Außerdem schulde ich Euch Dank. Es war sehr mutig von Euch, mich gegen den Willen Eures Vaters aufzunehmen. Zur Strafe spricht er nicht mehr mit Euch, stimmt's?«

Stumm nickte ich. Wie wohltuende Medizin war das Mitgefühl, das in Trushards Augen schimmerte. Vielleicht war seine Seele doch nicht völlig verdorben? Vater hatte mich eindringlich vor Spielleuten gewarnt, aber Großmutter hatte immer behauptet, dass es auch anständige Gaukler gäbe. Gestern hatte Trushard nach einem stärkenden Mahl freiwillig geholfen, in allen Räumen die müffelnden Binsen auszutauschen. Die Kinder waren völlig versessen auf ihn und hingen wie die Kletten ständig an seinem Rockzipfel. Auch unsere Köchin hatte den ausgehungerten Vogel ins Herz geschlossen.

Ich entschied, mir meine Sorge von der Seele zu reden. Schaden konnte es nicht, denn bald würde ohnehin jeder wissen, was damals in Saulheim passiert war. Und vielleicht fiel Trushard wirklich ein Ausweg aus der verfahrenen Situation ein.

»Wibald kam gerade von Barbarossas Krönung zurück und war auf Durchreise in unserem Heimatort Saulheim.« Ich zwang mich, tief durchzuatmen, um meinen Herzschlag zu verlangsamen. »Er genoss die Gastfreundschaft des Pfalzgrafen, in dessen Diensten mein Vater stand. Wibald schlich meiner Schwester Hildegunde nach, als sie im Wald Holz sammeln wollte, und dann ...« Ich brachte es nicht über mich, das Unfassbare auszusprechen. »Hildegunde konnte die Schande nicht ertragen und hat sich wenig später in einem Weiher ertränkt.«

Bei der Erinnerung stiegen Tränen in mir hoch. Nur mit Mühe unterdrückte ich sie. »Wenn doch nur einer von uns wach geworden wäre, als sie sich nachts zum Weiher schlich!

Dann könnte sie heute noch leben«, brach es aus mir heraus. »Ich hätte wissen müssen, was sie vorhatte. Keiner kannte sie besser als ich. Wir waren unzertrennlich. Nach Wibalds Tat war sie verstört und still, aber ich dachte, sie würde sich wieder fangen.«

Sachte legte Trushard seine rechte Hand auf meinen linken Arm und drückte ihn tröstend. »Macht Euch keine Vorwürfe, niemand hätte es verhindern können.«

Errötend zog er die Hand weg, aber an der Stelle, die er berührt hatte, kribbelte es, als würden dort Hunderte von Ameisen herumlaufen. Stockend fuhr ich fort: »Wir konnten meine Schwester noch nicht einmal auf dem Friedhof begraben. Wie einen toten Hund mussten wir sie auf einem Feld verscharren. Der Pfarrer war unerbittlich. Auf einem geweihten Gottesacker sei kein Platz für Selbstmörder. Der Weiher, in dem sich Hildegunde ertränkt hatte, wurde von den Leuten gemieden. Uns mieden sie auch.«

Mich fröstelte. Ich zog den Umhang enger um meine Schultern. »Ein halbes Jahr später starb Mutter bei Merbodos Geburt. Die Trauer um meine Schwester hatte ihr wohl zu viele Kräfte geraubt. Großmutter weinte den ganzen Winter durch. Im Frühjahr brach sie zu einer Pilgerfahrt nach Köln auf. Am Schrein der heiligen Ursula wollte sie für die Familie beten. Vater begleitete sie. Er kam ohne sie zurück. Großmutters schwaches Herz hatte die anstrengende Reise nicht überlebt. Wir waren so froh, als mein Vater kurz darauf in Barbarossas Dienst berufen wurde und wir auf den Beilstein ziehen konnten. Wir wollten einen Neuanfang machen.«

Während ich sprach, hatte Trushard mich aufmerksam betrachtet. »Und nun kommt ausgerechnet Wibald hierher und stört Eure Ruhe.« Er seufzte tief. »Beim Einzug des Kaisers sah Euer Vater aus, als ob er irgendetwas Unvernünftiges tun würde. Er hatte sich kaum noch in der Gewalt.«

Meine Hände waren trotz der Frühlingswärme eiskalt. Ich barg sie in den weiten Flügelärmeln und rieb sie aneinander. »Ich bin sicher, er wird auf Wibald losgehen oder ihn zu einem Kampf herausfordern.«

»Als Ministerialer steht Euer Vater unter einem Adeligen«, stellte Trushard fest. »Deshalb darf er Wibald weder beschuldigen noch angreifen, ohne stichhaltige Beweise oder glaubwürdige Zeugen vorzubringen. Sollte er ihn trotzdem anklagen, wird ein Gottesurteil folgen.«

Meine Kehle wurde ganz trocken. »Ein Zweikampf auf Leben und Tod.«

»Man sagt, Gott vernichte im Kampf den Schuldigen durch den Arm des Unschuldigen.« Aus Trushards Tonfall hörte ich heraus, dass er mich mit diesen Worten nur trösten wollte. Glauben konnte er vermutlich selbst nicht daran.

»Ich möchte die Richtigkeit dieser Behauptung lieber nicht überprüfen«, erwiderte ich bedrückt.

»Rotrud, Ihr müsst gut auf Euren Vater Acht geben«, sagte Trushard eindringlich.

»Und wie soll ich das anstellen?«, gab ich zurück.

Gedankenverloren zeichnete Trushard mit dem linken Fuß die Umrisse des Fensters nach, die von der Sonne auf den Fliesenboden gemalt wurden. »Hatte Euer Bruder nicht einen Unfall? Bittet Euren Vater, ihn nach Hause zu bringen. Schließlich kann der kranke Merbodo den weiten Weg nicht allein zurücklaufen. Wenn Euer Vater erst einmal eine Nacht darüber geschlafen hat, kühlt sich sein Zorn hoffentlich ab. Dann sieht er vielleicht ein, wie unsinnig es ist, einen Streit anzuzetteln, bei dem er nur verlieren kann.«

Eine leise Hoffnung keimte in mir auf. »Das ist eine gute Idee.« Eine Frage musste ich noch loswerden, bevor ich Vater suchte: »Was tut Ihr hier eigentlich? Ich dachte, Ihr wolltet Wibald aus dem Weg gehen.«

Trushard lachte spöttisch. »Keine Sorge, hier in der Kapelle sind wir sicher vor ihm. So nah bei Gott hält er sich nicht auf.«

Ich holte die Hände aus den Ärmeln und zupfte meinen Schnurmantel zurecht. »Wie seid Ihr überhaupt in die Pfalz gekommen?«

Trushard grinste. »Ich habe dem Wächter erzählt, ich würde heute Abend im Palas auftreten. Da Ihr mich so großzügig mit neuer Kleidung beschenkt habt, sehe ich ganz anständig aus. In meinen alten Flicken hätte er mich wohl kaum passieren lassen.«

Der Spielmann hatte getrickst, um in die Pfalz zu kommen. Das Lügen ging ihm leicht von den Lippen. »Und was wollt Ihr in der Kaiserpfalz?«, fragte ich ihn weiter aus. »Ihr habt hier nichts zu suchen.«

Trushards Gesicht verdüsterte sich. Ruckartig richtete er sich auf und stellte die Beine gerade nebeneinander. »Ich warte, bis es dunkel ist. Dann hole ich mir von unserem gemeinsamen Freund Wibald etwas zurück, was mir gehört.« Seine Stimme war hart wie ein Fels.

»Sagt es doch rundheraus: Ihr wollt stehlen. Ich sollte der Wache Bescheid sagen, damit sie Euch hinauswirft, bevor Ihr Euren finsteren Plan in die Tat umsetzen könnt.« Trotz des guten Willens blieb ich wie angeleimt auf der Bank sitzen.

»Ich tue nichts Unrechtes«, versicherte Trushard, ein bisschen zu hastig, wie ich fand. »Es ist nur so: Das Gesetz ist nicht immer gerecht. Deshalb muss ich ein wenig ... äh ... nachhelfen.«

Nachdenklich betrachtete ich Trushards dürren Hühnerhals, seine eingefallenen Wangen und die mageren Schultern. Wibald hatte ihm übel mitgespielt. Ich würde es dem Adeligen gönnen, wenn der Gaukler ihm eine Lehre erteilte. Wenn ich nicht nachfragte, was Trushard im Schilde führte, konnte ich später glaubhaft versichern, ich hätte von nichts gewusst. Ich stand auf und strich meinen Rock glatt. »Seid unbesorgt. Ich werde Euch nicht verraten. Und vielen Dank für Euren guten Ratschlag.«

Auf dem Weg zur Tür wurde mir bewusst, dass ich mich selbst belogen hatte: Es würde keine Wochen dauern, bis ich Trushard vergessen hatte, sondern Monate. Wenn überhaupt. Liebe war eine Schlingpflanze, die sich immer enger um meine Fußknöchel wand, je verzweifelter ich versuchte, mich von ihr zu befreien. In der vergangenen Nacht hatte ich geträumt, dass ein Skelett seine Armknochen nach mir ausstreckte, um mich ins Grab zu ziehen. Kurz bevor es mich berührte, war ich schweißgebadet aufgewacht. Kam der Tod nicht als Spielmann zu den Sterbenden? Mir fiel die düstere Legende von Tristan und Isolde ein, die Trushard uns gestern Abend vorgesungen hatte. Durch einen verbotenen Liebestrank waren die beiden für immer aneinander gekettet. Trushards Stimme hallte in meinen Ohren wider: »O weh, der Trank bringt euch den Tod, niemals entrinnt ihr dieser Not ...«

»Knochenpoet« – so wurde Trushard auf unserer Burg spöttisch gerufen. Auch wenn Elsbeth mit dem Schimpfwort auf seine knochendürre Figur anspielte – der Name war noch in anderer Hinsicht treffend: Trushard war ein Dichter, der mit seinen Liedern den Tod beschwor.

◆

Ich fing Vater auf der Treppe ab, die zum Eingang des Palas führte. Ich atmete tief durch und versuchte, ein freundliches Lächeln in mein Gesicht zu zaubern. »Merbodo geht es nicht gut. Er muss sofort nach Hause ins Bett. Kannst du mit ihm auf den Beilstein zurückreiten? Du weißt doch, Merbodo und ich sind zu Fuß gekommen.«

Vaters Augen verengten sich. »Unsinn, ihm geht es prächtig. Er wird gerade in der Burgküche gemästet.«

»Er hat immerhin das Handgelenk gebrochen«, beharrte ich. »Er muss sich schonen.«

»Stell dich nicht so an. Es ist bloß ein kleiner Knacks«, knurrte Vater. Listig funkelte er mich an: »Reite du doch mit ihm zurück.« Er hatte mich durchschaut.

Unter allen Umständen musste ich heute Abend in Vaters Nähe bleiben. »Dein Hengst ist mir zu wild«, gab ich zurück. »Er gehorcht mir nicht.«

Aber Vater zuckte nur die Achseln und verschwand im Eingang. Einen Augenblick blieb ich erstarrt stehen, dann machte ich kehrt und lief zur Burgküche.

Als ich eintrat, stopfte sich mein Bruder das letzte Stück Mandelkuchen in den Mund, der von einem dicken Milchbart verziert war, und strich sich mit der unverletzten Hand zufrieden über das Bäuchlein.

»Er hat die Geschichte mindestens zehnmal erzählt«, empfing mich die Küchenmagd Hilde schmunzelnd. »Von Mal zu Mal wurde das Pferd riesiger, und der Abstand zwischen den Hufen und dem Kopf Eures Bruders verringerte sich immer weiter, bis er auf Haaresbreite zusammenschrumpfte. Zum Schluss waren wir uns alle darin einig, dass er nur durch die übermenschliche Macht des Kaisers gerettet worden war.«

Ich stöhnte leise auf. Eines war sicher: Als »Wunder von Lautern« würde die Geschichte in wenigen Tagen im ganzen Reichsland die Runde machen. Nur mit Mühe gelang es mir schließlich, Merbodo der heimeligen Burgküche zu entreißen und einen vertrauenswürdigen Knecht zu finden, der sich bereit erklärte, mit ihm auf den Beilstein zu reiten und ihn dort bei der Köchin abzuliefern. Wenigstens hatte ich ihn damit aus dem Weg, wenn es zur Katastrophe kommen würde.

Mittlerweile war es höchste Zeit, zum Festschmaus zu gehen. Aus dem großen Saal drang mir ein summendes Stimmengewirr entgegen. Ich atmete so tief durch, wie es der eng geschnürte Bliaut erlaubte, und versuchte, meinen zitternden Körper zu beruhigen. Wie eine Giftschlange fraß sich die Angst vor dem, was noch heute unweigerlich passieren würde, durch meine Eingeweide.

Woher sollte ich die Kraft nehmen, um diesen Abend zu überstehen? Ich musste es schaffen, meine Verstörung zu überspielen und den Schein zu wahren – wie auch immer. Niemand durfte mir anmerken, wie es in Wirklichkeit um mich stand.

Ich strich die Röcke glatt und betrat mit klopfendem Herzen den Festsaal, den ich nur als menschenleere Halle kannte. Abwartend sah ich mich um. Wie immer zogen die prächtigen Wandgemälde meinen Blick magisch an. Meine Augen weideten sich an ihrer verschwenderischen Farbenfülle. Sonst gab es in meinem Leben fast nur braune, graue und grüne Töne – die Farben des Waldes, des Burggemäuers und der Kleidung des Gesindes. Aber hier, auf diesen Wänden, leuchteten Könige des Alten Testamentes, römische Cäsaren und natürlich der große Kaiser Karl in Purpurrot, Lapislazuliblau, Violett, Sonnengelb, Smaragdgrün und sogar Gold um die Wette.

Ein Truchsess wuselte eilfertig herbei. Als ich ihm meinen Namen nannte, wies er mir mit seinem langen Stab einen Platz in der Mitte der Halle zu. Schon von weitem erspähte ich den Schultheißen und seinen Bruder. O heilige Margarete, mir blieb heute auch gar nichts erspart!

Resigniert ließ ich mich neben Jost nieder. Immerhin hatte sich das ungehobelte Geschwisterpaar dazu durchringen können, in ordentlicher Aufmachung bei Hofe zu erscheinen, doch ich rechnete nicht damit, dass dieser ungewohnt makellose Zustand lange anhalten würde.

Der schmächtige Jost peinigte meine Nase mit dem Muff

seiner grauen Kleidung. Siegfried hatte den muskelbepackten Leib in einen leuchtend roten Rock gezwängt. Er platzte fast vor Kraft wie ein Schlachtross und hielt Ausschau nach einer geeigneten Dame, bei der er seinen Überschuss am späten Abend loswerden konnte.

Suchend blickte ich mich um. Wo war Vater? Alles, was im Reichsland um Lautern Rang und Namen besaß – Grafen, Burgherren, Äbte und Reichsministerialen – hatte der Truchsess dicht beim Kaiserpaar platziert. Mein Blick glitt über die Würdenträger, die wie aufgeplusterte Gockel auf den Bänken thronten, prall angefüllt mit Stolz darüber, zur auserlesenen Schar derjenigen zu gehören, die der Kaiser höchstpersönlich eingeladen hatte. Die weit aufgeblähten Nasenflügel verrieten ihre Erregung, sich in unmittelbarer Nähe des Mächtigsten aller Mächtigen zu befinden.

Endlich entdeckte ich Vater. Mit den Fingerspitzen trommelte er wild auf dem Tisch herum. Er beachtete das Gerede des Herrn von Frankenstein nicht, der neben ihm saß, und stierte dumpf vor sich hin. Aber seine wild zuckenden Gesichtsmuskeln verrieten mir, dass er kurz vor dem Überschäumen stand.

»Diese Pfalz ist der schönste Palast, den ich jemals gesehen habe, wahrhaft eines großen Kaisers würdig.« Eine angenehm volle Stimme, die jedes Wort so deutlich aussprach, als wäre es ein einzigartiges Klanggefäß, riss mich aus meinen Grübeleien. Neugierig musterte ich den jungen Mann, der sich verbeugte und zu meiner Linken Platz nahm. Ein Hauch von Rosenwasser wehte zu mir herüber. Mein Blick wanderte über die weichen Lippen, die sanft geschwungene Nase, die schulterlangen, blonden Haare, die von einem Schapel geschmückt wurden, und blieb schließlich an den traubenblauen Augen haften, die mein Interesse offen erwiderten.

Ich fühlte mich ertappt und sagte rasch: »Als Friedrich vor

sechs Jahren zum König gewählt wurde, war hier auf diesem Felsplateau nur eine vergleichsweise bescheidene burgähnliche Anlage.«

Mein Nachbar lächelte mich freundlich an. Mir fiel auf, dass er dunkle Ringe unter den Augen hatte. Zechte er die Nächte durch, oder war er krank? »Mein Name ist Meinloh. Ich diene dem Kaiser als Bote.« Ein leichter Rotstich überflog seine Wangen. »Bitte entschuldigt mich einen Augenblick, aber Ihr habt mich inspiriert.«

Verblüfft sah ich zu, wie er unter der Bank nach einem großen Beutel fingerte und darin herumkramte. Unauffällig zog er eine Wachstafel und einen Knochengriffel hervor und legte sie auf seinen Schoß. »Smaragdaugen ...«, murmelte er vor sich hin. »Was reimt sich bloß darauf? Nichts. Weder auf Smaragde noch auf Augen. Hm. Ich muss es anders angehen. Ihre Smaragdaugen funkeln im Licht. Ein tiefer Blick von ihr mein Herze bricht.« Sein Gesicht hellte sich auf. »Ja, das ist gut. Wirklich gut.« Hastig kritzelte er los.

Siegfried beugte seinen mächtigen Schädel über die Tafel. »Was tut Ihr da?«, fragte er verständnislos.

Meinloh reckte die Brust nach vorne. »Ich bin nicht nur Bote, sondern auch Minnesänger. Meine bescheidenen Kompositionen trage ich gelegentlich bei Hofe vor. Die Kaiserin schätzt sie sehr. Meine ganze Leidenschaft gilt der Dichtkunst. Ich bedauere außerordentlich, dass meine Aufgaben es verbieten, ihr mehr Zeit zu widmen. Ich weiß nicht, wie viele Nächte ich schon durchgeschrieben habe, weil ich tagsüber einfach nicht dazu komme.«

Daher stammten also die dunklen Ringe unter seinen Augen. Ich wollte gerade zu einer höflichen Erwiderung ansetzen, als strahlende Posaunenklänge den Beginn des Festmahls ankündigten. Unter einem Trommelwirbel trugen Pagen dampfende Schüsseln voller Köstlichkeiten herein, die alles enthielten, was die an Fischweihern und Jagdgründen reiche Gegend hergab: Rehrücken und Wildschweinbraten aus dem Reichswald, fette Hechte und Karpfen sowie jede Menge Geflügel. Dazu gab es kostbaren Safranreis und zartes Frühlingsgemüse. Die Gäste brachen in bewundernde Rufe aus, als die Pfauenbraten serviert wurden, die die Köche mit Gefiederhauben bedeckt hatten, sodass die Tiere aussahen, als würden sie noch leben. Ich bedauerte, dass mein Magen vor lauter Anspannung heute wie zugeschnürt war.

Kaiser Friedrich erhob sich von seinem Sitz am Kopfende des Saales und forderte nach einer kurzen Begrüßung die Gäste auf, mit dem Essen zu beginnen.

Siegfried zog den Teller, den er sich mit seinem Bruder teilte, zu sich heran und schaufelte einen gewaltigen Fisch darauf. Dabei murmelte er etwas von einem Prachtstück, wobei nicht klar war, ob er mit diesem zweifelhaften Kompliment den Karpfen oder die üppige Hofdame meinte, die er gerade unziemlich anstarrte. Auf dem roten Rock prangte bereits der erste Fleck.

Jost folgte Siegfrieds Blick und schnaufte empört. »Die Schnüre ihres Obergewandes sind an den Seiten gelockert, und sie trägt nichts darunter, absolut gar nichts!«

»Umso besser. Da weiß ich doch wenigstens gleich, dass es sich lohnt, sie kennen zu lernen.« Siegfried grinste erwartungsfroh.

Meinloh warf den beiden einen mahnenden Blick zu und schnitt dann eine Scheibe Wildschweinbraten zurecht. Geschickt spießte er ein Fleischstück auf und reichte es mir. Innerlich wand ich mich. Welchen Eindruck musste der Höfling von uns haben! Dabei waren solch tumbe Reichsministerialen in unserer Gegend eigentlich die Ausnahme. Wir waren stolz darauf, zum Kernland der Königsmacht zu zählen, und die meisten von denen, die auf dem Burgenkranz um Lautern ihren Dienst versahen, waren äußerst fähige Männer.

Dankend nahm ich das Fleisch entgegen und knüpfte an unser Gespräch wieder an, indem ich meinen Namen nannte und erklärend hinzufügte: »Mein Vater befehligt die Burg Beilstein, die ganz in der Nähe von Lautern liegt und ihm als Dienstlehen vom Kaiser übereignet wurde. Barbarossa hat meinen Vater vor fünf Jahren aus dem rheinhessischen Saulheim geholt. Dort stand er zuvor in den Diensten des Pfalzgrafen Hermann von Stahleck.«

»Die Ernennung Eures Vaters ist eine große Auszeichnung. Der Kaiser hat für den Ausbau des Lautrer Reichslandes die fähigsten Männer zusammengestellt, damit seine Herrschaft in dieser strategisch wichtigen Region gesichert ist«, bemerkte Meinloh anerkennend und fragte dann mit einem spitzbübischen Glitzern in den Augen: »Dann seid Ihr also die Schwester des kleinen Jungen, der heute auf so wundersame Weise durch den Kaiser gerettet wurde?«

Ich konnte nur resigniert nicken.

»Wenn Ihr einverstanden seid, werde ich Euch morgen einen Besuch abstatten und mir von Eurem Bruder die Geschichte noch einmal in Ruhe erzählen lassen. Ich beabsichtige, ein Lied darüber zu verfassen«, kündigte Meinloh an.

Bloß nicht, dachte ich entsetzt. Mein Bruder würde auf der Burg anschließend herumstolzieren wie ein Pfau. Schnell wechselte ich das Thema: »Wisst Ihr, wie weit die Vorbereitungen für den Italienzug gediehen sind?«

»In etwa sechs Wochen kann das Heer vom Lechfeld bei Augsburg abmarschieren. Pfalzgraf Otto von Wittelsbach und der Reichskanzler wurden bereits in diplomatischer Mission über die Alpen geschickt. Morgen werden in Lautern Bischof Hartmann von Brixen und noch einige andere fromme Männer eintreffen. Der Kaiser will sich mit ihnen über das weitere Vorgehen beraten und ihren Beistand einholen.«

»Aber müssen wir den Italienern denn gleich eins überbraten?«, fragte Siegfried, mühsam einen Rülpser unterdrückend. Er angelte nach dem blütenweißen Tischtuch. Aus jahrelanger Erfahrung im Umgang mit ihm ahnte ich, dass er versuchen würde, sich damit den Mund abzuwischen, und sah ihn warnend an. Er verstand den Wink und benutzte seinen Ärmel.

Ich übersetzte Siegfrieds Frage in eine gewähltere Sprache: »Gibt es wirklich keine Möglichkeit, den Krieg gegen Mailand und seine Verbündeten zu verhindern?«

»Leider nein«, erwiderte Meinloh seufzend. »Einige lombardische Städte haben die Schwäche von Barbarossas Vorgängern ausgenutzt, um sich immer mehr Rechte anzueignen, die dem Kaiser zustehen. Wir müssen Stärke zeigen, sonst machen die Aufrührer mit uns, was sie wollen. Und nach allem, was in den letzten Jahren vorgefallen ist, glaubt niemand mehr ernsthaft daran, dass sich die mailändische Partei allein mit Worten überzeugen lassen wird. Die Lombarden haben Barbarossa zu sehr gereizt. Wenn es um seine Ehre geht, gerät der Kaiser leicht in Zorn.«

»Italien ... das liegt doch irgendwo ganz weit weg im Süden ...«, sinnierte Siegfried und kratzte sich die mächtige Nase, die wie ein Erker aus dem Schädel hervorsprang.

»Hinter den Alpen, um genau zu sein«, belehrte ich ihn und fügte hinzu, als ich seinen verständnislosen Blick bemerkte: »Die Alpen sind ein sehr hohes Gebirge, schätzungsweise zehnmal höher als unser höchster Berg in Lautern. So hoch, dass selbst im Sommer auf den Gipfeln noch Schnee liegt.«

»Aber in Italien selbst ist es herrlich warm«, schwärmte Meinloh.

»Ihr wart schon dort?«, erkundigte ich mich interessiert.

»Ich war beim ersten Italienzug dabei, als der Kaiser gekrönt wurde«, antwortete Meinloh und lächelte versonnen. »Der Onkel Friedrichs, Bischof Otto von Freising, hat Italien einmal als Garten der Wonne gerühmt. Er hat wahrlich nicht übertrieben, denn die Städte dort sind so reich, dass sie selbst Köln weit in den Schatten stellen.«

»Werdet Ihr auch diesmal wieder mitziehen?«, bohrte ich neugierig weiter.

»Erst singe ich ein Minnelied für das reizende Burgfräulein vom Beilstein.« Meinloh langte nach seiner Harfe, denn der Kaiser hatte ihm gerade das Zeichen gegeben, mit der Musik zu beginnen. Meine Wangen brannten, solche höfischen Komplimente war ich nicht gewohnt. In der Regel war ich schon froh, wenn Jost mir keine Schimpfworte an den Kopf warf.

Ich ertappte mich dabei, wie mein Blick neugierig über Meinlohs schlanken Körper glitt, als er die Treppe zur Empore hinaufeilte. Er trug einen knielangen Rock, der im Schritt raffiniert geschlitzt war und den Blick auf formvollendete Schenkel freigab. In den Schuhen schien er zu tänzeln. Das rechte Bein zog er leicht nach, aber dieser kleine Makel hob die natürliche Anmut, mit der er sich bewegte, nur umso mehr hervor.

Erstaunt bemerkte ich, dass auch Jost dem Sänger nachsah. In seinem Blick glaubte ich eine gewisse Verärgerung zu erkennen. Überhaupt war Jost heute Abend ungewohnt still. Abgesehen von der Bemerkung über die Hofdame hatte er noch kein Wort gesagt und bisher, entgegen seinen sonstigen Gepflogenheiten, auch nicht gegen mich gestichelt. Er musste wirklich von den Anstrengungen der letzten Wochen völlig ausgezehrt sein.

Siegfried linste zu der Hofdame mit dem freizügigen Bliaut hinüber. Sie erwiderte sein Lächeln und warf ihre honigblonde Mähne zurück. Innerlich stöhnte ich auf. Immer wieder fand Siegfried ein Weib, das noch dümmer war als er und sich von seinem strammen Leib betören ließ. In Lautern hatte er schon sämtliche Mägde beglückt, und nun setzte er seine Jagd am Hofe fort.

Ich nutzte die Gesprächspause und hielt nach Wibald Ausschau. Er saß am entgegengesetzten Ende des Saales, ganz weit weg von Vater – dem Herrn sei Dank. Angeregt unterhielt er sich mit seinem Sitznachbarn. Immer wieder nippte Wibald am Wein und wischte sich anschließend sorgsam den Mund ab. Dieser Schuft schien in allerbester Stimmung zu sein, während ich vor Sorgen verging.

Im Saal kehrte Stille ein, als Meinloh zu sanften Harfenklängen sein Lied vortrug. Es handelte natürlich von der Liebe eines Ritters zu einer hohen Dame, die für ihn unerreichbar war – was sonst? Ein anderes Thema gab es für die Minnesänger nicht. Eine gefällige Melodie mit hübschen Reimen. Bei Hofe wusste man solche Kompositionen sicherlich zu schätzen. Aber ich verglich Meinloh unwillkürlich mit Trushard. Der Spielmann trug seine Lieder und Geschichten nicht vor, er durchlebte sie bei jedem Auftritt aufs Neue. Er erzählte nicht von Tristan – er war Tristan. Das machte ihn als Künstler so einzigartig und als Mensch so undurchschaubar. Wenn Meinloh doch nur einen Tag früher in mein Leben getreten wäre! Einen Ministerialen wie ihn hatte ich mir immer als Gatten gewünscht: gebildet, freundlich, weltgewandt – und gut aussehend noch dazu. Doch nun verging ich fast vor Sorge um meinen Vater. Und abgesehen davon zog mich die Liebe wie eine Schlingpflanze unerbittlich in die Tiefe.

»Weiberkram«, grummelte Siegfried, als Meinloh sein Lied beendet hatte und heftiges Handgeklapper den Saal erfüllte.

Jost pflichtete ihm bei: »Gefühlsduselei.« Nach einem abschätzigen Blick auf den Minnesänger fügte er hinzu: »Aalglatter Federfurzer.«

»Schön, dass es Menschen gibt, die zu zarten Empfindungen fähig sind und sich nicht nur von ihren Trieben leiten lassen«, erwiderte ich honigsüß. »Es ist eine Freude, ihnen zuzuhören, wenn sie ihre Gefühle in ausgewählte Worte kleiden.

Aber zu diesem Kunstgenuss sind tumbe Dörfler natürlich nicht fähig.«

Langsam trank ich einen Schluck Rotwein, um die flatternden Nerven zu beruhigen. Der Pfeffer, mit dem er versetzt war, wärmte von innen. Ein ungewohntes Prickeln breitete sich auf meiner Haut aus.

Aus den Augenwinkeln bemerkte ich, dass Wibald aufstand, sich vom Tisch entfernte und den Saal verließ. Ruckartig drehte ich meinen Kopf in Vaters Richtung. Zu meinem Schrecken schnellte er hoch, als habe er den ganzen Abend darauf gewartet, seinen Todfeind abzupassen, und stürzte zu derselben Tür, durch die Wibald nur wenige Wimpernschläge zuvor entschwunden war.

Ich knallte den Weinbecher auf den Tisch und hastete los.

◆

Noch ehe ich die Tür erreicht hatte, hörte ich schon laute Stimmen auf dem Flur.

»Diesmal kommt Ihr mir nicht mehr davon.« Der sonst so ruhige Tonfall meines Vaters, in dem er gelassen seine Befehle zu erteilen pflegte, vibrierte vor Erregung. Die jahrelang aufgestaute Wut brach aus ihm heraus.

»Was wollt Ihr denn tun? Mich zu einem Zweikampf herausfordern? Ihr wisst, dass dies nicht erlaubt ist«, höhnte Wibald.

Hastig trat ich durch die Tür und ließ sie ebenso schnell wieder ins Schloss fallen, damit die Gäste im Saal den Streit nicht mitbekamen. Halt suchend lehnte ich mich gegen die Wand.

Breitbeinig und mit verschränkten Armen hatte sich Wibald vor seinem Gegner aufgebaut und grinste ihn kalt an.

Mit zusammengebissenen Zähnen sprang Vater auf Wibald zu, packte seinen Rock und schlug ihm mit erhobener Faust kräftig mitten auf die Nase.

»Vater, lass ihn los«, flehte ich hilflos.

Zögernd lockerte er seinen Griff und trat einen Schritt zurück, den Blick fest auf Wibald gerichtet. Immer noch brannte sein Gesicht vor Zorn.

Wibald starrte seinen Gegner ungläubig an. Behutsam fuhr er sich mit der rechten Hand über die Nase und zuckte zusammen, als er den verletzten Knochen berührte. Blut tropfte zwischen seinen Fingern durch und hinterließ auf den hellen Steinfliesen ein bizarr gesprenkeltes, dunkles Muster. »Das werdet Ihr büßen, Merbodo«, knirschte er.

Inzwischen hatte ihr Streit Aufmerksamkeit erregt und Neugierige angelockt. Unter den betreten dreinschauenden Gesichtern erkannte ich auch das spitze Antlitz von Abt Stephan, der dem Zisterzienserkloster von Otterberg vorstand. Energisch schob er sich nach vorne. »Im Namen Gottes, haltet ein!«, fuhr er die Kampfhähne an und stellte sich zwischen sie. »Ihr vergesst die Würde dieses Hauses.«

Irgendjemand hatte Wibald ein Tuch in die Hände gedrückt. Er tupfte sich damit die blutende Nase ab. Wütend schnaubte er unter dem Stoff hervor: »Ehrwürdiger Abt, dieser Mann hat mich grundlos angegriffen, als ich den Saal verlassen habe.«

»Von wegen grundlos!«, rief Vater empört. »Meine Tochter Hildegunde hat er geschändet. Ein Fausthieb ist noch viel zu wenig für das, was er ihr angetan hat.«

Nun war es heraus. Die Umstehenden zogen deutlich hörbar die Luft ein. Ich krallte meine Finger in den Rock, innerlich ganz kalt und starr vor Entsetzen.

»Aber Eure Tochter heißt doch Rotrud?«, meinte der Abt verständnislos.

Vaters Hände krampften sich an seinem Gürtel fest. »Hildegunde ist schon vor sechs Jahren gestorben.« Anklagend deutete er mit dem Zeigefinger auf Wibald. »Wegen ihm!«

»Mein Sohn, Ihr bringt eine schwere Beschuldigung vor. Habt Ihr Beweise?« Abt Stephan ließ sich nicht so schnell aus der Fassung bringen.

»Woher denn?«, gab Vater heftig zurück und strich sich über den zitternden Dornbart. »Wie bitte soll man Zeugen für eine Schändung benennen, die heimlich im Wald stattfand?«

Nachdenklich wiegte der Abt sein Haupt hin und her. »Das Beste wird sein, wenn Ihr Eure Vorwürfe morgen dem Kaiser vortragt. Er soll darüber entscheiden, was zu tun ist.« Zu Vater gewandt, fügte er hinzu: »Geht jetzt nach Hause und sucht Frieden im Gebet!«

Dieser Mahnung konnte sich Vater nicht verschließen. Zögernd wandte er sich zum Gehen, aber als sich der Kreis der Gaffer langsam auflöste, rief er Wibald eine letzte Drohung zu: »Vergesst nicht, Ihr werdet bezahlen für das, was Ihr meiner Tochter angetan habt! Macht Euch auf einen hohen Preis gefasst, einen sehr hohen Preis!«

◆

»Wie konntest du dich nur derart gehen lassen?« Die Frage platzte aus mir heraus, als wir das Tor der Pfalz passiert hatten und uns niemand mehr hören konnte. Mein Gesicht brannte immer noch vor Scham und Entsetzen über Vaters peinlichen Ausfall.

»Hast du gesehen, wie verächtlich er mich angegrinst hat?« Schwer atmend saß Vater vor mir im Sattel und umklammerte die Zügel so fest, dass die Knöchel seiner Hand weiß hervortraten. »Der elende Scheißkerl hat meine Tochter auf dem Gewissen, und dann verhöhnt er mich auch noch!« Scharf riss er die Zügel herum und lenkte das Pferd nach links, weg von der Gasse mit den Fachwerkhäuschen, in denen die Burgmannen wohnten.

»Trotzdem – reiß dich gefälligst zusammen«, fuhr ich ihn an. »Glaubst du etwa, ich hasse ihn nicht? Aber wir dürfen nicht zulassen, dass er unser Leben zerstört.«

Vater reckte den Bart vor. »Hildegunde war meine Tochter, und ich war für sie verantwortlich. Das Schwein muss bestraft werden. Willst du denn keine Gerechtigkeit? Ich dachte immer, du hättest deine Schwester geliebt!«

Jetzt wurde er ungerecht. »Natürlich, aber ich liebe auch meinen kleinen Bruder«, gab ich scharf zurück. »Und der braucht seinen Vater.«

Vater bog nach rechts ein, in den Weg, der unterhalb der Obstgärten gen Osten führte. Wie Schneeflocken hingen die weißen Blüten an den Birnbäumen. »Es geht um unsere Ehre«, erklärte Vater in eisigem Ton. »Wibald hat sie beschmutzt.«

Die Angst und die Wut über Vaters Starrsinn ließen mich alle Zurückhaltung vergessen. »Du bist es doch, der unsere Ehre in den Dreck zieht! Du hast dich benommen, als wärst du ein betrunkener Bauer und kein Ministeriale. Dank deiner Mitteilungsfreude weiß jetzt der ganze Hof über unsere Familienschande Bescheid.«

Vaters Kopf schnellte zu mir herum. Ich erschrak. Er sah aus, als ob er mich am liebsten gezüchtigt hätte. »Jetzt fällst du mir auch noch in den Rücken. Mein eigen Fleisch und Blut! Ich habe nichts Unrechtes getan. Ganz im Gegensatz zu Wibald ... und deiner ach so heiß geliebten Großmutter! Sie ist an allem schuld.« Ruckartig riss er den Hengst nach rechts und preschte über die Wiesen zur Lauter.

Ich klammerte mich an ihm fest, um nicht aus dem Gleichgewicht zu geraten. Links und rechts flog die Landschaft an uns vorüber. Erst als wir das weite Tal erreichten, in dem sich die Lauter durch Wöge und Sümpfe zog, ließ Vater den Hengst in den Trab zurückfallen.

Ich lockerte meinen Griff und strich das Haar zurück. Hatte

sich ein böser Dämon Vaters Verstandes bemächtigt? Bisher hatte ich Berichte über Besessene immer als Unsinn abgetan, aber nun geriet ich in Zweifel. Das war nicht mehr der Vater, den ich kannte, das war ein vor Zorn rasender Irrer. Ich hatte so gehofft, heute einen Ehemann zu finden – und stattdessen einen Vater verloren. Ich wartete, bis seine Atemzüge wieder etwas gleichmäßiger gingen. »Was hat denn Großmutter mit der Sache zu tun? Sie ist doch schon vor Jahren gestorben.«

Er senkte den Blick und starrte auf die Zügel. »Wir sind ein verfluchtes Geschlecht.«

»Es gibt keine Flüche«, beschwor ich ihn. »Das ist nichts als dummer Aberglaube, der eines Reichsministerialen nicht würdig ist.«

»Und warum passiert dann ausgerechnet uns ein Unglück nach dem anderen? Erst kommen meine Brüder im Kreuzzug um, dann wird Hildegunde geschändet und ...« Er holte tief Luft. »Und dann stirbt auch noch mein Weib bei Merbodos Geburt.«

»Unzählige Männer kommen in Kriegen um, und jeden Tag sterben Tausende von Frauen im Kindbett«, rief ich aus. »Aber das Schicksal unserer Familie hast du selbst in der Hand. Lass die Vergangenheit endlich ruhen und blick nach vorn! Was auch immer du tust, nichts kann Hildegunde wieder lebendig machen. Aber dein Sohn hat eine bessere Zukunft verdient. Was soll aus Merbodo werden, wenn Wibald dich beim Gottesurteil tötet?« Von mir wagte ich gar nicht zu reden. Dass ich für Vater nicht mehr zählte, war mir schon lange klar. Vor Hildegundes und Mutters Tod war das anders gewesen. Da war Vater vor Stolz über seine klugen Töchter fast geplatzt und hatte dafür gesorgt, dass wir lesen, schreiben, rechnen und sogar Bogen schießen lernten. Als wären wir Jungen und keine Mädchen. Es schien mir Tausende von Jahren her zu sein.

Die Abendsonne war schon so schwach geworden, dass die

Lauter wie ein schwarzes Seidenband aussah, das sich neben uns her durch das sumpfige Gelände schlängelte. »Du wirst sehen, der Kaiser schlägt sich morgen auf Wibalds Seite und lässt dich im Stich«, sagte ich bitter.

»Für unsere Herren sind wir Dienstleute doch nur nützliche Dummköpfe«, grollte Vater. »Sie pressen uns aus wie die Trauben in der Kelter. Hinterher schmeißen sie die ausgemergelte Schale weg. Den Kaiser interessiert es einen Dreck, was wir fühlen. Hauptsache, wir gehorchen ihm und tun unsere Arbeit. Uns bleibt nichts anderes übrig, als die Gerechtigkeit in die eigenen Hände zu nehmen.«

Die Ankündigung ließ mich entsetzt aufhorchen. Was meinte er damit? »Um Gottes willen, tu bloß nichts Unüberlegtes!«

Aus der Satteltasche zerrte Vater die Zinnbecher hervor, die uns der Truchsess im Namen des Kaisers überreicht hatte, als wir das Fest vorzeitig verließen. Zur Erinnerung an den Abend erhalte jeder Gast ein solch wertvolles Geschenk, hatte uns der Truchsess erklärt. In hohem Bogen schleuderte Vater erst den einen, dann den anderen Becher in das sumpfige Gelände. »Ich will keine Almosen, ich will mein Recht!«, brüllte Vater. Seine Raserei machte mir Angst. So ungehemmt kannte ich ihn gar nicht. Verstört betrachtete ich ihn von der Seite. In seinem Gesicht blitzte es.

Im Dämmerlicht lag der Fichtenwald wie eine dunkle Höhle vor uns. Vater riss scharf an den Zügeln, gab dem Pferd abermals die Sporen, dass es wiehernd den Kopf zurückwarf, und preschte in scharfem Galopp davon. Erschrocken krallte ich meine Hände an Vaters Hüften fest. »Nicht so schnell!«, schrie ich gegen den kalten Wind an, der meine Wangen wie ein Peitschenhieb traf. Aber Vater raste mit mir mitten in die Finsternis hinein.

3. TAG

Ich sah einen Gottlosen, der pochte auf Gewalt
und machte sich breit und grünte wie eine Zeder.
Dann kam ich wieder vorbei; siehe, da war er dahin.
Ich fragte nach ihm;
doch ward er nirgends gefunden.

Psalm 37

Über Nacht hatte sich der Frühling zurück in den Herbst verwandelt. Aus Leibeskräften rüttelte der Wind an den Fensterläden und weckte mich im Morgengrauen aus einem unruhigen Schlummer. Eisfinger schlüpften durch die Ritzen unserer Gemäuer und krochen in jede Falte meiner Bettdecke.

Fröstelnd zog ich mir die Schlafmütze über die Ohren. Nur mit Mühe erinnerte ich mich noch daran, dass ich am Vorabend zusammen mit Vater auf unserer Burg Gäste begrüßt hatte – zwei Hofdamen und zwei Geistliche. Wie durch einen dichten Schleier hatte ich sie wahrgenommen. In meinem Gedächtnis existierten sie nur als schemenhafte Gestalten. Ich hatte ihnen angemerkt, dass sie über unsere Familienschande bereits bestens Bescheid wussten. Da ihre verlegenen Blicke nicht auszuhalten waren, hatte ich stattdessen auf ihre Hände gestarrt.

Heute Morgen würde ich es nicht schaffen, den Gästen entgegenzutreten. Vater musste sich um sie kümmern. Inständig hoffte ich, dass er sich über Nacht wieder beruhigt hatte. Ich drehte mich zur Seite, um ihn zu wecken.

Doch ich griff ins Leere. Zu dieser frühen Stunde war er schon weg. Beunruhigt setzte ich mich auf. Wenigstens mein Brüderchen schlief tief und fest. Im schwachen Licht des heraufdämmernden Morgens, das durch die Ritzen der Fensterläden drang, kleidete ich mich an. Müde schlich ich zum Stall. Vaters Hengst war nicht da. Also war er ausgeritten, Gott allein wusste wohin und wozu. Ich betete, dass er keine neuen Dummheiten anstellte.

Wie eine Puppe bewegte ich mich durch die Burg, immer darauf bedacht, den Gästen aus dem Weg zu gehen. Ich bat Elsbeth, ihnen im Saal das Frühstück aufzutragen, und verschwand in den Ställen, wo ich die Pferde fütterte, obschon das nicht zu meinen Aufgaben gehörte.

Als die Gäste endlich aufgebrochen waren, wagte ich mich in den Palas zurück. Ich besprach mit Gertrud das Abendessen und scheuchte Elsbeth in den Wald. Sie sollte das frische Mailaub von den Bäumen streifen, damit wir es trocknen und im Winter an das Vieh verfüttern konnten. Aber das war nur ein Vorwand, um sie loszuwerden, ebenso wie Ludwig, den ich anwies, in der Unterburg die Schweineställe auszumisten. Ich ertrug keine Menschen um mich herum. Eine besorgte Gertrud nahm mir meinen Bruder ab. Nachdem ich es geschafft hatte, alle fortzuschicken, sackte ich zusammen.

Ich schleppte mich in den Saal, setzte mich auf die Bank vor das Kaminfeuer und stellte den Korb mit Flickarbeiten neben mir ab. Aber statt zur Nadel zu greifen, starrte ich in die prasselnden Flammen.

Wo bei allen Heiligen trieb sich Vater herum? War er am Ende zu Wibald geritten? Oder zum Kaiser? Auch Trushard war immer noch nicht zurückgekehrt.

Das Knarren der Tür schreckte mich aus meinen Gedanken. Das war bestimmt Vater! Ich sprang hastig auf und drehte mich um.

Im Türrahmen stand Meinloh und lächelte mich schüchtern an. »Ich überbringe eine wichtige Botschaft des Kaisers.«

Unter anderen Umständen hätte ich mich über seinen Besuch sehr gefreut. Ich versuchte, meine Enttäuschung zu überspielen. »Tretet ein und setzt Euch.« Ich rückte Meinloh ein Kissen auf der Bank zurecht.

Dankend nahm er Platz und legte seinen Beutel vor sich auf den Boden.

»Ich ahne es schon. Da ist Eure Wachstafel drin«, plauderte ich höflich. »Falls Euch wieder ein guter Vers einfällt.«

»Ihr habt es erfasst. Niemals würde ich mich von meinem Schreibzeug trennen.« Meinloh schlug anmutig die Beine übereinander und rückte sein Schapel zurecht. Heute trug er einen seitlich geschnürten blauen Bliaut, dessen Ärmel bis zu den Ellenbogen geschlitzt waren. Darunter schaute ein knöchellanges rotes Untergewand hervor. Neben dem eleganten Boten kam ich mir wie eine Bäuerin vor.

Ich ordnete meinen Rock, als ich mich neben ihm niederließ, und sah ihn fragend an.

»Der Kaiser lädt Euch und Euren Vater vor. Heute Nachmittag sollt Ihr Euch im Palas der Kaiserpfalz einfinden.« Mitgefühl schimmerte in Meinlohs Augen auf.

Ich hielt den Atem an. Mein Gott, heute schon! Womöglich würde morgen schon das Gottesurteil stattfinden. Nur noch einen Tag und eine Nacht – dann konnte Vater bereits tot sein.

»Kaiser Friedrich will beide Seiten anhören«, fügte Meinloh hinzu und streckte die Hände zum Kaminfeuer hin, um sie zu wärmen. »Deshalb wird auch Wibald bei dem Gespräch anwesend sein.«

»Dann haben wir bereits verloren«, sagte ich mutlos. »Barbarossa wird wohl kaum seinen engsten Berater der Schändung bezichtigen.«

»Euer Vater ist stark«, stellte Meinloh fest und lächelte mich ermutigend an. »Wenn es zu einem Zweikampf kommt, wird er als Gewinner hervorgehen. Ganz sicher. Wibald ist schon völlig verweichlicht durch das allzu gute und sorglose Leben. Gegen Euren Vater kommt er nicht an.«

Bei Meinlohs Worten schoss mir ein Gedankenblitz durch den Kopf. Es war nur eine winzige Hoffnung und doch ... Ich konnte etwas unternehmen. Wenigstens musste ich nicht mehr tatenlos zusehen, wie Vater tiefer in sein Verderben rannte. Ich spürte, wie das Leben in meinen erstarrten Körper zurückkehrte.

Ehe ich antworten konnte, riss jemand die Tür auf. Ein Schwall kalter Zugluft strömte von draußen herein. Wir drehten uns erschrocken um.

Mit wehendem Umhang stürmte Vater in den Saal. Seine Haare standen wirr nach allen Seiten ab, und sein Gesicht war gerötet. Gewiss war er auf seinem wilden Hengst durch den Wald geprescht.

Meinloh sprang auf und strich sich hastig den Rock glatt. »Seid gegrüßt, Merbodo von Beilstein. Ich überbringe Euch eine Botschaft. Der Kaiser lädt Euch für heute Nachmittag in seine Pfalz vor, zusammen mit Eurer Tochter, um zu überprüfen, ob Eure Vorwürfe gegen Wibald vom Turme gerechtfertigt sind.« Meinlohs Stimme klang ganz förmlich und ehrerbietig, wie es sich für einen guten Boten geziemte. »Ich muss Euch allerdings warnen. Der Kaiser war ungehalten über Euer unbeherrschtes Verhalten. Ein Dienstmann, der die Würde des Reiches repräsentiert, dürfe sich nicht in aller Öffentlichkeit gehen lassen. Das hat er wörtlich so gesagt. Es wäre klug, wenn Ihr Euch nachher etwas gemessener verhalten würdet.«

Vater ballte die Fäuste. »Dieser elende Hurensohn. In der Hölle soll er schmoren, auf alle Zeiten.« Meinte er damit Wibald oder den Kaiser? Vater fuhr herum und knallte die Tür wieder hinter sich zu.

Erstarrt blieben wir stehen. Wir hörten, wie er polternd die Treppe hinabrannte. Dann schallte seine wütende Stimme vom Hof zu uns hoch. »Sattel mir noch einmal mein Pferd, Gero! Aber schnell!« Ich fühlte, wie mir das Blut in den Kopf schoss.

»Euer Vater ist von Sinnen.« Meinloh schüttelte fassungslos den Kopf. »Ich lasse Euch ungerne mit Euren Sorgen alleine, aber ich muss zur Pfalz zurück, um Wibald die Vorladung zu überbringen. Heute Morgen war er nicht da.«

Er druckste ein wenig, dann errötete er, schamhaft wie eine züchtige Hofdame. »Sagt, Jungfer Rotrud, dürfte ich Euer heimliches Gemach aufsuchen? Bevor ich zurückreite, würde ich gerne ungestört einige Verse aufschreiben, die mir in den Kopf gekommen sind.«

Geistesabwesend nickte ich und deutete zur Seite. »Es ist gleich hier auf dem Flur.«

Meinloh verbeugte sich. »Gehabt Euch wohl. Bis nachher.« Hinkend entfernte er sich.

Ich rief ihm einen Abschiedsgruß hinterher und ließ mich auf die Bank sinken. Fieberhaft dachte ich nach. Vater war unbelehrbar, aber vielleicht erwies sich Wibald guten Argumenten gegenüber aufgeschlossener. So sehr es mir zuwider war – ein Gespräch mit Wibald unter vier Augen war meine letzte Hoffnung. Doch vorher hatte ich noch einiges zu regeln.

Eilig packte ich die wichtigsten Sachen meines Bruders zusammen, stolperte zum Schweinestall und drückte dem überraschten Ludwig das Bündel in den Arm. Ich beauftragte ihn, den kleinen Merbodo in die Zisterzienserabtei nach Otterberg zu bringen. Ich nahm Ludwig das feierliche Versprechen ab, gegenüber dem Kleinen Stillschweigen über die Auseinandersetzung zwischen Vater und Wibald zu bewahren. Bisher hatte unser Gesinde den Kindern gegenüber glücklicherweise den Mund gehalten. Sie waren noch viel zu jung, um all dic Schrecken zu verkraften.

Ich ging zu meinem Bruder in die Küche, wo er mit Agnes einträchtig König und Königin spielte, und erklärte ihm, bei den heilkundigen Mönchen wäre er mit seinem Bruch besser aufgehoben. Er heulte laut auf und würdigte mich keines Blickes mehr, als ich ihn zum Abschied an mich drückte.

Bei Gero hinterließ ich die Nachricht, dass ich zur verabredeten Zeit in der Pfalz auf Vater warten würde, und brach dann in aller Eile nach Lautern auf. Trushard war immer noch nicht zurück. Ich legte auch keinen Wert darauf, ihm zu begegnen. Im Gegenteil, ich wünschte ihn dorthin, wo der Pfeffer wuchs. Wo auch immer das sein mochte – es war zumindest ganz weit weg.

◆

Als ich in der Kaiserpfalz ankam, sank mir der Mut. Niemals würde ich auf diesem Gelände, das bis zum Bersten mit Menschen gefüllt war, Wibald finden!

Gesandte aus aller Herren Länder warteten vor dem Palas geduldig darauf, vom Kaiser empfangen zu werden: dunkelhäutige Turbanträger, grimmige Riesen aus dem Norden, elegante Franzosen und wild gestikulierende Italiener. Kaufleute breiteten im Hof ihre Waren aus. Mägde und Knechte schleppten Körbe voll Gemüse in die Burgküche.

Ich beschloss, in den Pferdeställen nachzusehen, ob Wibalds Hengst überhaupt da war. Falls er ausgeritten war, musste ich gar nicht erst weiter nach ihm suchen. Ich eilte über den Hof, als mir der Schultheiß entgegenkam. »Na, hat sich dein Vater über Nacht wieder beruhigt? Ich kann nicht glauben, was man mir erzählt hat. Hat er Wibald wirklich geschlagen?«

»Leider ja«, bestätigte ich seufzend. »Ich erkenne Vater nicht wieder. Aber in den letzten Jahren hat er wohl zu viel geschluckt. Jetzt läuft das Fass über.«

Jost schüttelte tadelnd den Kopf. »Wie konnte er sich bloß so gehen lassen? Wenn er eine Klage hat, soll er sie vor den König bringen.«

Ich durfte keine Zeit verlieren. »Weißt du zufällig, wo ich Wibald finden kann?«

Jost hob die Augenbrauen. »Was willst du denn von ihm?«

Der Schultheiß hielt nicht viel von weiblichen Eigenmächtigkeiten. Aber ich brauchte seine Hilfe, um Wibald zu finden. Widerwillig rückte ich mit meinem Plan heraus: »Ich will Wibald klar machen, dass es auch für ihn besser ist, die Angelegenheit im Stillen zu bereinigen. Vater ist ein guter Kämpfer. Und schau dir Wibald dagegen an! Durch das höfische Leben ist er dick und unbeweglich geworden. Vielleicht geht er das hohe Risiko, im Zweikampf zu sterben, lieber doch nicht ein. Sein Leben mag es ihm wert sein, Vater unter vier Augen um Verzeihung zu bitten und zum Gedenken an Hildegunde einige Seelenmessen zu stiften. Und wenn ich erst mal Wibald so weit habe, schaffe ich es womöglich auch noch, Vater davon zu überzeugen, Wibalds Entschuldigung zu akzeptieren.«

»Lass die Finger davon, das ist Männersache«, warnte Jost. Seine Augen verengten sich. »Weiß dein Vater überhaupt, was du vorhast?«

»Ich hatte noch keine Gelegenheit, mit ihm darüber zu sprechen«, erwiderte ich.

Jost runzelte die Stirn. »Wibald ist im Tiergarten. Gerade eben hat er mich nach dem Weg zum Hirschgehege gefragt. Aber ich würde dir raten, hier zu bleiben, sonst tut er dir auch noch etwas an.«

Ich schlug den Mantel zur Seite und deutete auf den Dolch,

der von meinem Gürtel herabhing. »Den habe ich immer dabei, wenn ich ohne Begleitung unterwegs bin.«

»Und das ist leider häufig der Fall«, merkte Jost missbilligend an. »Du umgehst mal wieder das Waffenverbot für Frauen. Dein Vater lässt dir zu viele Freiheiten. Du bist ein wildes Waldgeschöpf und kein sittsames Weib.«

Ich dankte ihm kurz für seine Auskunft und ließ ihn dann einfach stehen. Für seine Ermahnungen hatte ich heute wahrlich keine Zeit.

Es war ziemlich umständlich, von der Kaiserpfalz in den Tiergarten zu gelangen, denn man musste erst die ganze Anlage auf der nördlichen Seite umrunden. Besorgt musterte ich die dunkelgrauen Wolken, die sich am Himmel zusammenballten. Hoffentlich war ich zurück, bevor der Regen losging.

Aber die ersten Tropfen fielen schon, als ich den großen Woog erreichte. Ich grub mich in meinen Mantel hinein und zog mir die Kapuze fest über den Kopf. Während ich am Ufer des Gewässers entlang zum Tiergarten lief, dachte ich über Trushard nach. Je eher ich den Abschied von ihm hinter mich brachte, desto besser. Warum warten, bis er freiwillig ging? Ich beschloss, ihm heute Abend deutlich zu sagen, dass seine Anwesenheit auf unserer Burg nicht länger erwünscht war. Bevor mich die Schlingpflanze endgültig in die Tiefe zerren würde, musste ich sie von meinem Knöchel reißen. Notfalls mit Gewalt.

Mit einem mulmigen Gefühl im Bauch sah ich mich um, als ich den Tiergarten erreichte. Bisher war mir kein Mensch begegnet. Dafür hatte ich nun reichlich tierische Gesellschaft. Pfauen stolzierten am Weg entlang. In den großzügig angelegten Gattern wühlten Wildschweine und Ferkel mit den Schnauzen im Schlamm, völlig unbeeindruckt von Regen und Wind. Anscheinend war ich in der weitläufigen Gartenanlage ganz alleine mit Wibald. Josts Warnung kam mir in den Sinn.

Ich tastete nach dem Dolch. Sollte sich Wibald an mir vergreifen, würde es ihm schlecht bekommen.

Kurz bevor ich in den Weg nach rechts zum Hirschgehege einbog, hörte ich auch schon Wibalds ärgerliche Stimme: »Na endlich, ich warte hier schon eine Ewigkeit. Und das bei diesem ekelhaften Wetter!«

Mist, er war nicht alleine! Die Bäume versperrten mir die Sicht. Nur zu gerne hätte ich gewusst, wen er gerade so unfreundlich begrüßt hatte.

Dicke Regentropfen klatschten in mein Gesicht und durchtränkten den Mantel. Aber es half nichts, ich musste warten, bis Wibald sein Gespräch beendet hatte. Während ich noch überlegte, ob ich mich im Gebüsch verstecken sollte, um ihm ungesehen folgen zu können, falls er mit seiner Begleitung zur Pfalz zurückging, fuhr mir ein Schmerzensschrei durch Mark und Bein. Jähe Furcht überfiel mich. Ich hörte ein undeutliches Gurgeln, ein Plumpsen, als ob jemand zu Boden stürzte, und dann eilige Schritte, die sich entfernten.

Es dauerte einige Herzschläge, bis ich mich aus meiner Erstarrung reißen konnte. Langsam schlich ich vorwärts. Kurz vor der Biegung blieb ich stehen und horchte. Alles blieb still. Was zum Teufel war hier passiert? Hatte Wibald sich etwa sein nächstes Opfer geholt?

Vorsichtig lugte ich um die Ecke. Mitten auf dem Weg lag Wibald, auf den Rücken gefallen wie ein hilfloser Käfer. Erst nachdem ich mich gründlich umgesehen und in das Gebüsch gespäht hatte, wagte ich mich näher. Als ich mich über den Adeligen beugte, stockte mir der Atem. Über dem Herzen war der Rock mit Blut durchtränkt. Als ich genauer hinsah, erkannte ich den schmalen Riss, der sich mitten in dem dunkelroten Flecken befand und mir verriet, dass er erstochen worden war.

Ich zuckte zurück. Als Burgherrin, die sich um Kranke und

Sterbende kümmern musste, war mir zwar der Anblick von Toten vertraut, nicht aber der Anblick von Menschen, die durch Gewalt ums Leben gekommen waren.

Knapp unterhalb der linken Schulter entdeckte ich auf dem Rock einen leicht verschmierten schwarzen Flecken, der die Größe eines Daumennagels hatte. Woher mochte er stammen? Wibalds Hände zeigten mit den Innenflächen nach oben, die Finger waren verkrümmt. Der Geldbeutel hing noch am Gürtel.

Ich wagte einen Blick in Wibalds Gesicht. In seinen weit offen stehenden Augen lag Erstaunen, als könne er nicht glauben, dass ihm jemand an Hinterhältigkeit ebenbürtig sei. Er war überrascht worden und hatte nur verhältnismäßig kurz leiden müssen – ganz im Gegensatz zu meiner Schwester. Erinnerungen an ihr aufgequollenes Gesicht, in dem sich die Spuren des Kampfes mit dem Wasser deutlich abgezeichnet hatten, stiegen in mir auf. Jetzt war ihr Tod gesühnt – aber zu welchem Preis?

Ich unterdrückte den aufkommenden Brechreiz und erhob mich. So schnell wie möglich musste ich von hier verschwinden. Wenige Handbreit von der Leiche entfernt entdeckte ich ein kleines Tontöpfchen. Unwillkürlich griff ich danach und steckte es in den Beutel, der an meinem Gürtel hing.

Auf einmal hatte ich das Gefühl, beobachtet zu werden. Ängstlich blickte ich mich um. Am Hirschgehege war niemand. Aber hinter den Fichten, die wie eine undurchdringliche Wand den Weg säumten, knackten Zweige. Verdammt, war der Mörder doch noch hier? Ich raffte den Rock und raste los, als wären sämtliche Jagdhunde des Kaisers hinter mir her.

Schon nach wenigen Schritten japste ich nach Luft. In meine Seiten schienen sich Dolche hineinzubohren, so heftig stach es, aber wie von einer unsichtbaren Schnur gezogen, rannte ich weiter. Jetzt hatte ich schon den großen Woog erreicht. Ich verzichtete darauf, einen Blick zurückzuwerfen, um keine wertvolle Zeit zu verlieren.

Mit meinen kurzen Beinen hatte ich keine Chance, falls der Mörder tatsächlich hinter mir her sein sollte. Zudem behinderte mich der lange Rock. Gleich würde eine Hand nach mir greifen und mich zurückreißen. Ich versuchte, meine Schritte zu beschleunigen, aber es ging nicht. Mein Herz schlug so heftig, dass ich fürchtete, es würde den Brustkorb sprengen. Die Schnur, mit der mein Mantel vorne zusammengebunden war, drückte wie ein Galgenstrick gegen meine Kehle. Der Beutel, der an meinem Gürtel hing, pendelte wild hin und her.

Da – ein Hecheln. Der Verfolger holte auf. O heilige Margarete, steh mir bei!

In meinem Schädel dröhnte ein Trommelwirbel. Der Regen klatschte mir ins Gesicht und zog einen Wasserschleier vor meine Augen. Ich konnte kaum noch erkennen, wohin ich trat. Eisige Sturzbäche liefen über meine Wangen und tropften in den Ausschnitt hinein. Der Bliaut saugte sich mit Feuchtigkeit voll wie ein durstiger Schwamm. Bleischwer hingen die Tütenärmel an meinen Unterarmen.

Verzweifelt merkte ich, wie meine Kräfte nachließen. In den Lungen tobte ein Feuer. Die Oberschenkel verkrampften sich, als würden sie von einer gewaltigen Hand zusammengequetscht.

Der heftige Guss hatte die Wege in gefährlich glitschigen Morast verwandelt. Eine trübe, braune Brühe spritzte aus den Pfützen hoch, in die ich hineinstolperte, setzte sich auf dem Rocksaum fest und durchtränkte meine Schuhsohlen.

Das Hecheln wurde lauter.

Ich musste den Verfolger austricksen – aber wie? Mir fiel das tiefe Schlagloch ein, das sich direkt hinter der nächsten Wegkreuzung befand.

Das Hecheln war nur noch wenige Schritte hinter mir, aber

die Hoffnung gab mir neuen Auftrieb. Mit letzter Kraft schaffte ich es, die Geschwindigkeit doch noch einmal zu steigern.

Als ich die Kreuzung erreicht hatte, bog ich nach links ab und wich im letzten Augenblick dem wassergefüllten Schlagloch aus. Mein Fuß glitt im Schlamm aus, ich ließ den Rock fallen und ruderte wild mit den Händen, um das Gleichgewicht zu bewahren. Schon sah ich mich auf dem Boden liegen, den Angreifer mit dem Dolch über mir, ein höhnisches Grinsen im Gesicht – da fing ich mich doch noch. Mehr rutschend als laufend kämpfte ich mich vorwärts. Hinter mir hörte ich ein Platschen und schließlich einen dumpfen Fall.

Nur nicht zurücksehen! Jede Bewegung kostete Zeit. Ich musste weiter. Die Westseite der Pfalz tauchte vor mir auf. Das sichere Tor war nicht mehr fern. Neuer Mut durchströmte mich. Wenn sich der Verfolger wider Erwarten hochgerappelt hatte und mich hier angreifen wollte, würde man meine Schreie hören. Und er musste damit rechnen, dass uns jemand vom Fenster aus beobachtete. Hatte ich doch Glück?

Ich rannte wie ein Wiesel, zwang mich, nur an das nächste Zwischenziel zu denken – die Nordwestecke der Pfalz.

Als sie vor mir lag, stieg die Hoffnung. Noch wenige Schritte, dann kam der belebte Weg, der zur Pfalz führte. Allmählich ließ der Regen nach. Zum letzten Mal raffte ich alle Kraft zusammen. Vorwärts, immer weiter vorwärts!

Aber erst als ich den Weg erreichte, fühlte ich mich wieder sicher. Ein Stück weiter unten erblickte ich Menschen, die vor dem Tor der Kaiserpfalz standen. Jetzt würde mir nichts mehr passieren. Verzweifelt nach Luft ringend, blieb ich stehen und warf einen Blick zurück. Dem Herrn sei Dank, niemand war zu sehen!

Erleichtert lockerte ich die Schnüre meines Bliaut, um besser atmen zu können, und hielt mir die stechenden Seiten. Vor Angst, Nässe und Kälte zitterte ich am ganzen Körper.

Meine Gedanken überschlugen sich. Wibald war umgebracht worden. Aber wer war der Mörder? Oder hatte ich es mit einer Mörderin zu tun? Es erforderte nicht viel Kraft, ein Messer ins Herz zu stoßen.

Warum hatte der Verfolger so lange gebraucht, um mich einzuholen? Ein kräftiger Mann wäre im Handumdrehen bei mir gewesen. War der Täter alt, krank, verletzt, ungeübt im Laufen – oder eine Frau, die durch ihr langes Gewand behindert wurde? Ich konnte mich nicht an das Schleifen eines Rocksaumes hinter mir erinnern. Allerdings hatte das Dröhnen in meinem Schädel auch viele Geräusche übertönt. Nur das laute Hecheln war mir aufgefallen.

Sollte ich den Mord melden? Vater und ich saßen in der Falle, so oder so, denn es musste sich überall herumgesprochen haben, was tags zuvor in der Pfalz passiert war. Wibalds Tod bewahrte Vater vor einem gefährlichen Zweikampf. Deshalb war es so gut wie sicher, dass man uns verdächtigen würde. Und wenn ich dann auch noch zugab, am Schauplatz der Tat gewesen zu sein, würde niemand mehr an meine Unschuld glauben. Ich konnte nur noch hoffen, dass Jost mich nicht verraten würde und dass mich außer dem Mörder niemand im Tiergarten gesehen hatte. Mit Schrecken fiel mir mein Dolch ein. Ich war zur falschen Zeit am falschen Ort gewesen und hatte auch noch eine mögliche Tatwaffe bei mir getragen!

Erst nach und nach sickerte in mein Bewusstsein, was mir unter Umständen bevorstand. Mord wurde mit dem Galgen bestraft. Ich spürte schon, wie sich der Strick um meinen Hals legte. Meine Kehle zog sich zusammen.

Und Vater? Ich betete zu Gott, dass ihm irgendjemand begegnet war, der bezeugen konnte, dass er sich zum Zeitpunkt der Tat weit entfernt vom Tiergarten aufgehalten hatte.

Das Töpfchen, das ich neben der Leiche gefunden hatte, fiel

mir wieder ein. Ich holte es aus dem Beutel, zog den Stöpsel heraus und betrachtete verblüfft die grüne Paste. Erst schnupperte ich, dann tunkte ich den Finger hinein und verrieb die zähe, fettige Substanz auf meinem Handrücken. Es war Schwertliliensalbe, die man für gewöhnlich benutzte, um die kleine Krätze zu heilen. Ich verstöpselte das Töpfchen wieder und verstaute es sorgfältig in dem Beutel, der an meinem Gürtel hing.

Wie war die Salbe neben die Leiche geraten? Mir fiel nur eine mögliche Erklärung ein: Wibald musste sich im Fallen an den Mörder gekrallt und dessen Beutel seitlich aufgerissen haben, sodass das Töpfchen herausgerutscht war. In seiner Eile hatte der Täter es wohl nicht bemerkt. Erst als er sich in sicherer Entfernung befand und kurz innehielt, um zu verschnaufen, war ihm aufgefallen, dass die Schnüre seines Beutels gelockert waren und die Salbe fehlte. Deshalb war er zurückgekehrt – und hatte mich entdeckt! So musste es gewesen sein.

Jetzt war ein Mörder hinter mir her. Er hatte es einmal probiert, und er würde es wieder versuchen, so oft, bis er mich erwischt hatte. Meine Eingeweide krampften sich zusammen.

Mein Gott, wie kam ich aus dieser hoffnungslosen Lage bloß wieder heraus? Gleichgültig, was ich tat, es war mit Sicherheit das Falsche.

Am liebsten hätte ich mich bei Gertrud in der Burgküche verkrochen, aber Vater und ich waren zum Kaiser vorgeladen worden. Mir blieb keine Wahl. Wenn ich keinen Verdacht erregen wollte, musste ich erscheinen. Aber ein wenig Zeit hatte ich noch. Ich würde sie nutzen, um in der alten Kapelle der Pfalz neue Kraft zu schöpfen.

Nass wie ein Fisch war ich, und mein Zopf hatte sich aufgelöst. Ich bückte mich, zupfte etwas Gras vom Wegesrand und säuberte damit die völlig verschlammten Schuhe, so gut es eben ging. Dann drückte ich das Wasser aus meinen Locken, flocht die Haare neu und richtete die Gewänder. So notdürftig zurechtgemacht, konnte ich mich wieder unter Menschen wagen. Ich war bereit.

◆

Mit regungsloser Miene thronte Barbarossa in einem goldverzierten Faltsessel am Kopfende des Saales, in dem wir gestern seine Ankunft gefeiert hatten. Zur Begrüßung nickte er Vater und mir kühl zu, als wir vor ihm niederknieten. Die schmalen Lippen hatte er fest zusammengepresst. Keine Gesichtsregung verriet, was er dachte. Nur schwer konnte ich mir in Erinnerung rufen, wie freundlich er noch gestern zu meinem Bruder gewesen war.

Neben dem Kaiser stand Meinloh, in der linken Hand Wachstafel und Griffel, und blinzelte mir fast unmerklich zu. Seine rechte Hand zuckte, als ob er am liebsten etwas notiert hätte. Ging ihm schon wieder ein Vers durch den Kopf, oder war ihm die passende Formulierung für einen heiklen Brief des Kaisers eingefallen?

Auf der anderen Seite des Faltsessels wartete Bischof Hartmann von Brixen, ein ehrwürdiger, alter Mann, der einen freundlichen Eindruck machte und trotz seines hohen Ranges auffallend schlicht gekleidet war. Der Kaiser schätzte ihn außerordentlich und zog ihn deshalb bei heiklen Angelegenheiten gerne zurate.

Auch Jost und Siegfried waren gekommen; ihre Anwesenheit tat mir gut. Wenigstens zwei Bekannte im Saal. Siegfried lächelte mich aufmunternd an.

Vater reckte entschlossen seinen Dornbart nach oben, das Gesicht puterrot vor Wut. Er würde um sein Recht kämpfen und nicht einen Fußbreit weichen, koste es, was es wolle. Die Zeit des Schweigens und Duldens war für ihn vorbei. Ich betete innerlich, dass er sich nicht zu unbedachten Handlungen hinreißen lassen würde.

Leider hatte ich keine Gelegenheit gehabt, unter vier Augen mit Vater zu sprechen, denn er war nach mir eingetroffen. Zu gerne hätte ich die Last der Verantwortung mit jemandem geteilt. Aber vielleicht war es auch besser, wenn er nichts wusste. Ich bezweifelte, dass er sich verstellen konnte. Wenn er aufrichtig überrascht war bei der Mitteilung, dass sein Erzfeind ermordet aufgefunden worden war, glaubte man vielleicht eher an seine Unschuld.

Unsere kleine Gruppe verlor sich in dem riesigen Saal, dessen Pracht ohne die zahlreichen Gäste abweisend wirkte. Unbewegt wie Statuen warteten wir auf Wibald. Ich war die einzige Person im Raum, die wusste, dass er niemals kommen würde. Eine gespenstische Situation.

Um mich abzulenken, betrachtete ich die Wandmalereien. Hochmütig schauten die Herrscher aus ihren Bildern zu mir herunter. Unter ihren Blicken schrumpfte ich zu einem unwürdigen Nichts zusammen, einem armseligen Staubkorn, das der Wind nach Belieben herumwirbeln konnte. Tausende von Jahren königlicher Macht erdrückten mich. Was war schon unsere unfreie Ministerialenfamilie angesichts dieser glanzvollen Herrscher, von denen Barbarossa seine Legitimation herleitete und damit auch das Recht, uns nach Belieben versetzen, verkaufen, verschenken zu können?

Ich zitterte am ganzen Leib, traute mich aber nicht, den feuchten Wollmantel enger um die Schultern zu ziehen, aus Angst, durch die Bewegung Aufmerksamkeit zu erregen. Die prasselnden Feuer in den riesigen Kaminwangen kämpften vergeblich gegen die Eiseskälte an.

Die Zeit verstrich, und meine Anspannung wurde unerträglich. Wann würde uns endlich jemand von der sinnlosen Warterei erlösen?

Ein Sonnenstrahl verirrte sich in die Prunkhalle und entflammte den Bart des Kaisers. Friedrich trommelte ungeduldig mit den Fingerspitzen auf die Armlehne. Schließlich erhob er sich und verkündete: »Ich stelle fest, dass Wibald vom Turme nicht erschienen ist, obwohl er von meinem Boten Meinloh persönlich geladen wurde.« Seine Worte hallten von den Wänden wider.

Ich atmete auf. Nun konnten wir gehen. Während des Rittes zum Beilstein hatte ich genug Zeit, um mit Vater unser weiteres Vorgehen zu besprechen.

Plötzlich wurde eine der großen Türen ruckartig aufgerissen, und ein sichtlich erschrockener Knappe stürzte herein: »Majestät, verzeiht die Störung, aber im Tiergarten liegt ein Toter. Es ist Wibald.«

Ich schnappte nach Luft. Der Knappe wartete, bis sich das aufgeregte Murmeln ein wenig gelegt hatte, und fügte dann langsam hinzu: »Erstochen!«

Alle Augen richteten sich unwillkürlich auf Vater. Er wurde kalkweiß. Stirnrunzelnd sah Jost mich an. Ich errötete und wandte verlegen den Blick ab.

Die hohe Stimme Barbarossas übertönte das Raunen der Versammelten: »Merbodo von Beilstein, ich frage Euch, habt Ihr etwas mit dem Mord an Wibald vom Turme zu tun?«

Fieberhaft dachte ich nach. Sollte ich mich doch zu Wort melden? Ich entschied mich zu schweigen. Wenn ich jetzt zugab, dass ich den Mord miterlebt hatte, würde uns erst recht niemand Glauben schenken. Ich hatte nichts gehört oder gesehen, was Vater entlasten konnte. Das Töpfchen mit der Salbe war auch kein Beweis für unsere Unschuld, denn es war ein ganz gewöhnliches Heilmittel, das genauso gut aus meiner eigenen Kräuterwerkstatt stammen konnte. Meine Aussage würde Vater nur noch mehr ins Verderben ziehen. Wenn die Tochter schon gestand, im Tiergarten gewesen zu sein, dann hatte sie sicherlich gemeinsame Sache mit dem Vater gemacht. Und was sollte aus meinem Bruder werden, wenn man uns beide verhaftete?

Trotzig schleuderte Vater dem Kaiser seine Antwort entgegen: »Nein!«

»Was habt Ihr heute gemacht?«, fragte Barbarossa weiter.

»Ich war im Wald – allein, falls Ihr wissen wollt, ob ich Zeugen habe«, gab Vater zögernd zu. »Ich war seit dem Morgengrauen unterwegs und habe nur kurz auf dem Beilstein vorbeigeschaut, als Euer Bote die Vorladung überbrachte. Anschließend bin ich wieder ausgeritten und habe mich in unserer Burg rasch umgezogen, weil ich in den Regenguss geraten bin. Dann bin ich sofort zur Pfalz aufgebrochen.«

Barbarossa winkte seinen Boten gebieterisch zu sich heran. »Wann habt Ihr Wibald die Nachricht übermittelt, dass er sich heute Nachmittag hier einfinden soll?«

Eilfertig huschte Meinloh nach vorne und beugte sich zum Kaiser hinunter. »Zur Sext. In der alten Kapelle haben die Mönche gerade den Hymnus gesungen. Wir haben es bis in Wibalds Unterkunft gehört. Anschließend hat Wibald mich nach dem Weg zum Tiergarten gefragt.«

Erschrocken sah ich, wie sich steile Falten auf der Stirn des Kaisers bildeten. »Das heißt also, Merbodo kann für die mögliche Tatzeit keine Zeugen benennen. Wir werden nachforschen, wer Wibald als Letzter gesehen hat.« Schmallippig musterte er Vater. »Merbodo, stimmt es, dass Ihr gestern Abend Wibald vom Turme angegriffen und bedroht habt? Er werde einen sehr hohen Preis zahlen für das, was er Eurer Tochter angetan hat – das waren doch Eure Worte, oder?« Wie ein Messer zerschnitt Barbarossas scharfe Stimme die kalte Luft.

Vater ballte die Fäuste. »Ich leugne es nicht. Wibald hat meine Tochter Hildegunde geschändet. Sie hat die Schmach nicht ertragen und starb kurze Zeit später.« Er rang um Fassung und fuhr dann fort: »Als ich Wibald gestern völlig unvermutet wiedersah, hat er mich auch noch verhöhnt. Da habe ich den Kopf verloren. Ich wollte ihn zu einem offenen Kampf herausfordern, aber nicht ermorden. Mein Gott, dazu wäre ich niemals fähig. Um Himmels willen, glaubt mir doch!« Wie ein in die Enge getriebenes Wild blickte er um sich.

Nachdenklich knetete der Kaiser seine Hände. Ich fing Josts bestürzten Blick auf. Mit Bangen sah ich, dass er einen Schritt vortrat und tief Luft holte, als ob er zum Sprechen ansetzen wollte. Ich hielt den Atem an. Würde er mich jetzt verraten? Unsicher fuhr sich Jost mit der rechten Hand durch die Igelborsten und klappte dann den Mund wieder zu. Ich stieß die Luft aus.

»Merbodo, Ihr habt mir stets treu gedient, aber ich fürchte, die Tatsachen sprechen gegen Euch«, erklärte Barbarossa mit fester Stimme. »Niemand außer Euch hätte einen Grund gehabt, Wibald umzubringen. Der Schultheiß soll den Fall in aller gebotenen Sorgfalt untersuchen. Aber auf die Ergebnisse der Nachforschungen werdet Ihr sicherheitshalber im Burgverlies warten. Jost, nehmt ihn gefangen!«

Die Falle war zugeschnappt. Der überrumpelte Schultheiß zögerte, und das machte Vater sich zunutze. Ehe ihn jemand daran hindern konnte, schnitt er Jost mit dem Dolch den Schlüsselbund vom Gürtel, stürzte zur Tür und rannte davon.

Der Schultheiß war viel zu verblüfft, um sofort zu reagieren. Ungläubig starrte er auf das Gürtelende in seiner Hand. Auch Siegfried rührte sich nicht von der Stelle. Eine schnelle Auffassungsgabe hatte gottlob noch nie zu seinen Stärken gezählt.

»Worauf wartet Ihr noch?« Barbarossa verlor die Geduld. Der kaiserliche Befehl riss Jost aus seiner Erstarrung. Gehorsam flitzte er los. Siegfried schnaufte auffallend langsam hinterher.

»Schneller!« Eine dunkelrote Zornesröte überflammte Barbarossas kräftigen Hals. Das Klacken der Stiefel auf dem Marmorboden beschleunigte sich.

»Ihr alarmiert die Wachen am Tor und die übrigen Burgmannen«, befahl der Kaiser dem Knappen, der sich sofort auf dem Absatz umdrehte und davoneilte. Inständig hoffte ich, dass Vater die Flucht gelingen würde. Wenn nicht, war er verloren.

Heftige Gewissensbisse regten sich in mir. Trug ich Schuld an der verfahrenen Situation? Meine Hände krampften sich am Bliaut fest.

Ich raffte mein Gewand und wollte zur Tür stürzen, aber der Kaiser herrschte mich an: »Hier geblieben! Raus mit der Sprache: Was hat Euer Vater vor? Besser, Ihr sagt es mir gleich, bevor meine Männer ihn mit einem Pfeil erledigen.«

Ich erschrak. Was sollte ich tun? Ich wusste genau, was Vater plante. Unter der Pfalz befanden sich unterirdische Felsengänge, durch die man die Burg unbemerkt verlassen konnte und erst ein ganzes Stück weiter nördlich herauskam. Jost und Siegfried kannten diesen Fluchtweg natürlich auch, aber ihr bisheriges Verhalten ließ nicht erwarten, dass sie dem Kaiser ihr Wissen preisgeben würden. Nein, es war unwahrscheinlich, dass Vater erwischt wurde. Ehe ihn Barbarossas Männer am Ausgang abpassen konnten, war er auf und davon. Ich riss die Augen auf wie ein Unschuldslamm und zuckte die Schultern.

Friedrichs wütende Miene verriet mir, dass er unser Spiel durchschaute und nicht gedachte, die widerstrebende Befolgung seiner Befehle hinzunehmen. Auf den Schultheißen und seinen Bruder kam ein gewaltiges Donnerwetter zu.

»Das ist unglaublich«, schäumte Barbarossa und ließ die Faust auf die Lehne seines Sessels krachen. »Schafft Merbodo her! Wenn er in meine Hände fällt, dann gnade ihm Gott.

Durch seine Flucht hat er jede Milde verwirkt. Ich bin der Kaiser. Niemand widersetzt sich mir ungestraft.«

Ruckartig drehte er mir den Kopf zu. »Nur damit Ihr es wisst: Wer sich dem Gericht entzieht, nachdem er von Angesicht zu Angesicht eines Verbrechens beschuldigt wurde, ist überführt. So sieht es das althergebrachte Recht vor. Daher werte ich die Flucht Eures Vaters als Schuldgeständnis.«

»Und ich werte sie als Verzweiflungstat, Eure allergnädigste Majestät«, erwiderte ich und knickste demütig. Ich war bestürzt über den Wutausbruch des Kaisers, der bisher so gelassen gewirkt hatte. Meinlohs Bemerkung fiel mir ein: »Wenn es um seine Ehre geht, gerät der Kaiser leicht in Zorn.« Mir schwante, dass Vater einen schlimmen, womöglich tödlichen Fehler begangen hatte. Durch seine Flucht hatte er gezeigt, dass er kein Zutrauen in die Gerechtigkeit Barbarossas besaß, und damit die kaiserliche Ehre verletzt.

Friedrichs helle Augen fixierten mich unbarmherzig. »Ich mache Euch darauf aufmerksam, dass Euer Vater der Reichsacht verfällt und damit rechtlos ist. Das bedeutet, dass er überall im Reich von jedermann festgenommen und bei Widerstand getötet werden kann. Solltet Ihr ihm widerrechtlich auf dem Beilstein Aufenthalt gewähren, verfällt auch die Burg der Acht. Also überlegt Euch gut, wie Ihr Euch verhaltet.«

Selbst der tote Wibald fügte uns noch Schaden zu. Am Vormittag hatte ich gedacht, ich wäre verzweifelt, aber jetzt erst wusste ich, wie sich wirkliches Unglück anfühlt: schwer wie der Beilsteiner Fels, der sich auf meine Brust wälzte.

Der Knappe wagte sich noch einmal in den Saal. »Ich bitte um Entschuldigung, Majestät, aber der Gesandte aus Lodi ist da.«

»Er soll sich gedulden.« Barbarossa sprang auf, strich das reich bestickte Obergewand glatt und wandte sich an den Bischof: »Ehrwürdiger Vater, hättet Ihr die Güte, mich in den

Tiergarten zu begleiten?« Dann drehte er sich zu mir um: »Ihr kommt ebenfalls mit. Ich möchte Euch lieber im Auge behalten.«

◆

Es kostete mich einige Überwindung, an den Ort zurückzukehren, der mir einen solchen Schrecken eingeflößt hatte, auch wenn ich mich jetzt in sicherer Begleitung befand. Barbarossas Erregung hatte sich auf dem Weg in den Tiergarten ein wenig gelegt. Die dunkle Zornesröte an seinem Hals war einem Pfirsichton gewichen.

Von Abscheu erfüllt, blieb ich möglichst weit entfernt von der Leiche stehen. Aber der Kaiser winkte mich heran. »Seht Euch ruhig an, was Euer Vater Wibald angetan hat.«

Zögernd schlich ich näher und warf einen Blick auf die Fußspitzen des Toten.

Der Kaiser trat hinter mich. »Eure damenhafte Zurückhaltung in allen Ehren, aber sie ist hier fehl am Platze. Schaut Euch das viele Blut an, das Euer Vater vergossen hat.« Er umfasste mein Kinn mit Daumen und Zeigefinger und hob es ruckartig hoch, sodass mein Blick auf den großen Fleck fiel. Mit Schaudern betrachtete ich den Toten, dessen Schicksal ich um ein Haar geteilt hätte.

»Wollt Ihr Euch wirklich auf die Seite eines feigen Mörders stellen?«, raunte Barbarossa in mein rechtes Ohr. Abrupt ließ er mich los, ging zur Leiche und beugte sich seitwärts über den Toten. »Seht Ihr, wie breit der Einstich ist?«, wandte er sich an den Bischof. »Er scheint von einem Küchenmesser zu stammen, wie es benutzt wird, um Brot zu schneiden oder beim Vorlegen an der Tafel Fleisch zu zerkleinern. Bei einem Dolch oder einem Essmesser wäre die Wunde viel schmaler und bei einem Schwert wesentlich breiter.« Er richtete sich auf und schaute mich an. »Ich nehme an, Euer Vater stand vor seinem Opfer. Wibald muss sofort tot gewesen sein, bevor er um Hilfe rufen konnte.«

»Das heißt, Wibald muss sich seinem Mörder gegenüber sicher gefühlt haben, denn sonst hätte er ihn nicht so nahe an sich herangelassen«, spann ich den Gedanken weiter. »Und damit kommt mein Vater als Täter schwerlich in Betracht.«

»In der Tat, dieses Argument spricht für Euren Vater. Es ist allerdings auch das einzige, das man zu seinen Gunsten anführen kann.« Barbarossa bedachte mich mit einem kühlen Blick, aber in seiner Stimme schwang eine gewisse Anerkennung mit.

Der Bischof schlug das Kreuzeszeichen, kniete neben der Leiche nieder und drückte Wibald sanft die Augen zu. Leise murmelte er ein lateinisches Gebet vor sich hin.

Barbarossa runzelte die Stirn. »Hier sind zahlreiche Fußabdrücke, kleine und große. Merkwürdig. Man sollte doch meinen, der Mörder wäre mit seinem Opfer alleine gewesen.«

Im letzten Augenblick unterdrückte ich den Impuls, den Blick zu senken und auf meine Schuhe zu starren. »Im Tiergarten sind viele Leute unterwegs«, gab ich zu bedenken.

»Nur ein Abdruck ist deutlich zu sehen. Und er befindet sich genau vor der Leiche, also an dem Ort, wo der Mörder gestanden haben muss.« Barbarossa zeigte auf eine große Spur, die sich in dem Schlamm abzeichnete. Ich atmete auf. Meine Füße waren wesentlich kleiner.

»Wir werden den Abdruck mit geschmolzenem Wachs ausfüllen«, entschied Barbarossa. Breitbeinig baute er sich so dicht vor mir auf, dass uns nur noch eine Armlänge trennte. Die goldene Spange, die seinen Mantel über dem Schlüsselbein zusammenhielt, schwebte vor meinen Augen. »Meinloh behauptet, er habe Wibald zur Sext noch gesehen. Wo seid Ihr eigentlich um diese Zeit gewesen?«

Instinktiv wollte ich zurückweichen, aber ich riss mich zusammen und stemmte meine Füße in den weichen Boden. Auf keinen Fall durfte ich meine Unsicherheit zeigen. Ich musste so tun, als hätte ich nichts zu verbergen. Ich zwang mich, den Kopf zu heben und fest in die hellen Augen zu blicken, die mich streng musterten. Auf dem Gang zum Tiergarten hatte ich mir schon eine passende Lüge zurechtgelegt. »In den Gassen von Lautern. Ich war vor meinem Vater in der Pfalz und wollte die Zeit nutzen, um Einkäufe zu tätigen.« Bei dem Gewühl, das derzeit in Lautern herrschte, würde niemand diese Behauptung widerlegen können. Mit klopfendem Herzen wartete ich auf die Reaktion des Kaisers. Glaubte er mir?

Skeptisch zog er eine Augenbraue hoch. Bevor er mich nach Zeugen fragen konnte, machte ich ihn auf den merkwürdigen schwarzen Flecken knapp unterhalb von Wibalds linker Schulter aufmerksam. »Schaut Euch das an. Ich weiß nicht, welche Schlüsse ich daraus ziehen soll, aber es könnte wichtig sein. Vielleicht ist es eine Spur, die der Mörder hinterlassen hat.«

»Wahrscheinlich hat sich Wibald beim Mittagessen bekleckert«, meinte Barbarossa und wandte sich achselzuckend ab.

Der Kaiser mochte Recht haben – und der Fleck bedeutete nichts weiter und war nur ein eingetrockneter Soßenrest oder etwas Ähnliches. Aber ich erinnerte mich daran, dass Wibald sich beim Weintrinken sorgsam den Mund abgewischt hatte. Er verfügte über ausgezeichnete Tischmanieren, ganz im Gegensatz zu dem Schultheißen und seinem Bruder. Daher schien es mir eher unwahrscheinlich, dass Wibald sich beschmutzt hatte. Aber wie konnte die merkwürdige Verfärbung auf dem Gewand entstanden sein? Es war noch zu früh im Jahr für dunkle Beeren, und mir fiel nichts anderes ein, was einen schwarzen Flecken hinterlassen konnte, so verbissen ich auch nachgrübelte.

Der Kaiser blickte sich suchend um und schüttelte ratlos den Kopf: »Wo ist bloß die Tatwaffe abgeblieben?«

In meiner Aufregung hatte auch ich diesen Punkt bisher völlig übersehen. Die Waffe würde Aufschluss über den Täter geben können – so viel war sicher. Weitere Burgmannen stießen zu unserem kleinen Trupp und schwärmten gleich danach aus, um das Messer zu suchen. Sie ließen keinen Weg, kein Gebüsch und kein Gehege aus. Sie durchkämmten den ganzen Tiergarten.

Aber die Waffe blieb spurlos verschwunden.

◆

Barbarossa ließ keine Zeit verstreichen. Gleich nachdem die Suche im Tiergarten erfolglos abgebrochen worden war, bestimmte er zwei Mitglieder aus seiner Leibwache für die Durchsuchung der Burg Beilstein. Sie sollten überprüfen, ob sich das vermisste Messer bei uns befand. Mir befahl er, seine Männer zu begleiten. Ich wusste nicht, wer von den beiden mir mehr zuwider war: Wilhelm, der gedrungene, rotwangige Anführer, oder der blasse, schmallippige Philipp.

Wilhelm genoss seinen wichtigen Auftrag in vollen Zügen. Seine Augen, die wie aufgesetzte graue Glaskugeln hervorsprangen, strahlten vor Begeisterung. Wahrscheinlich fühlte er sich geschmeichelt, dass Barbarossa ausgerechnet ihn dafür ausgesucht hatte, einen gemeingefährlichen Mörder zur Strecke zu bringen.

Philipp hingegen trennte sich nur ungern von seinem großen Bierhumpen in der Burgküche. Sein fauliger Atem schlug mir entgegen, als er mir in den Sattel half, und er ließ seine Hände dabei ein wenig zu lange auf meiner Taille verweilen. Während des Ritts zum Beilstein glotzte er mich die ganze Zeit über an, als wäre ich eine Kuh, die zum Verkauf feilgeboten wurde.

Als wir endlich auf der Burg ankamen, suchte ich fieberhaft

nach einer Möglichkeit, um die verflixte Knochentruhe zu verstecken, aber Wilhelm hielt sich beharrlich an meiner Seite.

Mit Bangen beobachtete ich, wie die Männer Möbel verrückten, in Truhen stöberten, die Betten überprüften, Teppiche ausschüttelten, Heuhaufen durchwühlten, die Tiere aus den Ställen trieben und schließlich über die Leiter in den Bergfried kletterten.

Ich musste sie von der unseligen Truhe ablenken – aber wie? Im Untergeschoss befand sich das Verlies, in das der Verbrecher – sollten wir jemals einen bei uns beherbergen müssen – durch eine Luke in die Finsternis herabgelassen wurde. Mir kam ein vorwitziger Gedanke. »Also, wenn ich ein Mörder wäre, hätte ich das Messer mit Sicherheit ins Verlies fallen lassen«, sagte ich betont beiläufig.

Wilhelm warf mir einen schrägen Blick zu. »Philipp, du siehst unten nach!«, befahl er.

Mit sichtlichem Widerwillen kletterte Philipp am Seil hinunter. Während er lautstark raschelnd mit einem Stock die Binsen hin und her schob, musste ich mich zwingen, nicht zu der Truhe hinüberzusehen, die nur wenige Schritte von uns entfernt in einer dunklen Ecke unter der Treppe stand. Plötzlich hörten wir Philipps entsetzten Ausruf: »Igitt! Hier sind ganz viele Schlangen. Ich komme wieder hoch.« Ungeduldig zerrte er am Strick.

»Das sind bloß Blindschleichen«, rief ich hinunter. Innerlich genoss ich das Spektakel, das mich zumindest ein wenig für die erlittenen Schrecken entschädigte. Je länger dieser Tag andauerte, desto boshafter wurde ich.

»Wir können nicht die Untersuchung abbrechen, nur weil du Angst vor harmlosen Tieren hast. Reiß dich gefälligst zusammen«, herrschte Wilhelm seinen Mann an. Ein schwaches Strohknistern drang zu uns nach oben, aber mir schien, Philipp ging seinem Auftrag mit wenig Begeisterung nach. Überraschend schnell verkündete er: »Ich habe überall nachgesehen, hier ist nichts.«

Wilhelm hatte sich schon zum Gehen gewandt, als sein Blick auf die Truhe fiel. »Was haben wir denn da?«, murmelte er erfreut. »Die Truhe steht in einer dunklen Ecke, ganz so, als wolltet Ihr nicht, dass man sie sieht. Ei, was habt Ihr denn zu verstecken?«

»Gar nichts«, beeilte ich mich zu versichern. »Es ist nur ... äh ... wir haben den Schlüssel verlegt und die Truhe aufbrechen müssen. Jetzt ist sie kaputt. Unter der Treppe steht sie uns wenigstens nicht im Weg.«

Wilhelm fuhr sich mit der Zunge über die Lippen und schritt zur Truhe. »Philipp, leuchte mal hierher«, befahl er.

Gleich war Vaters Schicksal endgültig besiegelt. Ich schloss die Augen. Ich konnte einfach nicht in Wilhelms grinsende Fratze blicken.

Ich hörte ein triumphierendes Schnalzen, dann das Hochklappen des Deckels. Mein Herzschlag setzte aus.

»Leer!« Wilhelms Stimme klang enttäuscht.

Ungläubig öffnete ich die Augen. Hatten sich die Knochen in Luft aufgelöst?

Wilhelm beugte sich über die Truhe, Philipp stand mit der Fackel neben ihm. »Nichts. Noch nicht einmal ein Staubkorn. Das Mistding ist leer.« Wilhelm versetzte der Truhe einen Fußtritt. Er hatte sich schon so nahe am Ziel gewähnt.

Ich hätte jubilieren können. Ein Wunder war passiert, ganz zweifellos! Waren die Gebeine am Ende doch von der heiligen Lutrina, und sie hatte sie unsichtbar gemacht, damit sie nicht von Barbarossas groben Mannen entehrt werden konnten? Oder hatte sie das Wunder gewirkt, um meinen unschuldigen Vater zu schützen?

Auf dem Burghof schlenderte uns Trushard entgegen. Sein Anblick versetzte mir einen Stich. Auch er besaß Messer, sechs Stück sogar, mit denen er äußerst geschickt umzugehen verstand. Er brauchte seinem Opfer noch nicht einmal nahe zu kommen. Argwöhnisch musterte ich seine Miene, aber er zwinkerte mir spitzbübisch zu, ganz so, als führte er etwas im Schilde, und schwenkte dann seine langen Beine lässig an uns vorbei. Sollte ich Wilhelm auf den Messerwerfer aufmerksam machen? Nach kurzem Nachdenken entschied ich mich dagegen. Womöglich machte es uns in Wilhelms Augen noch verdächtiger, dass wir einen Spielmann beherbergten, der zum unehrlichen Gesindel zählte. Bestimmt glaubte er dann, Vater und Trushard hätten gemeinsame Sache gemacht. Plötzlich bereute ich, dass ich den Knochenpoeten nicht schon heute Morgen fortgeschickt hatte.

Abgekämpft schleppte ich mich hinter den kaiserlichen Männern her, die sich nun das Lager gründlich vornahmen. Im Vorratsraum ließen sie keinen Tonkrug aus, kein Fass, keinen Bottich, keinen Korb. Sogar die Schinken, die von der Decke herabhingen, klopften sie ab.

»Kommt her!« Philipp winkte uns aufgeregt zu sich. Er kniete vor einer Aushöhlung in der Lehmwand und zeigte auf ein Stück Messergriff, das daraus hervorlugte. Entsetzt beobachtete ich, wie sich Wilhelms Fischaugen weiteten, als er näher trat. Ich reckte den Kopf.

Philipp strich sich die lange, dünne Strähne, die ihm ins Gesicht fiel, hinters Ohr und entblößte dabei eine haselnussgroße behaarte Warze auf der linken Seite seiner Stirn. Dann schob er seine Hand in das Versteck und hangelte nach dem Messer. Ich hielt den Atem an.

»Scheiße!« Philipp brüllte so laut, dass ich mir erschrocken ans Herz griff. Angewidert zog er seine Hand heraus, die über und über mit einem braunen Brei bedeckt war und ein altes Küchenmesser umklammerte, an dem nicht der geringste Blutklecks zu sehen war.

Der stechende Gestank nach Pferdeapfel verbreitete sich im Raum. Mit zugehaltenen Nasen stürmten die Männer ins Freie. Um mein schadenfrohes Grinsen zu verbergen, wedelte ich mit den Flügelärmeln vor dem Mund auf und ab.

Philipps unflätige Flüche hallten über den Hof, gespickt mit wüsten Drohungen. »Wenn ich den Mistkerl kriege, der mir diesen Streich gespielt hat, werfe ich ihn ins Verlies und schließe ihm eigenhändig das Halseisen zu!«

Auch in der Küche bekamen die Männer ihr Fett ab. »Was sucht Ihr, ein Messer?«, höhnte Gertrud und stemmte die schwabbeligen Arme in die Hüften. »Ei, da werdet Ihr hier gar viele finden, und einige davon sind sogar blutig.« Feixend zeigte sie die Messer vor, mit denen Elsbeth und sie gerade Fleisch zerkleinerten.

»Die sind beschlagnahmt«, entschied Wilhelm.

Gertrud protestierte wütend: »Und womit sollen wir jetzt das Abendessen vorbereiten? Wir haben Gäste des Kaisers auf unserer Burg.«

Doch Wilhelm ließ sich nicht aus der Ruhe bringen. »Esst mehr Fladenbrot«, lautete sein praktischer Ratschlag. Dann steckte er die Messer ein, winkte Philipp zu sich und stampfte aus der Küche.

Gertruds grelles Gekeife dröhnte mir noch in den Ohren, als wir die Kemenate erreichten, in der wir die beiden Hofdamen untergebracht hatten. Eine davon war ausgerechnet jene üppige Blondine, die Siegfried beim Festessen so bewundert hatte. Ich war mir sicher, er würde bald auf unserer Burg auftauchen, um mit der verführerischen Gisla anzubändeln.

Was die eine der beiden Hofdamen an Temperament zu viel besaß, schien der anderen völlig abzugehen. Noch nie hatte ich eine so saftlose Frau gesehen wie Mechthild. Obwohl sie kaum älter als Mitte zwanzig sein konnte, waren ihre Bewegungen schlaff wie die einer Greisin. Weil Mechthild sich schon bei ihrer Ankunft in Lautern unwohl fühlte, hatte Beatrix sie bei uns unterbringen lassen. Sie hoffte wohl, dass ihre Hofdame auf dem Beilstein eher zur Ruhe käme als in der völlig überfüllten Kaiserpfalz. Gisla sollte sich um die Kranke kümmern.

Zielstrebig steuerten die Männer auf die Tür zu. Wilhelm betätigte nur kurz den eisernen Klopfring und öffnete dann schwungvoll die Tür, ohne die Erlaubnis zum Eintreten abzuwarten. Anscheinend wollte er den Hofdamen keine Gelegenheit geben, belastende Beweisstücke verschwinden zu lassen.

Ein schwerer Parfümduft schlug uns entgegen. Gisla hatte die Holzladen vor die Fenster gezogen, um den Raum abzudunkeln. Wilhelm stieß sie energisch auf, wobei er sichtlich bemüht war, den Anblick der überraschten Gisla zu ignorieren. Philipp hingegen verschlang sie mit seinen Blicken. Die Hofdame räkelte sich inmitten des mit feinen Daunendecken ausstaffierten Bettes. Ihr üppiges, honigblondes Haar breitete sich über die weichen Kissen aus. Auf den Hockern hatte sie nachlässig ihre hauchdünnen Seidenkleider drapiert. Neben ihr hob sich ein Berg von Pelzen in regelmäßigen Abständen. Als ich genauer hinsah, erkannte ich dahinter Mechthilds durchscheinendes Gesicht.

»Was habt Ihr hier zu suchen?«, wollte Gisla wissen. Das unerwartete Eindringen der Leibwache schien ihr nicht allzu ungelegen zu kommen. Ich wusste das leise Lächeln, das sie Wilhelm zuwarf, sehr wohl zu deuten.

Leicht stotternd und mit zart fühlenden Umschreibungen teilte Wilhelm ihr den Sachverhalt mit. Gisla raufte sich das Goldhaar, als sie von Wibalds Ermordung erfuhr, und jaulte auf. »Kurz vor der Sext ist er mir noch begegnet.«

Mechthild öffnete noch nicht einmal die Augen. Nur ihr Schnaufen erinnerte uns an ihre Anwesenheit. Wilhelm musterte sie kopfschüttelnd. »Ist sie krank, oder schläft sie so tief?«

»Sie hat Gliederschmerzen und Fieber«, antwortete Gisla mit theatralischem Seufzen. »Deshalb sind wir auch schon nach der Sext auf den Beilstein zurückgekehrt.«

Während die Männer mit der Durchsuchung begannen, trat ich ans Bett und befühlte Mechthilds Stirn. Sie glühte. »Sie hat hohes Fieber«, stellte ich erschrocken fest.

»Trotzdem müssen wir die Damen leider bitten, das Bett zu verlassen«, erklärte Wilhelm. »Die Matratze muss umgedreht werden.«

Gisla reckte sich hoch. »Auf gar keinen Fall«, entgegnete sie entschieden. »Dafür geht es der Kranken viel zu schlecht. Oder wollt Ihr Euch vor der Kaiserin verantworten, wenn Mechthild sich verkühlt und womöglich stirbt?«

Wilhelm verzog mürrisch das Gesicht. »Also schön«, gab er verdrießlich nach. Als er sich zu Vaters schwerer Truhe umwandte, die vor dem Bett stand, schmunzelte Gisla in sich hinein. Sie sah aus wie mein Bruder, wenn er jemandem erfolgreich einen Streich gespielt hatte.

Bei der Räumung der Kemenate hatten wir die Truhe an ihrem Platz gelassen, denn das Zimmer, das Vater, Merbodo und ich uns derzeit zu dritt teilten, war zu klein für das große Möbelstück.

Ich war dankbar, dass mein Bruder diese entwürdigende Szene nicht miterleben musste. Es war richtig gewesen, ihn ins Kloster zu schicken, und ich beschloss, ihn auf jeden Fall noch in den nächsten Tagen dort zu lassen. Abt Stephan würde schon dafür sorgen, dass die Nachricht von dem Mord nicht bis zu dem Kleinen durchdrang.

Wilhelms platt gedrückte Nase zuckte wie bei einem Jagdhund, der schnüffelnd die Fährte aufnimmt. Entschlossen klappte er den Deckel von Vaters Truhe auf und leerte sie Stück für Stück. Ganz oben lagen zwei Paar Schuhe, die er Philipp in die Hand drückte. »Wenn wir zurück in der Pfalz sind, vergleichen wir sie mit dem Wachsabdruck«, kündigte er an.

Als Wilhelm fast den Boden der Truhe erreicht hatte, stutzte er, tastete vorsichtig weiter und zog triumphierend ein in Lappen gewickeltes Päckchen heraus. »Wenn mich nicht alles täuscht, fühlt sich der Inhalt wie ein Messer an.«

Sorgfältig zog er die alten Lumpen auseinander. Bereits die zweite Schicht zeigte rotbraune Flecken, die dritte leuchtete uns tiefrot entgegen. Schließlich hob Wilhelm ein blutbeschmiertes großes Küchenmesser empor, damit es von allen im Raum gut gesehen werden konnte, und schwenkte es wie eine Siegesprämie hin und her. »Hab ich's doch gewusst! Wer suchet, der findet.«

Gisla setzte sich abrupt im Bett auf.

»Das gibt es doch gar nicht ... das ist doch nicht möglich ...«, stammelte ich. Ich hatte das Gefühl, mir würde der Boden unter den Füßen weggezogen.

Wilhelm fuchtelte mit der Messerspitze vor meinen Augen herum. »Erkennt Ihr die Tatwaffe? Stammt sie aus Eurer Burgküche?«

Erschrocken trat ich einen Schritt zurück, um der Klinge auszuweichen. »Solch ein gutes Messer ist viel zu teuer für uns. Vielleicht hat es der Mörder aus der Küche der Kaiserpfalz entwendet.«

Zum Vergleich zog Wilhelm die Messer hervor, die er Gertrud weggenommen hatte. Für jeden war klar erkennbar, dass sich die Werkzeuge in keiner Weise ähnelten.

Wilhelm schnitt eine verächtliche Grimasse. »Bewahrt Euer Vater öfter bluttriefende Messer in seiner Truhe zusammen mit den Gewändern auf? Ich meine, in der Regel tut man so etwas nicht, es sei denn, man versteckt eine Tatwaffe, oder?«

Betont ruhig gab ich zurück: »Und ich meine, in der Regel versteckt ein Mörder die Tatwaffe wohl kaum in seiner eigenen Truhe, oder? Das wäre doch äußerst dumm, nicht wahr?«

Ich setzte noch einen drauf: »Ich bin der festen Ansicht, dass dieses Messer vom Mörder bewusst hier versteckt wurde, um den Verdacht auf meinen Vater zu lenken.«

»Oder es war ein besonders raffinierter Schachzug Eures Vaters, der genau diese Vermutung hervorrufen wollte.« Wilhelm gab sich nicht so schnell geschlagen.

Ich auch nicht. »Warum sollte Vater das Messer in die eigene Truhe legen, anstatt es einfach in die Lauter zu schmeißen oder beim Toten zurückzulassen?«

Wie ein Jagdhund, der sich in seinem Opfer festgebissen hatte, ließ Wilhelm nicht locker. »Vielleicht wurde er gestört, als er das Messer noch in der Hand hielt, und hat es deshalb mitgenommen. Oder er fürchtet, dass die Waffe wiedererkannt wird.« Wilhelm zuckte die Achseln. »Ich glaube nicht, dass Euer Vater noch bei klarem Verstand ist. Ein Rasender handelt nicht immer logisch.«

»Mein Vater mag zu impulsiv gehandelt haben, aber er ist kein Irrer«, gab ich scharf zurück.

Wilhelm hob mit der Messerspitze langsam mein Kinn empor und sah mich durchdringend an. Der kalte Stahl ritzte meine Haut leicht auf. »Ich bin sicher, Ihr steckt mit Eurem Vater unter einer Decke. Vielleicht habt Ihr sogar Wibald ermordet. Eure Augen haben so etwas Verschlagenes. Mit Euch bin ich noch lange nicht fertig.«

Meine Kehle wurde ganz trocken, aber ich versuchte, Wilhelms Blick möglichst gelassen zu erwidern. Hoffentlich hielt Jost den Mund. Von dem Schultheißen hing jetzt alles ab.

Wilhelm ließ das Messer sinken und wickelte den wichtigen Fund sorgfältig wieder in die blutigen Lumpen. »Einer von Euch beiden hat die Tat begangen, so viel steht fest.«

Ich schrak zusammen, als habe mich eine Wespe gestochen. »Gar nichts steht fest!«, fuhr ich ihn an.

Ehrerbietig wandte Wilhelm sich an Gisla. »Werte Dame,

ich bitte Euch vielmals um Verzeihung, aber ich muss auch Euch fragen, ob Ihr das Messer kennt.«

Gisla schüttelte hoheitsvoll den Kopf. Wie zufällig verrutschte dabei das Federbett und entblößte eine runde, weiße Schulter.

Nach einem knappen Abschiedsgruß polterten Wilhelm und Philipp die Treppe hinunter. Fassungslos sah ich für einen kurzen Augenblick zu, wie die Männer Richtung Stall abzogen, bevor ich Ihnen wutentbrannt hinterherlief. Das konnten doch wohl nicht alle Ermittlungen gewesen sein, die sie auf unserer Burg durchführten?

Sie banden gerade ihre Pferde los, als ich außer Atem am Stall anlangte. Ich tippte Wilhelm an die Schulter. Erstaunt drehte er sich um. »Was wollt Ihr denn noch?«, knurrte er mich an.

Ich spürte, wie ich vor Ärger rot anlief. »Was ist mit den Schuhen der anderen Männer? Wollt Ihr sie nicht auch mitnehmen?«

»Wozu?«, gab Wilhelm lässig zurück. »Wir haben doch alles gefunden, was wir brauchen.« Dann schubste er mich zur Seite wie ein lästiges Kind, winkte Philipp zu sich und stapfte hinaus.

◆

Wenn ich Trost und Zuspruch benötigte, verkroch ich mich in der Küche, die ich »unsere Schatzkammer« nannte, denn sie bot alles, was für mich lieb und teuer war: heimelige Wärme, köstliches Essen, stärkende Getränke und aufmunternde Worte. Gertrud besaß hinter ihrer rauen Schale ein Herz aus Butter, und das war auch der Burgbesatzung nicht lange verborgen geblieben. In der Küche war schon mancher Liebeskummer gelindert und mancher Zorn besänftigt worden.

Auch ich ließ mich hier gerne aufpäppeln, wenn ich völlig ausgelaugt von einem aufreibenden Besuch bei Kranken oder Sterbenden auf die Burg zurückkehrte.

An diesem Abend, an dem die Nerven blank lagen, benötigte ich die Schatzkammer dringender denn je. Nachdem ich die Tür aufgestoßen hatte, blieb ich zögernd im Rahmen stehen. Nur neben Trushard war noch ein Platz frei. Auf der anderen Seite der Küchenbank saßen Gertrud und Elsbeth. Der Spielmann strahlte mich an, aber ich ignorierte ihn und rückte mir einen Hocker dicht an die Feuerstelle. Bloß nicht neben ihm sitzen. »Ich brauche ein wenig Wärme«, log ich.

Besorgt wie eine Glucke drückte Gertrud mir einen Becher heißen Würzwein in die Hand. Aufmerksam sahen mich alle an. Stockend berichtete ich, was passiert war.

»Ach Gott, ihr Leut!« Das war alles, was Gertrud hervorbrachte. Elsbeth zog den Kopf tiefer in die Haube hinein, wie eine Schnecke, die sich in ihrem sicheren Panzer versteckte.

»Den wahren Mörder zu finden ist so unmöglich, als wolle man versuchen, mit dem Sieb Wasser zu holen«, sagte ich mutlos.

Aber Trushard nickte mir aufmunternd zu. »Ihr werdet es schaffen, das weiß ich«, verkündete er und stach zur Bekräftigung mit dem knochigen Zeigefinger in die Luft. »Der Kaiser hat Unrecht. So ein Schuft wie der Wibald wird viele Feinde gehabt haben. Nicht nur Euer Vater hatte allen Grund, Wibald zu hassen.« Das stimmte. Auch dem Knochenpoeten hatte er übel mitgespielt.

Ein heftiger Luftzug ließ die Kräuterbündel, die wir zum Trocknen neben den Eingang gehängt hatten, rascheln. Siegfried drückte seinen mächtigen Schädel durch die niedrige Tür, dann quetschte er schnaufend den Wanst hinterher. Seine dunkelblonde Wallemähne war feucht von dem Regen, der inzwischen wieder eingesetzt hatte, und glänzte im Schein des

Feuers. Das Holz der Bank gab einen ächzenden Laut von sich, als er seinen mächtigen Leib neben Trushard ausbreitete.

»Keine Sorge, Rotrud, wir haben deinen Vater noch nicht gefunden«, beruhigte Siegfried mich, noch ehe ich ihn danach fragen konnte, und nahm von Gertrud dankbar einen stärkenden Trunk entgegen. »Unsere Burgmannen haben sich bei der Suche allerdings auch nicht durch besonderen Eifer hervorgetan.«

Der Beilsteiner Fels auf meiner Brust wurde zum ersten Mal seit dem Mord ein wenig leichter. »Wann wird die Suche fortgesetzt?«

Es gluckerte vernehmlich, als Siegfried den Becher in einem Zug leer trank. »Morgen nach dem Frühstück. Ich werde die Männer zum Dansenberg schicken. In der Nähe von Barbarossas Jagdhaus wird sich dein Vater wohl kaum aufhalten.«

»Danke für deine Unterstützung, Siegfried. Du riskierst viel für uns. Aber pass auf, dass du den Bogen nicht überspannst«, warnte ich ihn. »Der Rotbart hat euch euer Verhalten bei Vaters Flucht sehr übel genommen.«

Siegfried zuckte die Achseln. »Er hat getobt, aber sein Brüllen ging bei mir zum einen Ohr hinein und zum anderen gleich wieder hinaus. Bestrafen kann er uns nicht. Langsamkeit ist schließlich kein Verbrechen. Wer einen so mächtigen Leib hat wie ich, kann eben nicht schnell rennen.« Grinsend klopfte Siegfried auf seine stramme Wampe.

»Was wird er erst sagen, wenn er von dem Messerfund erfährt?«, grübelte ich.

Siegfried sah mich fragend an, und ich erzählte ihm, was in der Zwischenzeit auf der Burg geschehen war.

Der Bruder des Schultheißen zog die Stirn kraus. »Er wird von der Schuld deines Vaters noch mehr überzeugt sein«, seufzte er und hielt Gertrud den Becher hin. Widerwillig sprang sie auf und schenkte nach. Er nahm einen tiefen Schluck, rülpste und wischte sich mit dem Ärmel über den Mund. »Der Kaiser kennt deinen Vater nicht so gut wie wir. Niemals wäre Merbodo zu einem feigen Mord fähig. Ein Zweikampf nach ritterlichen Regeln – ja, aber doch kein heimtückisches Erstechen. Er ist schließlich ein Mann und kein Feigling.«

Seine Worte waren wie Balsam auf meiner wunden Seele. Ich bereute, dass ich oftmals so unfreundlich zu Jost und Siegfried gewesen war. Die beiden waren echte Freunde, die uns auch in der Not treu zur Seite standen. »Siegfried, eure Hilfe werde ich euch nie vergessen.«

Ich versuchte, meine wirren Gedanken zu ordnen. »Bei der Suche nach dem Mörder müssen wir logisch vorgehen«, dachte ich laut nach. »Als Täter kommt nur in Betracht, wer erstens gegen Mittag im Tiergarten war und zweitens nach dem Mord die Gelegenheit gehabt hat, das Messer in unserer Truhe zu verstecken. Zur Sext lebte Wibald noch. Danach ging er sofort in den Tiergarten. Ich schätze, er dürfte kurz vor dem Regenguss dort angekommen sein.«

Ich schätzte es nicht, ich wusste es. Nicht nur Trushard, auch mir gingen die Lügen mittlerweile leicht von den Lippen.

Trushard nickte zustimmend und ergänzte: »Ihr sprecht von einem Mörder. Vergesst nicht, Wibald könnte auch von einer Frau umgebracht worden sein. Es erfordert keine Kraft, einen Mann zu erstechen. Und der Fundort der Leiche, ein verschwiegenes Plätzchen im Park, könnte auf ein heimliches Stelldichein hindeuten.« Als Minnesänger dachte Trushard gleich an eine Liebelei. Er hatte wohl gar nichts anderes im Kopf.

»Aber der sichergestellte Fußabdruck ist viel zu groß für eine Frau«, meinte Siegfried. Er schüttete den Rest des heißen Weins in sich hinein und wedelte nach Gertrud. »Trinkt doch gleich aus dem Kessel«, knurrte sie ihn an und knallte ihm den aufgefüllten Becher hin. Die winzigen Härchen ihres Damenbartes bebten vor Empörung. Siegfried grinste breit. »Ich muss mich stärken nach der anstrengenden Suche.«

Fasziniert beobachtete ich, wie Trushard mit den Ohren wackelte. »Der Abdruck muss nicht unbedingt vom Mörder stammen«, gab er zu bedenken. »Außerdem könnte sich eine besonders raffinierte Frau auch Männerschuhe anziehen, um den Verdacht von sich abzulenken. Schließlich sah es nach Regen aus, und der Mörder musste damit rechnen, Fußspuren zu hinterlassen.«

»Ich habe mir von Babarossas Männern den Abdruck besorgt«, warf Siegfried ein, mit einem schlauen Glitzern in den Augen. »Habe ihnen versprochen, ihn zu Wilhelm hier auf die Burg zu bringen.« Er lachte dröhnend. »Wer konnte ahnen, dass ich ihn hier gar nicht mehr antreffe?«

Ich strahlte ihn dankbar an, als er den wachsgelben Abdruck aus seiner Tasche zog und uns zeigte. So viel Einfallsreichtum hätte ich Siegfried gar nicht zugetraut.

»Ich brenne darauf, mir alle Schuhe auf dieser Burg vorzunehmen und mit dem Abdruck zu vergleichen«, stellte Siegfried grinsend fest.

»Bestimmt hat der Mörder die Schuhe gut versteckt oder in die Lauter geworfen«, sagte ich mutlos. »Immerhin hat sich mittlerweile herumgesprochen, dass es eine wichtige Fußspur gibt.« Trübselig starrte ich in meinen Becher und überlegte, ob ich meine Schuhe wegwerfen sollte, auch wenn ich nur sehr undeutliche Abdrücke hinterlassen hatte. Nach kurzem Nachdenken entschied ich mich dagegen. Schuhe waren viel zu teuer.

»Befragt doch Euren Torwächter«, schlug Trushard vor. »Er kann genau sagen, wer nach Einsetzen des Regens auf Eurer Burg ein- und ausgegangen ist. An Gero kommt niemand ungesehen vorbei. Und da es völlig unmöglich ist, am helllichten Tag heimlich über Eure hohen Wehrmauern zu steigen, wissen wir dann genau, wer als Mörder – oder Mörderin – infrage kommt.« Die Glöckchen an seinen Schuhen bimmelten leise, als er vorsichtig versuchte, die langen Beine unter dem Tisch zu entwirren und ein wenig zu dehnen. Ohne eine Aufforderung abzuwarten, sprang Gertrud auf und lief los, um Gero zu holen.

In der Küche wurde es still. Um mich zu beruhigen, starrte ich in das prasselnde Feuer und genoss die Wärme, die von ihm ausstrahlte. Burgküchen waren in der Tat Schatzkammern, bei denen früher oder später jeder einmal vorbeischaute. Daher waren die Küchenbediensteten in der Regel gut unterrichtet über alles, was in ihrer Nähe passierte. Auch in der Kaiserpfalz.

Mit einem Mal zuckte mir eine Idee durch den Kopf, wie ein fernes Wetterleuchten am Horizont. Zunächst erschien sie mir abwegig, aber je länger ich darüber nachdachte, desto besser gefiel sie mir. Nach und nach nahm der Plan Gestalt an. Über alles, was mit dem Mord zusammenhing, musste ich so viel wie möglich in Erfahrung bringen. Welcher Ort wäre für Erkundigungen besser geeignet als Barbarossas Küche, aus der wahrscheinlich auch die Tatwaffe stammte? Zwar würde gegenüber der Tochter eines verdächtigen Mörders niemand reden. Aber was wäre, wenn ich einfach in eine andere Haut schlüpfte? Bei einem Spielweib würden sich die Zungen der Bediensteten lockern, da war ich mir sicher. Und mit Trushard an meiner Seite wäre die Täuschung perfekt. Das hieße dann allerdings, dass ich den Knochenpoeten erst einmal nicht fortschicken konnte. Mir blieb gar nichts anderes übrig, als seine Gegenwart noch einen Tag länger zu ertragen. Tief in meinem Inneren bedauerte ich es allerdings nicht wirklich.

Ich streckte die klammen Finger aus und wärmte sie am Feuer, bis sich Geros schmale Gestalt zögernd durch die Tür schob.

»Nimm doch Platz und trink einen Schluck Wein mit uns«,

forderte ich unseren Torwächter auf. »Vermutlich hat Gertrud dir gesagt, worum es geht. Nun, wer ist außer Vater heute Mittag auf die Burg gekommen? Wer könnte das Messer bei uns versteckt haben?«

Fragend schaute ich in Geros einziges Auge, aber er wandte den Blick ab. Nachdenklich zupfte er die helle Binde zurecht, mit der er die rechte Augenhöhle bedeckte, trat ein paar Schritte auf uns zu und blieb zwischen Tisch und Feuerstelle stehen. »Unsere kaiserlichen Gäste kehrten in der fraglichen Zeit alle auf die Burg zurück. Zuerst kam so ein schmächtiger kleiner Mönch ohne Gefolge, ich glaube, er hieß Rainald.« Gero kratzte sich am Kopf. »Danach traf der strenge Abt mit den Eisaugen ein. Kurz vor Euch klopfte die hübsche Dame an das Burgtor. Sie begleitete die Kranke, die ständig hustete und sich kaum noch auf dem Pferd halten konnte.«

»Waren das alle?«, forschte ich weiter.

Gero warf dem Spielmann einen abschätzigen Blick zu. Fast triumphierend sagte er: »Nein, auch der Knochenpoet ließ sich heute Mittag mal wieder blicken, nachdem er sich vorher weiß Gott wo herumgedrückt hatte. Eine ganze Weile nach Beginn des Regens musste ich ihn einlassen.« Unwillkürlich hielt ich den Atem an und musterte Trushard. Er spießte Gero mit seinen Augen förmlich auf.

»Ist nicht auch der arme Arnold heute Mittag vorbeigekommen?«, warf Gertrud ein.

Stirnrunzelnd gab Gero zu: »Stimmt. An den Einsiedler hatte ich gar nicht mehr gedacht. Aber der fromme Arnold zählt wohl kaum zu den Verdächtigen.«

Ich sah Gero genau ins Gesicht, aber er wich meinem Blick beharrlich aus. »Ich glaube fest an die Unschuld unseres Burgherrn«, erklärte er. »Er ist ein anständiger Mann. Ganz im Gegensatz zu dem zwielichtigen Gesindel, das sich auf den Straßen herumtreibt.«

Das war auf Trushard gemünzt, ganz klar. Ich musste Gero von dem unseligen Thema ablenken und stellte ihm hastig eine letzte Frage: »Warst du die ganze Zeit über an deinem Platz, oder hast du ihn zwischendurch verlassen?«

»Nein, Herrin, ich habe seit dem Mittag bis jetzt durchgehend Wache gehalten, wie es sich gehört.«

Der Täter befand sich also mitten unter uns. Meine Beine fühlten sich plötzlich ganz weich an. Mit Sicherheit würde der Mörder erneut versuchen, mich ein für alle Mal loszuwerden. Gegenüber dem Gesinde durfte ich mir meine Angst nicht anmerken lassen. Ich schluckte schwer, dann fasste ich die Ergebnisse zusammen, wobei ich versuchte, das Zittern in meiner Stimme zu unterdrücken: »Wir haben mehrere Verdächtige, die die Gelegenheit hatten, das Messer bei uns zu verstecken. Beim Abendessen werde ich sie näher in Augenschein nehmen. Vielleicht bekomme ich etwas heraus.«

»Abendessen – das klingt verlockend für einen hungrigen Mann«, ertönte vom Eingang eine melodische Stimme. Überrascht drehte ich den Kopf zur Tür.

Meinloh lächelte uns an und verkündete: »Kaiser Friedrich hat mich angewiesen, meine Unterkunft auf den Beilstein zu verlegen. Ich soll für ihn ein wachsames Auge auf die Vorgänge in dieser Burg halten und zusammen mit einem Mitglied der Leibwache für die Sicherheit der Angehörigen des Hofes sorgen. Und darüber hinaus meinte er, es könnte auch nicht verkehrt sein, die Stimmung unter seinen Leuten, die hier untergebracht sind, mit etwas Musik zu heben.«

◆

Zumindest in einem Punkt musste ich Barbarossa Recht geben: Die Atmosphäre auf unserer Burg war unerträglich gespannt. Als Aufpasser hatte der Kaiser ausgerechnet den dümmlichen Philipp zurückgeschickt, der sich bei der Durchsuchung schon vor harmlosen Blindschleichen gefürchtet hatte. Bevor die Gäste in den Saal zum Abendessen durften, hob er jeden Wandbehang hoch und vergewisserte sich, dass es dahinter tatsächlich kein Versteck und keine Geheimtür gab. Er kroch sogar unter die grob gezimmerte Holztafel und die Bänke, obwohl jeder auf den ersten Blick sehen konnte, dass dort kein Meuchelmörder saß. Mit dem Schwert wühlte er in den Binsen herum. Die Einzigen, die er dabei aufscheuchte, waren ein paar kleine Mäuse. Trotz dieser Vorsichtsmaßnahmen sah sich Philipp beim Essen ständig in unserem düsteren Saal um, der nur von wenigen Kienspänen und dem Feuerschein des Kamins erhellt wurde. Das Schwert hatte er demonstrativ neben sich auf die Eichenbank gelegt.

Kein Wunder, dass sich die Gäste trotz – oder wegen? – seiner Anwesenheit äußerst unbehaglich fühlten. Lustlos löffelten sie ihre Suppe und hielten sich beim Wein auffallend zurück, gerade so, als ob sie lieber einen klaren Kopf behalten wollten. Ich konnte es ihnen nicht verdenken. Wenn ich auf einer fremden Burg untergebracht wäre und die Tochter eines entflohenen Mörders zur Gastgeberin hätte, würde ich mir auch Sorgen um mein Wohlergehen machen. Aber in ganz Lautern herrschte Raumnot, und es gab kein halbwegs angemessenes Ausweichquartier für die höfischen Gäste. Meinloh hatte mir berichtet, dass der Kaiser außerdem davon ausging, dass sich Vaters Wut einzig gegen Wibald richtete, sodass nicht mit weiteren gefährlichen Vorfällen zu rechnen war.

Meinloh war der Einzige, der gelassen wirkte. Er saß zwischen Abt Ottino und mir auf der Bank und kritzelte hingebungsvoll auf seiner Wachstafel herum. Mittlerweile hatte ich den Eindruck, sie wäre mit seiner linken Hand fest verwachsen, so selten legte er sie zur Seite. Ich bedauerte, dass er geistesabwesend war, denn ich hätte mich gerne mit ihm unterhalten. Er war ganz anders als die Männer aus Lautern, gebildet und von gepflegtem Äußeren. Ich genoss den Duft von Rosenwasser, der ihn einhüllte. Sein Vers über meine Smaragdaugen fiel mir ein. Noch nie hatte ich einen Mann inspiriert. Ob sich Meinloh wohl ernsthaft für mich interessiert hätte, wenn mein Vater nicht als Mörder verdächtigt würde?

Mir wurde bewusst, dass ich heute vielleicht zum letzten Mal das Abendessen in solch vornehmer Gesellschaft verbringen würde. Wenn nicht ein Wunder geschah, würde ich künftig ebenso wie Trushard in der Burgküche essen müssen, zusammen mit Knechten und Mägden. Falls ich überhaupt etwas zu essen bekam. Ich würde bald auf dieselbe Stufe wie Trushard sinken, nein, sogar noch darunter, denn im Gegensatz zu ihm besaß ich keine ausgebildeten künstlerischen Fähigkeiten und wäre auf die Barmherzigkeit frommer Christen angewiesen.

Ich riss mich zusammen. Dem Selbstmitleid konnte ich mich immer noch ergeben, wenn ich als Bettlerin am Straßenrand saß. Jetzt musste ich meine Kräfte anspannen und jede Gelegenheit nutzen, um Licht in das Dunkel zu bringen. Am besten fing ich mit unseren Gästen an. Ich musste sie genau beobachten. Jede Auffälligkeit konnte einen wichtigen Hinweis liefern.

Zu meiner Rechten saß Rainald, ein schmächtiger Mönch mittleren Alters, der bis vor kurzem in der kaiserlichen Kanzlei gearbeitet hatte. Er kaute auf jedem winzigen Bissen so lange herum, als wolle er ihn noch im Mund verdauen. Mit den herabhängenden Schultern und den nach unten fallenden Mundwinkeln machte er einen verbitterten Eindruck. Seine verschiedenfarbigen Augen verwirrten mich. Das linke Auge funkelte wie ein Bernstein, während das rechte unergründlich dunkel war. Wirre braune Haare bedeckten die Tonsur wie Gestrüpp, das den Boden überwuchert. Schon lange waren sie nicht mehr nachgeschnitten worden. Die schwarze Kutte wies ihn als Angehörigen des Benediktinerordens aus. Konnte ein Mörder so harmlos aussehen?

Meinloh hatte mir vor dem Abendessen erzählt, dass Rainalds Dienst in Barbarossas Kanzlei vor kurzem beendet worden war. Dabei hatte er ihn erst im Oktober aufgenommen. Niemand bei Hofe konnte sich einen Reim darauf machen. Jetzt befand sich Rainald noch im kaiserlichen Tross, um seinen Nachfolger einzuarbeiten. Aber da seine Dienste nicht mehr dringend benötigt wurden, hatte man ihn auf unserer Burg und nicht in Barbarossas Nähe untergebracht.

Der Mönch hatte bisher noch kein Wort gesprochen. Ganz im Gegensatz zu Gisla, die immer wieder versuchte, mich in ein Gespräch zu verwickeln. Aber mir war nicht nach Reden zumute. Mit ihren dicken Goldketten sah die Hofdame wie eine wandelnde Schatztruhe aus. Ihr kirschrotes Seidengewand raschelte leise, als sie mit ihrer ringgeschmückten Hand den Rotweinbecher hob, um einen tiefen Schluck zu nehmen. Ich musste zugeben, dass sie eine höchst verführerische Frau war. Ihre Kleidung erfüllte nur einen Zweck: die Männer neugierig zu machen auf das, was sich darunter befand. Jede Rundung ihres Körpers war ein erotisches Versprechen, und mir war schon zu Ohren gekommen, dass sie es äußerst bereitwillig einlöste. Das war sicherlich auch der Grund, warum Beatrix ausgerechnet Gisla als Krankenpflegerin auf den Beilstein geschickt hatte. Bestimmt ging sie davon aus, dass hier die Auswahl männlicher Opfer geringer wäre.

Aber da hatte sie die Rechnung ohne Siegfried gemacht, der sich sofort neben die verführerische Hofdame an die grob gezimmerte Holztafel gesetzt hatte. In ihrem sündhaften Tun waren er und Gisla einander ebenbürtig. Sie waren sozusagen Fleischesverwandte. Ganz behutsam rutschte sie während des Essens immer näher an Siegfried heran.

Die Kaiserin und der Marschall, die für die Unterbringung der Gäste zuständig waren, hatten eine geschickte Auswahl getroffen. Der stille Rainald und der strenge Abt waren passende Gesellschafter für die allzu lebensfrohe Gisla.

Mein Blick wanderte zu Ottino. Der Abt stammte aus dem schwäbischen Prämonstratenser-Kloster Rot an der Rot und suchte Barbarossa auf, um von ihm die Bestätigung alter Rechte zu erbitten. Ottinos hageres Gesicht war von tiefen Falten durchzogen. Seine Nase war so spitz und dünn, als ob er mit ihr die Luft zerschneiden wollte. Wie ein Silberreif umgaben die grauen Haare die exakt geschnittene Tonsur. Auf der ungefärbten Wollkutte prangte eine schwere goldene Kette mit einem auffälligen Kreuz aus Granatsteinen. Aufrecht, als habe er eine Lanze verschluckt, saß Ottino mir gegenüber und nagte sorgfältig ein Hühnerbein ab. Er war äußerst schlecht gelaunt. Dass wir ihm auf unserer Burg kein eigenes Zimmer bieten konnten, kränkte ihn in seiner Abtwürde. Und dann hatten wir auch noch sein Gefolge auf dem Entersweiler Hof unterbringen müssen, weil wir einfach nicht genügend Platz hatten. Außerdem war er darüber verärgert, dass das Abendessen wegen der aufregenden Ereignisse erst so spät aufgetragen wurde. Den nächstbesten Anlass würde Ottino nutzen, um seine Wut abzulassen. Und ich ahnte auch schon, wen er sich als Opfer ausgesucht hatte.

Mit seinen eisblauen Augen verfolgte Ottino misstrauisch jede Bewegung von Gisla, die Siegfried mit einem gespielt hilflosen Lächeln um sein Messer bat. Verblüfft beobachtete ich, wie dieser Hüne von Mann rot anlief, als er ihr zuvorkommend das Fleisch zerteilte. Danach tunkte er vor lauter Verwirrung sein Brot in den Wein statt in die Bratensoße.

Als Gisla so nah an Siegfried heranrutschte, dass sich ihre Schultern fast berührten, hielt sich Ottino nicht mehr länger zurück und fauchte die Hofdame an: »Nach allem, was heute geschehen ist, solltet Ihr besser in Euch gehen anstatt weiterhin Eurer Wollust nachzugeben.«

Den scharfen Tadel nahm Gisla völlig ungerührt zur Kenntnis. Gelassen säbelte Siegfried weiter am Braten herum und legte seiner Sitznachbarin ein besonders zartes Stück auf die Brotscheibe. Um Meinlohs Mundwinkel spielte ein feines Lächeln. Er legte endlich seine Wachstafel zur Seite und nahm sich ein Stück Wildschweinpastete.

Anklagend richtete Ottino sein Hühnerbein auf Gisla. »Die Leiche Eures Liebhabers ist noch nicht erkaltet, da sucht Ihr Euch schon Ersatz.«

Fast hätte ich mich an meinem Stückchen Brot verschluckt. Ausgerechnet Wibald und Gisla waren ein Paar gewesen? Wie konnte eine so attraktive Frau wie Gisla diesen Dreckskerl nur freiwillig anfassen? Selbst ein Weib, das nicht mehr Verstand besaß als ein Schmalztopf, musste doch merken, mit was für einem Schuft sie es zu tun hatte!

Unbarmherzig fuhr Ottino fort: »Wie man mir berichtet hat, war es Wibald, der die Beziehung beendet hatte, oder? Vor Wut sollt Ihr damals die Lieblingsstickerei der Kaiserin zerrissen haben.«

Meine Ohren wurden plötzlich riesengroß. Gisla hätte einen Grund gehabt, Wibald umzubringen. Endlich hatte ich einen Fingerzeig, wo ich mit meinen Nachforschungen ansetzen konnte.

Gisla verlor die Geduld. »Was geht Euch das eigentlich alles an? Wollt Ihr mir auch noch in meinem Bett hinterherschnüffeln?«

Ottino legte das abgenagte Hühnerbein zur Seite und hob mahnend den Zeigefinger. »Eva war es, die Adam zur Sünde verführte«, sagte er mit so schneidender Stimme, dass der schreckhafte Philipp zusammenzuckte. »Ohne dieses elende Weib würden wir alle noch im Paradies leben. Die wankelmütigen Frauen bedürfen einer strengen Zucht, um nicht dem Teufel anheim zu fallen. Wir Priester sind für ihre Seelen verantwortlich. Und Ihr seid eine ganz besonders verdorbene Vertreterin Eures Geschlechts! Vergesst nicht, körperliche Liebe zwischen Mann und Weib, die nicht miteinander verheiratet sind, ist eine Todsünde!«

Neugierig schaute ich Rainald an. Würde er sich nun auch ereifern? Doch der Mönch starrte nur ausdruckslos den Löffel an, auf dem ganze fünf Erbsen lagen, hob ihn an den Mund und schluckte sie herunter, brav wie ein Junge, der nur seiner Mutter zuliebe etwas isst.

Ich kannte solche Ermahnungen schon zu lange von unserem Priester aus Sankt Martin, um mich darüber aufzuregen. Für die Geistlichen waren wir Frauen ohnehin nur halb so viel wert wie Männer, und die Geschichte mit Eva würde uns wohl bis ans Ende aller Tage angelastet. Nur merkwürdig, dass die Priester niemals Kain erwähnten. Immerhin wurde der erste Mord von einem Mann begangen. Dagegen nahm sich der Genuss eines Äpfelchens doch recht harmlos aus.

Honigsüß war der Tonfall, in dem Gisla widersprach: »Ehrwürdiger Vater, findet Ihr nicht, dass die Maßstäbe ein wenig schief sind, mit denen die Kirche uns arme Sünderlein beurteilt? Wieso wird nach dem kirchlichen Bußkatalog ein Übermaß an Leidenschaftlichkeit zwischen Eheleuten mit zehn Tagen Fasten bestraft, während ein Mann, der einem anderen die Zunge herausreißt, mit vierzig Tagen davonkommt?«

Ich hielt den Atem an. Gisla balancierte auf dem schmalen Abgrund zur Ketzerei und ließ es eindeutig an Ehrerbietung gegenüber dem Abt fehlen. Aber sie hatte Recht. Wie gut, dass kein fanatischer Kleriker hinter die Bettvorhänge des kaiserlichen Paares blicken konnte, denn sonst würde das Reich zugrunde gehen. Nach dem kirchlichen Bußkatalog müsste sich Barbarossa auf ewig von Brot und Wasser ernähren, da er seine Beatrix sicherlich feuriger liebte, als die Priester billigen konnten. Aber ein vom ständigen Fasten geschwächter Herrscher besaß wohl kaum genügend Kraft für die anstrengenden Regierungsgeschäfte.

Ottino erhob sich so ruckartig, dass Meinloh neben ihm auf der Bank ins Schwanken geriet. »Schweigt endlich! Etwas mehr Frömmigkeit stünde Euch wohl an. Noch ist es nicht zu spät. Geht in Euch, meine Tochter!« Dann schritt er zornentbrannt aus dem Saal.

Während des ganzen Essens hatte Rainald kein einziges Wort gesprochen.

◆

Das Muster von Trushards Narbengeflecht hätte ich mit geschlossenen Augen nachzeichnen können. Wie schon am Abend zuvor rieb ich ihm seinen Rücken vor dem Schlafengehen mit meiner Ringelblumensalbe ein, um die Schmerzen zu lindern. Ich tat es nur aus christlicher Barmherzigkeit, redete ich mir ein.

Gestern hatten wir uns ins Lagerhaus zurückziehen müssen, aber da mein Vater und mein Bruder heute fort waren, hatten wir mein kleines Zimmer im Bergfried für uns. Es war eigentlich nicht schicklich, dass ich mit Trushard alleine war, aber ich wollte den anderen nicht preisgeben, was Wibald ihm angetan hatte. Der Knochenpoet wurde ohnehin auf unserer Burg misstrauisch beäugt. Nur Gertrud und die Kinder hatten ihn in ihr Herz geschlossen.

Trushard saß auf einem Hocker vor dem Bett und duftete nach süßem Lavendel. Mit Vaters Kleidung hatte er auch den Geruch unserer Familie angenommen, denn ich legte kleine Kräutersäckchen in die Truhe, um das Ungeziefer fern zu halten. Der Wohlgeruch milderte den säuerlich-fettigen Gestank des Talglichts, das ich auf einem kleinen Tischchen neben dem Bett abgestellt hatte. Es erhellte das dunkle Zimmer nur spärlich und warf flackernde Schatten auf Trushards vernarbten Rücken.

Ganz vorsichtig strich ich die Salbe auf seine Wunden. Ich genoss die Berührung seiner Haut und ertappte mich dabei, dass ich die Behandlung länger als notwendig ausdehnte. Ich widerstand der Versuchung, mit den Fingerspitzen seinen Nacken hochzuwandern, den er so gerade hielt, als trüge er auf dem Haupt die Königskrone, mit meinen Lippen die flaumigen Haarwirbel zu erspüren und mit den Händen das undurchdringliche Gewirr schwarzer Spirallocken auseinander zu zupfen, eine nach der anderen, bis ich sehen konnte, was sich darunter verbarg. Mein Blick glitt über die mageren, aber muskulösen Arme, die er regelmäßig trainierte, um Kraft für das Messerwerfen aufzubauen. Wie viele Frauen er darin wohl schon gehalten hatte?

Trushard schloss die Augen und spannte die Schultern an.

»Tut es weh?«, fragte ich besorgt.

Er schüttelte den Kopf. »Eure Salbe ist sehr wirksam. Ich kann mich schon viel besser bewegen. Ich bedauere, dass ich Euch keinen erfreulicheren Anblick als einen geschundenen Rücken bieten kann.«

»Ich habe auch meine Narben davongetragen, nur kann man sie im Gegensatz zu Euren nicht sehen«, erwiderte ich. Ich war mit dem Einreiben fertig und ließ die Arme in den Schoß sinken.

Den ganzen Tag über hatte ich mich zusammengerissen, weil ich niemanden merken lassen wollte, wie es um mich stand. Aber jetzt, in der Abgeschiedenheit meines Zimmers, konnte ich die Tränen nicht länger unterdrücken. Sie kitzelten mich, als sie über meine Wangen flossen. Ich fühlte mich wie ein zitterndes Blatt, das mit letzter Kraft am Ast hängt. Nur um Haaresbreite war ich heute dem Tod entronnen. So schnell konnte das Leben zu Ende sein. Es war nicht mehr als eine Nebelbank, die flüchtig vorüberzog, um sich ebenso rasch, wie sie entstanden war, wieder aufzulösen. Der Mörder konnte jederzeit erneut zuschlagen.

Die Glöckchen klingelten, als sich Trushard auf dem Hocker umdrehte und mit dem Ärmel sorgsam meine Tränen abtupfte. »Bei der Suche nach dem Mörder könnt Ihr auf mich zählen«, sagte er leise.

Ich würgte den Tränenkloß hinunter, der sich in meiner Kehle zusammenballte. »Wisst Ihr, was das Schlimmste ist? Mein eigener Vater ist für mich zum Fremden geworden. Wilhelm hat heute gesagt, Vater sei nicht mehr bei klarem Verstand. Und ich fürchte, er hat damit sogar Recht.«

Mitfühlend sah Trushard mich an. »Habt Ihr Verwandte, die Euch im Notfall aufnehmen können?«

Ich schüttelte den Kopf. »Vater hat sich nach Großmutters Tod so abweisend verhalten, dass es auch die gutmütigsten irgendwann aufgegeben haben, uns zu besuchen oder einzuladen.«

Trushard nahm meine Hände. Seine Haut war wohltuend warm. Wie selbstverständlich lagen seine Finger auf meinen Oberschenkeln. Die sanfte Berührung drang durch den Stoff der Gewänder und löste ein atemberaubendes Kribbeln aus. Der Anblick seiner nackten Brust machte mich verlegen. Die Rippen zeichneten sich deutlich ab. Verschämt starrte ich auf das verzauberte Knochenkreuz, das um seinen Hals hing. Eigentlich müsste ich ihn jetzt in die Schranken weisen, aber seine Liebkosung war so tröstlich, dass ich ihn gewähren ließ.

Trushard ließ meine Rechte los und fuhr mit den Fingerspitzen sachte, fast unmerklich über den Rücken meiner linken Hand. Ich fühlte mich, als habe man mir einen Liebestrank eingeflößt, der durch die Adern rauschte und mein Blut in Wallung brachte. Ich hangelte nach dem letzten Rest meines Willens, um das sündige Fleisch zu bezwingen. Hatte Abt Ottino vielleicht doch Recht? Waren wir Frauen von Natur aus schwach und gaben allzu leicht unseren Begierden nach? Nur eine schöne Hülle war Trushards Körper, nichts weiter, ermahnte ich mich. Irgendwann würde er verwesen und zu Staub zerfallen. Die unsterbliche Seele, die sich in ihm verbarg, war gewiss durch und durch verdorben und würde ihn in die Hölle hinabzerren.

Eine anständige Frau würde Trushard jetzt in freundlichem, aber bestimmtem Ton auffordern, das Zimmer zu verlassen. Aber richtige Damen mussten auch keine Mörder suchen.

Errötend senkte ich den Blick und betrachtete seine sonnengebräunten Hände, die biegsamen, langen Finger und die Adern, die unter seiner Haut bläulich durchschimmerten. Kleine Tintenflecke an den Fingern seiner linken Hand verrieten mir, dass er lesen und schreiben konnte, was für einen einfachen Spielmann durchaus nicht selbstverständlich war. War er etwa ein entlaufener Priester oder ein Student, dem das Hocken über den Büchern zu langweilig geworden war? »Was ist eigentlich mit Eurer Familie?«, fragte ich neugierig.

Versonnen starrte er in die kleine Flamme des Talglichts. Behutsam barg er meine Linke in seinen Händen. Wenn er sie doch nur nie wieder losließe. Ich schloss kurz die Augen und betete innerlich zur heiligen Margarete um Standhaftigkeit. Meine Verwirrung war so groß, dass ich seine Worte nur mit Mühe aufnehmen konnte. »Mein Vater ist ein reicher Kölner Tuchhändler«, sagte Trushard leise. »Aber dort, wo bei anderen Menschen ein Herz schlägt, klirrt bei ihm ein Geldbeutel. Tag für Tag war ich eingepfercht in seinem stickigen Kontor, das die Größe eines Hühnerstalls besitzt, musste endlose Zahlenkolonnen berechnen und einen Stoffballen nach dem anderen überprüfen. Ein stumpfsinniges Dahinvegetieren.«

»Und deshalb habt Ihr ein Leben im Luxus gegen ein armseliges Vagabundendasein eingetauscht?«, fragte ich ungläubig.

Nachdenklich entgegnete Trushard: »All der Luxus dient nur dazu, die Leere in sich selbst auszufüllen. Das ist wirklich armselig. Ich brauche keine Seidengewänder, um glücklich zu sein, aber frisches Grün um mich herum, die Wolken über mir und jede Menge Musik und Tanz!«

»Ihr habt bestimmt viel von der Welt gesehen«, sagte ich neidisch. Als ich noch in Saulheim lebte, war ich ab und an sogar bis an den Rhein gekommen, hatte Mainz, Ingelheim und Worms besucht.

»Bis nach Santiago de Compostela bin ich gepilgert«, erzählte Trushard stolz. Seine Augen leuchteten auf. »Aber am schönsten war es in Okzitanien. Die Menschen dort lieben Musik und ehren die Minnesänger. Ganz im Gegensatz zu den Deutschen, die uns Spielleute wie elendes Pack herumschubsen. Von den okzitanischen Troubadouren habe ich viel gelernt. Und die melodischen Laute ihrer Sprache passen so wundervoll zur Musik.« Trushard spielte mit den Fingern meiner linken Hand. Mein Herz setzte aus, nur ein winziges Wimpernzucken lang, dann hatte ich mich wieder im Griff.

Ich räusperte mich. »Warum seid Ihr ins Reich zurückgekehrt?« Meine Stimme klang so heiser, dass ich erschrak. Mit Sicherheit sah er mir an, wie es um mich stand.

»Ich hatte Heimweh. Aber nach der liebevollen Behandlung, die Wibald mir angedeihen ließ, habe ich beschlossen, endgültig nach Okzitanien zu ziehen. Verständigungsprobleme werde ich nicht haben, denn die Sprache der Troubadoure beherrsche ich mittlerweile fließend.« Er lächelte mich an. »Lautern liegt auf dem Weg nach Frankreich. Es war eine äußerst glückliche Fügung, dass der Kaiser ausgerechnet jetzt hier weilt. Gestern habe ich viel Geld verdient, das wird eine ganze Weile reichen.« Zufrieden zeigte er auf den prall gefüllten Beutel, der zusammen mit dem Rock und dem Gürtel auf dem Bett lag.

Er umschloss mein Handgelenk. Bei allen Heiligen, warum musste er mich jetzt so merkwürdig ansehen? Lag Sehnsucht in seinem Blick, oder bildete ich mir das ein? Seine Augen waren schwarz wie die Hölle, in der er einst landen würde, und mich würde er mit sich reißen, wenn ich nicht aufpasste. Um meine Verlegenheit zu überspielen, forschte ich weiter: »Warum seid Ihr ausgerechnet Messerwerfer geworden?«

Trushard grinste. »Messerwerfer erhalten die doppelte Entlohnung. Außerdem erregt man mit dieser Kunst auf jedem Jahrmarkt großes Aufsehen.« Er wurde wieder ernst. »Aber im Gegensatz zu anderen würde ich nie mit Messern werfen, wenn ein Mensch am Brett steht. Ich hätte dann so viel Angst, ihn unabsichtlich zu verletzen, dass ich nicht mehr sicher zielen könnte. Und ich achte darauf, dass die Zuschauer immer weit genug entfernt sind, denn ab und an kommt es schon einmal vor, dass ein Messer von der Scheibe abprallt.«

Eine Vermutung beschäftigte mich schon den ganzen Abend. Ich hob Trushards Hände hoch und schnupperte daran. »Hm, das riecht noch ein ganz klein wenig nach Pferdeapfel«, sagte ich und schnalzte genießerisch mit der Zunge. »Vermutlich nach jenem Apfel, der einen gewissen kaiserlichen Mann so erzürnt hat.« Erneut zog ich die Nase kraus. »Außerdem hängt noch das beißende Aroma unserer Seife an Euren Fingern. Ein vergeblicher Versuch, sich zu reinigen, würde ich sagen.«

Über unsere Hände hinweg fing ich Trushards Schmunzeln auf. Eine weitere Frage drängte sich mir auf. »Wieso haben Wilhelm und Philipp Eure Messer heute nicht gefunden? Die ganze Burg wurde auf den Kopf gestellt.«

Trushard lachte laut auf. »Mein Handwerkszeug war an dem sichersten Ort untergebracht, den man sich vorstellen kann.« Er legte den Kopf schief und linste mich schelmisch an.

»Und der wäre?« Ich hasste es, ihm alles aus der Nase ziehen zu müssen. Er spielte Katz und Maus mit mir, ließ mich absichtlich vor Neugier zappeln.

In seinen dunklen Augen blitzte es auf. »Unter dem üppigen Körper von Gisla.«

»Wie bitte?« Empört ließ ich seine Hände los.

»Wenn Ihr wütend seid, seht Ihr mit Euren grünen Augen aus wie eine fauchende Wildkatze«, spöttelte er. »Keine Sorge, ich habe die Hofdame nicht angerührt. Sie hat die Messer unter ihrer Matratze versteckt, weil sie meinte, die Männer würden sich bestimmt nicht trauen, eine Schwerkranke wie Mechthild aus dem Bett zu scheuchen.«

Ein schrecklicher Verdacht stieg in mir auf. »Liegt sie etwa auch auf den Knochen?«

»Euer Verstand ist so scharf wie meine Messer. Als die Leibwache anrückte, hat Gertrud mich gebeten, die unseligen Gebeine zu verstecken. Welche Bitte könnte ich Eurer reizenden Köchin schon abschlagen? Unter Einsatz meines Lebens habe ich sie daher schnell aus der Truhe geräumt und in den Palas geschafft.«

Abrupt wechselte er das Thema. »Redet nicht so um den heißen Brei herum, Rotrud. Euch interessiert doch in Wirklichkeit etwas ganz anderes. Das fahrende Gesindel gehört immer zu den Ersten, die verdächtigt werden. Und Gero hat ja fast triumphierend herausposaunt, dass ich genau zur richtigen Zeit auf die Burg zurückkam und mich damit sozusagen zum Abschuss freigegeben.«

»Ich glaube nicht, dass Ihr fähig wärt, einen Menschen kaltblütig umzubringen«, versicherte ich hastig.

Offen blickte er mich an. »Ich wollte ungestört dichten. Nachdem ich die Nacht in Lautern verbracht hatte, bin ich morgens in der Nähe der Kranichswiese geblieben. Die Vögel können bezeugen, dass ich da war. Als der Regen einsetzte, bin ich zum Beilstein zurückgelaufen. Allerdings habe ich mich dabei ein wenig verirrt.«

Unbehaglich rutschte ich auf dem Bett herum. Die Kranichswiese lag im Osten, kurz hinter dem Marktflecken, auf dem Weg zum Beilstein. Vom Tiergarten, der sich westlich von Lautern befand, würde es eine ganze Weile länger dauern, auf unsere Burg zurückzukehren. Doch Trushard hatte sich verlaufen. Zeitlich würde bei ihm alles zusammenpassen. Und er hatte keine Zeugen. Unsere Burgbesatzung, die fest zu Vater hielt, würde jetzt den Knochenpoeten verdächtigen. Verlegen räusperte ich mich. »Habt Ihr Euch von Wibald zurückgeholt, was Euch gehört?«

Trushard deutete auf seinen Geldbeutel. »Auf den Pfennig genau. Es ist die Summe, die ich verloren habe, weil ich wochenlang nicht auftreten konnte, der Preis für mein Maultier, die Behandlungskosten und ... hm ... eine kleine Entschädigung für die erlittenen Schmerzen. Ich finde, dabei ist Wibald noch ganz gut weggekommen. Wenn ich ein ehrbarer Mann wäre, hätte man ihm für meine Misshandlung die Hand abgeschlagen.«

Ein wenig bang sah er mich an, als wartete er darauf, ob ich ihn dafür verurteilen würde. Er hatte Wibald bestohlen. Aber zu meinem eigenen Erschrecken fand ich richtig, was er getan hatte. Heute hatte ich begriffen, dass Recht und Gerechtigkeit zwei grundverschiedene Dinge waren, die nur selten in Einklang miteinander standen. Trushard seufzte erleichtert auf, als ich ihn anlächelte. »Und wie seid Ihr an das Geld gekommen?«, forschte ich nach.

Er zwinkerte mir zu. »Spätabends, als Wibald noch beim Festessen saß und es bereits dunkel war, bin ich durch das Fenster in sein Zimmer geklettert. Das Gästehaus der Pfalz ist zum Glück mit Efeu überwuchert. Ausnahmsweise kam mir zustatten, dass ich so wenig wiege. Und nichts ist leichter, als Fensterläden von außen aufzuhebeln. Dazu braucht man nur ein Messer, das man in die Ritze schiebt.«

»Ihr habt eine Menge verbrecherischer Talente, die aber ohne jeden Zweifel äußerst nützlich sind.« Ich beugte mich ein wenig zu ihm vor. »Wärt Ihr bereit, mir zu helfen?«

»Natürlich«, antwortete Trushard, ohne zu zögern. Unsicher legte ich ihm meinen Plan dar. Würde er mich für verrückt erklären?

Aber er lachte leise in sich hinein. »Ich liebe es, Leute an der Nase herumzuführen.«

Ich atmete auf, nicht nur wegen seiner Unterstützung, sondern weil er noch einen Tag länger bleiben würde. Gib zu, du bist froh, dass du einen Vorwand gefunden hast, um den Abschied hinauszuzögern, wisperte mir eine boshafte Stimme in meinem Inneren zu.

Trushard stand auf und schlüpfte in den Rock. »Was ist eigentlich bei dem Vergleich der Schuhe mit dem Wachsabdruck herausgekommen?«, fragte er scheinbar beiläufig.

»Auf unserer Burg sind die Schuhe, die der Mörder benutzt hat, jedenfalls nicht, oder sie sind sehr gut versteckt«, erwiderte ich seufzend. Ich hatte das mit Siegfried zusammen überprüft. Anschließend hatte er den Abdruck wieder eingesteckt, um ihn in die Kaiserpfalz zurückzubringen.

An der Tür drehte sich Trushard noch einmal um. »Ihr könnt mir vertrauen, Rotrud. Ich bin Spielmann geworden, um den Menschen Freude zu bringen, nicht den Tod.«

◆

Stirnrunzelnd hockte ich in meinem Zimmer vor dem Kleiderhaufen und überlegte, ob ich alles zusammengetragen hatte, was ich für den großen Auftritt benötigte. Ein roter Rock und ein weißes Hemd von Vater, gelbe Beinlinge von Merbodo, ein grünes Kleid von mir – mein neues Gewand würde in allen Regenbogenfarben schillern! Meinen gelben Schal wollte ich zu einem Turban winden und mit Pfauenfedern verzieren, die ich im Tiergarten aufzutreiben gedachte. Weiße und rote Schminke besaß Trushard. Als Gürtel würde ein einfacher Strick genügen, schließlich wollte ich mich nicht in eine feine Hofdame verwandeln.

Mein Blick fiel auf das Talglicht, das das Zimmer nur schwach erhellte. Wenn ich die ganze Nacht hindurch nähen musste, würde es nicht reichen. Verdammt, es blieb mir nichts anderes übrig, als mich noch einmal in die Dunkelheit zu wagen und im Lager Kerzen zu holen.

Bisher war ich ein Kind der Nacht gewesen. Wenn die brodelnde Burg abends zur Ruhe kam, war ich frei. Dann fiel die Anspannung des Tages von mir ab, und für kurze Zeit konnte ich die Last der Verantwortung für die Burg ablegen, wie einen schweren Korb, den man über eine weite Strecke getragen hat und endlich zur Seite stellen kann. Ich genoss die Stille, freute mich über die Geborgenheit des Bettes, das gleichmäßige Atmen von Vater und den warmen Körper meines Bruders, der sich an mich kuschelte. Besonders aber liebte ich die unendliche Weite des glitzernden Sternenhimmels, der mir wie eine Ahnung der Ewigkeit erschien. Obwohl unser Pfarrer immer wieder beteuerte, die Toten befänden sich entweder bei Gott, in der Hölle oder im Fegefeuer, glaubte ich fest daran, dass die Seelen der Verstorbenen am nächtlichen Firmament schwebten. Irgendwo da draußen mussten sie sein, meine Schwester, meine Mutter und meine Großmutter, und wenn ich die Sterne betrachtete, fühlte ich mich ihnen ganz nahe.

Seit heute Mittag jedoch war die Nacht nicht mehr mein Zufluchtsort, sondern mein größter Feind, denn in der Dunkelheit ließ sich trefflich morden. Ich wusste nicht, wem ich auf unserer Burg trauen konnte. Aber es war leider nur zu wahrscheinlich, dass mitten unter uns ein Mörder weilte.

Ich horchte an den mit Holzläden fest verschlossenen Fenstern, dann presste ich mein Ohr an die Tür. Tiefe Stille. Sicherheitshalber legte ich mir den Gürtel um und befestigte meinen Dolch daran. Zum Schutz vor der nächtlichen Kälte schlang ich mir den gelben Schal um die Schultern. Ganz behutsam klinkte ich die Tür auf, schob mich hinaus und zog sie hinter mir zu. Das Licht ließ ich im Zimmer stehen, weil ich keine Aufmerksamkeit erregen wollte. Ich kannte mich gut genug aus, um mich auch in der Finsternis zurechtzufinden.

Ich wartete ein Weilchen, bis sich meine Augen an die Dunkelheit gewöhnt hatten, dann tappte ich auf Zehenspitzen die Treppe hinab. Als ich vor dem Eingang des Bergfrieds anlangte, atmete ich auf. Die erste Hürde war geschafft. In Ottinos und Rainalds Zimmer blieb es ruhig. Sachte öffnete ich die Tür, die ächzend aufschwang. Erschrocken hielt ich inne. Es half nichts. So ungern ich mich auch von meinem Schal trennte, ich musste ihn opfern. Um das laute Knallen beim Zuschnappen zu vermeiden, stopfte ich ihn zwischen die Tür und den Rahmen.

Eine Böe fegte über den Hof. Ich erschauerte und schlang die Arme um meine Schultern. Ängstlich spähte ich über den verlassenen Hof, der in silbergraues Mondlicht getaucht war, dann wagte ich mich die Treppe des Bergfrieds hinunter.

Mir war, als ob ich das Knarzen der Holzbrücke gehört hätte, die den runden Turm mit der Oberburg verband. Ich zuckte zusammen und sah vorsichtig über die Schulter zurück. Nichts. Es waren wohl nur Bäume gewesen, die im Wind geächzt hatten. Meine überreizten Sinne spielten mir einen Streich.

Unten im Entersweiler Hof schlug ein Hund an. Obwohl er ein gutes Stück entfernt war, schallte sein Bellen in der nächtlichen Stille bis auf die Burg hoch. Vom Beilsteiner Felsen erklang der lang gezogene Ruf eines Waldkauzes. Ich bemühte mich, vorsichtig aufzutreten, aber ich konnte nicht vermeiden, dass der Kies unter meinen Füßen knirschte, während ich zum Vorratsgebäude lief. Das Geräusch kam mir so laut vor, dass ich dachte, die ganze Burgbesatzung müsste davon aufwachen.

Über den Himmel zogen weiße Wolkenfelder, die ab und an funkelnde Sterne enthüllten. Vor mir lag die pechschwarze Schlucht zwischen dem drohend aufragenden Beilstein und dem Palas. Nicht der winzigste Mondstrahl drang hierher. Ich wünschte, ich hätte doch das Talglicht mitgenommen. Mein Herz schlug mir bis zum Hals.

Ich biss die Zähne zusammen und wagte mich in die undurchdringliche Finsternis. Nicht einmal meine Hand konnte ich vor Augen erkennen. Wilde Panik überfiel mich. Ich musste alle Kraft aufbieten, um nicht einfach wegzurennen. Wenn der Mörder nun doch nicht schlief und mir auflauerte? Ich spitzte die Ohren. Hatte ich hinter mir das Knirschen von Schritten gehört? Hastig vergewisserte ich mich, dass niemand zu sehen war.

Ein zartes Rebecspiel ertönte. Plötzlich sah ich die Knochentruhe vor mir, mitten auf dem Weg. Sie öffnete sich, und entsetzt beobachtete ich, wie ein Skelett herauskletterte, das in fahle Fetzen gehüllt war. Lange, rote Haare fielen über die Schulterknochen. Langsam fing es an, sich zu dem Rebecspiel im Takt zu wiegen, und winkte ein zweites Gerippe zu sich, an dem die Überreste eines weiten Frauengewandes flatterten. Hand in Hand tanzten sie durch die Luft. Ich wollte fortlaufen, aber wie gebannt blieb ich stehen. Ein Schauer kroch meine Wirbelsäule hoch.

Immer mehr Gebeine kamen dazu, fügten sich in den Reigen ein, drehten sich links im Kreis, immer schneller und schneller. Voller Grauen hörte ich ein leises Wehklagen, dann ein gebieterisches Wispern in meinem Ohr: »Komm zu uns!« Hatte Hildegunde mich gerufen?

Ein eisiger Hauch streifte meine Wange. Schon spürte ich eine knochige Hand auf meiner Schulter, da erklang Trushards warme Stimme, die ein heiteres Frühlingslied sang. Ich erkannte es sofort wieder, denn er hatte es uns am ersten Abend vorgetragen.

Ich schüttelte mich und rieb mir die Augen. Unsinn. Es gab keine umherirrenden Seelen. Die Nähe des Todes, die ich heute erfahren hatte, musste meine Sinne verwirrt haben. Von wegen Rebecspiel und Gesang. Mit seinem Raunen hatte mir der Wind etwas vorgegaukelt. Die Wirklichkeit war schlimmer als jeder Spuk. Jammernde Geister waren immer noch harmloser als ein Mörder aus Fleisch und Blut. Und wenn ich mich jetzt nicht weiter vorwärtstraute, würde ich den Verbrecher niemals zur Strecke bringen.

Endlich hatte ich den Eingang zum Vorratsgebäude erreicht. Die Tür schwang fast lautlos auf. Gut, dass wir die Scharniere noch vor kurzem eingeölt hatten. Der Geruch nach geräuchertem Schinken und gesalzenem Fisch schlug mir entgegen. Ich tastete mich vorwärts. Gleich rechts in der Ecke mussten die Honigkerzen liegen, die ich mir nun als Belohnung für meine Tapferkeit gönnen würde. Wenn ich schon die ganze Nacht über nähen musste, wollte ich wenigstens nicht von einem stinkenden Talglicht eingenebelt werden, sondern mich am süßen Wachsduft erfreuen.

Als ich eintrat, stieß mein Knie gegen etwas Hartes, das krachend umfiel. Ich langte danach, erspürte einen Schemel und stellte ihn leise wieder auf. »Mist!«, fluchte ich. Elsbeth war bestimmt wieder zu faul gewesen, um ordentlich aufzuräumen. Verzagt lauschte ich. Rührte sich irgendetwas oder schliefen alle weiterhin tief und fest?

Mit den Händen fuhr ich über den rauen Putz, als ich mich an der Wand vorsichtig entlangschob. Ich zählte die Schritte. Bis zur Ecke mussten es ungefähr acht sein. Geschafft. Die Kerzen lagen auf dem hintersten Bierfass. Erleichtert nahm ich vier Stück an mich und tappte zurück zur Tür.

Als mir draußen die frische Luft entgegenschlug, atmete ich auf. Ein kurzes Stück Finsternis, dann lag wieder der mondbeschienene Hof vor mir. Fast beschwingt eilte ich auf den Bergfried zu. Um ein Haar wäre ich in einen dicken Haufen Pferdeäpfel getreten. Welcher Trottel hatte die Tiere in den Hof gelassen? Sie sollten doch unten in den Ställen bleiben! Verärgert wich ich nach links aus.

In diesem Augenblick hörte ich ein Surren hinter mir, dann durchzuckte mich ein stechender Schmerz am rechten Oberarm. Neben mir schlug ein Pfeil auf dem Boden auf. Ein erstickter Schrei brach aus meiner Brust. Instinktiv raste ich auf den rettenden Bergfried zu, der nur wenige Schritte entfernt war. Ich hetzte die Stiege hoch, ein zweiter Pfeil flog heran, verfehlte mich knapp und traf den Türrahmen. Hastig verschwand ich im sicheren Turm, riss den Schal hoch und rannte in mein Zimmer.

Mit fahrigen Händen schloss ich fest hinter mir ab. Hier im Bergfried war ich sicher. Ich lauschte hinaus. Es war immer noch still, mein Schrei war wohl nicht laut genug gewesen, um jemanden aufzuwecken.

Ich überlegte, ob ich um Hilfe rufen sollte. Aber es war zu spät. Der Mörder würde sich längst verdrückt haben. Außerdem hegte ich nicht das geringste Interesse daran, die Aufmerksamkeit auf mich zu lenken. Denn was sollte ich antworten, wenn jemand wissen wollte, warum ein Mörder hinter mir her war? Wilhelm würde dieser Frage hartnäckig nachgehen und bestimmt herausfinden, dass ich zur Tatzeit im Tiergarten gewesen war. Dann saßen Vater und ich noch tiefer in der Klemme, und Wilhelm würde triumphierend behaupten, ich hätte den Anschlag auf mein Leben nur vorgetäuscht, um von der eigenen Schuld abzulenken.

Morgen Früh wollte ich Jost um Hilfe bitten. Ihm würde schon etwas einfallen. Das war die letzte Nacht, die ich alleine durchstehen musste.

Wer auch immer für den Pferdeapfel verantwortlich war – ich segnete ihn in Gedanken. Mit seiner Nachlässigkeit hatte er mir das Leben gerettet. Die kleine Wunde am Oberarm schmerzte zum Glück nur wenig. Der Pfeil hatte mich lediglich gestreift.

Ich zitterte am ganzen Leib. Kraftlos sank ich auf das Bett, dann heulte ich los. Zum zweiten Mal war ich heute dem Tod nur um Haaresbreite entkommen. Der Mörder würde keine Ruhe geben, bis er mich hatte. Aber welcher gottverfluchte Höllenhund war hinter mir her?

4. TAG

**Herr, warum stehst du so ferne,
verbirgst dich zur Zeit der Not?**

Psalm 10

Ich hatte keine Zeit, die Tränen zu trocknen. Sie flossen über meine Wangen und tropften auf den Stoff, aus dem ich noch in dieser Nacht das neue Gewand nähen musste. Mehrmals stach ich mir in den Finger, weil meine zitternden Hände das Ziel verfehlten. Immer wieder horchte ich nach draußen. Bei jedem Knacken und Knarzen zuckte ich zusammen, ließ die Arbeit fallen und griff nach dem Dolch.

Das gleichförmige Auf und Ab der Nadel und der honigsüße Duft des Bienenwachses beruhigten mich allmählich. Als ich die dritte Kerze entzündete, fing es an zu regnen. Erst pochten die Tropfen ganz sachte an die Fensterläden, dann trommelten sie immer heftiger dagegen. »Regentropfen sind die Diamanten des Himmels«, hatte Großmutter immer gesagt. Nach den Wochen der Trockenheit brauchten wir dringend ein wenig Wasser für das Korn, sonst würde es einen Hungerwinter geben. Auch unsere Zisterne im Burghof war schon fast leer. Aber für Vater erschwerte der Regen die Lage noch mehr. Er würde einen Unterschlupf brauchen, der ihm Schutz vor der Nässe bot. Plötzlich war ich hellwach. Warum hatte ich nicht eher daran gedacht? Der Regen würde mir den Weg zu Vater weisen. Er musste wegen des schlechten Wetters irgendwo unterkriechen. Und damit hatte ich einen Anhaltspunkt für sein Versteck.

Neuer Mut durchströmte mich. Die Nadel flog wie von selbst über den Stoff, als ich in Gedanken den ganzen Wald ablief. Höhlen gab es in unserer Gegend nicht, aber Felsen, die in fußläufiger Entfernung zur Kaiserpfalz lagen. Und nur einer von ihnen besaß eine Ausbuchtung, die für einen erwachsenen Mann groß genug war. Der Ungeheuerfelsen!

Wir hatten ihn so getauft, weil wir ihn so unheimlich wie ein Ungeheuer fanden. Er lag mitten im finstersten Tannenwald. Und deshalb kannte außer Jost, Vater und mir mit Sicherheit auch niemand dieses Versteck. Wir hatten den Felsen zufällig entdeckt, als wir einer entlaufenen Sau hinterherhetzten.

Zumindest vorläufig war Vater dort in Sicherheit. Ich beschloss, gleich im Morgengrauen, noch bevor die Burg zum Leben erwachte, zum Ungeheuerfelsen zu reiten.

Erst tief in der Nacht war ich mit der Arbeit endlich fertig. Gähnend streckte ich meinen verkrampften Körper im Bett aus, an Schlaf war ohnehin nicht mehr zu denken. Im Morgengrauen hörte ich, wie unten im Bergfried die Eingangstür klappte, aber ich blieb stocksteif in meinen sicheren Kissen liegen.

Als der erste Lichtschimmer durch die Fensterläden drang, ließ auch der Regen nach. Zeit zum Aufbruch. Ich stand auf und kleidete mich rasch an. Ich griff gerade nach dem Kamm, als die Eingangstür des Bergfrieds aufgerissen wurde. In der Stille hallte das aufgeregte Klacken von Holzschuhen auf der Treppe so laut wie Donner.

Beunruhigt hielt ich inne. Nur Gertrud und Elsbeth trugen Holzschuhe – aber warum sollte es eine von ihnen zu dieser frühen Stunde so eilig haben? War schon wieder etwas passiert?

Ich schloss die Tür auf und spähte die Treppe hinunter. In das Knallen der Holzschuhe mischte sich kurzatmiges Hecheln. Gertruds rotfleckiges Gesicht tauchte über dem Treppenabsatz auf. Ihr sonst so straff um den Hals gewickeltes Kopftuch war verrutscht. »Elsbeth ist tot«, stieß sie mit letzter Kraft hervor.

Ungläubig starrte ich sie an. Bevor ich etwas fragen konnte, wurde ein Stockwerk tiefer die Tür geöffnet. »Was ist denn los?«, rief Ottino barsch zu uns hoch.

»Kommt mit«, drängte Gertrud. Gemeinsam stiegen wir die Treppe hinab. Ottino war schon vollständig bekleidet. Ich wunderte mich ein wenig darüber, aber dann fiel mir ein, dass Mönche in ihren Kutten schliefen.

Ohne Umschweife teilte ich dem Abt mit, was ich soeben erfahren hatte. Seine glasklaren Pupillen weiteten sich.

Durch die geöffnete Tür erhaschte ich einen Blick auf Rainald, der sich gähnend im Bett aufsetzte.

»Es sieht aus, als wäre sie auf der Treppe ausgerutscht«, berichtete Gertrud erregt. Sie riss sich das Kopftuch herunter und knüllte es zusammen. »Ich habe sie im runden Turm gefunden.«

Also hatte der Mörder in der vergangenen Nacht doch noch zugeschlagen. So viele Unglücksfälle innerhalb so kurzer Zeit konnten kein Zufall sein. Fast wäre ich sein drittes Opfer geworden. Mit Bedauern dachte ich daran, dass Siegfried gestern Abend nach Lautern zurückgeritten war. Seine Anwesenheit wäre jetzt äußerst beruhigend gewesen.

Rainald war inzwischen näher gekommen und blinzelte uns verwirrt an. »Führt mich zu der Toten«, befahl Ottino und schritt die Treppe hinab, ohne sich weiter um seinen Zimmernachbarn zu kümmern, der regungslos auf der Türschwelle stand.

Unsere Köchin sah aus, als ob sie gleich in Tränen ausbrechen würde, aber sie setzte sich folgsam in Bewegung.

In der hintersten Ecke des ersten Stockwerks bewahrten wir

unsere Waffen auf. Ich blieb kurz stehen, tat so, als müsste ich meine Strümpfe hochziehen und zählte hastig nach – die Bogen waren vollständig, aber zwei Pfeile fehlten.

Der Himmel klarte bereits auf. Am Eingang des Bergfrieds sah ich mich verstohlen nach dem Pfeil um, der gestern Abend im Holz stecken geblieben war. Doch der Mörder hatte sorgfältig alle Spuren des nächtlichen Anschlags beseitigt. Nur ein kleines Löchlein im Türrahmen erinnerte daran, dass ich mein Leben einem Haufen Pferdeäpfel verdankte. Wäre ich nicht so abrupt ausgewichen, hätte mich der Pfeil mitten ins Herz getroffen.

Schweigend liefen wir über den Hof, passierten die Schmiede und überquerten die schmale Holzbrücke, die das Felsplateau mit dem runden Turm verband. Vor der Tür zögerte Gertrud kurz, aber dann fasste sie sich und trat hinein. Ottino und ich folgten ihr. Von der Brücke aus gesehen befand sich der Eingang in der Mitte des Turmes. Rechts von uns ging es die Wendeltreppe hinunter zur unteren Burg, links von uns hoch zum Ausguck.

»Dort ist es!« Sie deutete die Stufen hinunter und wandte sich ab. Ich biss mir auf die Lippen, als ich hinter dem Abt herlief. Einen Absatz tiefer, hinter der ersten Biegung der Treppe, lag Elsbeth in gekrümmter Haltung, ein wenig zur Seite gedreht. Die Magd war wohl auf dem Weg zu ihrem Schlafplatz in der Unterburg gewesen, als sie der Mörder erwischt hatte.

Ottino bückte sich, schloss ihre Lider und schlug das Kreuzeszeichen. »In welchem Zustand war ihre Seele, als sie starb?«, fragte er.

»Wie bitte?« Ich verstand nicht gleich, was er meinte.

Ottino sah mich herablassend an. »Wann hat sie zuletzt gebeichtet? Ist sie regelmäßig in die heilige Messe gegangen?« Sein Tonfall klang, als ob er mit einem kleinen Kind redete.

Ich musste nicht lange überlegen. »Sie hat ihre religiösen

Pflichten sorgfältig erfüllt. Der Pfarrer kann sie bedenkenlos in geweihter Erde bestatten.«

Als Ottino einen Schritt zurücktrat, beugte ich mich zu der Leiche hinab. Sie war eiskalt und starr. Der Unfall – oder besser gesagt der Mord – musste sich bereits am vergangenen Abend ereignet haben. Ich drehte vorsichtig Elsbeths Kopf zur Seite und biss die Zähne zusammen. Keinesfalls durfte ich jetzt hysterisch werden.

Am Hinterkopf zeigte sich eine tiefe Wunde, an deren Rändern winzige Holzstückchen hingen. Sie hatten sich auch in ihren verfilzten Strähnen verfangen. In den Haaren und im Nacken klebte Blut. Auch im Gewand, im Bereich von Rücken und Schultern, entdeckte ich eingetrocknete rotbraune Blutflecken. Aber wer hatte einen Grund, unsere harmlose Magd zu töten? Hatte sie etwas Verdächtiges beobachtet und den Mörder erpresst? Oder hatte sie aus Angst geschwiegen? Mir fiel ein, wie ungewöhnlich still sie gestern gewesen war, als wir in der Burgküche über den Mord gesprochen hatten.

Aufmerksam musterte ich die ausgetretenen Holzstufen. Jemand, der in großer Eile war und sich nicht auskannte, mochte in der Dämmerung vielleicht stürzen. Hätten wir hier einen unserer Gäste tot aufgefunden – ich hätte an einen Unfall geglaubt. Aber Elsbeth lebte schon sehr lange auf der Burg, und sie hatte wie wir alle im Laufe der Jahre ein Gespür für die Tücken der Treppe entwickelt. Jeder von uns mied instinktiv die glatten Stellen.

Und – was noch schwerer wog – nie hatte ich unsere träge Elsbeth in Eile gesehen. Ich hegte den leisen Verdacht, sie wäre gerne als Kuh auf die Welt gekommen, um nichts weiter tun zu müssen, als auf einer Wiese zu stehen und sich mit gutem Futter voll zu stopfen. Mit ihrer Faulheit hatte sie mich oft zur Weißglut gereizt, aber solch ein schreckliches Ende verdiente sie wahrlich nicht.

Wie sich der Mord wohl zugetragen hatte? Bestimmt hatte der Täter im oberen Teil des Turmes auf Elsbeth gewartet. Als er sie durch die Fensterschlitze kommen sah, schlich er sich leise hinab, lauerte neben dem Eingang, versetzte ihr einen gezielten Schlag und stieß sie anschließend kaltblütig die Treppe hinunter.

Ich beschloss, meine Vermutungen vorerst für mich zu behalten. Mochte sich der Mörder ruhig sicher fühlen, vielleicht beging er dann einen Fehler. Außerdem musste ich vermeiden, dass sich auf der Burg Panik breit machte.

Daher sagte ich so harmlos wie möglich: »Entschuldigt mich, ehrwürdiger Vater, ich muss ein wenig frische Luft schnappen. Mir ist schlecht.«

Langsam drehte ich mich um und ging zum Eingang hoch. Verloren stand Gertrud davor und weinte still in ihr Kopftuch.

Ich griff tröstend nach ihrer Hand.

Gertrud wischte sich die Tränen ab. »Wir haben uns schon gewundert, warum Elsbeth gestern Abend nicht zu ihrem Schlafplatz in unser Haus gekommen ist. Aber dann dachten wir, sie hätte im Palas zu tun und würde über Nacht in der Küche bleiben. Nach allem, was geschehen ist, kann man ja verstehen, wenn sich eine Frau im Dunkeln nicht mehr alleine über den Burghof traut. Und im runden Turm ist es auch immer so finster.« Sie holte tief Luft. »Wenn wir gestern Abend nach ihr gesucht hätten, wäre sie vielleicht noch am Leben. Ach Gott, ihr Leut!«

Ich schüttelte den Kopf. »Sie muss sofort tot gewesen sein. Niemand hätte sie retten können.« Zögernd setzte ich hinzu: »Ich muss mich kurz hinsetzen, mir ist ganz schwindlig.« Das war der erstbeste Vorwand, der mir einfiel, um in Ruhe nach Spuren suchen zu können.

»Braucht Ihr Hilfe?«, fragte Gertrud besorgt.

»Nein danke, ich bin gleich wieder da.«

Sorgfältig musterte ich den Boden, die Wand und die Stufen, als ich langsam die Treppe des runden Turmes hinaufstieg. Im oberen Geschoss machte ich Halt. Durch die schmale Fensteröffnung fiel Licht, sodass ich die kleinen Holzsplitter auf dem Boden sofort erkennen konnte.

Ich bückte mich. Ja, es waren die gleichen Stückchen, die ich in Elsbeths Haaren gefunden hatte. Nun ahnte ich, welche Waffe der Täter benutzt hatte: ein Holzscheit! Die Kanten der länglichen, dreieckigen Scheite waren spitz genug, um jemandem eine tiefe Wunde beizubringen.

Nachdenklich blickte ich hinaus. Unten im Tal hingen zwischen den Baumstämmen Nebelschleier. Es sah aus, als habe eine Riesenspinne über den Waldboden ein dichtes Netz gezogen.

Körbe mit Holzscheiten standen überall dort in der Burg herum, wo Feuer brannte. In der Küche, im Saal, in der Kemenate, in der Schmiede, in Gertruds Haus, im Bergfried – Holzscheite waren allgegenwärtig. Wenn ich die Kleidung meiner Gäste unauffällig durchsuchen könnte, würde ich vielleicht Holzfasern finden. Die Scheite waren rau, Stückchen von ihnen mussten sich in den Gewändern verfangen haben.

Aber wo hatte der Täter die Mordwaffe gelassen? Am schnellsten wäre er sie losgeworden, wenn er sie hinausgeworfen hätte. Ich lehnte mich aus dem Fenster und spähte über die Burgmauer hinweg in den Graben, aber die Lücken zwischen den Nebelnetzen enthüllten nur trockenes Laub, das dieselbe braune Farbe hatte wie das Holzscheit. Sicherlich wäre es sinnvoll, den Graben gründlich abzusuchen. Doch wie sollte ich das anstellen, ohne Aufmerksamkeit zu erregen? Niemand stöberte grundlos im Burggraben herum. Und der Jauchemann hatte erst vor wenigen Tagen unter dem heimlichen Gemach unsere stinkenden Exkremente aus dem Graben entfernt, denn wir hatten die Burg für unsere Gäste so sauber und wohl riechend wie möglich herrichten wollen.

Ich trat an das gegenüberliegende Fenster. Hatte der Mörder das Scheit vielleicht in die Unterburg geworfen? Gründlich musterte ich den Hof und das Dach des Hühnerstalls, der neben dem Turm an die Außenmauer gebaut war. Auch dort lag die Tatwaffe nicht. Gerade wollte ich mich abwenden, als ich Hermann und Agnes erblickte, die aus Gertruds Wohnhaus traten. Das Kind! Auf keinen Fall konnten wir der Kleinen den Anblick der Leiche zumuten. Ich raffte den Rock und sauste die Treppe hinunter.

»Gertrud, deine Familie ist im Anmarsch. Halte sie auf!« Ohne zu zögern, verschwand die Köchin im Turm.

Wie immer, wenn man sie brauchte, war von unseren beiden Burgmannen nichts zu sehen. Dabei sollten sie eigentlich längst wach sein. Bei einer Belagerung würden sie dem Feind bestimmt willig das Tor öffnen. Und auch Philipp vernachlässigte die kaiserlich befohlene Aufpasserpflicht und schlief noch seinen Rausch aus. Er war gestern Abend so gierig über unseren Weinvorrat hergefallen, als stünde er kurz vor dem Verdursten. Immerhin schleppte sich jetzt ein müder Rainald über den Burghof. Noch wirrer als gestern Abend stand sein Haargestrüpp in alle Richtungen ab. Wusste er überhaupt, dass es so etwas wie Kämme gab?

Energisch winkte ich ihn heran. »Schnell, wir müssen die Leiche wegschaffen!«, rief ich ihm über die Holzbrücke zu.

Gehorsam näherte er sich, gemächlich einen Fuß vor den anderen setzend. Selbst Elsbeth war schneller gewesen als er, und sie hatte schon wahrlich jede Schnecke an Langsamkeit übertrumpft. Wenn er seine Geschwindigkeit nicht steigerte, würde er den Turm frühestens gegen Mittag erreichen. Ungeduldig rannte ich ihm entgegen, packte den Gürtel seiner Kutte und zerrte ihn zum Turm. Ohne ein Wort des Protestes, willig wie ein Lämmchen, ließ er sich mitschleifen.

Mit gefalteten Händen kniete Ottino neben Elsbeth und sagte leise lateinische Gebete auf.

Ich hüstelte dezent. »Verzeiht, ehrwürdiger Vater, aber langsam werden die Burgbewohner wach, und wir sollten die Leiche wegtragen.«

Würdevoll reckte Ottino sich hoch und gab uns herablassend den Weg frei. Natürlich legte er nicht selber Hand an. Der schmale Rainald besaß gerade mal genug Kraft, um eine Feder in der Hand zu halten, und ich war auch nicht viel stärker als er. Fast brachen wir unter Elsbeths Last zusammen. Die dickliche Magd erschien mir schwerer als ein Pferd. Ich war erstaunt, dass Rainald es überhaupt schaffte, sie hochzuheben und in einigermaßen angemessener Geschwindigkeit über den Hof zu tragen. Schnaufend legten wir sie im kühlen Vorratsraum ab.

»Wir können sie hier aufbahren«, entschied ich und wischte mir den Schweiß aus der Stirn. Rainald schwankte bedenklich. Sein Gesicht war rot von der ungewohnten Anstrengung. Aus einer Ecke holten wir eine Tischplatte und zwei Böcke und legten Elsbeth behutsam darauf ab.

»Danke für Eure Hilfe«, sagte ich freundlich. »Die Leiche muss gewaschen und eingekleidet werden, aber das ist Gertruds Aufgabe. Ihr seht aus, als könntet Ihr einen stärkenden Trunk gebrauchen.«

Auch wenn es kein passender Augenblick war – die Gelegenheit, Rainald ein wenig auszuhorchen, durfte ich mir nicht entgehen lassen. Ich hielt dem Mönch die Tür auf und ging voraus. »Des Kaisers Notar zu sein, stelle ich mir aufregend vor«, plapperte ich, während wir zum Palas schlichen. »Man ist an allen wichtigen Regierungsgeschäften beteiligt, reist mit dem Hof umher und weiß immer, was in der Welt so vor sich geht.«

Nur mit Mühe passte ich meine Geschwindigkeit an Rainalds müdes Schlurfen an. Obwohl es weder zugig noch feucht war, zog Rainald die Kapuze über den Kopf. Glaubte er, er könne sich darin verstecken?

Aber so schnell gab ich nicht auf. »Ihr seid bestimmt ein sehr gelehrter Mann. Um zu wissen, wie man eine Urkunde ausstellt, braucht man umfangreiche Kenntnisse«, säuselte ich.

Rainald senkte den Kopf und starrte auf den Boden.

Ich beschloss, es mit einer direkten Frage zu versuchen. »Wieso arbeitet Ihr nicht mehr in der kaiserlichen Kanzlei?«

O Wunder, Rainald beschleunigte den Schritt von der Geschwindigkeit einer Schnecke auf die Geschwindigkeit eines trödelnden Kindes! Meine Frage war ihm wohl unangenehm.

Ich musste ihn weiter piken. »Habt Ihr ein Schweigegelübde abgelegt?«

Stumm schüttelte er den Kopf.

Wie sich seine Stimme wohl anhörte? Vielleicht redete er nicht, weil er sich schämte? Hatte er einen Sprachfehler, lispelte er oder krächzte er wie ein Rabe?

Ich war es leid. Das Lagerhaus lag gleich neben dem Palas, und wir brauchten für die paar Schritte so lange, wie ich sonst benötigte, um den Wald zu erreichen. Ungeduldig griff ich Rainalds Gürtelende und zog ihn wie einen störrischen Esel am Strick hinter mir her zur Küche. Mit dem Fuß stieß ich die Tür auf und schubste den Mönch hinein. Gertrud, Meinloh und Trushard saßen um den großen Holztisch. Agnes hatte sich auf dem Schoß des Spielmanns zusammengekauert und beschäftigte sich hingebungsvoll mit seinem Schellengürtel. Trushard lächelte mich an, als ich hereinkam, und rutschte bereitwillig ein Stück zur Seite, damit ich neben ihm Platz fand. Als ich mich setzte, fing ich seinen bewundernden Blick auf. Mir fiel ein, dass ich das Haar noch offen trug, und ich errötete. Verlegen zupfte ich den Rock zurecht.

»Junge Dame, Ihr solltet wirklich besser auf Eure Sachen Acht geben!« Feixend zauberte Trushard Agnes' Haarband aus seinem Ärmel. Verdutzt griff sie sich an die Zöpfe, deren geflochtene Spitzen sich langsam auflösten. »Geben!«, verlangte sie und packte blitzschnell das Band.

»Ts, ts«, machte Trushard, zog genüsslich das zweite Band aus dem anderen Ärmel und schwenkte es vor ihrer Nase auf und ab. Ich war dankbar, dass er das Kind ein wenig ablenkte.

Meinloh schenkte Rainald und mir von dem dunklen Bier großzügig ein. Das starke Gebräu schmeckte tröstlich und wärmte die erstarrten Glieder. Erst jetzt, als ich saß, merkte ich, dass meine Knie zitterten.

»Seit gestern sind wir alle völlig durcheinander, da ist es kein Wunder, wenn es zu Unfällen kommt«, meinte Gertrud. »Elsbeth muss ausgerutscht sein.«

Glaubte sie das wirklich, oder sagte sie es nur, um ihr Kind zu beruhigen? Ich jedenfalls würde bestimmt nicht von Mord sprechen und damit die Panik auf dem Beilstein schüren. Die mysteriöse Knochentruhe, der Mord an Wibald, Vaters Flucht – es war schon mehr passiert, als unsere Burgbesatzung verkraften konnte. »Vielleicht hat Elsbeth in der Dunkelheit ein Geräusch gehört und sich so erschreckt, dass sie strauchelte«, pflichtete ich Gertrud bei.

Prüfend schaute ich in die Runde. Atmete jemand verstohlen auf, weil wir von einem Unfall ausgingen? Meinloh drehte den Tonbecher hin und her, Rainald starrte ausdruckslos auf die Tischplatte, und Trushard flocht Agnes neue Zöpfchen. Ich beneidete die Kleine, weil sie auf seinem Schoß sitzen und die Berührung seiner geschickten Hände genießen durfte. Wie gerne wäre ich ihm jetzt auch so nahe.

Aber ich hatte Wichtigeres zu tun, als über einen Lotterlümmel nachzugrübeln. Es drängte mich, Vater zu suchen. Vielleicht wusste er Rat.

»Der Pfarrer muss verständigt werden, damit er die Beerdigung vorbereiten kann«, sagte ich, so ruhig ich konnte. »Ich reite gleich los und nehme mein Frühstück mit. Gertrud, bitte sei so gut und richte Elsbeth her. Wir haben sie im Lagerraum abgelegt. Die Knechte können die Bierfässer ein Stockwerk höher schaffen, dann haben wir einen würdigen Platz für die Totenwache.«

◆

Der Ritt zum Pfarrer eignete sich vorzüglich dazu, einen kleinen Umweg zu machen, um nach Vater zu suchen und in der Kaiserpfalz zusammen mit Trushard als Spielweib aufzutreten. Niemand würde bemerken, ob ich ein wenig früher oder später zurückkehrte.

Trushard folgte mir unauffällig, als ich die Küche verließ. Wir verabredeten einen Treffpunkt an der Nordostecke der Kaiserpfalz, wo ich am Vortag nach der Verfolgungsjagd Atem geschöpft hatte. Dort konnten wir uns umziehen, die Lieder einstudieren und uns gegenseitig schminken. Trushard würde unsere Kleidung mitbringen.

Vor meinem Aufbruch hatte ich noch einmal nach Mechthild gesehen und sie mit meinem selbst hergestellten Meisterwurz-Wein versorgt, um ihr Fieber zu senken. Hoffentlich würde es helfen. Ihr Zustand war Besorgnis erregend. In ihrem Fieberwahn brabbelte sie wirres Zeug. Gisla berichtete, sie habe eindringlich nach dem armen Arnold verlangt, als sie sich noch klar äußern konnte. Ich wunderte mich ein wenig über diese Bitte. Gewiss, der fromme Einsiedler, der unweit der Burg in den Wäldern lebte, war in der Heilkunde bewanderter als die meisten Ärzte, und viele Kranke aus unserer Gegend suchten deshalb seinen Rat. Aber hatte sich das schon bis an den Hof herumgesprochen? Jedenfalls erfüllte ich Mechthilds Wunsch und schickte Ludwig zu Arnolds Klause, die sich in der Nähe unserer Burg befand. Sollte auch der Einsiedler nicht weiterwissen, konnten wir immer noch den kaiserlichen Leibarzt hinzuziehen.

Ich war froh, dass ich einen triftigen Vorwand gefunden hatte, Essen einzupacken. Wesentlich schwieriger war es, unauffällig Kleidung aus der Burg herauszuschaffen, denn ich musste damit rechnen, von Philipp kontrolliert zu werden. Daher wickelte ich mir Vaters Hemd um den Unterleib. Mein weit herabfallender Umhang verdeckte gnädig die verdächtige Ausbuchtung des Rockes.

Als Philipp mich wie erwartet am Tor anhielt, setzte ich mein strahlendstes Lächeln auf. Aber die Mühe hätte ich mir sparen können. Sein lüsterner Blick blieb lange an meinem Oberteil hängen und wanderte nicht tiefer. Ausnahmsweise war ich dankbar für sein unschickliches Benehmen. Mit einem anzüglichen Grinsen winkte Philipp mich durch. Ich frohlockte.

Hinter dem Tor bog ich nach rechts ab und warf noch einen Blick zurück, um mich zu vergewissern, dass mir niemand folgte. Aber alles blieb ruhig.

Erleichtert atmete ich die würzige Waldluft ein, die nach dem nächtlichen Regen besonders frisch war. Der sandige Boden war noch ganz weich. Der Nebel hatte sich inzwischen verflüchtigt. Die ersten Sonnenstrahlen schimmerten durch das zarte Grün der Bäume und brachen sich funkelnd in den letzten Wassertropfen, die sich auf den Blättern gesammelt hatten. Der Wald schien von innen heraus zu leuchten. Mir fiel ein Ausspruch des armen Arnold ein: »Im Frühling erbaut sich Gott im Wald eine goldene Kathedrale aus Licht.«

Aber als ich Richtung Bockental ritt, wurde mir beklommen zumute. Statt Kiefern und Buchen wuchsen hier schwarze Tannen. Der Weg verengte sich immer mehr. Über mir schlossen sich die Baumwipfel zu einem dunkelgrünen Dach zusammen. Auch die Vogelstimmen verstummten allmählich, nur da und dort raschelte eine Maus im trockenen Laub. Ein schwerer Ast fiel krachend zu Boden – war da jemand? Meine Stute wieherte auf. Erschrocken krallte ich mich an den Zügeln fest. Üblicherweise nahm ich Pfeil und Bogen mit, wenn ich alleine ausritt, aber da ich unter Mordverdacht stand, wollte ich lieber keine Waffen bei mir tragen – zumindest keine auffälligen. Meinen Dolch hatte ich natürlich.

Niemand verirrte sich freiwillig in dieses finstere Waldstück. Ich betete inständig, dass ich Vater wirklich am Ungeheuerfelsen fand.

Auf der linken Seite tauchte ein kleiner Felsbrocken auf. Ich stieg ab und band die Stute an eine Fichte. Meinen Wollumhang legte ich quer über den Sattel. Der weite Mantel würde mich beim Vorwärtskommen nur behindern. Hemd und Kotte schob ich über den Gürtel nach oben, um den Saum nicht zu beschmutzen. Vorsichtig zwängte ich mich durch die Sträucher den Abhang hoch und fluchte, als meine Schuhe tief im Morast versanken.

Der Berg war so steil, dass ich mehrmals schwer atmend innehielt, um ein wenig Luft zu schöpfen. Ich musste mich an den Bäumen festkrallen und von Stamm zu Stamm hangeln, um nicht wieder hinunterzurutschen. Äste schlugen mir herausfordernd ins Gesicht, und Wurzeln griffen höhnisch nach meinen Füßen. Mit tausend Fingern biss sich das Dornengestrüpp in meinen Ärmeln fest. Hinter dem nächsten Baum würde gewiss ein Kräuterweiblein lauern oder ein Troll oder gar ein Riese.

Endlich tauchte der rote Sandsteinfelsen über den Baumwipfeln auf. Nur noch ein kleines Stück, dann war es geschafft. Schnaufend blieb ich stehen und hielt mir die schmerzende Seite.

Der Ungeheuerfelsen war so hoch wie unser Palas und wurde von zwei Lärchen gekrönt, die dem kargen Boden zum Trotz ihre dürren Arme in die Luft reckten. Mit dem Riesenbrocken hatte die Natur ein Meisterwerk geschaffen. Er sah so aus, als habe eine mächtige Hand unzählige Platten aufeinander geschichtet und mit Ausbuchtungen versehen. Die größte davon war eine richtige Höhle, in der sich ein Erwachsener hinlegen konnte. Sie befand sich in einer Höhe, die der Größe eines Mannes entsprach, war aber bequem zu erklettern. Es war wirklich das perfekte Versteck.

Ich schlich mich näher an den Felsen heran und rief zur Höhle hinauf: »Vater, bist du hier?«

Alles blieb still. Aber ich wartete. Gerade, als ich mich zum zweiten Mal bemerkbar machen wollte, tauchte Vater neben dem Felsen auf. Er strahlte, als er mich erblickte, und lief mir entgegen.

»Vater!« Eine Last, schwer wie ein Mühlstein, rollte von meiner Seele, als ich ihn zwar blass und schmutzig, aber unversehrt vor mir sah. Erleichtert schloss ich ihn in die Arme. Dann fiel mir ein, dass er völlig ausgehungert sein musste. Rasch reichte ich ihm den Beutel mit dem Essen, doch er legte ihn gleichgültig zur Seite. »Erzähl, was gibt es Neues?«, drängte er.

Ich zog sein Hemd unter meinem Rock hervor und fasste in knappen Worten die Ereignisse zusammen. Als ich das blutige Messer erwähnte, das in unserer Truhe gefunden worden war, stieß Vater einen zornigen Schrei aus. »Wenn ich dieses Schwein erwische, das mich an den Galgen bringen will, dann gnade ihm Gott!«

»Das ist noch nicht alles«, sagte ich zögernd und berichtete von dem zweiten Mord.

Fassungslos schaute Vater mich an. »Wer sollte denn einen Grund haben, unsere Elsbeth umzubringen?«

»Sie muss etwas Verdächtiges beobachtet haben«, antwortete ich. »Vielleicht hat sie den Mörder sogar erpresst. Du weißt doch, wie gierig sie war.«

Er stimmte mir zu. »Für eine Tochter bist du gar nicht so übel«, brummte er anerkennend.

»Vater, da ist noch etwas«, druckste ich herum. Ich wusste nicht recht, wie ich meine Beichte beginnen sollte, aber dann sagte ich es rundheraus: »Ich habe den Mord an Wibald mit angehört.«

»Du hast was?« Vater sperrte den Mund auf.

Ehe er losschimpfen konnte, schilderte ich ihm hastig, was passiert war. In dieser bedrohlichen Lage, in die wir geraten waren, durfte es zwischen Vater und mir keine Heimlichkeiten mehr geben. Nur dass der Mörder auch hinter mir her war, verschwieg ich. Vater hatte weiß Gott Sorgen genug.

Er blieb erstaunlich ruhig. Erst als ich ihm meine Absicht gestand, unter vier Augen mit Wibald zu sprechen, grummelte er etwas vor sich hin, das so klang wie »Unglaublich, hinter meinem Rücken ... die eigene Tochter ...!« Aber dann hörte er sich den Rest der Beichte schweigend an.

»Glaubst du, es wäre besser gewesen, wenn ich den Mord sofort gemeldet hätte?«, fragte ich zaghaft, als ich geendet hatte.

Zu meiner großen Erleichterung schüttelte Vater den Kopf. »Wir sind ein verfluchtes Geschlecht. Alles, was wir anpacken, muss misslingen. Ich habe in den letzten Jahren gedacht, wir hätten genug gebüßt, doch nun hat uns die Vergangenheit wieder eingeholt.«

Ich hatte so gehofft, dass er nach einer Nacht in der frischen Luft seinen Verstand wieder gefunden hätte. Aber der Dämon hielt ihn immer noch in seinen Klauen. »Wie kommst du bloß darauf, dass wir verflucht sind?«

Statt einer Antwort senkte Vater den Kopf.

»Nun sag schon«, drängte ich. »Ich habe ein Recht darauf zu erfahren, warum ich so tief im Morast stecke.«

Vater scharrte mit den Füßen im weichen Sandboden, der mit Fichtennadeln und Zapfen bedeckt war.

Sein Ausweichen machte mich wütend. »Herrgott nochmal! Ich bin deine Tochter und riskiere gerade, der Acht zu verfallen, nur um dich vor dem Galgen zu retten.«

Vater straffte die Schultern und sah mir in die Augen. »Also gut. Wer weiß, was in den nächsten Tagen noch alles geschehen wird. Vielleicht sehen wir uns nie wieder. Und außerdem solltest du wissen, was passiert, wenn man sich mit Gauklern einlässt. Ich habe gemerkt, dass dir dieser nichtsnutzige Knochenpoet gefällt. Du bist deiner Großmutter leider viel zu ähnlich.« Vater wandte den Blick ab und starrte in die Leere. »Großmutter hat eine Todsünde begangen, und deswegen straft Gott unser ganzes Geschlecht. Sie hat ... also ... ich bin nicht der Sohn ... und damit bist du nicht die Enkelin von Großvater, sondern von ... von ... einem Spielmann, für den sie nichts weiter als ein flüchtiges Abenteuer war. Sie wollte sogar mit ihm auf und davon laufen. Kannst du dir das vorstellen?«

Ich konnte es mir nur zu gut vorstellen. Am liebsten würde ich auch mit Trushard durch die Lande ziehen und die Welt erkunden.

»Großer Gott!« Ich schleppte mich zum nächsten Baumstumpf und setzte mich. Jetzt verstand ich auch, warum Vater keine Gaukler auf unserer Burg duldete. Wir waren unehrlicher Herkunft, zumindest zur Hälfte. Ausgerechnet mein Vater, der immer so stolz darauf gewesen war, einem alten Ministerialengeschlecht zu entstammen, war der Sohn eines Vagabunden. Großmutters Beichte musste für ihn wie ein Stich ins Herz gewesen sein. Deshalb war er seit Jahren so verbittert.

Aber auf mich hatte sein Geständnis eine befreiende Wirkung. Endlich verstand ich, warum es mich in die Ferne zog.

Ich hatte immer befürchtet, nicht ganz richtig im Kopf zu sein. Dass es Großmutter genauso gegangen war wie mir, war fast so etwas wie eine Absolution. Sie hatte auf mich nie den Eindruck einer unvernünftigen Frau gemacht. Ganz im Gegenteil. Pflichtbewusst, energisch und mit gesundem Menschenverstand – so hatte sie ihren Haushalt geführt. Vater hatte Recht: Ich war Großmutter sehr ähnlich. Mit einem entscheidenden Unterschied: Ich war klüger als sie und würde meiner Sehnsucht nicht nachgeben. Ich wusste, was von Vagabunden zu halten war: nichts! Im Stillen schwor ich mir, dass sich ihr Schicksal bei mir nicht wiederholen würde. Es war gut, dass Vater mir alles erzählt hatte. Gestern Abend wäre ich Trushards Reizen und den Zauberkräften seines Knochens um ein Haar erlegen.

»Hat sie es dir während eurer Pilgerfahrt erzählt?«, fragte ich.

Vater nickte. »Auf dem Totenbett hat sie alles gestanden. Mein Vater dagegen, der mich aufgezogen hat, erfuhr es nie.« Er machte eine Pause. »Diesen Spielmann hat sie auf einem großen Jahrmarkt in Mainz kennen gelernt. Er hat ihr versprochen, sie zur Frau zu nehmen. Was Männer halt so sagen, um ihr Vergnügen zu kriegen. Sie vereinbarten, dass er sie mit seiner Truppe in Saulheim abholt. Großmutter wollte noch ein paar Sachen zusammenpacken und sich von ihrer Mutter verabschieden. Aber der Gaukler ist natürlich nie aufgetaucht. Großmutter hat wochenlang gewartet, bis sie merkte, in welchem Zustand sie war. Notgedrungen musste sie dann schnell heiraten, um das Missgeschick zu vertuschen.«

Ich stand auf und legte meine Hand auf seinen Arm. »Du bist kein Missgeschick. Großmutter hat diesen Spielmann geliebt.«

Vater lachte höhnisch auf. »Eine Hure und ein Herumtreiber! Wahrlich eine großartige Abstammung.«

»Was hat denn Urgroßmutter zu dem Schlamassel gesagt?«, forschte ich.

»Sie soll Großmutters Pläne gebilligt haben.« Vater zuckte die Achseln. »Ich verstehe das nicht. Urgroßmutter war eine Frau, die sehr wohl wusste, was Sitte und Anstand erfordern.«

Ich streichelte seinen Arm. »Weißt du, wie dein wirklicher Vater hieß?«

Ein kurzes Zögern, dann presste er hervor: »Raymond de Toulouse.« Vater sagte es so angewidert, als spräche er vom Teufel. Ich fand, es war ein wohl klingender Name, der sich immerhin besser anhörte als Merbodo von Saulheim. »Er stammte aus Okzitanien?«

Vater deutete mit der rechten Hand nach Südwesten. »Von ganz weit weg. Aber leider immer noch nicht weit genug entfernt von Großmutter. Wären sie sich doch bloß nie begegnet.« Er schüttelte den Kopf. »Starrsinnig bis zum letzten Atemzug war sie. Glaubte, er habe sie nur deshalb nicht abgeholt, weil ihm etwas zugestoßen war. Aber ich sage dir, er hat sie schnöde sitzen lassen.« Er ballte die Fäuste. »Großmutter hat uns entehrt. Für alle Zeiten. Merbodo, du und ich – wir müssen jetzt die Strafe für ihr Verhalten tragen. Aber wenigstens habe ich dafür gesorgt, dass sie auch ...« Er biss sich auf die Lippen.

Ich packte sein Handgelenk. »Dass sie auch was?«

»Sie gehörte nicht in die Gemeinschaft ehrbarer Menschen.« Vater sah mich mahnend an. »Also, sei gewarnt und geh Trushard aus dem Weg.«

Ich warf einen besorgten Blick zum Himmel. Die Sonne stand schon recht hoch. Die Zeit lief mir davon. Dabei hätte ich gerne gewusst, was Vater mit seiner letzten Bemerkung über Großmutter gemeint hatte. Aber ich wollte keinen Streit riskieren. Vielmehr musste ich ihm, bevor ich davonritt, Mut zusprechen. »Wenn Gott jede Todsünde noch an den Enkeln verfolgen würde, müsste er die ganze Menschheit ausrotten. Glaub mir, es gibt keinen Fluch. Wir haben in den letzten Jahren nur Pech gehabt, nichts weiter. Und diese Pechsträhne wird bald zu Ende sein. Wir müssen noch einmal alle Kräfte zusammennehmen, und dann fangen wir neu an. Wir schaffen das schon. Du und ich, wir sind starke Menschen.«

Vater schnaubte. »Und wie bitte soll ich meinen Kopf aus der Schlinge ziehen?«

»Indem wir aus Lautern verschwinden«, sagte ich eindringlich. »Und zwar so schnell wie möglich. Mit deiner Flucht hast du Barbarossas Ehre gekränkt, und das verzeiht er dir nie. Wenn du ihm jetzt in die Hände fällst, kennt er keine Gnade mehr.«

»Ich hatte von Anfang an keine Chance«, stellte Vater bitter fest. »Der Kaiser ist so oder so von meiner Schuld überzeugt. Als er mich verhaften lassen wollte, spürte ich schon den Strick um meinen Hals. Deshalb bin ich fortgelaufen. Den Ausgang der Nachforschungen warte ich lieber in meinem Versteck ab als in Barbarossas Verlies. Wenn du bis übermorgen keine weiteren Fortschritte gemacht hast, können wir immer noch fliehen. Aber wir sollten zumindest versuchen, meine Unschuld zu beweisen. Merbodo soll nicht als Sohn eines geächteten Verbrechers aufwachsen.«

Weitere zwei Tage als lebendige Zielscheibe herumlaufen! Aber Vater hatte Recht. Wie sollten wir als Bettler überleben? Eine heimatlose Familie würde niemand aufnehmen, denn jeder konnte sich denken, warum wir kein Zuhause hatten. »Also schön«, gab ich seufzend nach.

Beim Abschied standen wir uns verlegen gegenüber. Würde ich Vater überhaupt noch einmal wiedersehen? Energisch würgte ich den Kloß im Hals hinunter. Weinen konnte ich später. Ich durfte es Vater nicht noch schwerer machen. »Ich bin froh, dass du mir alles gesagt hast«, brachte ich mühsam heraus.

Vater strich sich über den Bart. »Ich würde dir gerne ein besseres Leben bieten. Du hättest es verdient.«

Das Bedürfnis nach Vaters körperlicher Nähe, das ich so lange unterdrückt hatte, stieg in mir auf. Ich ging auf ihn zu und legte beide Hände um seinen Hals. Er versteifte sich, dann nahm er mich in die Arme, zögernd zuerst, aber dann drückte er mich so fest an sich, als habe er meine Nähe vermisst. Der vertraute Pferdegeruch, der an ihm haftete, weckte Kindheitserinnerungen in mir. Ich schloss die Augen und fühlte mich wieder in die Geborgenheit jener Zeit zurückversetzt, als Schürfwunden und Streit mit einer Freundin noch meine größten Probleme gewesen waren und Vater mir so unbezwingbar wie der sagenhafte Siegfried erschienen war.

Sanft streichelte ich ihm über den linken Arm. »Ich muss fort, damit ich keinen Argwohn errege. Sobald es möglich ist, komme ich wieder her und bringe dir Nahrung und weitere Kleidung.«

Vater drückte mich noch einmal an sich. »Du hast mehr Schneid im großen Zeh, als unsere Burgmannen zusammen besitzen. Vertrau dich am besten Jost an. Der Schultheiß ist ein guter Freund. Er wird auf dich aufpassen.«

Energisch riss ich mich von Vater los und stolperte davon. »Du schaffst das schon«, rief er mir hinterher.

Ich drehte mich noch einmal um und hob die Hand zum Gruß. Was auch immer passieren mochte – ich hatte den Vater wiedergefunden, den ich so lange schmerzhaft vermisst hatte, und die Erinnerung an dieses Beisammensein konnte mir niemand mehr nehmen.

◆

In meiner Verkleidung fühlte ich mich frei, alles zu tun, wonach mir schon immer der Sinn gestanden hatte. Es war wie ein zweites Leben, das mir geschenkt wurde. Wenigstens für einen Vormittag. Mehr durfte nicht sein, sonst würde ich mich daran gewöhnen und womöglich doch noch mit Trushard davonziehen. Aber dieses kurze Vergnügen wollte ich voll auskosten.

Mit meinem Alltagskleid legte ich auch die Sorgen ab. Das bunte Flickengewand weckte Lebensgeister, die ich längst erloschen glaubte. Die gewöhnliche Rotrud verschwand unter einer dicken Schicht weißer Schminke, über die Trushard rote Flammen malte, die vom Kinn aus zu den Haarwurzeln züngelten. Die Krönung des Aufzugs aber war der gelbe Turban, an dem drei Pfauenfedern steckten. »Greller geht's nicht mehr«, stellte ich zufrieden fest, als ich meine Aufmachung betrachtete.

»In der Tat, im Vergleich zu Euch bin ich jetzt so unauffällig wie eine Graugans«, erwiderte Trushard ein wenig neidisch, wie mir schien. Sein Gesicht war genauso bemalt wie meines.

»Dafür tragt Ihr einen Schellengürtel und Glöckchen, während ich keinen einzigen Ton von mir gebe«, tröstete ich ihn, während wir uns von der Nordostecke der Pfalz aus auf den Weg machten.

Solch ein seltsames Pärchen wie uns hatte es in Lautern bestimmt noch nie gegeben. Wir mussten einen wahrhaft drolligen Anblick bieten: Ein baumlanger, knochendürrer Kerl stelzte neben einem kleinen, fülligen Weib den Weg entlang, einer bunter und aufgetakelter als der andere. Es war kein Wunder, dass uns die Leute verblüfft anstarrten. Manche lachten laut los, andere versteckten ihr Grinsen hinter vorgehaltener Hand. Die dumme Fischersfrau, die ich noch nie ausstehen konnte, rief uns empört hinterher: »Einsperren sollte man euch!« Ein Junge verlangte ungeniert von seiner Mutter: »So will ich auch mal aussehen, wenn ich groß bin.« Doch die Frau zog den Kleinen hastig von uns weg.

Der Torwächter der Kaiserpfalz riss den Mund auf, als wir höflich bei ihm vorsprachen. »Was wollt ihr? Äh ja, der Truchsess ist bestimmt in der Burgküche. Sie befindet sich in der hinteren Ecke des Hofes, rechts von der alten Kapelle.«

Dabei hatten wir gar nicht vor, den Truchsess aufzusuchen. Er war nur ein Vorwand, um als Gauklerpaar in der Kaiserpfalz unauffällig Erkundigungen einziehen zu können. Besorgt überlegte ich, ob meine Schminke dick genug war, um mich unkenntlich zu machen. Die Gefahr, dass ich erkannt wurde, war nicht unerheblich. Ein Teil des Küchenpersonals stammte aus Lautern und bekochte die Burgmannen, die auf der Pfalz ihren Dienst versahen. Den Koch, den größten Teil der Küchenjungen und einige Mägde hatte der Kaiser mitgebracht.

Die dralle Hilde fuhr erschrocken zusammen, als wir in die Küche traten, und bekreuzigte sich. »Wer hat Euch denn hereingelassen?«

»Der Torwächter«, erwiderte Trushard ausgesprochen liebenswürdig und lächelte die Magd an. »Er meint es gut mit Euch, denn wir verstehen viel von unserer Kunst. Darf ich vorstellen: Poppo, der Rebecspieler, und sein holdes Eheweib Richmodis, die über die süßeste Stimme des ganzen Reiches verfügt!«

Unwillkürlich knickste ich. Inzwischen war der kugelbäuchige Koch herangewatschelt, gefolgt von sämtlichen Mägden und Küchenjungen, die ihm hinterherliefen wie die Küken der Glucke. In Erwartung einer netten Abwechslung rieb er sich die Hände und winkte uns gnädig herein. »Dann zeigt uns mal, was Ihr könnt!«

Jetzt wurde es also Ernst. Trushard runzelte die Stirn, als er den niedrigen Schemel erblickte, den ein Küchenjunge ihm hinschob, dann seufzte er gottergeben und ließ sich darauf nieder. Die Knie schwebten in Brusthöhe, daher klappte er die Beine zusammen und legte sie angewinkelt zur Seite. Doch das Rebec rutschte ab, als er es auf die Knie stellte. Schließlich seufzte er noch gottergebener und setzte sein Instrument an die Schulter.

Er war endlich bereit und nickte mir kurz zu. Ich holte tief Luft, dann legten wir los.

Es ging besser als erwartet. Dank meines guten Gedächtnisses erinnerte ich mich an jede Zeile des Frühlingsliedes, dessen schwungvolle Melodie Trushard auf dem Rebec spielte. Anfangs zitterte meine Stimme ein wenig, aber dann fing ich mich rasch und schmetterte inbrünstig die Verse, die von Maiensonne und Liebeswonne handelten. Dazu wiegte ich die Hüften und untermalte das Ganze mit weit ausholenden Gesten.

Andächtig lauschten die Bediensteten, die sich um uns geschart hatten. Ich genoss jeden einzelnen ihrer bewundernden Blicke. Für die sittsame Rotrud hatte sich noch nie jemand interessiert, aber die aufgedonnerte Richmodis war der glänzende Mittelpunkt der Burgküche. Hilde seufzte tief auf, als ich sehr anschaulich die Freuden eines Kusses beschrieb, die ich selber noch nie genossen hatte, und rieb sich verstohlen die Augen. Die mausgesichtige Trine, die mich sonst immer abfällig musterte, sah mich hingerissen an. Einem Küchenjungen blieb der Mund offen stehen, ein anderer summte vor sich hin, und der Koch klopfte mit dem Fuß den Takt mit.

Musik zu hören war ein Genuss, aber mit Erstaunen stellte ich fest, dass es eine viel größere Freude war, selber Musik zu machen. Für kurze Zeit vergaß ich alle Ängste, und ein angenehmes Prickeln breitete sich in mir aus. Ich war nicht mehr Rotrud, sondern das Spielweib Richmodis, hinter dem weder Mörder noch Häscher des Kaisers her waren. Ich blühte auf wie eine Blume, die sich im Frühling begierig den ersten Sonnenstrahlen entgegenreckt.

Nach heftigem Handgeklapper spielten wir noch das Lied über die Leiden eines Schwanes, der im Kochtopf gesotten wird. Auch diese Darbietung fand großen Anklang.

»Eine Aufmunterung können wir wahrlich gebrauchen nach dem schrecklichen Mord«, seufzte der Koch und lud uns mit einer Handbewegung ein, am großen Tisch Platz zu nehmen. Auf seinen Wink hin schenkte Hilde uns zwei große Becher Bier ein. Obwohl der Koch nichts von einer Pause gesagt hatte, setzten sich die anderen einfach dazu.

Die Erinnerung an das Verbrechen überwältigte das Gesinde. »Wibalds Zunge war abgeschnitten.«

»Der Mörder hat ihm beide Augen ausgestochen.«

»Die abgehackte Hand lag neben der Leiche im Gras.«

Die Bediensteten sparten nicht mit grausigen Einzelheiten bei der Beschreibung des Verbrechens. Wenn das so weiterging, würden wir nichts Wichtiges erfahren.

Trine schüttelte sich. »Der Mörder läuft immer noch frei herum. Ich habe schreckliche Angst. Hoffentlich bin ich nicht sein nächstes Opfer.«

Hilde rang die Hände. »Man muss sich das mal vorstellen. Das Messer, mit dem Wibald umgebracht wurde, stammt aus dieser Küche! Der Mörder war mitten unter uns.« Mit dieser Information war ich ein gutes Stück weiter bei meinen Nachforschungen. Fast hätte ich Hilde dankbar angelächelt.

»Weiß man schon, wer es war?«, fragte Trushard betont harmlos.

Trine zögerte keinen Augenblick mit der Antwort: »Merbodo von Beilstein.«

Trushard riss beide Augen weit auf. »Mein Gott, auf seiner Burg haben wir erst vorgestern Rast gemacht. Wenn ich mir vorstelle, dass ich bei einem Mörder zu Gast war. Was für ein Glück, dass wir noch leben. Der Burgherr war eigentlich ganz nett, kaum zu glauben, dass er jemanden umgebracht haben soll.« Nach einem kurzen Seitenblick auf mich setzte er hinzu: »Aber die Tochter hat ein loses Mundwerk.«

»Das stimmt«, warf Trine sofort ein. »Und sie glaubt, sie wäre etwas Besseres, nur weil sie lesen und schreiben kann.« Sie schnaufte empört. »Sie ist so hässlich wie eine verwilderte Katze. Die kriegt bestimmt keinen Mann ab, mit diesen grünen Augen und dem wüsten Lockenschopf. Und zu dick ist sie auch.«

Ich senkte den Kopf, damit niemand meine Erbsenaugen sah.

»Ich fand sie genau richtig«, meinte Trushard. Um seine Mundwinkel zuckte es ganz leicht. »Ein Mann muss doch was zum Anfassen haben. Da bin ich mit meinem Weib wahrhaft gesegnet, nicht wahr, Richmodis?« Zur Bestätigung legte er den Arm um meine Schultern und zog mich näher zu sich heran. Schmerz durchfuhr mich, als seine Hand zufällig auf die Pfeilwunde an meinem Oberarm drückte, und ich musste mir auf die Lippen beißen, um keinen Laut von mir zu geben. Trushard sah mich von der Seite erstaunt an und tastete mit den Fingern unauffällig und ganz sachte den Verband ab. Dann rückte er dicht an mich heran, ließ seine Hand tiefer gleiten und legte sie um meine Hüfte.

Ich spürte jeden seiner Finger und errötete unter der Schminke. Was nahm er sich heraus? Das war nicht abgemacht! Ich hätte ihn am liebsten in seine Schranken gewiesen, aber dann wäre unsere Täuschung aufgeflogen. Als Eheweib musste ich mir seine Zudringlichkeiten gefallen lassen.

Aber einen kleinen Giftpfeil konnte ich nicht unterdrücken. »Auch Frauen haben gerne weiches Fleisch zwischen den Händen, eine Freude, die du mir hartnäckig vorenthältst, mein Liebster. Bei dir greife ich nur in einen Knochenhaufen hinein.« Ich gab mir große Mühe, heller als sonst zu sprechen, damit mich niemand an der Stimme erkannte.

»Esst doch etwas!« Hilde, die mitfühlende Seele, hatte den Wink verstanden und schob uns ein Stück Braten hin. Ich lehnte dankend ab, aber Trushard ließ sich nicht lange bitten und langte herzhaft zu.

Während er noch kaute, beschloss ich, das Gespräch wieder auf den Mord zu lenken. »Das muss ja furchtbar sein, wenn man einen Menschen gut kennt und er sich dann plötzlich als Mörder entpuppt.« Ich schaute in die Runde.

»Ich glaube fest an Merbodos Unschuld.« Trotzig warf Hilde ihren schwarzen Zopf zurück. Eine Ahnung keimte in mir auf. Mir fiel ein, wie oft Vater in letzter Zeit wegen angeblich dringender Vorbereitungen für den Aufenthalt des Kaisers in der Pfalz übernachtet hatte. Bei seiner Rückkehr am nächsten Morgen war seine Laune wenigstens etwas besser gewesen als sonst. Bestimmt hatte er sich mit der hübschen Magd vergnügt.

Trine zuckte abfällig mit den Schultern. »Ich wäre mir nicht so sicher, dass Merbodo unschuldig ist. Schließlich war er kurz bei uns in der Küche, um nach seinem Sohn zu sehen. Dabei hat er bestimmt das Messer eingesteckt.« Am liebsten hätte ich Trine eine Ohrfeige versetzt, aber ich musste mich beherrschen. Ich krampfte die Hände im Schoß zusammen.

Dafür warf sich Hilde ohne Zögern für Vater in die Bresche. »Es gibt noch viele andere, die das Messer geklaut haben könnten. Diese wunderschöne Hofdame zum Beispiel, wie hieß sie doch gleich ...«

»Gisla.« Die Augen des Kochs leuchteten auf. Mit Sicherheit gab es im ganzen Reich keinen einzigen Mann, dem die Hofdame nicht gefiel. »Stimmt, sie war hier, weil sie Mechthild begleitet hat, die sich kaum noch auf den Beinen halten konnte. Ich habe der Kranken einen stärkenden Kräutertrank gegeben. Aber niemals würde Gisla jemanden umbringen, dafür ist sie viel zu liebenswert.«

»Vielleicht war es auch dieser grässliche Abt.« Hilde rümpfte die Nase. »Nach dem Festessen ist er wie ein Racheengel bei uns in der Küche erschienen, um sich über den Wildschweinbraten zu beschweren, der angeblich viel zu fett für seinen empfindlichen Magen war. Das Jüngste Gericht kann auch nicht schlimmer sein als eine Schelte von ihm. Ich war hinterher den Tränen nahe.« Sie überlegte kurz. »Eigentlich hätte jeder das Messer nehmen können. Hier war so viel Trubel, dass niemand darauf geachtet hat, wer kommt und geht.«

»Und keiner hat gemerkt, dass ein Messer fehlte?« Trushard stellte sich absichtlich dumm.

»In dem Durcheinander, das bei einem Festessen herrscht, fällt ein Messer mehr oder weniger gar nicht auf«, antwortete der Koch bereitwillig. »Dutzende von Messern sind hier in Gebrauch. Wir haben wirklich Wichtigeres zu tun, als sie ständig nachzuzählen.«

»Was war denn dieser Wibald für ein Mensch?«, forschte ich nach.

»Ein Kotzbrocken.« Der Koch hielt mit seiner Meinung nicht hinter dem Berg. »Man soll zwar über Tote nichts Schlechtes sagen, aber, bei Gott, über ihn kann man einfach nichts Gutes vorbringen. Jeden, der an Rang unter ihm stand, hat er gequält, und nach oben hin hat er gebuckelt.«

»Auf den armen Rainald hatte er es besonders abgesehen«, meldete sich ein blasser Junge zu Wort. »Er ist schon zusammengezuckt, wenn er Wibald nur von weitem gesehen hat.«

Da ich den Jungen nicht kannte, nahm ich an, dass er zu Barbarossas Bediensteten zählte, ebenso wie die zarte, blonde Magd, die neben ihm saß. »Von einem Tag auf den anderen war Rainald wie verwandelt«, erinnerte sie sich. »Er sprach einfach nicht mehr. Ich habe mich nicht gewundert, als er den Kaiser kurz darauf um seine Entlassung gebeten hat. Rainald hätte doch alles getan, nur damit er Wibald nicht mehr treffen muss.«

»Hinter jedem Frauenrock war Wibald her«, warf der Koch ein. »Ich habe ihn dabei beobachtet, wie er Mechthild in einer dunklen Ecke des Burghofs abgepasst hat. Sie hatte Glück, dass gerade ein Ritter vorbeikam, sonst hätte Wibald sich an ihr vergriffen.«

»Ja, ja, die Mechthild«, seufzte die Blondine. »So eine tugendhafte Frau! Keine Männer, kein Fleisch, kein Wein – da stimmt doch etwas nicht.«

»Wir müssen weiterschaffen!« Den Schaumlöffel schwingend, scheuchte der Koch seine Leute hoch, die seufzend ihre Glieder reckten und sich langsam wieder an die Arbeit machten, bis es so geschäftig zuging wie in einem Ameisenhaufen. Verlockende Gerüche nach gebratenem Fleisch und Gemüsesuppe stiegen aus den brodelnden Töpfen empor. Ein Küchenjunge legte Holzscheite nach, während ein anderer den Spieß drehte, an dem mehrere Hühner schmorten. Die Mägde lieferten sich einen Wettstreit im Gemüsehacken. Mit einem langen Haken fischte der Koch dicke Fleischbrocken aus dem Kessel und legte sie zum Abkühlen in eine Tonschüssel.

Trushard und ich tranken noch den letzten Schluck Bier. Hilde zerkleinerte Kräuter und lächelte mich schüchtern an. »Ihr habt eine schöne Stimme.«

»Wohl wahr«, murmelte Trushard, der immer noch dicht bei mir saß. Wider Willen genoss ich seine körperliche Nähe. Ich stellte mir vor, unser kleiner Streich wäre Wirklichkeit und wir würden zu zweit als Spielleute durch die Lande ziehen. Trotz Vaters Warnung war es ein verlockender Gedanke, den ich aber niemals in die Tat umsetzen würde.

An diesem milden Frühlingstag stand die Küchentür weit offen. Schon von weitem war ein Ächzen und Stöhnen zu hören, als quäle sich jemand mit einer schweren Last herum. Polternd traten der Fischer und sein Sohn über die Türschwelle, ein Netz mit einem riesigen Spiegelkarpfen mit sich ziehend.

Fast hätte ich mich an meinem Dünnbier verschluckt. Solch einen Brocken hatte ich noch nie gesehen. Der Fisch war fast so lang, wie ich groß war. Schuppen mit den Ausmaßen von Kinderhänden bedeckten den blaugrün schillernden Rücken, den Bauch und den Schwanzstiel. Was für ein Ehrfurcht gebietender Bursche!

Keuchend wuchteten die beiden Männer das Vieh auf den Tisch, die zweizipflige Schwanzflosse platschte direkt vor Trushard auf die Platte. In den Augen des Gauklers blitzte es auf. Und als sich Trine dem Fisch näherte, mit dem Hackmesser in der Hand, zuckte ein ganzes Wetterleuchten in Trushards Pupillen, die in dem weiß geschminkten Gesicht noch dunkler wirkten als sonst. Wenn er jetzt bloß keine Dummheit beging. Bisher war alles so gut verlaufen.

»Was für ein lecker Kerlchen.« Trine schnalzte mit der Zunge. Gerade hob sie das Messer, um den riesigen Kopf abzutrennen, da ertönte es laut und vernehmlich, aus der Richtung des Fisches: »Merbodo ist unschuldig.«

Verblüfft starrte Trine auf das vorgestülpte Maul des Karpfens, aus dem die Worte allem Anschein nach gekommen waren. Die beiden langen Bartfäden, die in den Mundwinkeln hingen, zitterten ganz leicht. Trine ließ das Messer sinken, dann kreischte sie los, als sei ihr der Leibhaftige begegnet.

Der Koch stieß den Fleischhaken wie eine Waffe nach vorne und stürmte heran. »Was ist denn?«

»Der da ...«, stammelte Trine, hilflos auf den Karpfen deutend. »Er ... er ... hat gesprochen!«

»Unsinn!« Der Fischerjunge lachte lauthals.

Der Koch schob sein Kugelbäuchlein ganz dicht an Trine heran, holte tief Luft und brüllte los: »Reiß dich gefälligst zusammen, Weib!« Dann nahm er ihr ungeduldig das Hackmesser aus der Hand und drehte sich zu dem Karpfen um. »Alles muss man hier selber machen.« Wie ein Häufchen Elend sank Trine auf der Bank zusammen.

Ich ahnte, was als Nächstes kommen würde. Argwöhnisch fixierte ich Trushards Mund. »Merbodo war es nicht!«

Ich hätte schwören könne, dass Trushard seine Lippen keine Nadelbreit bewegt hatte. Trotzdem war ich sicher, dass er für den ganzen Zauber verantwortlich war – wie auch immer.

Der Koch fuhr zusammen, als sei ihm ein Gespenst begegnet. Aber der Karpfen starrte ihn aus harmlosen Kulleraugen an.

»Ich hab's gehört!«

»Ich auch!«

»Fürwahr, er spricht!«

Alle riefen aufgeregt durcheinander.

»Ein heiliger Karpfen«, raunte die zarte Blondine ehrfurchtsvoll.

»Von wegen heilig!« Der Koch hatte sich rasch wieder gefasst, streckte sein Bäuchlein vor und holte mit dem Hackmesser weit aus. »Rübe ab, zack, zack – und vorbei ist der Spuk!«

»Haltet ein!« Die Blondine warf sich gegen seinen Arm und riss ihm das Messer aus der Hand. »Man darf keine Wunderkarpfen töten, das ist Sünde.«

»Aber der lebt doch schon längst nicht mehr«, wandte der Koch verständnislos ein.

»Und wieso spricht er dann?«, entgegnete die Blondine. »Wir müssen ihn in seinen Woog zurückbringen.«

Der Fischer reckte sich hoch. »Den Karpfen hat Bischof Hartmann persönlich gefangen. Der fromme Mann hat schon viele Wunderdinge bewirkt. Jetzt ist ihm auch noch dieser Riesenbrocken ins Netz gegangen. Ich bin sicher, der Fisch spricht die Wahrheit. Merbodo ist unschuldig.«

»Jawohl!« Das Küchenpersonal hatte sein Urteil gefällt.

»Man wird über mich lachen, wenn wir den Karpfen aussetzen.« Der Koch kämpfte bereits auf verlorenem Posten, auch wenn er es noch nicht eingestand.

Die Blondine schenkte ihm einen tiefen Blick aus ihren veilchenblauen Augen. »Man wird Eure Weisheit preisen.«

»Dann wäre es abgemacht.« Der Fischer fackelte nicht lange und packte den Karpfen in das Netz, ehe es sich der Koch wieder anders überlegen konnte.

Auch ich fand, es sei jetzt höchste Zeit zu verschwinden. Ich zupfte meinen angeblichen Gatten am Flickenärmel. »Wir wollten doch noch den Truchsess fragen, ob wir heute Abend im Palas auftreten können«, flötete ich ihm ins Ohr. Trushard brummte und streckte die langen Glieder.

»Den Truchsess findet Ihr in den Gemächern der Kaiserin«, rief uns der Koch hinterher. Nachdem wir uns artig für die Bewirtung bedankt hatten, stiefelten wir los.

Auf dem Hof konnte ich nicht mehr an mich halten und lachte los, bis mir die Tränen über die Wangen liefen. »Wie bist du denn bloß auf die Idee gekommen, den Fisch sprechen zu lassen?« Ich blieb einfach bei dem vertrauten Du, das wir eben auch als angebliches Ehepaar benutzt hatten.

»Warum sollte Gott seinen Willen nicht durch einen Karpfen kundtun?«, entgegnete Trushard versonnen. »Er hat ihn mit derselben Sorgfalt erschaffen wie dich und mich. Und war nicht der Fisch das Erkennungszeichen der ersten Christen?«

Ich rieb mir das Wasser aus den Augenwinkeln. »Und wie hast du es geschafft zu sprechen, ohne die Lippen zu bewegen?«

»Gottes Wunder sind unerklärlich.« Trushard lächelte still in sich hinein.

◆

In der Burgküche hatten wir genug erfahren. Ein Auftritt im Palas wäre viel zu gefährlich gewesen, da mich mit Sicherheit jemand erkannt hätte. Der Kaiser besaß Adleraugen, die gewiss durch jede noch so dicke Schicht Schminke dringen würden. Aber bei meinem Gesang in der Burgküche hatte ich Feuer gefangen. Mein ganzes Leben lang könnte ich nichts anderes mehr machen als singen und tanzen, dachte ich sehnsuchtsvoll. Mit aller Macht zog es mich zu den unterhaltenden Künsten hin. Immerhin wusste ich jetzt, woher das kam. Echtes Spielmannsblut floss in meinen Adern.

Mit Bedauern verabschiedete ich mich von Trushard und suchte – nachdem ich mich wieder in die wahre Rotrud verwandelt hatte – den Bader auf. Ich musste noch der Sache mit der Schwertliliensalbe nachgehen, die ich bei Wibalds Leiche gefunden hatte. Aber beim Bader hatte niemand nach einer Salbe gegen juckenden Ausschlag verlangt. Ich hatte eigentlich nichts anderes erwartet, denn der Mörder wusste, dass ich sein Salbentöpfchen besaß und ihm unweigerlich auf die Schliche kommen würde, wenn er sich Ersatz besorgte. Dem Bader war auch niemand bekannt, der die Krätze hatte. Das erstaunte mich genauso wenig. Jeder, der an dieser Krankheit litt, behielt es für sich, denn alles, was auch nur entfernt an Aussatz erinnerte, wurde mit Schrecken betrachtet. Wer einen verdächtigen Ausschlag hatte, wurde in Siechenhäusern isoliert. Aber wie sollte ich jetzt herausbekommen, welcher von den Verdächtigen die Krätze hatte? In meiner Gegenwart würde sich der Mörder gewiss zusammenreißen und den Juckreiz unterdrücken.

Etwas entmutigt sprach ich noch beim Pfarrer vor, um die Einzelheiten wegen Elsbeths Beerdigung mit ihm zu klären, dann lief ich zu Jost und Siegfried, die in Giselberts Burgmannenhäuschen auf dem Rittersberg Unterschlupf gefunden hatten. Die Brüder wohnten während Barbarossas Aufenthalt nicht in ihrem eigenen Heim, das sich innerhalb der Pfalz befand, denn der Kaiser hatte es für sein Gefolge beschlagnahmt.

Die Geschwister saßen bei einem verspäteten Frühstück beisammen. Vorsichtig glitt ich über die müffelnden Binsen, sehr darauf bedacht, nicht versehentlich auf einen abgenagten Knochen zu treten. Ich musste eine Schüssel mit verschimmeltem Haferbrei zur Seite rücken, um mir auf der Holzbank einen Sitzplatz frei zu machen. Sie müssen auch alles verdrecken, wo immer sie sich befinden, dachte ich entsetzt und spürte tiefes Mitleid mit dem großzügigen Giselbert.

Josts borstiger Igelkopf sah heute wüster aus denn je. Auf Siegfrieds Obergewand prangte ein Schatten, der in einem früheren Leben wahrscheinlich eine Bratensoße gewesen war. Es wurde dringend erforderlich, dass sich eine Frau um die rauen Gesellen kümmerte. Aber welche vernünftige Dame wollte schon in diese Familie einheiraten?

»Wieso bekomme eigentlich immer ich die beschissensten Aufgaben?«, knurrte Siegfried verärgert und knallte den Lederhumpen so hart auf den Tisch, dass das Bier herausspritzte und sich auf seinem Rock verteilte. »Unglaublich, was man erlebt, wenn man die fälligen Abgaben eintreibt! Jeder drückt sich, wo er kann, und ich kriege die ganze Wut ab. Was kann ich denn dafür, dass jeder Haushalt dem Kaiser Fleisch und Getreide schuldet, wenn er hier ist?«

Siegfried steigerte sich immer mehr in seinen Ärger hinein. »Die fette Uta zum Beispiel. Sie beteuerte doch glatt, sie sei nur eine arme Witwe und habe kein Huhn. Lauthals hat sie gejault, sie könne sich kaum selber ernähren, geschweige denn einen reichen Kaiser. Aber Vertrauen ist gut, Überprüfung ist besser, sage ich immer. Ich bin also in den Keller gestapft. Na, ratet mal, was ich da gefunden habe. Zwei ganze Käfige voller Hühner!«

»Das muss sie morgen Früh am Pranger büßen«, lachte Jost und rieb sich die Hände. »Im Gegensatz zu Siegfried hatte ich heute mehr Glück. Die hübsche Margarete hat mir ein Stelldichein versprochen, wenn sie dafür keinen Hafer herausrücken muss.« Mit einem Seitenblick auf mich fügte er rasch hinzu: »Aber ich werde mich natürlich nicht darauf einlassen.«

Ich seufzte schwer. »Eure Sorgen hätte ich gerne. Weiß jemand etwas Neues über die Suche nach dem Mörder?«

»Dein Vater ist immer noch nicht gefunden worden«, antwortete Siegfried. »Und wenn es nach uns geht, soll er bis zur Aufklärung des Falles in seinem sicheren Versteck bleiben, wo immer das auch sein mag.«

Jost nickte zur Bekräftigung. »Ich habe meine Männer heute Morgen wieder auf die Suche schicken müssen. Sie werden von einigen Mitgliedern der Leibwache begleitet«, erzählte er bedrückt. »Was soll ich machen? Als Ministerialer muss ich den Anordnungen des Kaisers Folge leisten.«

Siegfried verzog das Gesicht und klagte: »Wie heißt es doch immer so schön? Dienstmannen wie wir sollen für die Gerechtigkeit kämpfen und Witwen und Waisen schützen. Und dann verlangt der Kaiser, dem wir Treue gelobt haben, einen Unschuldigen an den Galgen zu bringen!«

Traurig starrte ich auf die Tischplatte, die mit Krümeln und eingetrockneten Soßenresten übersät war. »Vorgestern noch hat Barbarossa meinem Bruder das Leben gerettet«, sagte ich nachdenklich. »Und jetzt trachtet er Vater nach dem Leben. Wie passt das zusammen?«

»Kinderliebe macht sich immer gut – und die Bestrafung skrupelloser Verbrecher auch. Friedrich weiß, wie man sich den Ruf erwirbt, ein guter König zu sein.« Jost fing meinen verwunderten Blick auf. »Ja, hast du denn allen Ernstes geglaubt, dass er sich aus reiner Nächstenliebe um deinen Bruder gekümmert hat? Friedrich ist der beste Gaukler des ganzen Reiches! Einzig echt an ihm sind sein Zorn, wenn man seine Ehre verletzt, und sein scharfer Verstand, der blitzschnell den eigenen Vorteil ergreift.«

Ich musste zugeben, Jost hatte ein realistischeres Weltbild als ich. Aber von Tag zu Tag lernte ich mächtig dazu.

Siegfried lächelte mich an. »Ich habe interessante Neuigkeiten erfahren, die dir bestimmt weiterhelfen. Gestern Abend habe ich bei ein paar Humpen Bier mit einigen von Barbarossas Bediensteten zusammengesessen und unauffällig Erkundigungen eingeholt.«

»Hast du Näheres darüber herausgefunden, was unsere Verdächtigen zur Tatzeit gemacht haben?«, erkundigte ich mich aufgeregt. Aus der rechten Zimmerecke hörte ich ein Quieken, das verdächtig nach Ratte klang.

»Eine Magd hat mir erzählt, dass Mechthild nach der Sext in der Küche war, um sich einen Kräutertrank abzuholen, weil sie sich so elend fühlte. Danach wollte sie wegen ihrer heftigen Kopfschmerzen an die frische Luft gehen und hat den Burgbereich verlassen, Richtung Norden, wie mir der Torwächter bestätigte, und damit den Weg entlang, den man von der Pfalz aus nehmen muss, um zum Tiergarten zu gelangen.«

Siegfried stärkte sich mit einem Schluck Bier für den weiteren Bericht. »Gisla hatte die Kaiserin auf der Jagd begleitet, bis Beatrix sie um die Mittagszeit zur Pfalz zurückschickte. Die Kaiserin wollte nach dem Essen einige Briefe diktieren, und Gisla sollte ihrer Kanzlei Bescheid sagen.«

»Es wäre ein Leichtes gewesen, auf dem Rückweg vom Wald einen Abstecher in den Tiergarten zu unternehmen«, folgerte ich.

Siegfried nickte. »Genau. Und unser lieber Rainald verließ die Pfalz am späten Vormittag, um zum Kloster Otterberg zu reiten. Er sollte mit dem Abt eine kaiserliche Schenkung besprechen und ihm ausrichten, dass Barbarossa ihn persönlich zu sehen wünscht. Auch er hätte einen kleinen Umweg zum Tiergarten einschlagen können.«

»Was ist mit Ottino?«, hakte ich nach.

Siegfried zuckte bedauernd die Achseln. »Den hat leider niemand gesehen.«

»Du hast ganze Arbeit geleistet. Ich bin dir zutiefst dankbar für deine Bemühungen.« Etwas verlegen über mein Lob wühlte Siegfried in seiner Mähne herum. »Schon gut«, grummelte er. »Freunde müssen doch zusammenhalten.«

Ich überlegte, unter welchem Vorwand ich mit Jost ohne seinen Bruder sprechen konnte. »Ich will in der Martinskirche für Vaters Rettung beten. Kommt einer von euch mit?«

»Ich muss weiter Hühner eintreiben«, knurrte Siegfried.

»Aber ich begleite dich.« Jost sprang sofort hoch. Er schien froh zu sein, seinem missgestimmten Bruder zu entkommen. Mit erleichtertem Gesichtsausdruck nahm er den zerknüllten Umhang vom Hocker und hielt mir die Tür auf.

Begierig sog ich die frische Luft ein, die mir nach dem Schimmelgestank in dem Häuschen wie ein göttliches Geschenk erschien. Die Sonne funkelte vom lichtblauen Himmel herab. Ich schöpfte neuen Mut. Vater ging es gut, wir hatten treue Freunde, die zu uns hielten, die Nachforschungen kamen voran, und mein erfolgreicher Auftritt als Spielweib hatte mich ein wenig von den Sorgen abgelenkt. Sicherlich würde auch Jost mich nicht im Stich lassen.

Die Martinskirche war nur einen Katzensprung vom Rittersberg entfernt. Als wir die Brücke erreichten, die über die Lauter hinweg zum Marktflecken führte, blieb ich stehen und sah Jost fest in die Augen. »Ich brauche deine Hilfe.«

»Das kann ich mir denken«, stellte er sachlich fest. »Du steckst ganz schön tief im Misthaufen drin.« Er musterte mich schmallippig. »Du warst schon immer sehr eigensinnig. Frauen sollten nicht denken, dafür ist ihr Gehirn viel zu klein.

Jetzt siehst du, was dabei herauskommt, wenn du ohne den Rat deines Vaters handelst.«

Ich fühlte, wie mir das Blut in den Kopf schoss. Lieber würde ich es mit tausend Mördern alleine aufnehmen, als Jost nach dieser abfälligen Bemerkung um einen Gefallen zu bitten. Gerade setzte ich zu einer passenden Entgegnung an, als Wilhelms Stimme mich hochschrecken ließ. »Mach schon voran, du lahmer Sack!«

Ich drehte den Kopf – und schrie gellend auf. Der aufgeblasene Kerl, den Barbarossa mit den Ermittlungen betraut hatte, thronte stolz auf seinem Ross und schleifte Vater mit gebundenen Händen hinter dem Pferd her über die Brücke. Rechts und links von ihm hielten sich jeweils zwei mit Pfeil und Bogen bewaffnete Männer. Der Trupp kam vom Marktplatz, wo um diese Tageszeit großes Gedränge herrschte. Anstatt den üblichen Weg zu nehmen, der an der Siedlung vorbei zur Kaiserpfalz führte, hatte Wilhelm seinen Gefangenen absichtlich durch die Menschenmenge geschleppt, um allen zu zeigen, wie erfolgreich er gewesen war. Welche Demütigung für Vater!

Wie hatten die kaiserlichen Häscher Vater finden können? Sie kannten sich in unserer Gegend doch gar nicht aus! Irgendjemand musste ihnen einen Hinweis gegeben haben. Es gab nur eine Möglichkeit.

»Du hast ihn verraten«, fuhr ich Jost an. »Du warst dabei, als wir damals den Ungeheuerfelsen entdeckten. Du willst dich wohl beim Kaiser beliebt machen, du falsches Miststück. Oder willst du auch noch unsere Burg als Dienstlehen haben?«

»Rotrud!« Jost lief hinter mir her und beteuerte: »Ich habe natürlich geahnt, wo er ist, aber ich habe sein Versteck nicht verraten. Glaub mir doch!«

◆

Josts Flehen klang mir noch in den Ohren, als ich hinter Vater in den Bergfried lief. Es war der schwerste Gang meines Lebens.

Der Kerker befand sich genau wie in unserer Burg im Keller des Bergfrieds. Vater wurde unsanft die Leiter zum Eingang des Turmes hinaufgezerrt und durch die niedrige Tür gestoßen. Er blickte starr geradeaus, als sammelte er seine ganze Kraft, um den letzten Rest an Würde zu bewahren. Ich schluckte schwer, als ich die kleine Luke entdeckte, durch die der Gefangene in das Loch herabgelassen wurde. War es wirklich erst gestern gewesen, als ich mir einen kleinen Spaß daraus gemacht hatte, einen Mann des Kaisers in unser Verlies zu schicken? Und jetzt war es Vater, der an dem dicken Hanfseil in die Tiefe befördert wurde, gefolgt von einem grimmig dreinblickenden Wächter.

Ich wollte Vater noch ein wenig Trost zusprechen und wandte mich daher an Wilhelm. »Darf ich zu meinem Vater?«

Zum Zeichen der Zustimmung wedelte er mit seiner kräftigen Pranke. »Seht Euch ruhig in Eurem künftigen Zuhause um. Schätze, Ihr werdet Eurem Vater bald folgen. Ich habe gehört, dass es einen weiteren Todesfall gegeben hat. Ausgerechnet auf Eurer Burg! Ist doch merkwürdig, findet Ihr nicht? Hat Euch Eure Magd etwa erpresst, oder weshalb wolltet Ihr sie loswerden?«

»Wer nichts Schlimmes getan hat, kann auch nicht erpresst werden«, entgegnete ich und schob mich an ihm vorbei zur Luke.

Aus der Öffnung im Boden drang ein widerlicher Gestank nach Fäulnis und Kot herauf. Das raue Seil riss meine Handinnenflächen auf, als ich hinunterglitt. Es wurde immer kälter, je mehr ich mich dem Grund näherte. Als ich unten ankam, brauchten meine Augen eine Weile, bis sie sich an die Finsternis gewöhnt hatten. Der Raum hatte keine Fenster, lediglich durch die Luke erhellte ein kleiner Lichtstrahl das trostlose Gemäuer. Was ich dann sah, ließ mich erstarren.

Wie ein gefährliches Raubtier, das an die Leine gelegt werden musste, hatte der Wächter Vater mit den Füßen an die Wand gekettet. Was für eine überflüssige Demütigung, dachte ich aufgebracht. Wie sollte er wohl jemals aus diesem Höllenschlund fliehen, selbst wenn er nicht gefesselt wäre? An den glitschigen Wänden konnte niemand hochklettern.

Grob packte der Wächter Vaters kräftige Handgelenke und steckte sie in Eisenschellen. Vater presste fest die Lippen zusammen, als auch noch sein Hals in ein dickes Eisen geschlossen wurde. Niemals würde er sich eine Blöße geben und Schmerz zeigen.

Jeder Hund wurde auf unserer Burg besser gehalten als ein Gefangener in diesem Kerker. Das Verlies war wie eine Grabkammer, in der man bei lebendigem Leibe verfaulte. Von den klammen Wänden tropfte Wasser und bildete kleine Pfützen, auf denen das stinkende Stroh schwamm. Eine Ratte huschte vorbei und streifte den Saum meines Kleides. Vor Kälte und Angst zitterte ich am ganzen Körper. Unwillkürlich wickelte ich mich enger in meinen Wollumhang.

Die Eisenkette klirrte, als Vater die Hand hob, um meine Wange zu streicheln. Ich spürte ihr schweres Gewicht auf der Schulter. In wenigen Stunden würde die Fessel seine Handgelenke wund gescheuert haben. Quer über Vaters Stirn zog sich eine dicke Schramme. Bei der Festnahme hatte er sich wohl heftig zur Wehr gesetzt. Mit meinem Ärmel wischte ich notdürftig das Blut ab.

»Sie können uns alles nehmen, Rotrud, aber nicht unsere Würde«, flüsterte er mir zu. »Vergiss das nie! Ich bin unschuldig, und mein Blut wird über diejenigen kommen, die mich aller Gerechtigkeit zum Trotz an den Galgen bringen.«

An seinen Worten erkannte ich, dass er bereits alle Hoffnung aufgegeben hatte und sich innerlich auf das Sterben vorbereitete. Bei dem Gedanken daran, Vater hängen zu sehen, durchflutete Panik meinen Körper. Ich war nur eine schwache Frau ohne große Lebenserfahrung, wie sollte ich ganz alleine einen gefährlichen Verbrecher zur Strecke bringen? Bisher hatte ich geglaubt, ich könnte mich auf Jost und seinen Bruder verlassen, aber Vaters Gefangennahme zeigte mir, dass man niemandem trauen konnte, selbst alten Freunden nicht. Josts Verrat hatte mich zutiefst verstört. Würde er mich jetzt auch bald ausliefern?

Aber ich durfte mir meine Angst nicht anmerken lassen, sondern musste versuchen, Vater Mut zuzusprechen. »Heute Morgen bin ich mit den Nachforschungen ein ganzes Stück weitergekommen. Vertrau mir, ich hole dich hier raus.«

»Was ist? Kommt Ihr jetzt endlich wieder hoch oder wollt Ihr gleich unten bleiben?« Der Wächter blickte zu uns herunter und zerrte ungeduldig am Seil.

»Buchen musst du suchen«, raunte Vater mir hastig zu.

Ich verstand nicht recht. »Was meinst du denn damit?« Aber statt einer Antwort sah er mich nur beschwörend an und legte den Finger auf die Lippen. Hatte er jetzt endgültig den Verstand verloren?

»Los, rauf mit Euch!«

Ich musste mich beeilen. Unsicher stolperte ich zum Seil und warf Vater einen letzten Blick zu. Obwohl er wie ein Stück Vieh behandelt wurde, ging von ihm die grimmige Entschlossenheit aus, seinen Gegnern gegenüber keine Schwäche zu zeigen.

»Euch habe ich auch bald«, rief mir Wilhelm höhnisch hinterher, als ich zur Tür ging. »Dann seid Ihr für immer zusammen mit Eurem Vater – in der Hölle, wo Ihr hingehört!«

◆

Wie ich den Weg zurück zum Beilstein fand – keine Ahnung. Meine brave Stute nahm wohl einfach die Strecke, die sie am besten kannte, zurück zu ihrem verlockenden Futtertrog im Stall.

Zum Glück hatte ich noch nie eine Hinrichtung mit ansehen müssen, aber ich hatte gehört, dass der Todeskampf oft unerträglich lange dauerte, wenn das Genick beim Sturz nicht sofort brach. Dann zappelte der Verurteilte wie ein Fisch am Angelhaken, bis sich der Henker endlich an den Strick hängte, um das Ende zu beschleunigen. Mein Gott, stand Vater und mir dieses Schicksal womöglich auch bevor? Ich fiel in meine Angst wie in einen tiefen Höllenschlund. Um mich herum verschwamm alles in einem dichten Tränenschleier. Jetzt, wo ich mich nicht mehr zusammennehmen musste, ließ ich den Gefühlen freien Lauf und weinte hemmungslos. Der Ärmel, mit dem ich mir die Augen abwischte, war so nass, als wäre er frisch gewaschen.

Als ich die Burg erreichte, hatte ich mich wieder halbwegs gefasst. Zum ersten Mal in meinem Leben war ich froh über die Arbeit, die mich erwartete. Wenn ich jetzt alleine in meiner Kammer säße, würde ich unweigerlich verrückt werden.

Wie immer ging ich zuerst in die Küche, um nach dem Rechten zu sehen. Ein Becher heißer Würzwein würde mir gut tun. Und anschließend wollte ich ein Bad nehmen, um den Gestank des Kerkers abzuwaschen. Ich hatte das Gefühl, aus allen Poren nach Exkrementen und Muff zu riechen. Aber aus meinen Wünschen wurde nichts.

»Da seid Ihr ja endlich«, begrüßte mich Gertrud. »Mechthild hat gefährlich hohes Fieber. Ihr sollt sofort zu Arnold in die Kemenate kommen.« Nach einem Blick in meine verweinten Augen fragte sie fürsorglich: »Doch nicht schon wieder eine schlechte Nachricht?«

»Sie haben Vater gefasst, Jost hat sein Versteck verraten«, antwortete ich matt.

»Ach Gott, Ihr Leut!« Gertruds sturmgraue Augen weiteten sich vor Schreck. »Das hätte ich nie von Jost gedacht.«

Ohne weiteren Kommentar raffte ich müde mein Gewand und stieg die Treppe empor. Als ich vor dem Saal ankam, wurde ein Stockwerk höher der Klopfring gegen die Tür zur Kemenate gedonnert. Erschrocken fuhr ich zusammen.

»Lasst mich rein!« Die klirrende Stimme erkannte ich auf Anhieb wieder. Was wollte Abt Ottino denn bei Mechthild?

Als ich schon fast das Stockwerk erreicht hatte, auf dem die Kemenate lag, hörte ich, wie jemand zur Tür schlurfte. »Wer ist denn da?« Das war unverkennbar Arnolds Stimme, auch wenn sie nur gedämpft durch das Holz drang. Warum war der fromme Einsiedler so misstrauisch? Diese Vorsicht war ich von ihm gar nicht gewohnt. Arnolds winzige Hütte, in der er mitten im Wald lebte, war nie abgeschlossen. Jeder, der seine Hilfe brauchte, durfte Tag und Nacht mit seinen Kümmernissen zu ihm kommen.

Der Abt reckte die Brust nach vorne. »Die Kranke braucht die letzte Ölung, und jemand muss ihr die Beichte abnehmen, damit sie in gerechtfertigtem Zustand stirbt.« Stand es schon so schlimm um Mechthild? Wie viele Hiobsbotschaften musste ich denn heute noch verkraften? Zögernd nahm ich die letzten Stufen und schlich auf den Abt zu.

Plötzlich hörten wir aus der Kemenate ein Aufstöhnen und eine raue Stimme. »*Conso ... lamentum* ... schnell ...« Mechthild hatte klar und deutlich gesprochen.

Ottino nahm mich gar nicht zur Kenntnis, als ich mich neben ihn stellte. Sein Gesicht war finster wie ein Gewitterhimmel. »Lasst mich sofort ein!« Mit beiden Händen pochte er ungeduldig an die Tür. »Ich verlange es, hört Ihr!«

»Es geht nicht«, erwiderte Arnold mit fester Stimme. »Die Kranke fiebert stark und braucht Ruhe.«

Von der anderen Seite des Türschlosses drang ein leises Klirren zu uns. Ehe Arnold abschließen konnte, stieß Ottino ruckartig die Tür auf und rauschte hinein. Ich folgte ihm. »Von wegen Ruhe«, schnappte er. »Eine Ketzerin ist sie, deshalb wiegelt Ihr so ab. Und Ihr habt Euch bereits mit diesem gefährlichen Irrglauben angesteckt.«

Um mich herum drehte sich alles. Es war zu viel: zwei Morde, Vater im Kerker, ein zwielichtiger Spielmann und jetzt auch noch eine Ketzerin. Unwillkürlich wich ich ein Stück zurück und warf einen misstrauischen Blick zum Bett. Ich hatte mir Ketzer immer als fanatische Menschen vorgestellt, aber bestimmt nicht als sanfte Hofdamen. Mechthild war so freundlich zu uns gewesen, als wir sie auf der Burg willkommen geheißen hatten.

Unbeeindruckt von Ottinos Geschnaube setzte sich Arnold zu der Kranken und zupfte ihre Pelzdecken zurecht. Mit weit aufgerissenen Augen starrte Mechthild zur Zimmerdecke. »*Consolamentum!*«, stieß sie krächzend hervor.

Der Abt triumphierte. »Da habt Ihr es! Mit ihren eigenen Worten verrät sie sich.«

Verständnislos sah ich von einem zum anderen. Mechthilds wirre Wortfetzen ergaben für mich keinen Sinn.

Geduldig bettete Arnold ihren Kopf in seine Hand und flößte ihr etwas Fencheltee ein. Langsam beruhigte sie sich.

»Sie ist nicht bei Verstand und weiß nicht, was sie redet«, wiegelte Arnold ab. »Ihr könnt doch eine Kranke nicht aufgrund des Gestammels verdächtigen, das sie im Fieberwahn von sich gibt.«

Ottinos Eisaugen glitzerten. »Beim Festessen hat sie kein Fleisch zu sich genommen. Unauffällig habe ich ein paar Erkundigungen eingezogen. Sie drückt sich auch um die heilige Hostie herum, wo sie nur kann, und spricht das Vaterunser nicht mit.« Verdammter Schnüffler, er steckte seine spitze Nase auch wirklich überall hinein!

Der Abt warf den Kopf zurück und reckte das Kinn nach vorne. »Ich gehe jetzt zu dem kaiserlichen Soldaten, der hier Dienst tut.«

Arnold sprang auf. »Mechthild ist schwer krank. Sie gehört ins Bett«, protestierte er.

Ottino war schon an der Tür. »Solange sie nicht bei Bewusstsein ist, wird sie kaum fortlaufen. Der Soldat soll vor dem Zimmer Wache halten. Sobald Mechthild genesen ist, lasse ich sie festnehmen. Morgen Abend bin ich beim Kaiser zum Essen eingeladen. Dann werde ich ihm und Bischof Hartmann von Brixen Bericht erstatten. Schließlich muss die gefährliche Ketzerei mit Stumpf und Stiel ausgerottet werden!«

Nachdem der Abt hoheitsvoll aus dem Zimmer geschritten war, ließ ich mich auf den Hocker sinken, der am Fenster stand. Ketzerei wurde mit dem Scheiterhaufen bestraft. Ich versuchte, meine wirren Gedanken zu ordnen. »Wenn sie ihrem Irrglauben abschwört, wird ihr kein Härchen gekrümmt«, stellte ich fest.

»Niemals würde sie ihre Überzeugung aufgeben«, sagte Arnold leise. Der Einsiedler war aschfahl im Gesicht.

Erstaunt sah ich Arnold an. »Woher weißt du, dass sie so fest an ihrem Glauben hängt?«

Verlegen kraulte Arnold seinen verfilzten Wallebart, der von einer staubgrauen Farbe war. Ich hoffte inständig, dass heilige Männer keine Läuse mit sich herumschleppten. »Rotrud, ich will ganz offen zu dir sein und dir meine Geschichte erzählen. Es ist eigentlich längst überfällig.«

Ich hatte mich schon immer gefragt, was Arnold erlebt hatte, bevor er zu uns nach Lautern gekommen war. Gespannt sah ich ihn an und versuchte, das Ekelgefühl zu unterdrücken, das mich in seiner Gegenwart immer befiel. Der schwarze Rand unter den viel zu langen Fingernägeln, die nackten, dreckigen Füße mit der dicken Hornhaut, die zerlumpte Kutte, die einen durchdringenden Schimmelgeruch verströmte – am liebsten hätte ich ihn wie Trushard in den Zuber gezerrt, aber mit einem heiligen Mann konnte man leider nicht so umspringen wie mit einem Gaukler. Ich verstand nicht so recht, warum es ein gottgefälliges Werk sein sollte, die Mitmenschen mit seinem Anblick zu quälen und ihnen die Nase voll zu stinken. Aber ich war nur eine Frau mit beschränktem Verstand, der nicht ausreichte, um den Willen unseres Herrn zu erkennen.

Arnold schluckte und begann mit unsicherer Stimme: »Wie dein Vater bin auch ich ein Ministeriale. Ich habe Barbarossa gedient, als er noch nicht König, sondern nur Herzog von Schwaben war.«

Er presste die knochigen Hände zusammen. »Kurz vor Friedrichs Wahl zum König geschah das Unglück. Ein anderer Dienstmann unterschlug Gelder und schob mir die Schuld in die Schuhe, als der Schwindel aufflog. Barbarossa glaubte meinen Beteuerungen nicht. Für mein vermeintliches Vergehen ließ er mich hart strafen.«

Arnold drehte mir die linke Schulter zu und zog den Ausschnitt der Kutte ein Stück hinunter. Entsetzt schlug ich die Hand vor den Mund. Auf dem Schulterblatt zeichnete sich deutlich die Form eines Rades ab – Arnold war gebrandmarkt worden!

Er verhüllte die Narbe und setzte seinen Bericht fort: »Friedrich entzog mir außerdem mein Amt und sämtlichen Besitz. Wie einen Schwerverbrecher jagte er mich davon. Schutzlos irrte ich umher und ernährte mich von gestohlenem Essen.«

»Du kannst noch von Glück reden, dass er dir nicht die rechte Hand abgehackt hat, wie es sonst bei Dieben üblich ist«, warf ich ein.

Arnold nickte. »Als ich hörte, dass Friedrich zum König gekrönt werden sollte, befand ich mich gerade im Rheinland. Jemand erzählte mir, dass König Konrad bei seiner Krönung einem Adligen, den er für eine schwere Beleidigung mit dem Entzug seiner Huld bestraft hatte, vergeben und in Gnade wiederaufgenommen hatte. Ich schöpfte Hoffnung, als ich das hörte. Eilends brach ich nach Aachen auf, wo die Zeremonie stattfinden sollte. Als Barbarossa nach der Salbung die Krone aufgesetzt wurde, warf ich mich ihm mitten in der Kirche zu Füßen. Ich hoffte, ihn an seinem Glückstag dazu bewegen zu können, mich wieder in seinen Dienst zu nehmen.«

Ich kannte den Kaiser mittlerweile gut genug, um seine Reaktion ahnen zu können. »Er hat dir die Begnadigung verweigert, stimmt's?«

Arnold krampfte die Hände in die Kutte. »Friedrich beharrte auf seiner früheren Strenge und erklärte, er habe mich nicht aus Hass, sondern aus Gerechtigkeitssinn von seiner Gunst ausgeschlossen. Selbst die Fürsprache der Fürsten konnte nichts an seiner Haltung ändern. Fest wie ein Fels ist er, wenn es um die Anwendung der Gesetze geht.«

Da konnte ich Arnold nur beipflichten. »Das Wort Milde kennt er nicht. Und was hast du dann gemacht?«

Ganz in seine Erinnerungen versunken, starrte der Einsiedler aus dem Fenster. Von draußen drang der Trommelwirbel eines Spechtes zu uns herein und mischte sich in den Schmettergesang eines Zaunkönigs und das helle Trillern eines Gelbspötters. »Ich schlich mich still davon, wie ein geprügelter Hund. In Köln nahmen mich mitleidige Menschen auf und gaben mir Arbeit als einfacher Knecht. Bald merkte ich, dass sie dem Glauben der Katharer anhingen. Im Rheinland sind sie schon so stark, dass sie über eine eigene Kirche verfügen.«

Arnold wandte seine Aufmerksamkeit wieder Mechthild zu und zog die Pelzdecken ein Stück höher. »Zunächst war ich fasziniert von der Stärke ihres Glaubens und ihrer vorbildlichen Lebensweise. Katharer – das bedeutet ›die Reinen‹. Aber sie selbst bezeichnen sich ganz schlicht als ›gute Christen‹. Sie nehmen das Evangelium ernst und wollen arm wie die Apostel Jesus nachfolgen. Unser prunkliebender Klerus könnte sich ruhig ein Beispiel an ihnen nehmen. Ich besuchte auch einige ihrer Zusammenkünfte. Dabei lernte ich Mechthild kennen. Sie hält mich für einen Katharer und hat wohl deshalb nach mir verlangt.«

»Aber du bist doch kein Irrgläubiger, oder?«, fragte ich hoffnungsvoll. Eine Ketzerin reichte mir vollauf.

Arnold schüttelte energisch den Kopf. »O nein. Die Katharer unterscheiden zwischen einer bösen materiellen Welt und einer guten unsichtbaren Welt. Folglich glauben sie, dass wir hier auf Erden in der Hölle leben und dass sich der Geist vom Fleisch befreien muss. Die Ehe ist für sie eine unflätige Angelegenheit, weil sie durch die Erzeugung von Nachkommen angeblich Satans Herrschaft fortführt. Und die Vollkommenen, die sich selbst *›perfecti‹* nennen, verzichten sogar auf das Essen von Fleisch, Milch und Käse.«

Seit heute konnte ich durchaus verstehen, dass Menschen diese Welt ablehnten. Ich hatte mit eigenen Augen die Hölle erblickt. Aber Ängste und Schmerzen waren doch nicht alles, was das Leben für uns bereithielt. »Lehnen die Katharer auch etwas so unbestreitbar Gutes ab wie zum Beispiel das Getreide, das uns ernährt, oder die Blumen, an denen wir uns erfreuen?«, wollte ich von Arnold wissen.

»Alles, was wir sehen, hören, riechen, spüren und schmecken können, ist ihrer Meinung nach das Werk Satans. Das ist der schlimmste Irrglaube, den ich mir vorstellen kann, denn Gott hat den Menschen diese Welt geschenkt. Schau dir doch einmal die Pracht des nächtlichen Sternenhimmels an oder das üppige Grün der Natur! Wie kann diese Schönheit schlecht sein?«

»Und warum hast du dich ausgerechnet in unserer Gegend niedergelassen?«, forschte ich weiter.

Arnold tupfte Mechthild mit einem Leinentuch das schweißnasse Gesicht ab. »Eine innere Stimme befahl mir, meinen ketzerischen Herrn zu verlassen und Gott mitten in seiner Schöpfung als Einsiedler zu dienen. So fand ich hierher.«

Seit gestern traute ich niemandem mehr, auch einem heiligen Mann nicht. Hatte der Kaiser vielleicht Recht gehabt, und Arnold war wirklich ein Verbrecher? Täuschte der Einsiedler seine Frömmigkeit am Ende nur vor und versteckte sich im Wald, um seinen Häschern zu entgehen? Mir fiel ein, dass auch Wibald aus dem Schwäbischen stammte. Kannten sich die beiden von früher?

Ein gewichtiger Grund sprach dagegen, dass Arnold Wibalds Mörder war: In der Nacht, als Elsbeth ermordet wurde und mir der Mörder im Burghof aufgelauert hatte, war er gar nicht auf unserer Burg gewesen. Oder hatte er mit Mechthild gemeinsame Sache gemacht? Doch wie? Mechthild wäre in ihrem Zustand gar nicht fähig gewesen, so lange im Turm auszuharren, um auf ihr Opfer zu warten und dann noch kraftvoll zuzuschlagen. Ganz zu schweigen davon, mir auf dem Burghof aufzulauern und treffsichere Pfeile abzuschießen. Und welchen Grund sollte sie gehabt haben, zur Mörderin zu werden? Hatte Wibald herausgefunden, dass Mechthild eine Ketzerin war, und sie mit seinem Wissen erpresst?

»Wodurch hat sich Mechthild eigentlich verraten?«, erkundigte ich mich.

»Sie hat nach dem *consolamentum* verlangt, einer Geisttaufe, mit der sich ein Sterbender vom Schmutz dieser Welt reinigt«, erklärte Arnold geduldig. »Die Katharer glauben, dass nur die vom Leiblichen befreite Seele für den Übergang in das himmlische Reich des Lichtes gerüstet ist.«

Arnold wandte seine Aufmerksamkeit wieder der Kranken zu und befühlte ihre Stirn. »Das Fieber fällt nicht«, murmelte er besorgt. »Ihre Lunge ist schwer entzündet. Ich habe ihr

Hirschzungen-Elixier eingeflößt, aber bisher hat es nicht geholfen. Wer weiß, vielleicht bleibt ihr der Scheiterhaufen erspart.«

◆

Benommen tappte ich ins Freie und blinzelte müde in die Sonne. In dem Winkel zwischen Bergfried und Palas entdeckte ich Trushard, der Jonglieren übte. Fast trotzig schleuderte er die kleinen bunten Bälle in den Himmel, schnell und immer schneller, bis sich die einzelnen Farben zu einem schillernden Regenbogen verbanden.

Fasziniert blieb ich stehen. Der Druck in meinem Nacken ließ etwas nach, und ich entspannte mich ein wenig. Mit seinen fliegenden Händen vertrieb Trushard den Tod, der mir heute dreimal begegnet war: im kleinen Turm, im Kerker und in der Kemenate.

Bunte Bälle, das Rebec, scharfe Messer und seine weiche Stimme – das waren die Waffen, mit denen der Spielmann den Menschen das Leid wenigstens für einen Augenblick wegzauberte. Beim Anblick der wirbelnden Ballspirale spürte ich auf einmal, wie ausgehungert ich nach Freude war – seit Hildegundes Schändung hatte ich keinen wirklich unbeschwerten Augenblick mehr erlebt. In mir barg ich so viele verkümmerte Gefühle und unterdrückte Energie. Wie gerne würde ich alles hinter mir lassen und in den Himmel tanzen!

»Fang!« Trushard warf mir plötzlich einen roten Ball zu. Ich wich zurück, wäre fast über meinen Saum gestolpert und erhaschte den Ball im letzten Augenblick.

»Gibt es eigentlich irgendetwas, das du nicht kannst?«, fragte ich bewundernd, als er atemlos innehielt.

»Menschen aus dem Kerker zaubern«, entgegnete er ernst und packte die Bälle in seinen Beutel. Dann deutete er auf die Holzbank. »Setz dich doch.«

Dankbar nahm ich das Angebot an. Spielerisch ließ ich meine Hände über den roten Ball gleiten. Kühl und rau fühlte sich der Leinenstoff an, darunter ertastete ich die feinen Sandkörnchen, mit denen er gefüllt war. Trushard ließ sich neben mir nieder und streckte die Beine aus.

Würziger Lavendelduft, der sich in den dunklen Geruch des von der Sonne erwärmten Holzes mischte, wehte in meine Nase. Ich schloss kurz die Augen. Sehnsuchtsvoll dachte ich an Okzitanien, das Land, aus dem mein Großvater stammte. Dort sollte es unzählige Lavendelfelder geben, eines neben dem anderen, ein violettfarbenes Meer, über dem eine berauschende Duftwolke lag. Ich träumte mich in die Ferne – weit weg von Kerkern, Galgen und Scheiterhaufen. Nur widerwillig öffnete ich die Lider und kehrte in die Gegenwart zurück.

Auf der Bank lag das geöffnete Spielmannsbuch. Neugierig warf ich einen Blick hinein. »Was gibt uns Kraft in jeder Not? Liebe ist stärker als der Tod ...«, las ich.

»Ist das Lied von dir?«, fragte ich interessiert.

Vom wirbeligen Haaransatz bis zum Kinn überzog eine dunkle Röte Trushards Gesicht. »Ja«, antwortete er kurz angebunden, fast ein wenig ungehalten, und klappte das Buch zu.

Mir wurde klar, dass ich es trotz Vaters Warnung nicht schaffen würde, Trushard wegzuschicken. Nicht jetzt, wo alles um mich herum zusammenstürzte. Er war der einzige Mensch, der noch ein wenig Licht in meine Dunkelheit brachte. Es war schließlich nichts Anstößiges daran, wenn er mir ein paar Geschichten erzählte oder tröstende Lieder vorsang. Ganz im Gegenteil, es würde mir Kraft geben, diese schweren Tage durchzustehen. Bestimmt würde er auch für mich unauffällig ein paar Erkundigungen über unsere Verdächtigen einziehen. Und wäre es nicht undankbar von mir, wenn ich ihn fortschickte, nachdem er mir heute Morgen geholfen hatte?

»Ich bin so froh, dass du da bist. Bleib noch ein paar Tage.«

Bittend legte ich meine Hand auf seinen Arm, zog sie dann aber hastig zurück, als mir die Unschicklichkeit meiner Geste bewusst wurde. »Du hast gehört, dass Vater geschnappt wurde?«

Trushard sah nachdenklich auf die Stelle, die ich berührt hatte, und nickte.

Ich grub meine Finger ganz tief in den roten Ball hinein. »Ich glaube, er hat tatsächlich den Verstand verloren. Weißt du, was er mir im Verlies zugeflüstert hat? Buchen sollst du suchen! Ich fasse es nicht!«

Trushard schüttelte verwundert den Kopf. »Das klingt nach einem Kinderreim«, meinte er zweifelnd. »Aber es ergibt keinen Sinn.«

Ich rückte näher an ihn heran, bis uns nur noch eine Handbreit trennte. »Bald wird das nächste Opfer im Verlies zittern«, erzählte ich ihm und senkte die Stimme. Man wusste nie, wer gerade über den Hof schlich.

Der Spielmann riss die Augen auf. »Wie bitte?«, fragte er erschrocken.

Ich seufzte tief auf. »Mechthild ist eine Ketzerin. Abt Ottino wird es morgen dem Kaiser und Bischof Hartmann von Brixen melden.«

»O nein.« Trushard schüttelte sich. »Wenn sie nicht abschwört, landet sie auf dem Scheiterhaufen. Das müssen wir verhindern.« Langsam strich er sich eine Locke aus der Stirn. »Wie hat das widerliche Eisauge denn von ihrer Ketzerei Wind bekommen?«

Leise berichtete ich, was sich gerade in der Kemenate zugetragen hatte. Die Erinnerung wühlte mich immer noch auf. Der Schock saß tief.

»Mein Gott, was für ein furchtbarer Tag für dich«, stellte Trushard mitfühlend fest.

»Bald habe ich keine Kraft mehr.« Ich umklammerte mit

beiden Händen den roten Ball. »Nirgendwo ist ein Hoffnungsschimmer: Überall sehe ich den Tod, dabei bin ich noch so jung und will einfach nur leben.« Ich hatte noch nicht einmal mehr Tränen, alles war leer geweint. Ich fühlte mich wie ein schlaffer Weinschlauch, aus dem der letzte Tropfen entwichen ist.

»Du darfst jetzt nicht aufgeben«, redete Trushard mir gut zu. »Dein Vater braucht dich. Gemeinsam finden wir den Mörder.«

Ich lachte bitter auf. »Genauso gut könnten wir versuchen, mit einem Seil den Wind einzufangen. Nein, es ist hoffnungslos. In ein paar Tagen baumelt er am Strick.«

Trushard biss sich auf die Lippen. »Glaub mir, so weit wird es nicht kommen«, murmelte er und wandte den Blick ab. Nachdenklich starrte er auf den Boden und scharrte mit der Fußspitze im Staub.

Dann hob er den Kopf und sah mich bittend an. »Kannst du mir vielleicht mit Tinte aushelfen? Ich habe keine mehr und möchte noch eine Komposition aufschreiben.«

Müde stand ich auf und gab Trushard den roten Ball zurück, den ich gerne noch ein Weilchen behalten hätte. Es war ein Stück von ihm, ein Stück Lebensfreude, das man anfassen konnte.

»Danke«, rief er mir nach, als ich die Tür zum Bergfried aufdrückte.

Meine Beine waren schwer wie Blei. Kaum schaffte ich es, die Treppe hochzusteigen, die mir heute so endlos vorkam, als erstrecke sie sich bis in den Himmel hinein. Als ich schließlich in meinem Zimmer angelangt war, warf ich einen sehnsüchtigen Blick zum Bett. Schlafen wollte ich, in tiefen Schlummer versinken und alle Nöte vergessen. Stattdessen stand mir die Totenwache für Elsbeth bevor. Wieder eine halbe Nacht ohne Schlaf.

Ich musste noch für Vater warme Sachen zusammenpacken und Ludwig damit zur Kaiserpfalz schicken, fiel mir ein.

Aber als Erstes suchte ich für Trushard das Tintenfass. Wo hatte Vater es nur abgestellt? Mein Herz stockte, und ich schlug mir mit der Hand an die Stirn. Das war des Rätsels Lösung! Der Fleck auf Wibalds Rock war ein Tintenfleck!

Mittags, zu der Zeit, als der Mord passiert sein musste, hatte es angefangen zu regnen. Die – wahrscheinlich noch recht frische – Tinte an den Fingern des Täters hatte sich in der Nässe gelöst und Wibalds feuchtes Gewand verschmiert. Offensichtlich hatte sich das Opfer im Todeskampf am Hemd des Mörders Halt suchend festgekrallt, der hatte ihn von sich gestoßen – und dabei den Flecken hinterlassen. Ja, genauso musste es gewesen sein! Wie gut, dass ich außer dem Kaiser noch niemandem von dem Flecken erzählt hatte. Vielleicht konnte ich mit meinem Wissen den Mörder überraschen, der bestimmt in der Aufregung nicht an seine tintenverschmierten Hände gedacht hatte.

Plötzlich war ich hellwach. Damit engte sich der Kreis der Verdächtigen weiter ein. Soviel ich wusste, besaß der arme Arnold weder Feder noch Pergament, was sollte er auch als Einsiedler damit anfangen? Hofdamen erledigten in der Regel keine Schreibarbeiten. Höchstens, dass sie mal einen persönlichen Brief verfassten, aber das kam sicherlich eher selten vor. Viele von ihnen konnten gar nicht lesen und schreiben. Dafür war der stumme Rainald umso verdächtiger. Ich beschloss daher, meine Ermittlungen auf den ehemaligen Notar und den Abt zu konzentrieren.

Mir fiel ein, dass Vater das Tintenfass ganz nach unten in die Truhe gelegt hatte, damit es vor meinem Bruder sicher war, der es sonst gewiss zerbrochen hätte. Um es herauszuholen, klappte ich den Deckel der Truhe auf und traute meinen Augen kaum. Hemden, Kotte, Strümpfe, Bänder, Gürtel, Schleier, Schuhe – alles lag kreuz und quer durcheinander gewühlt. Aufgeregt überprüfte ich den Inhalt der Truhe und sah mich auch im Zimmer um. Nein, nichts fehlte, noch nicht einmal Mutters gute Bernsteinkette und das versilberte Schapel.

Doch halt – wo war nur mein grünes Lieblingshaarband abgeblieben? Noch einmal durchsuchte ich die Truhe, aber ich wurde nicht fündig. Es war weg. Ich war mir ganz sicher, dass ich es vor dem Schlafengehen dort hineingelegt hatte, und zwar obenauf wie jeden Abend.

Was wollte der Mörder bloß mit meinem Haarband anfangen? Wer klaute denn so ein einfaches Ding? Das war ja unsinnig!

Ich tastete nach dem Töpfchen mit der Schwertliliensalbe, das ich immer im Beutel bei mir trug. Bestimmt war es das, wonach der Mörder gesucht hatte. Sein Juckreiz wurde von Tag zu Tag unerträglicher. Aber warum er stattdessen mein Haarband mitgenommen hatte, verstand ich nicht. Ich beschloss, künftig mein Zimmer abzuschließen, sobald ich es verließ.

Nachdenklich ging ich die Holzstiege hinunter, in der Hand das Tintenfass für den Spielmann. Durch die kleinen, offenen Fenster drang Gislas honigsüße Stimme an mein Ohr. »Hab Dank für die gemeinsame Nacht. Es war wunderbar mit dir.«

Welchen Mann hatte sie denn jetzt wieder in ihren Fängen? Neugierig schlich ich ans Fenster. Gisla saß ganz dicht neben Trushard auf der Holzbank und blätterte in seinem Spielmannsbuch.

Ich hatte das Gefühl, ein glühender Schürhaken würde mitten in mein Herz gerammt. Eine wunderbare gemeinsame Nacht! Ganz sicher hatten sie nicht zusammen Schach gespielt. Und das Liebeslied in seinem Buch hatte er wohl auch für sie geschrieben. Angelogen hatte mich dieses geile Großmaul, dieser wüste Weiberheld, dieser liederliche Lotterlümmel, als er behauptete, er habe die Hofdame nicht angerührt. Er war kein Stück besser als Großvater. Sie waren doch alle gleich, diese Spielleute!

Ich rannte wieder hoch ins Zimmer und schmiss das Tintenfass auf den Boden, bis es klirrend zersprang. Eine Pfütze breitete sich auf dem Boden aus – dunkel wie Höllenwasser.

◆

Der Garten war ein Ort der Schönheit, den ich unserer ganz auf Wehrhaftigkeit ausgerichteten Burg abgetrotzt hatte und der sorgfältig vor Zerstörung geschützt werden musste. Es war unumgänglich gewesen, ihn mit einem starken Holzzaun einzuhegen, da unsere Schweine bereits mehrfach über das Gemüse hergefallen waren. Ich wünschte, jemand würde einen Zaun erfinden, der auch Lärm abhalten konnte, denn das Bellen der Hunde, das Knarren der Karren und das Hämmern des Schmiedes drangen ungehindert in mein Refugium.

In der Mitte des Gartens reckte der Apfelbaum seine Krone in die Höhe. An den Zweigen entfalteten die rosafarbenen Blüten ihre ganze Pracht. Um den zerfurchten Stamm herum hatten wir eine Holzbank gebaut, auf der wir bei mildem Wetter oft zu einem Plausch zusammensaßen. Von hier aus bot sich nach allen Seiten ein schöner Blick auf die kunstvoll angelegten Beete, die mit Kohl, Möhren und Kräutern unseren Speiseplan bereicherten. Ich hatte jedes noch so winzige Fleckchen ausgenutzt, um einen möglichst hohen Ertrag aus dem Garten herauszuholen, denn wir mussten viele hungrige Mäuler stopfen. Aber einen kleinen Winkel für Rosen und Lilien ließ ich mir nicht nehmen. Wild wuchernder Efeu verdeckte gnädig die kahle Burgmauer. Die beiden Birnbäume waren kaum mehr als dicke Zweige, da ich sie erst vor wenigen Jahren angepflanzt hatte, aber eines Tages würden sie reichlich Früchte liefern – vielleicht für Vaters Nachfolger. Wer würde es wohl werden? Der Schultheiß vielleicht? Der Gedanke durchzuckte mich wie ein Messerstich.

Ich hatte mich in den Garten zurückgezogen, um die Wunden zu lecken. Die frische Abendluft kühlte meinen überforderten Kopf. Ein weiterer Tag neigte sich dem Ende zu, ein zweiter Mord war passiert – und ich hatte es nicht verhindern können. Mittlerweile wusste ich zwar, woher der merkwürdige Fleck auf Wibalds Rock stammte, aber ich hatte immer noch keinen einzigen handfesten Beweis, der Vater entlasten konnte.

Wenn ich doch bloß die blutbefleckten Schuhe des Mörders finden könnte! Lederschuhe waren sehr teuer. Deshalb war es durchaus möglich, dass der Täter sie nicht einfach in die Lauter geschmissen, sondern sorgfältig versteckt hatte.

Doch wo? Im Freien konnte es nicht sein, denn am Mordtag hatte es kräftig geregnet. Ich ging alle durch, die ich als Täter in Betracht ziehen musste: Ottino, Rainald, Gisla, Mechthild und Arnold. Zu welchen Gebäuden hatten sie zwischen dem Mord und ihrer Ankunft auf dem Beilstein Zugang gehabt? Zu der Kaiserpfalz, unserer Burg und der Sankt-Martins-Kirche. Außer Arnold hatte niemand von den Verdächtigen Bekannte in Lautern, bei denen er unauffällig etwas verstecken konnte.

In Gedanken lief ich durch die Kaiserpfalz, um ein passendes Versteck zu finden, aber mir fiel keine Stelle ein. Der Palas, die beiden Kapellen, die Küche, die Wohngebäude des kaiserlichen Paares, die Ställe, die Wirtschaftsgebäude – das waren belebte Orte, an denen sich ununterbrochen Menschen aufhielten, sodass das Risiko einer Entdeckung zu groß war, ganz zu schweigen von der Unmöglichkeit, heimlich etwas zu verbergen. Die Vorratsräume und der Bergfried waren verschlossen und damit – höchstwahrscheinlich – auch für den Mörder unzugänglich. Es war zum Verrücktwerden. Nirgendwo hatte ich einen Anhaltspunkt für die Suche.

Mit jedem Mord und jedem Anschlag hinterließ der Täter –

oder die Täterin? – ein weiteres Mosaiksteinchen, auch wenn ich dic cinzelnen Teile noch nicht zu einem Gesamtbild zusammenfügen konnte. Er litt an Krätze, war kein schneller Läufer, mit Pfeil und Bogen konnte er sehr gut umgehen, und darüber hinaus war er des Schreibens kundig. Ich überlegte, auf wen dies alles zutreffen mochte, aber bis auf die schwer kranke Mechthild konnte ich niemanden aus der Liste der Verdächtigen streichen. Gisla hingegen mochte durchaus in der Lage sein, mit Pfeil und Bogen umzugehen, denn die Jagd wurde auch von manchen Frauen ausgeübt.

Zu allem Übel quälte mich auch noch die Eifersucht. Mein Herz fühlte sich an, als wäre es in Glasscherben gewälzt worden. Wie ein Geschwür hatte sich ein Bild in meinen Kopf gefressen: Trushard und Gisla, die sich innig küssten – im Burggarten etwa, in meinem sorgfältig gehegten Refugium? Wo sonst konnte man nachts ungestört beisammen sein? Bestimmt hatten die beiden hier gesessen, ausgerechnet an meinem Lieblingsplatz. Die Holzbank schien unter mir aufzulodern. Unbehaglich rutschte ich hin und her.

Ich war so in meine trüben Gedanken vertieft, dass ich Meinloh erst bemerkte, als er mit dem rechten Fuß an einer hervorstehenden Wurzel des Apfelbaums hängen blieb. Er stieß einen Schmerzensschrei aus, gefolgt von einem sehr unhöfischen Fluch. Mit Mühe bewahrte er das Gleichgewicht, konnte aber nicht verhindern, dass die Wachstafel und der Griffel, die er in der Hand gehalten hatte, auf den Boden fielen. Ich sprang von der Bank und hob sie auf.

Mit schmerzverzerrtem Gesicht griff sich Meinloh an den Oberschenkel und hinkte auf die Bank zu. Aufatmend ließ er sich neben mir nieder und streckte das lädierte Bein aus.

»Ist alles in Ordnung?«, fragte ich zuvorkommend. »Wenn Ihr von mir eine Arznei benötigt, sagt es ruhig.«

»Es ist nichts weiter«, wiegelte Meinloh ab und rückte das

verrutschte Schapel zurecht. »Nur die Nachwirkungen eines komplizierten Bruches im Fußgelenk, den ich mir beim Weihnachtsfest in der Pfalz zu Magdeburg zugezogen habe. Ich kannte mich nicht aus und bin die Treppe hinuntergefallen, als ich das heimliche Gemach suchte.« Ein wenig verlegen lächelte er mich an. »Es war meine eigene Schuld, ich hatte ein bisschen zu viel gezecht.«

Ich erwiderte das Lächeln. »Es dauert lange, bis ein Bruch völlig verheilt ist. Soll der Einsiedler vielleicht danach sehen? Er ist in der Heilkunde besser bewandert als mancher Arzt.«

Meinloh schüttelte den Kopf. »Ich denke, das wird nicht nötig sein. Das Bein braucht einfach seine Zeit, um zu gesunden. Reden wir lieber über Euch. Ihr seht aus, als wärt Ihr heute Gevatter Tod persönlich begegnet.«

»Ich habe die Hölle gesehen«, erwiderte ich dumpf. »Wusstet Ihr schon, dass sie inmitten all der Pracht der Kaiserpfalz zu finden ist? Nur wenige Schritte entfernt vom hell erleuchteten Festsaal, in dem jetzt das kaiserliche Paar und der Hof schlemmen, sitzt mein Vater im dunklen Verlies des Bergfrieds und wird von Todesängsten gequält.«

»Die Nachricht von seiner Festnahme hat sich in Windeseile am Hof verbreitet«, berichtete Meinloh. »Die meisten haben aufgeatmet, als der angeblich so gefährliche Mörder gefasst wurde.«

»Wisst Ihr, ob Wilhelm etwas Neues herausgefunden hat?«, erkundigte ich mich.

Meinloh nahm mir das Schreibwerkzeug ab und legte es auf seinen Schoß. »Der Küchenmeister erinnerte sich daran, dass Euer Vater kurz in der Küche war, als Euer Bruder dort nach seinem Unfall versorgt wurde. Da alle mit den Vorbereitungen für das Festessen beschäftigt waren, kann er nicht ausschließen, dass Euer Vater das Messer ungesehen eingesteckt hat.«

»Bei dem Trubel hätten auch viele andere die Gelegenheit

nutzen können, ein Messer heimlich zu entwenden«, betonte ich.

Meinloh nickte. »Dafür hat jetzt die Runde gemacht, dass der Wachsabdruck nicht mit den Schuhen Eures Vaters übereinstimmt. Wilhelm erklärt es sich damit, dass Euer Vater die Schuhe gestohlen und nach der Tat in die Lauter geworfen hat.«

»Wilhelm ermittelt ein bisschen einseitig«, stellte ich spitz fest. Ich presste die Hände im Schoß zusammen und wagte die Frage, die mich mehr als alles andere interessierte: »Ist schon ein Termin für das Gericht festgesetzt worden?«

»Wie Ihr als Tochter eines Ministerialen sicherlich wisst, kann der König alle Rechtssachen an sich ziehen und sein Hofgericht jederzeit einberufen, wo immer er sich gerade befindet«, antwortete Meinloh. »In vier Tagen bricht Barbarossa auf, bis dahin will er den Schuldigen gefunden und verurteilt haben. Er hat das Gericht daher für den kommenden Montag einberufen.«

Hörbar zog ich die Luft ein. Jetzt war Freitagabend. Mir blieben also nur noch der Samstag und der Sonntag. Die Schlinge um Vaters Hals zog sich immer enger zusammen. Panik würgte mich. Bisher hatte ich mir nie Gedanken gemacht über die Zeit. Das Leben in der Burg war einem festen Wechsel der Tages- und Jahreszeiten unterworfen und rollte so gleichmäßig ab wie Wolle von einer Spindel. Aber nun zerrann die Zeit unter meinen Händen, und jeder einzelne Augenblick erschien mir kostbarer als alle Edelsteine in der Krone des Königs zusammen.

»Niemals schaffe ich es bis dahin, den Mörder zu finden«, sagte ich entmutigt.

Verlegen sah Meinloh mich an. »Ihr solltet Euch lieber Gedanken um Eure eigene Sicherheit machen. Eure Burgmannen sind ganz schön unruhig. Habt Ihr etwa noch nichts gemerkt?«, fragte er erstaunt, als er meinen ungläubigen Gesichtsausdruck bemerkte.

»Nein«, gab ich zögernd zu.

Meinloh legte den Kopf schief. »Zu viel ist in den letzten Tagen passiert. Und es gibt keine vernünftige Erklärung dafür. Der Knochenfund, der Mord an Wibald, die tote Magd – und jetzt auch noch eine Ketzerin. Man erzählt sich, der Spielmann stünde mit dem Teufel im Bund und Ihr würdet ihn decken. Mit einem Liebestrank habe Trushard Euch gefügig gemacht.«

»Das ist ja blanker Unsinn«, erwiderte ich verblüfft.

»Wie man's nimmt. In der vergangenen Nacht hat sich Trushard heimlich von seinem Schlafplatz im Palas weggeschlichen. Wer weiß, wozu ...« Meinloh sah mich schräg von der Seite an, als würde er auf meine Reaktion lauern. Er legte nach: »Man hat gesehen, wie Trushard abends zu Eurem Zimmer hochstieg.« An Meinlohs Miene las ich ab, was alle dachten: dass der Spielmann die Nacht bei mir verbracht hatte. Ich schalt mich für meine Unvorsichtigkeit. Die Burg besaß tausend Augen. Jetzt war auch noch mein bisher so tadelloser Ruf ruiniert. Eine Frau, die ihre Unschuld verloren hatte, würde keinen anständigen Ehemann mehr finden. Das hatte ich nun von meiner Sorge um Trushards Wohlergehen!

»Seid versichert, ich pflege keinen vertraulichen Umgang mit zwielichtigem Gesindel«, sagte ich mit so viel Würde, wie ich noch aufbringen konnte. »Trushard hat Wunden, die ich mit einer Salbe heile. Selbst ein so elender Sünder wie er hat Anspruch auf christliche Barmherzigkeit.« Das klang doch ungemein edel, fand ich. Um die Wirkung zu steigern, fügte ich einen unschuldigen Augenaufschlag hinzu.

»Ich habe keinen Zweifel an Eurer Sittsamkeit«, versicherte Meinloh hastig. »Ich habe nur wiedergegeben, was mir zu Ohren kam.«

Ich musste von dem peinlichen Thema ablenken. Fragend deutete ich auf die Wachstafel. »Schreibt Ihr an einem neuen Lied?«

»Ich arbeite schon seit längerem an einem großen Epos über den Kampf von Kaiser Karl gegen die heidnischen Mauren. Kennt Ihr die Geschichte von Roland?«

Bedauernd schüttelte ich den Kopf.

»Ein französischer Minnesänger hat den Stoff zu einem wunderbaren Epos verarbeitet, und ich versuche, ihn in unserer Sprache nachzudichten.« Meinloh geriet ins Schwärmen. Offensichtlich hatte ich sein Lieblingsthema angeschnitten. »Ich habe es auf dem Hoftag von Besançon im vergangenen Herbst zum ersten Mal gehört, und seitdem lässt mich das Rolandslied einfach nicht mehr los.«

Meine Neugier war geweckt, denn ich liebte Geschichten aller Art. »Bitte erzählt mir, worum es in dem Epos geht.«

Als habe er nur auf meine Aufforderung gewartet, sprudelten die Worte aus Meinloh heraus: »Es ist die Geschichte der erbitterten Feindschaft zweier Männer, Ganelon und Roland. Beide kämpften im Heer von Kaiser Karl. Nach der Eroberung Spaniens widersetzte sich alleine der Sarazenenkönig Marsilius von Zaragoza. Roland überredete den Kaiser, Ganelon als Gesandten zu Marsilius zu schicken. Das war ein lebensgefährlicher Auftrag, und Ganelon überlebte ihn nur deshalb, weil er Marsilius einen Handel vorschlug. Der Sarazenenkönig sollte sich zum Schein unterwerfen. Im Gegenzug würde Ganelon ihm die Nachhut des fränkischen Heeres in die Hände liefern. So kam es auch. Nachdem sich der heuchlerische Marsilius unterworfen hatte, trat Karls Heer den Rückzug über die Pyrenäen an. Ganelon riet dem Kaiser, Roland zum Befehlshaber der Nachhut zu ernennen. Nach dem Überfall stieß der stolze Roland zu spät ins Horn, um Karl und seine Armee zu Hilfe zu rufen. In diesem blutigen Kampf starb die Blüte des fränkischen Heeres, darunter auch Roland. Der Kaiser rächte seinen Tod und bestrafte den Verräter.«

Während des Erzählens hatte ich ausreichend Gelegenheit,

Meinloh zu betrachten, der sich durch seine Geschichte mitreißen ließ. Seine Gesten wurden immer lebhafter, und die Stimme vibrierte vor Erregung. Mit seinen sanft gewellten Haaren, den traubenblauen Augen, in die sich eine Spur von Violett mischte, den ebenmäßigen Gesichtszügen und seiner Freundlichkeit war er ein Traum von einem Mann. Meine Augen nahmen sein Bild auf, doch sie leiteten die tröstliche Erkenntnis, dass es außer Trushard noch andere Männer gab, die der Zuneigung wert waren, nicht an das Herz weiter, das sich wahrscheinlich – unbelehrbar, wie es war – noch viel zu lange mit der Erinnerung an einen liederlichen Knochenpoeten herumquälen würde.

Meinlohs Epos riss mich nicht gerade zu Begeisterungsstürmen hin. Helden, die lieber verrecken, als um Hilfe zu rufen. So dumm konnten doch nur Männer sein. Aber ich war zu wohl erzogen, um meine Meinung offen kundzutun. Laut sagte ich: »Eine spannende Geschichte. Woher könnt Ihr so gut die französischen Dialekte?«

»Ich stamme aus der Moselgegend bei Trier, da spricht man sowohl Französisch als auch unsere Sprache und manchmal ein Gemisch aus beidem«, antwortete Meinloh. »Als Bote bin ich unverzichtbar, denn seitdem Beatrix Königin ist, besteht großer Bedarf an Ministerialen, die des Französischen mächtig sind.« Stolz schwang in seiner Stimme mit.

»Und wie weit seid Ihr mit Eurer Arbeit an dem Epos?«, erkundigte ich mich.

Meinloh seufzte tief auf. »Ich stehe noch ganz am Anfang. Das Rolandslied ist so umfangreich, dass allein der Vortrag mehrere Abende füllt. Und weil mich der Dienst für das Reich stark beansprucht, komme ich einfach nicht voran.«

Die Ringe unter Meinlohs Augen waren noch dunkler geworden, fand ich. Bestimmt hatte er in den letzten Nächten wieder gedichtet. Er hatte einen anderen Weg als Trushard gewählt und versuchte, zwei Herren gleichzeitig zu dienen. Dafür hatte er zwar keine materiellen Sorgen, aber wie lange würde er die doppelte Belastung aushalten? Erschöpfung oder Hunger – eine andere Wahl gab es für Künstler nicht. Was für ein armseliges Land, das seine schöpferischen Kräfte so verkümmern ließ! »Ihr bräuchtet einen Gönner, der Euch ein kleines Lehen übereignet«, stellte ich fest. »Dann könntet Ihr Euch in aller Ruhe der Dichtkunst widmen.«

Ein Schatten huschte über Meinlohs Gesicht. »Das Leben als kaiserlicher Bote frisst mich auf«, klagte er. »Barbarossa schickt mich ständig quer durch das Reich. Und natürlich ist jede Botschaft, die ich überbringen muss, so eilig, dass sie nicht warten kann. Ich lebe auf dem Rücken meines Pferdes. Dass ich, wie hier in Lautern, mehrere Tage an einem Ort bleiben darf, ist leider die Ausnahme. Wer weiß, vielleicht schickt mich der Kaiser morgen schon wieder fort, in die Lombardei oder zum böhmischen König oder sonst wohin. Mir bleibt nichts anderes übrig, als zu schreiben, wo immer ich ein wenig Zeit abzwacken kann. In den Winkeln von Burgen und Pfalzen, in den Vorzimmern von Fürsten, in den Gästehäusern von Klöstern und in verlausten Herbergen. Ja, sogar auf dem Rücken meines Pferdes spinne ich den Faden der Geschichte weiter und suche nach passenden Versen. Auch wenn es schwer ist, den Dienst am Reich und das Dichten gleichzeitig zu bewältigen – die Poesie kann und will ich nicht aufgeben. Sie ist meine Freundin, meine Wegbegleiterin und meine Kraftquelle. Ohne sie wäre ich eine erloschene Fackel.«

»Ich verstehe Euch«, erwiderte ich. »Der Mensch lebt nicht vom Brot allein. Musik und Dichtung sind Nahrung für unsere Herzen.«

Eine leise Röte überflog Meinlohs Gesicht. »Ich weiß, dass ich sehr unhöfisch bin, weil ich beim Essen ständig schreibe. Euch bin ich auch kein guter Sitznachbar an der Tafel gewesen, fürchte ich. Aber wenn ich meine Verse nicht sofort festhalte, entfallen sie mir wieder. Die Poesie ist launisch wie ein junges Mädchen und erwartet, dass man ihr auf den leisesten Wink hin zur Verfügung steht. Aber ich rede viel zu viel von mir. Verzeiht.« Meinloh sah mich bittend an. »Ihr vergeht vor lauter Gram um Euren Vater, und ich belästige Euch mit meinen kleinen Kümmernissen.«

Ich lächelte ihn an. »Mit Euren Sorgen habt Ihr mich von meinen abgelenkt.«

»Eure Augen sind zu schön, um zu weinen«, sagte Meinloh leise. »In der Abendsonne funkeln sie wie zwei Smaragde.«

Bei allen Heiligen, dieser Mann wusste, wie man Frauen um den kleinen Finger wickelte, auch wenn ich ihm kein Wort von seiner höfischen Schmeichelei glaubte.

Verlegen wich ich seinem Blick aus und sah zum Himmel empor. Über der Burgmauer zeigte sich ein schmaler, rubinroter Streifen, der in einem zarten Aprikosenton auslief. Darüber schimmerte der Himmel in durchscheinendem Gelb, als wäre er aus Glas, und ging dann in ein lichtes Blau über, um sich schließlich über unseren Köpfen wie ein unendliches, kornblumenblaues Feld auszudehnen.

Ich fröstelte. Meinloh legte sein Schreibwerkzeug zur Seite und wickelte mich fürsorglich enger in meinen Mantel. »Ihr friert«, bemerkte er. Mit beiden Händen umfasste er meine Schultern. In der Dämmerung wirkten seine Augen dunkelblau, fast schon schwarz.

Seine rechte Hand glitt meinen Hals hoch und blieb auf meiner Wange liegen. Die unerwartete Zärtlichkeit verschlug mir die Sprache. Meinlohs sanfte Berührung ließ mich so kalt, als läge ein Panzer zwischen seiner Hand und meiner Haut. Ganz anders als bei Trushard, dessen bloße Nähe schon mein Blut in Wallung brachte.

Vom Holzzaun drang ein Räuspern zu uns. Ich drehte mich

um und schrak zusammen. Ein schwarz gewandeter Geist, das Gesicht tief in einer Kapuze vergraben, stand hinter dem Zaun und starrte zu uns herüber. Meinloh drückte beruhigend meine Hand.

»Keine Angst, es ist nur Rainald«, bemerkte er leicht amüsiert.

»Habt Ihr noch eine zweite Decke für mich? Mir ist kalt.« Die Stimme des Geistes klang rau und kehlig, als wäre sie seit langem kaum benutzt worden.

Rainald hatte geredet! Zwei ganze Sätze sogar! Ich war so verblüfft wie in der Burgküche, als der Wunderkarpfen angefangen hatte zu sprechen. »Wir haben alle Decken an unsere Gäste verteilt, aber ich habe noch einige Felle, die ich Euch gerne geben kann.« Zum Abschied erwiderte ich Meinlohs Händedruck und stand seufzend auf.

»Schlaft gut!«, raunte Meinloh mir zu. In seinen Augen las ich Bedauern über die plötzliche Störung. Ich jedoch war ganz froh darüber, denn so konnte ich in Ruhe überlegen, ob ich auf seine Annäherung eingehen sollte oder nicht. Tu es, wenn er es ernst meint, riet mir der Verstand. Er wäre der passende Gatte für dich. Ganz im Gegensatz zu diesem Lotterlümmel. Wenn ich doch nur bei Meinlohs Berührung etwas empfunden hätte ...

»Seid Ihr krank?«, fragte ich Rainald besorgt, als wir über den Hof liefen. Mit Erstaunen stellte ich fest, dass der Mönch erheblich schneller ging als sonst, fast schon so schnell wie andere Menschen. Ich versuchte, einen Blick unter die Kapuze zu erhaschen, aber er drehte sein Gesicht zur Seite.

»Alles in Ordnung«, brachte Rainald mühsam hervor. Dann versank er wieder in tiefes Schweigen.

◆

Rache war süß. Meine würde ich genießen wie den besten Rheinwein und sie bis zum letzten Tropfen auskosten. Gleich morgen Früh würde ich Trushard der Burg verweisen und das Liebespaar auseinander reißen. Dann konnte seine Gisla zusehen, wo sie ihn unterbrachte – vielleicht in der Kaiserpfalz, wo man sich bestimmt noch gut an den Rebecspieler Poppo erinnerte und an sein holdes Weib Richmodis?

Keinen Tag länger wollte ich Trushards Gegenwart ertragen. Schade, dass ich ihn nicht früher loswerden konnte. Aber ich fürchtete die hereinbrechende Nacht. Daher wollte ich mich nicht gerade heute Abend mit Trushard streiten. Vielleicht nutzte er die Dunkelheit aus, um sich an mir zu rächen. Einen Feind, der mir nach dem Leben trachtete, besaß ich bereits, ich brauchte keinen zweiten. Zumindest nicht in dieser Nacht.

Aber bis zu meinem Triumph wollte ich mir nichts anmerken lassen. Daher versorgte ich auch wie immer vor dem Schlafengehen seine Wunden in meinem Zimmer. Ich hätte ihm den Rücken zerkratzen können. Mit Wonne stellte ich mir vor, wie ich meine Fingernägel in seine Narben graben und sie ganz genüsslich aufreißen würde, bis das Blut hervorplatzte. Mühsam beherrschte ich mich. Aber meine Hand zuckte heftig.

Trushard fuhr zusammen. »Gestern warst du zartfühlender«, beschwerte er sich.

»Verzeih, ich wollte dir nicht wehtun.« Meine Stimme klang honigsüß. Ich war sehr zufrieden mit mir. Auch ich beherrschte die Kunst der Verstellung.

Mit den Fingerspitzen rieb ich die Salbe in die Narben. Mir drehte sich ein Spieß im Magen um, wenn ich daran dachte, wie Trushard mit Gisla ... Die linke Hand, in der ich den Salbentopf hielt, zitterte. Gab es denn keine Schutzheilige, die unglücklich Verliebten beistand, kein Kettenhemd, das Amors heimtückische Pfeile abhielt? Konnte mir unser Schmied keinen Topfhelm fertigen, der die Ohren so dicht abschloss, dass ich nichts mehr hörte, vor allem nicht jene weiche Stimme, die Funken in meinem Kopf schlug?

Erst gestern Abend hatte Trushard hier in diesem Zimmer meine Hand gehalten. Wie gut, dass ich sie ihm rechtzeitig entrissen hatte, denn bestimmt hatte er die tröstliche Berührung nur als Einstieg in etwas ganz anderes vorgesehen. Heute in der Küche der Kaiserpfalz war er schließlich auch zudringlich geworden.

Vater hatte wie immer Recht behalten: Spielleute krochen unter jeden Rockzipfel, den sie erhaschen konnten. Mir klangen noch Trushards Worte im Ohr: »Ich bin Spielmann geworden, um den Menschen Freude zu bringen.« Jetzt wusste ich, wie diese Freude aussah!

Als ich das Einreiben beendet hatte, stieß ich den Stöpsel unabsichtlich heftig in den Salbentopf hinein.

Trushard drehte sich um und musterte mich forschend. »Was ist heute Abend los?«

Ich senkte den Blick und grub die Finger tief in die Handballen hinein, um ihn nicht anzuschreien. Aber ich musste mich zusammenreißen, nur noch dieses eine Mal. Am liebsten wäre ich aufgestanden, aber Trushard saß direkt vor mir.

»Es ist wegen Vater«, presste ich hervor und wandte den Kopf zur Seite.

»Spiel mir nichts vor!« Ungehalten packte Trushard mein rechtes Handgelenk und drehte meinen Kopf zu sich. Seine dunklen Augen schienen Funken zu sprühen. »Schau mich an! Was ist los?«

In diesem Augenblick klopfte es. Noch ehe ich den Gast hereinbitten konnte, stand Ottino plötzlich im Zimmer. An seinem entgeisterten Gesichtsausdruck sah ich, wie er die Szene deutete, die sich seinen Augen bot: ein schwaches Weibsbild auf dem Bett, Händchen haltend mit einem halb entblößten Spielmann.

»Euer Vater sitzt im Kerker, und Ihr habt nichts Eiligeres im Sinn, als Euch ungestört Euren fleischlichen Begierden hinzugeben!« Ottinos Stimme bebte vor Zorn.

Ich starrte ihn fassungslos an. »Ich habe Trushards Wunden versorgt, sonst nichts«, verteidigte ich mich und deutete auf den Salbentopf.

Jetzt richtete sich Ottinos Wut gegen den Spielmann. »Du wirst die Prügel schon verdient haben. Du und deinesgleichen, ihr habt euch zu den abtrünnigen Teufeln gesellt. Es gibt keine Todsünde, die ihr auslasst. Mit wilden Tänzen und schmutzigen Liedern stachelt ihr das Volk zu Wollust und Völlerei an. Ihr drückt euch vor schwerer Arbeit, lungert auf den Straßen herum, verführt die Weiber, bestehlt die Herren und verbreitet Lügen in euren Liedern.«

Ich genoss jedes einzelne von Ottinos Worten. Ausnahmsweise hatte er Recht. Und wie!

Gelassen entgegnete Trushard: »Was gibt es Ehrenvolleres, als den Menschen eine Freude zu bereiten? Wir lenken sie von den Sorgen des Alltags ab. Nur wer fröhlich ist, kann auch hart schuften. Und wir Spielleute sind nützliche Boten. Wenn wir nicht die Neuigkeiten von Dorf zu Dorf tragen würden, wüssten viele gar nicht, was sich im Reich ereignet.«

Trushards Tonfall hatte ehrerbietig geklungen, aber der Abt ereiferte sich immer mehr: »Schon eure Instrumente sind vom Teufel gebaut. Drehleier, Sackpfeife, dröhnende Trommeln! In finsteren Tavernen, anrüchigen Badestuben und Freudenhäusern tretet ihr auf. Zu Recht verweigert euch die Kirche das Abendmahl.«

Leise erwiderte Trushard: »Ihr könnt mir das Abendmahl nehmen, aber nicht meinen Glauben, Gott sei Dank!«

Mit heimlichem Vergnügen verfolgte ich die Auseinandersetzung. Endlich sagte jemand diesem elenden Lotterlümmel die Meinung!

Ottinos Augen verengten sich zu Schlitzen. Mit dem Finger deutete er auf mich: »Vergesst nicht: Jeder, der den Spielleuten zuhört, fährt unweigerlich in die Hölle.«

Verdammter Mist, jetzt griff er mich wieder an. Das alles hatte ich Trushard zu verdanken. Ich musste meinen Ruf verteidigen. Daher warf ich demütig ein: »Trushard befand sich in einem elenden Zustand, als er an das Burgtor klopfte. Wir haben ihn aufgenommen, wie es das Gebot der Nächstenliebe verlangt. Bitte glaubt mir, ich tat es nur aus christlicher Barmherzigkeit. Wie konnte ich ahnen, dass es eine Sünde ist! Ich werde sie beichten und dann willig die Buße auf mich nehmen.«

Etwas milder gestimmt sah Ottino mich an. »Recht so, meine Tochter. Erleichtert Euer Gewissen und findet auf den Pfad der Tugend zurück.«

Ich musste den Abt schnellstmöglich loswerden. Heute Abend besaß ich nicht mehr die Kraft, mir seine Predigten anzuhören. Höflich fragte ich ihn: »Was führt Euch zu mir?«

»Etwas Wasser. Ich habe Durst.«

Müde reichte ich ihm meinen eigenen Krug. Hauptsache, er verschwand. Ohne ein Wort des Dankes stapfte Ottino hinaus.

Wütend blickte Trushard ihm hinterher. »Dieses elende Eisauge! Jetzt schnüffelt er auch noch uns hinterher.« Er ballte die Fäuste. »Wenn die Spielleute nicht dafür sorgen würden, dass das Volk wenigstens über die Pfaffen lachen kann, hätte es die Schmarotzer schon längst hinweggefegt. Aber diese Heuchler hassen uns Gaukler, weil wir selbstbewusst sind. Demütige Menschen sind ihnen lieber, die hat man fester im Griff.«

Erregt funkelte er mich an: »Selbst du fällst mir in den Rücken!«

Gerade wollte ich zu einer passenden Entgegnung ansetzen, da entdeckte ich etwas, das mir die Sprache verschlug. Ich hatte nach Trushards Rock gegriffen, um ihn anzureichen, als ich auf dem Vorderteil Holzfasern entdeckte. Vom Ausschnitt bis zum Saum war der Rock mit winzigen, kaum sichtbaren Splittern übersät. Sie mussten von einem Holzscheit stammen, von der Waffe, mit der Elsbeth erschlagen worden war!

Mir wurde so kalt, als habe mich jemand in Eiswasser getaucht. Meine Suche war zu Ende. Ich hatte den zweifachen Mörder gefunden.

Entgeistert schaute ich auf Trushards Fäuste. Diese Hände hatten das Messer geführt, mit dem Wibald erstochen wurde, das Holzscheit erhoben, mit dem Elsbeth erschlagen, und den Pfeil abgeschossen, mit dem ich um ein Haar durchbohrt worden wäre. Und diese Hände hatten meine gehalten, und ich hatte die Berührung genossen. Plötzlich ekelte ich mich vor mir selbst. Ich hatte das Gefühl, meine Finger wären in Blut getunkt worden. Ich musste sie waschen. Jetzt sofort.

»Ich bin mit der Totenwache dran«, stotterte ich, schmiss Trushard den Rock ins Gesicht, schnappte meinen Mantel und stolperte zur Zisterne.

◆

Meine Knie waren wund gescheuert. Von der Anspannung der letzten Tage schmerzten sämtliche Knochen, als habe sie jemand mit dem Hammer zerschlagen. Obwohl ich mir den dicken Wollumhang um die Schultern gelegt hatte, fror ich so jämmerlich wie ein gerupftes Suppenhuhn. Seit Stunden schon betete ich vor Elsbeths aufgebahrtem Leichnam. Wann würde endlich die Ablösung kommen?

Neben mir kniete Gisla, die ringgeschmückten Hände andächtig zum Gebet gefaltet. Das rote Seidengewand raschelte, als sie vorsichtig ihr Gewicht auf das andere Bein verlagerte. Sie hatte sich bereit erklärt, mit mir gemeinsam die Totenwache zu halten, obwohl sie Elsbeth nur wenige Male flüchtig gesehen hatte. Wegen Mechthild, die sich unruhig im Bett hin und her warf und immer noch wirres Zeug stammelte, könne sie ohnehin nicht schlafen, hatte Gisla erklärt.

Einerseits war ich ganz froh, dass ich nicht alleine war, andererseits hätte ich mir wirklich andere Gesellschaft gewünscht.

Ich warf einen kurzen Seitenblick auf die Hofdame. Neben ihrer bewundernswerten Schönheit verblasste ich, so wie der unscheinbare Mond vom Glanz der Sonne überstrahlt wurde. Ich konnte verstehen, dass ihr die Männer reihenweise zu Füßen lagen. Mit ihren honigblonden Locken sah sie so unschuldig aus wie ein Engel. Aber wer wusste schon, was sich in ihrem Inneren verbarg?

Ein Liebhaber alleine reichte Gisla anscheinend nicht. Vielleicht paarte sie Siegfrieds robuste Männlichkeit mit Trushards zartem Gefühl. Der eine befriedigte die körperlichen Gelüste, während der andere dem Herzen schmeichelte. Wusste Gisla, dass sie mit einem zweifachen Mörder das Lager geteilt hatte? Oder fand sie Trushard gerade wegen seiner Gewalttätigkeit anziehend? Immerhin hatte sie sich auch mit Wibald eingelassen.

Ich hob den Kopf und betrachtete Philipp, der breitbeinig auf dem Hocker saß und das Kräuterbier kannenweise in sich hineinschüttete. Gisla und ich hatten darauf bestanden, dass während der Totenwache jemand für unsere Sicherheit sorgte, denn in den letzten Tagen war zu viel passiert. Aber jetzt kamen mir Zweifel, ob die Idee wirklich so gut gewesen war. Philipp schielte mich aus seinen engstehenden Augen lüstern an. Verstohlen tastete ich nach dem Dolch, den ich seit gestern ständig am Gürtel bei mir trug. Wenn ich nachher über den dunklen Burghof zum Bergfried ging, musste ich scharf aufpassen, dass mir der Kerl nicht hinterherschlich.

In der Stille der Nacht stürzten die Gedanken wie scharfe Pfeile auf mich ein. Mein bisheriges Leben war in tausend Stücke zersprungen, und jetzt versuchte ich vergeblich, sie zusammenzuklauben. Niemand war das, was er zu sein vorgab. Freunde wurden zu Feinden und offenbarten ihr wahres Gesicht. Seit Jahren schon kannten wir Jost, und nun verriet er uns. Um eines Burglehens willen lieferte er einen unschuldigen Menschen dem Henker aus. Und Vater – konnte ich ihm wirklich noch bedingungslos vertrauen? Jahrelang hatte er mir die Wahrheit über Großmutter und unsere Abstammung verschwiegen. Gab es vielleicht noch weitere Geheimnisse, die er mit sich herumschleppte? Aber am meisten schmerzte, dass ich mich in Trushard so getäuscht hatte.

Die kostbaren Bienenwachskerzen, die wir um Elsbeths Leichnam aufgestellt hatten, flackerten unruhig. Seit die Magd dem Mädchenalter entwachsen war, gehörte sie zur Burgbesatzung. Auch wenn niemand wirklich um sie trauerte – sie war eine von uns gewesen, und daher waren wir ihr einen würdigen Abschied schuldig.

Was hatte sie gesehen oder gewusst, dass sie sterben musste? Ich erinnerte mich daran, dass ich sie in den Wald geschickt hatte, um frisches Mailaub von den Buchen zu streifen und in Säcke zu packen. Gertrud hatte Elsbeth anschließend gebeten, auf den Markt nach Lautern zu gehen, um noch ein paar Gewürze zu kaufen.

Hätte ich doch bloß auf die Magd gehört! Elsbeth hatte von Anfang an die unheimliche Ausstrahlung gespürt, die von Trushard ausging. Der Tod hüllte ihn ein wie ein unsichtbares Gewand. Warum sonst hatte Elsbeth ihn »Knochenpoet« genannt? Selbst der einfältige Gero hatte Trushard durchschaut und triumphierend darauf hingewiesen, dass der Spielmann zur Tatzeit nicht auf der Burg gewesen und genau zum passenden Zeitpunkt zurückgekehrt war. Mit seinem einzigen Auge sah unser Wachmann schärfer als ich mit meinen beiden. Wie ein eigensinniges Kind hatte ich Vaters Warnung in den Wind geschlagen und Trushard vertraut. Ich war an allem schuld, ich hatte den Gaukler in unsere Burg gelassen und ihm sogar noch von Hildegundes Schändung erzählt. Damit hatte ich ihn wahrscheinlich erst auf den Gedanken gebracht, Wibald umzubringen. Ihm musste sofort klar gewesen sein, dass der Verdacht auf Vater fallen würde.

Spielleute sind des Teufels Lockvögel, pflegte man zu sagen. Mit ihren Künsten schmeichelten sie sich in die Herzen der Menschen, um sie dann mit sich in die Hölle zu zerren. Um ein Haar wäre es Trushard geglückt, meine Seele zu verderben.

In ihrem schneeweißen Leinenhemd sah Elsbeth so friedlich aus. Hatte sie, die ewig Murrende, nun endlich ihre innere Ruhe gefunden? Wo war ihre Seele jetzt? Ich bezweifelte, dass ihr meine halbherzigen Gebete den nötigen Beistand gaben.

Schuldbewusst senkte ich den Kopf. Meine Gedanken wanderten wieder zu Trushard. Er war der einzige Verdächtige, bei dem alles zusammenpasste. Er war ein zwielichtiger Mann, den niemand kannte. Er besaß ein Motiv und hatte die Gelegenheit gehabt, Wibald umzubringen und das Messer in Vaters Truhe zu legen. Selbst aus größerer Entfernung war es ihm mühelos möglich, mit seinen Messern genau zu treffen. Hinterhältig hatte er aus sicherer Deckung auf sein Opfer gezielt. Außerdem waren seine Hände voller Tintenflecke.

Doch unter welchem Vorwand hatte er es geschafft, Wibald zu einem Treffen im Tiergarten zu bewegen? Würde sich Wibald an einer einsamen Stelle mit jemandem verabreden, dessen Rache er befürchten musste? Hatte Trushard sich als jemand anderes ausgegeben? Abgemagert, wie er derzeit war, und in einer geschickten Verkleidung mochte er es vielleicht geschafft haben, Wibald zu täuschen.

Nachts war er bestimmt nicht nur in Wibalds Zimmer eingebrochen, sondern auch in die Burgküche der Kaiserpfalz. Schließlich war er äußerst geschickt darin, Fenster aufzuhebeln.

Die Schuhe, die er im Tiergarten getragen hatte, waren gewiss gestohlen. Ich kannte Trushards armseliges Bündel, das außer einem Kamm, einem Messer, Schreibzeug und dem Spielmannsbuch, in dem er seine Lieder aufzeichnete, nichts enthielt.

Bisher hatte ich niemandem verraten, wie übel Wibald dem Gaukler mitgespielt hatte. Aber morgen würde ich Wilhelm alles sagen, was ich über Trushard wusste. Dies und die Holzfasern auf seinem Gewand würden ausreichen, um ihn an den Galgen zu bringen. Es würde nicht nötig sein, ihn mit weiteren Beweisen zu überführen. Er war nur ein rechtloser Spielmann, und jeder würde sofort erleichtert glauben, dass er der Mörder war. Trushards Leben lag in meiner Hand. Auf ein Wort von mir wäre Vater frei – und morgen würde ich es aussprechen! Dann brauchte ich auch nicht mehr um mein Leben zu fürchten.

Wenn ich es recht besah, hatte ich mehr Glück als Verstand gehabt. Wie oft war ich mit Trushard alleine gewesen! Wahrscheinlich hatte er in meinem Zimmer nur deshalb von mir abgelassen, weil mein Schrei Ottino und Rainald alarmiert hätte.

Müde blinzelte ich in den Kerzenschein. Seit Tagen hatte ich kaum geschlafen. Meine Schläfen schmerzten, die Wunde an meinem Arm brannte, und ich fühlte mich schwindlig. Die Kerzen malten tanzende Schatten auf die weiß getünchte Zimmerwand. Vor meinen Augen flimmerte es.

Ich wollte mich nur noch müde ins Bett legen, die Decke über das Gesicht ziehen und in einen wohltuenden Schlummer versinken. Aber trotz der turbulenten Ereignisse musste ich einen klaren Kopf behalten, zumindest bis morgen. Doch dann wollte ich feiern und die schrecklichen letzten Tage für immer aus meinem Gedächtnis bannen! Vaters verwirrter Geist würde sich bestimmt auch bald wieder beruhigen. Immer noch hallte seine Beschwörung in meinem Kopf wider: »Buchen sollst du suchen ...« War es ein Kinderreim aus seiner Jugend, der ihm wieder in den Sinn gekommen war? Oder hatte er einfach nur Unsinn geredet? Oder wollte er mir eine geheime Botschaft übermitteln? Aber wozu sollte ich denn Buchen suchen? Und vor allem: welche Buchen? Unser Wald war riesig!

Die Tür knarrte. Endlich kam unsere Ablösung. Ich atmete auf, erhob mich und dehnte die steifen Glieder. Auch Gisla stieß einen erleichterten Seufzer aus.

Ohne weitere Worte nahmen Gertrud und Hermann unsere Plätze ein. Wir schwiegen, um die Ruhe der Toten nicht zu stören.

Erst draußen, auf dem Burghof, wurde Gisla gesprächig. »Ich musste die ganze Nacht an Wibald denken. Morgen wird er beerdigt. Wer wohl bei ihm die Totenwache hält?«

Ich wollte sie ermuntern weiterzureden. Vielleicht erfuhr ich etwas Neues. »Wibald hat seinen wahren Charakter geschickt verborgen«, erwiderte ich.

Vor dem Palas blieb Gisla stehen. »Ich habe auch lange gebraucht, bis ich wusste, mit wem ich es in Wirklichkeit zu tun hatte. Erst nachdem er unser Verhältnis beendet hatte, habe ich klar gesehen, denn er war ein vollendeter Liebhaber, der sehr wohl wusste, wie man einer Frau den Kopf verdreht. Aber auch die anderen wollten sich von Wibald täuschen lassen, niemand hat ihm Einhalt geboten. In harmlosem Plauderton hat er die schlimmsten Gerüchte in Umlauf gebracht, um seinen Konkurrenten zu schaden.« Gisla zupfte mich am Ärmel. »Ihr wisst doch bestimmt, dass Mechthild am Tag des Mordes in den Tiergarten ging, um frische Luft zu schöpfen? Als sie zurückkam, war sie völlig verstört und zitterte am ganzen Leib. Sie schien unter Schock zu stehen, wollte mir aber nicht erzählen, was passiert war.« Sie warf mir einen Blick zu, den ich nicht ergründen konnte. Abrupt wandte sie sich um. »Ich wünsche Euch noch eine gute Nacht«, sagte sie und verschwand im Palas. Die Schleppe des Gewandes fegte über den Boden.

Müde sah ich ihr hinterher. Wenn es um das Verbreiten von Gerüchten ging, konnte es Gisla mit Wibald durchaus aufnehmen, fand ich.

◆

Ich war alleine in der Dunkelheit. Vorsichtig blickte ich mich um. Als Gisla und ich das Wirtschaftsgebäude verlassen hatten, war Philipp auf seinem Hocker sitzen geblieben, aber es war durchaus möglich, dass er uns wenig später gefolgt war.

Schleichende Schritte schreckten mich auf. Ein schwarzer, schmaler Schatten glitt aus der Tür des Bergfrieds und ging quer über den Hof zum Burggarten.

Schlimme Erinnerungen an die vergangene Nacht überfielen mich. Flink wie ein Eichhörnchen und lautlos wie ein Geist huschte ich am Palas vorbei und drückte mich in eine dunkle Ecke. Mein Herz raste. Lauerte Trushard mir schon wieder auf? Ich beschloss, in meinem Versteck noch ein wenig zu warten, bevor ich mich über den Hof in den sicheren Bergfried wagte.

Leider bewegte sich der Schatten so schnell, dass ich seine Größe schlecht einschätzen konnte. Er schien kleiner zu sein als der Gaukler, aber vielleicht ging er auch ein wenig gebückt, dann mochte es hinkommen.

Ein zweiter Schatten trat aus der Tür des Palas und lief zum Garten. Der lange Umhang, in den er gehüllt war, verschmolz mit der Dunkelheit, sodass ich nicht erkennen konnte, ob es sich um einen Mann oder eine Frau handelte. Wer trieb sich denn mitten in der Nacht in der Burg herum wie zwielichtiges Gesindel?

Meine Neugier war geweckt. Die Dunkelheit des Hofes griff mit langen Armen nach mir. Meine Gedanken überschlugen sich. Sollte ich es wirklich riskieren und den beiden Schatten folgen? Ich dachte an Vater und raffte meinen ganzen Mut zusammen. Je mehr Beweise ich gegen Trushard in der Hand hatte, desto besser für uns.

So leise wie möglich huschte ich zum Garten, immer in der Furcht, dass mir gleich ein Pfeil in den Rücken fliegen würde. Doch wider Erwarten kam ich unversehrt am Burggarten an.

Angewidert verzog ich das Gesicht, als unter meinen Füßen die Hinterlassenschaften der Schweine aufschmatzten. Vor dem Zaun kauerte ich mich auf dem Boden zusammen. Wenn ich entdeckt wurde, war ich geliefert. Gegen die Kraft eines Mannes oder gegen heimtückische Pfeile kam ich auch mit meinem Dolch nicht an. Wenn einer der beiden Schattenmänner wirklich der Spielmann war, würde er nicht lange mit mir fackeln. Ich biss die Zähne zusammen. Jetzt durfte ich nicht kneifen. Vielleicht lieferte mir diese nächtliche Unterredung einen weiteren wichtigen Hinweis, der Vaters Leben retten konnte.

»So viel Geld, wie Ihr verlangt, habe ich gar nicht. Als Mönch habe ich Armut gelobt. Meinen letzten Rest Geld hatte ich doch schon für Wibald zusammengekratzt.« Rainalds Stimme! Womit konnte man einen frommen Mann wie ihn erpressen?

Leider konnte ich die Antwort nicht verstehen. Das Einzige, was an meine gespitzten Ohren drang, war ein höhnisches Zischen.

»Habt Erbarmen, um der Liebe Christi willen«, flehte Rainald. »Ich habe doch niemandem ein Unrecht tun wollen, ganz im Gegenteil. Verratet mich nicht, bitte! Ihr schadet nicht nur mir, sondern auch unschuldigen Menschen. Mein Gott, was soll aus uns werden!«

Rainald sank auf die Knie und reckte verzweifelt die Hände hoch. »Bitte ... bewahrt mein Geheimnis ... erspart mir die Schande«, stammelte er.

Vorsichtig rückte ich näher an den Zaun und spähte zwischen den Latten hindurch.

Eine helle Klinge blitzte auf, fuhr Rainalds Hals aufwärts, dann tippte die Spitze das Kinn an und hob sein Gesicht empor. Der ehemalige Notar stöhnte auf. Ein boshaftes Wispern, dann glitt das unbekannte Schattenwesen rasch in die Dunkelheit davon.

Erstarrt blieb ich hocken. Erst als ein scharfer Windstoß über den Hof fegte und mich vor Kälte zusammenzucken ließ, kam ich zur Besinnung und schalt mich einen Dummkopf. Ich hätte dem Schatten folgen sollen, anstatt mich feige an den Latten festzukrallen. Nun war die Chance vertan. Rainald lag wimmernd auf den Knien. Unauffällig stahl ich mich davon.

Aber ich hatte wenigstens eine hochinteressante Neuigkeit erfahren. Wibald hatte Rainald ausgequetscht, bis dieser kein Geld mehr hatte. Deshalb hatte der Notar auch um seine Entlassung gebeten. Aber was war Rainalds Geheimnis, dessen Preisgabe auch anderen Menschen schaden würde?

Bei dem Erpresser musste es sich um Trushard handeln – wer sonst war so kaltblütig und geldgierig? Als ich über den Burghof tappte, bemerkte ich entsetzt, wie ein baumlanger Schatten im Bergfried verschwand.

Was sollte ich tun? Mit Sicherheit lauerte Trushard auf mich. Unschlüssig blieb ich unter der Leiter stehen, die zum Eingang des Bergfrieds führte. Jeden Augenblick konnte Rainald zurückkommen, und ihm wollte ich auch nicht gerade in die Arme laufen.

Mir blieb nichts anderes übrig, ich musste versuchen, meine sichere Kammer zu erreichen.

Mein Magen krampfte sich zusammen. Mit zitternder Hand fingerte ich nach meinem Zimmerschlüssel. In der anderen Hand hielt ich den Dolch bereit.

Mit klopfendem Herzen stieß ich die Tür auf und sah mich vorsichtig um. Aber es war so finster, dass ich nichts erkennen konnte.

Ich musste es riskieren und hineingehen. Zögernd machte ich den ersten Schritt. Gleich würde mich eine Hand packen und mir das Messer an die Kehle setzen ... Stille.

Ich wagte den zweiten Schritt. Wieder nichts.

Da fasste ich mir ein Herz und rannte zur Treppe. Pfeilschnell wetzte ich hoch.

Erst vor meiner Kammer blieb ich stehen. Über mir hörte ich ein leises Schleichen. Trushard war auf dem Söller, nur wenige Stufen von mir entfernt. Da hatte er also auf mich gelauert. Er wollte mich in mein Zimmer zerren, wo wir ungestört waren.

Der Schlüssel rutschte aus meiner schweißnassen Hand und fiel auf den Boden. Hastig hob ich den Schlüssel auf und stocherte nach dem Schlüsselloch. Verdammt, warum traf ich es nicht? Ich horchte zum Söller hinauf, aber es blieb ruhig. Niemand kam die Treppe herunter. Es schien eine Ewigkeit zu dauern, bis der Schlüssel endlich hineinflutschte.

Erleichtert schloss ich hinter mir ab und plumpste aufs Bett. Hier war ich sicher. Atemlos lauschte ich. Nichts. Kein Laut. Auch die Tür zum Bergfried klappte nicht auf. Wahrscheinlich schluchzte Rainald immer noch im Burggarten vor sich hin.

Mit größter Anstrengung schaffte ich es, Mantel und Gewänder auszuziehen und den Zopf zu lösen, dann versank ich in den Kissen.

Ich wollte wach bleiben, um zu horchen, was sich im Bergfried tat, aber trotz der ausgestandenen Aufregungen fielen mir die Lider zu.

Wenige Augenblicke vor dem Einschlafen hörte ich ein schabendes Geräusch vor meiner Tür. Ich schreckte auf. Machte Trushard sich am Schloss zu schaffen? O heilige Margarete, war man denn in dieser Burg nirgends mehr sicher? Das Schloss war zwar so stabil, dass niemand es aufbrechen konnte, ohne einen Höllenlärm zu veranstalten, aber trotzdem griff ich nach dem Dolch, der auf dem Hocker neben dem Bett lag, und schob ihn unter die Bettdecke. Sollte er es wider Erwarten schaffen, bei mir einzudringen, würde ich ihm einen unvergesslichen Empfang bereiten.

Beunruhigt lauschte ich nach draußen. Es blieb still. Dennoch fand ich keinen Schlaf. Kurz vor dem Morgengrauen kleidete ich mich an. Als der erste Lichtstrahl durch die Fensterritzen drang, stahl ich mich aus dem Zimmer, sattelte meine Stute und preschte in scharfem Galopp nach Lautern. Keinen Augenblick länger als nötig sollte Vater im Verlies zittern.

5. TAG

**Ich liege mitten unter Löwen,
verzehrende Flammen sind die Menschen,
ihre Zähne sind Spieße und Pfeile,
und ihre Zungen scharfe Schwerter.**

Psalm 57

»Was willst du hier? Du weißt doch, dass du deinen Vater nicht besuchen darfst!« Abfällig spuckte Markward die Worte heraus. Seit Jahren schon kannte ich den Torwächter der Pfalz. Bisher hatte er mich immer ehrerbietig mit »Ihr« angeredet, der Wechsel zum herabsetzenden »Du« zeigte mir an, wie viel Achtung ich inzwischen verloren hatte.

Ich biss die Zähne zusammen. »Ich muss Wilhelm, den Anführer der kaiserlichen Leibwache, sprechen«, antwortete ich und unterdrückte das Flattern in meiner Stimme.

Markwards Augen verengten sich zu Schlitzen. »So, du willst also endlich ein Geständnis ablegen. Es tut mir aufrichtig Leid, dass du dein Gewissen nicht erleichtern kannst. Wilhelm ist gestern Abend weggeritten und kommt erst morgen zurück.«

Meine Knie wurden weich vor Schreck. Noch ein Tag verloren ... Ich überlegte, ob ich mich an jemand anders wenden konnte. Aber mir fiel niemand ein, der infrage kam. Wenn ich mit meiner Vermutung Recht hatte und Jost wirklich nach unserer Burg gierte, würde er die Beweise gegen Trushard unter den Tisch fallen lassen, um Vater an den Galgen zu bringen. Daher musste ich mich hüten, ihn und Siegfried ins Vertrauen zu ziehen. Und die anderen Männer der Leibwache kannte ich nicht. Am Ende würden sie noch den Verdacht unvorsichtig ausplaudern. Auf keinen Fall durfte Trushard Wind davon bekommen, denn sonst würde er fliehen. Ganz überraschend musste er verhaftet werden, und bis dahin würde ich alles dafür tun, damit er sich in Sicherheit wähnte. Wenn ich die falsche Person informierte, konnte es Vater – und vielleicht auch mich? – das Leben kosten. Nein, es war besser, bis morgen zu warten. Aber die Zeit lief mir davon. Eine üble Vorahnung stieg in mir auf.

»Was ist? Willst du hier Wurzeln schlagen?«, knurrte Markward. »Ich sagte doch, Wilhelm ist nicht da.«

Ob ich es wenigstens schaffen konnte, dass das Gericht um ein paar Tage verschoben wurde? »Ich würde gerne die Kaiserin sprechen«, erwiderte ich.

»Zur Kaiserin willst du!« Höhnisches Gelächter. »Du glaubst doch nicht allen Ernstes, dass die Kaiserin die Tochter eines Mörders empfängt!«

Mir stiegen die Tränen in die Augen vor hilfloser Wut.

»Als Hofdame von Kaiserin Beatrix bin ich ganz sicher, dass Ihre Hoheit die Tochter eines der wichtigsten Reichsministerialen empfangen wird.« Unbemerkt war Gisla herangetreten, mit einem bezaubernden Lächeln auf ihren kirschroten Lippen. Markward fuhr herum und glotzte sie bewundernd an. »Stets zu Euren Diensten, schöne Jungfer«, beeilte er sich zu versichern und ließ mich anstandslos passieren.

Wie gutes Aussehen doch das Leben einer Frau erleichterte! Hätte Markward mich auch dann abgewiesen, wenn ich so hübsch wie Gisla gewesen wäre? Hätte ihn dann mein trauriges Schicksal nicht viel mehr angerührt?

»Kommt!« Gisla zog mich durch das Tor und hakte sich bei mir unter, als wären wir die besten Freundinnen. Ihre Armreifen klirrten, als sie sich kurz umdrehte und Markward noch einmal strahlend zuwinkte. »Ihr wollt wirklich zur Kaiserin, oder war das nur ein Vorwand, um in der Pfalz noch einige Nachforschungen zu betreiben?« Ihre grauen Augen musterten mich interessiert.

»Ich würde die Kaiserin gerne um ein paar Tage Aufschub bitten«, entgegnete ich. »Vielen Dank für Eure Hilfe.« Die Worte fielen mir schwer. Ihre vertrauliche Berührung war mir zuwider, und am liebsten hätte ich den weichen Arm abgeschüttelt, der mit Sicherheit in der vergangenen Nacht Trushards Körper umschlungen hatte. Aber ich war auf jede noch so kleine Hilfe angewiesen und konnte es mir nicht leisten, eine der Lieblingshofdamen von Beatrix vor den Kopf zu stoßen.

»Ich sorge dafür, dass Ihr so schnell wie möglich empfangen werdet.« Gebieterisch winkte Gisla einem Pferdeknecht zu, der ohne Zögern heraneilte und mir bereitwillig die Stute abnahm. Es gab wohl keinen Mann, der Gisla nicht aufs Wort gehorchen würde.

Auf dem Hof herrschte selbst zu dieser Stunde ein reges Treiben. Einige Küchenjungen trugen Körbe voller duftender Brote zum Palas, andere hatten blütenweiße Leintücher oder Zinnkrüge im Arm. Knechte misteten in den Ställen kräftig aus. Fensterläden wurden ruckartig aufgestoßen und gaben den Blick auf gähnende Rachen und Gesichter frei, die vom Schlaf noch ganz zerknittert waren.

Aus der Burgküche erscholl die Bassstimme des Koches, der schon wach genug war, um kräftig zu schimpfen. »Hilde, du dumme Nuss, seit dem Mord bist du zu nichts mehr zu gebrauchen. In den Teig gehört mehr Salz, das habe ich dir doch schon hundert Mal gesagt!«

Das kaiserliche Paar bewohnte ein eigenes Gebäude, das sich neben dem Palas befand. Gisla brachte mich zu einem

Zimmer, in dem sich schon mehrere Bittsteller eingefunden hatten, denn Beatrix verfügte über eine eigene Kanzlei, um ihre Ländereien in Burgund zu verwalten.

Während ich neben den anderen auf der langen Bank wartete, staunte ich über die Luxusgegenstände, die den Raum zierten: silberbeschlagene Truhen, Schachspiele aus Elfenbein, goldene Kerzenleuchter und – o Wunder – weiche, farbenprächtige Orientteppiche, die nicht nur die Wände, sondern auch den Boden bedeckten. Jost hatte mir die Räumlichkeiten des kaiserlichen Paares gezeigt, als sie gerade fertig gestellt worden waren, aber erst durch die mitgebrachten Kostbarkeiten wirkten sie richtig beeindruckend.

Gisla, die trotz ihres lockeren Lebenswandels zu den bevorzugten Hofdamen der Kaiserin zählte, schaffte es tatsächlich, dass ich nicht allzu lange warten musste.

Als ich auf dem eiskalten Marmorboden vor der Kaiserin niederkniete, raffte ich meinen ganzen Mut zusammen, um mein Anliegen vorzutragen. Allein ihr Aussehen schüchterte mich ein. Das edelsteinbesetzte Geschmeide und das mit Perlenschnüren überzogene Gewand führten mir vor Augen, dass Gott ihr eine Macht verliehen hatte, die sie weit über die gewöhnlichen Sterblichen hinaushob. Verlegen sah ich an meinem laubgrünen Bliaut hinunter, der mir vor wenigen Tagen noch als Gipfel an Eleganz erschienen war.

Selbst in einem ungefärbten Leinenhemd würde Beatrix alle anderen Frauen an Ausstrahlungskraft übertreffen. Sie brauchte keine Krone, um als Königin erkannt zu werden, denn ihre aufrechte Haltung, die anmutigen Gesten, die tadellosen Manieren und ihre gewählte Ausdrucksweise machten jedem auf Anhieb klar, wen er vor sich hatte. Dabei wirkte Beatrix so gütig und offen, ohne jeden Dünkel, dass sie die Zuneigung der Menschen im Nu gewann. Sie war die unbestrittene Königin der Herzen.

Bildete ich es mir ein, oder lag in ihren veilchenblauen Augen tatsächlich ein wenig Mitgefühl, als ich sie stotternd um ein paar Tage Aufschub für meinen Vater bat? Demütig verharrte ich in meiner knienden Haltung und wartete atemlos auf ihre Antwort.

Nachdenklich verschränkte sie die zarten Hände, bevor sie – nach einer Ewigkeit, wie mir schien – erwiderte: »Wir müssen rechtzeitig aufbrechen, denn wir können den Italienfeldzug nicht verzögern. Mein Gatte hat seinen besten Mann damit beauftragt, den Fall in aller gebotenen Gründlichkeit zu untersuchen, damit der Mörder seiner Strafe zugeführt wird.«

Ich hätte mir denken können, dass Beatrix ihrem Ehemann nicht in den Rücken fallen würde. Aber für mich hatte sich wieder eine Hoffnung zerschlagen. Ich schluckte schwer.

»Seid versichert, ich werde persönlich dafür sorgen, dass Euer Vater besser behandelt und der Kerker noch heute gründlich gereinigt wird«, fuhr die Kaiserin fort. Ihre goldenen Ohrringe klirrten leise. »Euer Vater wird ein gerechtes Verfahren bekommen, so wie es das Gesetz vorsieht. Wie Ihr wisst, wird das Urteil nicht vom König gefällt, der nur der Vorsitzende des Gerichtes ist, sondern von den Beisitzern.«

Beatrix schaute mich freundlich an. »Einen kleinen Trost habe ich allerdings für Euch: Ihr braucht Euch um Eure eigene Zukunft keine Sorgen zu machen. Ein junger Mann, der in den Diensten des Reiches steht, hat bei meinem Gatten darum gebeten, Euch heiraten zu dürfen, auch wenn Euer Vater als Mörder verurteilt wird. Er hat ausdrücklich hinzugefügt, dass er für den kleinen Merbodo sorgen wolle.« Sie lächelte. »Ich will Euch nicht verraten, wer es war, der junge Mann wird sich schon selbst zu erkennen geben. Ihr könnt Euch glücklich schätzen über so viel Zuneigung und Treue.«

Wenn sich die Kaiserin vor meinen Augen in einen Elefanten verwandelt hätte, hätte mich das auch nicht stärker verblüffen können als die Ankündigung, dass ein Ministerialer den Kaiser um die Erlaubnis gebeten hatte, mich zu heiraten. Dass Meinloh so schnell handeln würde, hätte ich nie gedacht. Meine Smaragdaugen mussten ihn wahrhaft verzaubert haben.

Mit einem Wink bedeutete mir die Kaiserin, dass ich entlassen war. Verwirrt knickste ich, raffte mein Gewand und verließ den Raum. Das Einzige, was ich erreicht hatte, war ein sauberes Verlies für Vater! Niedergeschlagen schlich ich zum Stall und sattelte meine Stute. Ganz langsam, fast schon widerwillig, ließ ich sie zum Beilstein zockeln – zurück zu einem brutalen Mörder.

◆

Selbst durch die geschlossene Tür der Kemenate drang Ottinos klirrende Stimme: »Schon auf das Kreuz!«

Ich wickelte mich enger in das große Tuch, das ich um Kopf und Schulter geschlungen hatte, und ging unbeirrt weiter. In der rechten Hand balancierte ich vorsichtig einen Becher voller Wasser, in dem ein rosa blühender Apfelzweig duftete.

Philipp lümmelte sich auf einem Hocker vor der Tür zur Kemenate, neben sich wie immer einen Krug Bier. Man hatte ihn dazu verdonnert, Wache zu halten. »Die verdammte Ketzerin ist endlich aufgewacht«, blaffte er und spuckte auf den Boden.

Ich beachtete ihn nicht und betätigte den Klopfring. Aber Ottinos Eisenstimme übertönte das Geräusch. »Küsst es!«

Als ich eintrat, fiel mein Blick auf den Abt, der sich ganz dicht über das Bett gebeugt hatte und seine schwere goldene Kette mit dem Kreuz über Mechthilds eingefallenes Gesicht hielt, das sich in der Farbe kaum von dem weißen Linnenkissen unterschied. »Küsst es!«, wiederholte er unerbittlich.

Mechthild drehte den Kopf zur Seite, mühsam nach Luft

ringend. »Nein«, flüsterte sie leise, aber bestimmt. »Es ist ein Zeichen für den Sieg Satans in dieser Welt.«

»Da habt Ihr's! Sie hat keine Ehrfurcht vor dem heiligen Kreuz.« Ottino reckte sich hoch und drehte sich zu Arnold um, der auf dem Rande eines Hockers kauerte, bereit, wie ein Hund zuzuschnappen, sollte sich der Abt an Mechthild vergreifen.

Niemand hatte mein Eintreten bemerkt. Ich räusperte mich vernehmlich. »Ich bringe ein bisschen Frühling ins Krankenzimmer.« Ich stellte den Becher auf den Tisch und setzte mich unaufgefordert auf die Truhe. Je mehr Leute der bedrängten Mechthild gegen Ottino beistanden, desto besser. Sie war eine Irrgläubige, gewiss, aber auch ein hilfebedürftiger Mensch.

Ottino umklammerte Mechthilds Handgelenk. »Schwört bei Gott, dass Ihr dem wahren Glauben anhängt.«

Ihr Kehlkopf hüpfte auf und ab, als würge sie an ihren Worten. »Ich kann nicht ...«, brachte sie kaum hörbar hervor.

»Es reicht!« Arnold bleckte die Zähne. Energisch packte er Ottinos Arm und schob ihn zur Tür. »Ihr werdet sie schon noch bekommen, Eure Ketzerin. Aber jetzt lasst sie in Ruhe genesen.«

Mit vorgeschobenem Kinn schritt das Eisauge zur Tür. »Sie leugnet ihren Irrglauben nicht. Man muss die Ketzer vom Erdboden vertilgen, bevor sie weitere unschuldige Seelen ins Verderben reißen.« Er knallte die Tür hinter sich zu.

Betroffen schwiegen wir. Nur Mechthilds rasselnder Atem war zu hören. Die linke Hand hatte sie fest auf die schmerzende Lunge gepresst. Ihre riesigen blauen Augen glänzten vom Fieber. Plötzlich wurde sie von einem heftigen Hustenanfall erfasst. Fürsorglich hielt Arnold sie in seinen Armen, während sie bellte und keuchte.

»Warum schwört Ihr nicht einfach ab?«, fragte ich verständnislos. »Dann entkommt Ihr dem Scheiterhaufen.«

Mechthild krallte ihre knochigen Finger in der Bettdecke

fest. Wie milchiges Glas sah die Haut aus, die ihre Hände umspannte. »Es ist nur ein kleiner Schritt von der Finsternis ins Licht«, flüsterte sie. »Ich sehne mich danach, das Teufelsfleisch abzulegen.«

Entgeistert starrte ich Mechthild an. Das konnte doch wohl nicht ihr Ernst sein. Niemand suchte bereitwillig den Tod! »Habt Ihr denn keine Angst vor den fürchterlichen Schmerzen?«

»Sie dauern nicht lange, und dann ist meine Seele für immer befreit.« Ihre Worte gingen in einem weiteren Hustenanfall unter. Mechthild bäumte sich auf. Arnold hielt ihren Kopf und flößte ihr etwas Fencheltee ein.

Ich stand auf und spähte zweifelnd aus dem Fenster, obwohl ich den Ausblick nur allzu gut kannte. Aber noch nie hatte ich ihn auf Fluchtmöglichkeiten überprüfen müssen. Es ging steil in die Tiefe, da sich unsere Burg auf einer felsigen Anhöhe befand. Die Kemenate lag im zweiten Stockwerk und ragte über der Burgmauer empor, an die der Palas gebaut worden war. »Wir könnten Euch nachts abseilen«, schlug ich vor.

»Und dann?«, fragte Mechthild hilflos. »Ich bin viel zu schwach, um fortzulaufen. Nein, es hat keinen Sinn.«

Ich gab mich nicht so schnell geschlagen. »Was wäre, wenn wir im Wald ein Pferd für Euch bereithielten?«

Mechthild schüttelte den Kopf. »Macht Euch nicht so viele Gedanken um mich. Es ist doch nur eine vergängliche Scheinwelt, in der wir leben. Der Teufel hat sie geschaffen, um uns zu quälen.«

Ich gab es auf. Sie hatte mit ihrem Leben abgeschlossen. Aber eine Sache interessierte mich noch. Ich setzte mich an den Rand des Bettes und blickte Mechthild ernst an. »Was habt Ihr am Mordtag im Tiergarten gesehen? Ihr wart völlig verstört, als Ihr zurückkamt.« Vielleicht erhielt ich von ihr noch einen weiteren Beweis gegen Trushard.

Mechthild und Arnold tauschten erschrockene Blicke aus. Die Hofdame presste die Lippen zusammen und schwieg. Offensichtlich hatte ich in ein Wespennest gestochen. Meine Neugier wuchs. »Raus mit der Sprache!«

Hartnäckige Stille. Ich verlor langsam die Geduld. Mechthild mochte ihr eigenes Leben riskieren, aber nicht das Leben meines Vaters. »Darf ich Euch daran erinnern, dass gute Christen nicht lügen dürfen?«, fragte ich eisig und schob gleich eine weitere Frage hinterher: »Habt Ihr jemanden gesehen?«

Mechthild rettete sich in einen heftigen Hustenanfall. Mein Vater saß im Verlies, auch ich stand unter Verdacht, und die Hofdame schwieg einfach, obwohl sie wahrscheinlich eine wichtige Beobachtung gemacht hatte. Sie musste einen guten Grund dafür haben – deckte sie jemanden? Aber wen? Trushard wohl kaum.

Ich streifte das Tuch vom Kopf und legte mir den dicken Zopf um die Schulter. Mechthild würde den Mund nicht freiwillig öffnen, so viel war klar. Aber Arnold, der sich ein bisschen zu auffällig um die Ketzerin sorgte, war eine Schwachstelle. Wenn ich ihr heftig zusetzte, würde er sich dann vielleicht bemühen, sie zum Sprechen zu bringen? Einen Versuch war es allemal wert.

Ich holte tief Luft. Ich hasste es, mich aufzuführen wie Eisauge persönlich, aber es führte kein Weg daran vorbei. In scharfem Ton blaffte ich sie an: »Ihr genießt unsere Gastfreundschaft. Lohnt Ihr sie, indem Ihr eine Auskunft verweigert, die das Leben meines Vaters retten könnte?«

Keine Antwort. Mechthild zog sich die Bettdecke bis an das Kinn.

Gemächlich stützte ich meine Arme auf der Matratze ab und hielt mein Gesicht ganz dicht vor ihres. Von Ottino hatte ich in den letzten Tagen wirklich viel gelernt. Ich fixierte die weit aufgerissenen Augen der Ketzerin und redete grimmig auf sie ein: »Du sollst nicht töten, heißt es in den Zehn Geboten. Und Ihr, als gute Christin, wollt Ihr wirklich schuld sein am Tod meines Vaters?«

Mechthild wandte den Kopf zur Seite. Ich umfasste ihr Kinn und drehte es zu mir. »Ich habe einen Bruder, der erst fünf Jahre alt ist und ohne Mutter aufwachsen musste«, sagte ich leise. »Könnt Ihr vor Gott verantworten, dass er nun auch noch den Vater verliert?«

Ihre Augen füllten sich mit Tränen. Hilfe suchend sah sie zu Arnold auf. Die Schweigemauer bröckelte.

Arnold räusperte sich vernehmlich. »Mechthild, ich kenne Rotrud schon seit Jahren. Wir können ihr ruhig die Wahrheit sagen. Außerdem schulde ich ihr Dank. Ohne die Hilfe von Rotrud und ihrem Vater hätte ich in meiner Einsiedelei nicht überleben können.«

Entsetzt riss Mechthild die Augen auf, aber Arnold legte ihr beruhigend die Hand auf den Arm. »Rotrud, Mechthild hat mich bei der Leiche gesehen.«

Jetzt wusste ich, woher die vielen Fußspuren stammten, die wir bei Wibald entdeckt hatten. Zur Mittagszeit musste es im Tiergarten zugegangen sein wie in einem Taubenschlag. Ich hoffte inständig, dass keiner von den beiden mich gesehen hatte. »Was hast du da gesucht?«, fragte ich.

»Mechthild und ich hatten uns im Tiergarten verabredet, weil wir dachten, wir wären dort bei dem schlechten Wetter ungestört«, erklärte Arnold verlegen. »Ich war vor ihr da und fand die Leiche.«

»Warum habt Ihr den Mord nicht gemeldet?«, fragte ich, obwohl ich mir die Antwort denken konnte. Ich hatte mich schließlich auch wie eine Taubstumme verhalten.

Arnold strich sich über den verfilzten Bart. »Dem Toten war nicht mehr zu helfen, und ich wollte die Aufmerksamkeit nicht auf Mechthild lenken. Sie hat genug zu verbergen.«

»Das Wohlergehen der Hofdame liegt dir aber sehr am Herzen«, stellte ich fest. »Warum eigentlich? Ich dachte, du hättest mit der Ketzerei nichts mehr zu tun.«

»In Köln waren wir ein Liebespaar«, flüsterte Mechthild kaum vernehmlich. Ihre durchscheinenden Finger und Arnolds tiefbraune, schwielige Hand fanden sich auf der Bettdecke und verschränkten sich ineinander. Ich war verblüfft. Diese Tage hielten wahrlich viele Überraschungen für mich bereit.

»Ich war feige«, bekannte Arnold. »Mechthilds Streben nach Vollkommenheit hat mich überfordert. Ich habe dem Glauben der guten Christen abgeschworen, weil ich Angst hatte, ihn mit dem Scheiterhaufen bezahlen zu müssen. Aus Scham über mein Versagen habe ich Mechthild verlassen und mich weit weg von ihr, bei euch im Lautrer Wald, verkrochen. Erst später, als ich schon geraume Zeit hier in der Einsiedelei lebte, wuchs in mir die feste Überzeugung, dass der alte Glaube auch der einzig wahre ist.«

»Es gehört viel Kraft dazu, seinen Ansichten treu zu bleiben, wenn man dafür das eigene Leben opfern muss. Nicht jeder ist zum Märtyrer geboren«, stellte ich verständnisvoll fest. Arnold nickte, aber ich hatte keine Zeit, mich noch länger bei dem Thema aufzuhalten. Vielmehr interessierte mich der Mord. »Jetzt befürchtet ihr beide natürlich, in Verdacht zu geraten«, hakte ich nach.

Arnold tupfte der Kranken den Schweiß von der Stirn. »Beim Einzug des Kaisers habe ich Mechthild wiedergesehen. Ich wollte mich eigentlich nur prüfen und wissen, ob Barbarossas Anblick in mir den Wunsch nach Rache auslöst oder ob ich ihm wahrhaftig vergeben habe. Statt des Hasses ist in mir die Liebe zu Mechthild wieder aufgeflammt. Und jetzt lasse ich sie nicht mehr los, komme, was wolle.«

Seufzend stand ich auf und strich meine Röcke glatt. Als ich zur Tür schlich, zupfte Arnold mich am Ärmel und raunte mir leise ins Ohr. »Ich gehe heute Abend in meine Hütte zurück, um für Mechthild eine besondere Medizin herzustellen, die jeden Schmerz betäubt.« Dann murmelte er in seinen Bart: »Wozu hat Gott sie bloß das Fieber überleben lassen?«

Diese Frage hatte ich mir auch schon gestellt. Vielleicht wäre es wirklich besser gewesen, wenn sie gestorben wäre, ohne das Bewusstsein wiedererlangt zu haben. Resigniert zupfte ich mein Tuch zurecht, wünschte Mechthild gute Besserung und verließ nachdenklich das Zimmer.

Kaum hatte ich die Tür hinter mir zugezogen, da sprang Philipp von hinten auf mich zu und riss mir das Tuch von der Schulter. Erschrocken griff ich danach, aber er hielt es hinter seinen kräftigen Rücken. »Gebt es zurück«, verlangte ich empört.

»Heute Abend beim Leichenschmaus«, rief er mir hinterher und lachte meckernd.

◆

Gisla hatte mich um einen Schlaftrunk gebeten, damit sie trotz Mechthilds lautem Geschnaufe nachts ein wenig Ruhe fand. Daher stand ich in meiner kleinen Kräuterhütte und rührte die übliche Mischung aus Mohnsaft, Baldrian und verschiedenen anderen Pflanzenextrakten an. Ich war froh über diese Rückzugsmöglichkeit. Ich hatte Trushard heute noch nicht zu Gesicht bekommen und legte allergrößten Wert darauf, dass es so blieb.

Ich war so vertieft, dass ich Gisla erst bemerkte, als sie vor mir stand. Verärgert sah ich von meiner Arbeit auf. Das Liebchen des Spielmanns hatte mir gerade noch gefehlt.

Gisla schien sich an meinem unfreundlichen Empfang nicht zu stören. Wie ein farbenprächtiger Schmetterling flatterte sie in dem armseligen Verschlag umher und musterte interessiert mein Sammelsurium an Pfannen, Tiegeln und Flaschen. Mit ihren ringgeschmückten Fingern fuhr sie über die Bretter, hob mal dieses und mal jenes hoch. Ein bunt bemaltes Töpfchen faszinierte sie besonders. »Was ist da drin?«

»Wermutsalbe.« Bloß kein Wort zu viel verlieren. Auch wenn sie mir vorhin geholfen hatte, sie blieb ein liederliches Weibsstück. Hoffentlich verschwand sie gleich wieder.

Gisla zog den Stöpsel heraus und schnupperte. Angewidert rümpfte sie die Nase. »Das stinkt noch schlimmer als Euer gewaltiger Misthaufen im Burghof. Was habt Ihr da bloß reingetan?«

»Neben Wermut auch Unschlitt, Hirschtalg und Hirschmark«, zählte ich seufzend auf. »Das Mittel lindert Gichtbeschwerden.«

»Stellt Ihr auch Schönheitssalben her?«, fragte sie und schaukelte aufreizend in den Hüften.

»Das habe ich nicht nötig«, erwiderte ich bissig und füllte den Schlummertrunk in eine kleine Flasche ab. »Wahre Schönheit kommt von innen. Wer tugendhaft ist, muss der Natur nicht nachhelfen.« Ein Gedanke durchzuckte mich. »Aber ich könnte Euch eine wunderbare Paste empfehlen.« Ich griff in das Regalbrett hinter mir und hielt ihr ein Tontöpfchen hin.

Sie barg das Gefäß in ihren gepflegten Händen und beäugte es neugierig. »Wozu soll sie nützen?«

Ich konnte mir ein hämisches Grinsen nicht verkneifen. »Nehmt diese Mischung aus Schwertlilie, Bachminze, Dill und Lungenwurz regelmäßig zu den Mahlzeiten ein, und sie wird die ungeziemenden Gluten der Begierde dämpfen.«

Gisla lachte laut auf. »Ihr seid mindestens so giftig wie einige Eurer Kräuter.« Sie stellte das Töpfchen auf dem Holztisch ab und strich sich neckisch über die Hüften. »Männer sind wie fremde Länder. Immer wieder macht man überraschende Entdeckungen, wenn man sie erkundet. Was ist schon dabei?«

Unfreundlich hielt ich Gisla die Flasche hin. »Hier ist Euer Schlaftrank. Nehmt ihn und geht!«

»Ihr mögt mich nicht«, stellte die Hofdame sachlich fest und zuckte die Achseln. »Schade eigentlich, denn Ihr seid durchaus sehr amüsant.«

Grimmig nahm ich mir ein Büschel Petersilie vor und hackte darauf herum. Gisla stützte ihre molligen Arme auf den Tisch, an dem ich arbeitete, und sah mir direkt ins Gesicht. »Ich finde, wir sollten uns zusammenraufen, um Mechthild zu retten.« Sie gurrte wie eine Taube.

Ich starrte sie ungläubig an. »Wie wollt Ihr das denn anstellen?«

Gisla rückte ihr perlenverziertes Schapel zurecht. »Ihr stimmt mir doch zu, dass Männer unersättlich sind und nie genug kriegen können?«

Ich dachte an den Knochenpoeten. »Allerdings.«

Gisla setzte sich wieder in Bewegung und wanderte in der Hütte umher. Ihr Seidenkleid raschelte wie ein leiser Windhauch. »Wir sollten uns diesen Umstand heute Nacht zunutze machen.«

Gespannt sah ich sie an. »Wie das denn?«

Gisla drehte sich verschwörerisch zu mir um. »Ich bin sicher, dass wir es schaffen können, die Wachposten beim Leichenschmaus von ihren Plätzen wegzulocken. Ihr müsst nur gut auftischen und vor allem reichlich Wein ins Spiel bringen, dann werden sie nicht widerstehen können.«

Ich verstand allmählich ihren Plan. »Und wenn sie bis oben hin voll sind, kriegen sie vor lauter Trunkenheit nicht mit, dass wir Mechthild heimlich hinausschaffen.«

Ihre Finger spielten mit den Kräuterbüscheln, als wollten sie ihnen neues Leben einhauchen. »Kluges Kind.«

Es war riskant. »Wir könnten es versuchen«, überlegte ich laut. »Wenn sie nicht betrunken genug sind, lassen wir es eben.« Mir fiel ein, wie sich der Knochenpoet zur Abwechslung einmal nützlich machen konnte. »Ich werde Trushard bitten, seine Messer zu werfen und ein paar wilde Lieder vorzutragen. Wenn die Männer abgelenkt sind, schleiche ich mich heimlich aus dem Saal.«

Wie ein Unschuldsengel sah Gisla aus, wenn sie lächelte. »Es wird klappen, glaubt mir. Ich weiß, was Männer mögen. Niemand rechnet damit, dass eine Schwerkranke flieht. Wenn wir Mechthild durch das Burgtor geschleppt haben, setzen wir sie auf ein Pferd.«

»Von hier aus kann sie zu Arnold reiten und gemeinsam mit ihm Lautern verlassen«, sagte ich nachdenklich. »Alleine schafft sie es nicht.«

Es war ein Risiko, aber kein allzu großes, da hatte Gisla schon Recht. Ich kannte unsere Männer und wusste, wie versoffen sie waren. Auch der kaiserliche Aufpasser hatte sich gleich an dem ersten Abend, den er auf dem Beilstein verbrachte, einen dicken Rausch angetrunken.

Ich dachte an die zarte Mechthild und den frommen Arnold. In den letzten Tagen hatte ich gelernt, wie unersetzlich und kostbar jedes einzelne Menschenleben war. Was auch immer ein Mensch getan hatte – niemand verdiente den Scheiterhaufen, und schon gar nicht eine sanftmütige Hofdame, selbst wenn sie einem Irrglauben anhing. Wer lebendig verbrannt wurde, litt Höllenqualen, die sich selbst der Teufel nicht schlimmer hätte ausdenken können.

Ich unterdrückte meine Abneigung gegenüber Gisla. Sollte Mechthild etwa mit ihrem Leben für meine Eifersucht bezahlen? Die Ketzerin konnte schließlich nichts dafür, dass ich auf solch einen Weiberhelden hereingefallen war. Auch wenn sie jetzt schon mit ihrem Leben abgeschlossen hatte: An Arnolds Seite würde sie es gewiss wieder schätzen lernen.

»Abgemacht«, sagte ich und hackte weiter auf die unschuldige Petersilie ein.

◆

Da die verstorbene Magd keine Familie mehr hatte, blieben wir nach Elsbeths Beerdigung beim Leichenschmaus unter uns. Als einzige Frau saß ich mit unseren Burgmannen, Philipp und Trushard an der Tafel.

Ottino, den der Kaiser zusammen mit anderen frommen Männern zum Abendessen geladen hatte, war stolz abgerauscht. Er wurde heute Nacht nicht zurückerwartet, was uns bei unserem Plan sehr zustatten kam. Meinloh war – wie er gestern befürchtet hatte – in der Zwischenzeit von Barbarossa mit einer dringenden Botschaft losgeschickt worden. Seit die Kaiserin mir von seinem Antrag berichtet hatte, waren wir uns noch nicht begegnet. Und obwohl ich dankbar sein musste, dass meine Zukunft gesichert war, freute ich mich doch über den kleinen Aufschub, der mir noch blieb.

Rainald übernachtete in der Pfalz, da er ein letztes Mal in der Kanzlei aushelfen musste. So kurz vor dem Italienzug wurde jede schreibkundige Hand für die zahlreichen Briefe benötigt, die in den Süden und an die Höfe der Kriegsteilnehmer gesandt wurden.

Arnold stellte die Medizin für Mechthild her. Er war verschwunden, bevor wir ihn in unseren Plan einweihen konnten, aber ich war sicher, dass er mitmachen würde. Gertrud und Hermann nutzten das letzte Tageslicht, um zu ihrem Häuschen in der unteren Burg zu gelangen. Ich konnte verstehen, dass sie Angst hatten, in der Dunkelheit den runden

Turm zu benutzen. Immerhin war Elsbeth dort gestorben. Und auch Gisla zog sich unmittelbar nach dem Essen zurück, um Mechthilds Sachen zu packen und die Kranke reisefertig zu machen. So hatten wir es verabredet.

Die Hofdame der Kaiserin hatte mit ihrem Plan richtig gelegen: Dem besten Tropfen aus unserem Weinkeller konnten die Männer nicht widerstehen. Es dauerte nicht lange, und über der Tafel breitete sich eine dichte Alkoholwolke aus. Langsam wurde mir doch etwas mulmig. Unter Vaters strenger Aufsicht hatten unsere Burgmannen nicht gewagt, sich derart gehen zu lassen, aber heute hielt sie niemand davon ab. Auch Philipp stand unseren Kerlen im Saufen nicht nach.

Einzig Trushard nippte lediglich an seinem Wein. Stirnrunzelnd beobachtete er das hemmungslose Trinkgelage und war ungewöhnlich schweigsam. Das kam mir ganz gelegen, denn ich lechzte wahrlich nicht nach einer Unterhaltung mit ihm.

Ich hatte mich absichtlich neben ihn gesetzt, da mir in der Kräuterhütte eine ausgezeichnete Idee gekommen war. Die Paste, die ich Gisla empfohlen hatte, konnte auch Trushard dabei helfen, die Last seiner zweifellos unzähligen Sünden zu verringern. Das Himmelreich blieb ihm zwar ohnehin verschlossen, aber vielleicht ersparte ihm die Mixtur wenigstens die allerschlimmsten Höllenqualen. Ein guter Christ sollte nichts unversucht lassen, um eine verirrte Seele zu retten. Vor allem dann nicht, wenn der Körper, zu dem sie gehörte, so kurz vor dem Tode stand.

Langsam fing ich an, meinen Bliaut zu schätzen. Seine weiten Schleppenärmel ermöglichten es mir, das kleine Fläschchen, in das ich zwei Löffel der stark verdünnten Mixtur abgefüllt hatte, zu verbergen.

Der Zeitpunkt war gekommen. Vor mir stand eine Platte, auf der eine letzte Scheibe Wildschweinbraten lag. Perfekt. Ich schob meine Arme in die Ärmel, bis sie von dem Stoff völlig bedeckt wurden, und entstöpselte das Fläschchen, sorgsam darauf bedacht, keinen Tropfen zu verschütten. Mein praktisches Gewand bot ausreichend Platz, unauffällig zu hantieren. Die französischen Frauen, die diesen Schnitt erfunden hatten, waren im Umgang mit Männern wirklich erfahren. Sie wussten, worauf es ankam. Den winzigen Stöpsel barg ich vorsichtig in meiner rechten Faust.

»Magst du noch ein wenig von dem Wildschweinbraten?«, fragte ich Trushard zuvorkommend. Er nickte, sichtlich erfreut darüber, dass ich endlich mit ihm sprach, nachdem ich bisher kein einziges Mal das Wort an ihn gerichtet hatte.

Ich griff nach der Platte. »Du solltest dir ein Tuch um den Hals legen, die Feuchtigkeit in der Burg schadet sonst deiner Stimme«, sagte ich in harmlosem Plauderton, um Trushard abzulenken. Der Ärmel verdeckte meine linke Hand, sodass ich die Flüssigkeit ungesehen in die Soße träufeln konnte. Ich klemmte mir die Schüssel zwischen Daumen und Zeigefinger der rechten Hand und balancierte sie behutsam zu Trushard.

»Danke.« Er lächelte mich an und legte sich das Fleisch auf den Teller.

»Nimm doch noch ein wenig Soße, Gertrud hat ein wunderbares Geheimrezept«, flötete ich.

»Ich nehme alles, was du empfiehlst«, erwiderte er arglos.

Mein Herz hüpfte. Lauernd beobachtete ich, wie er mit einer zierlichen Handbewegung den Braten zerteilte und sich das erste Stück in den Mund schob. Unauffällig stöpselte ich in meinen Ärmeln das Fläschchen wieder zu und schob es an seinen alten Platz.

Ich beugte mich zu Trushard und zwinkerte ihm verschwörerisch zu. »Gertrud hat mir erzählt, in Lautern würde ein Lied über den sprechenden Karpfen die Runde machen. Der halbe Marktflecken ist jetzt davon überzeugt, dass mein Vater unschuldig ist.«

Trushard rang sich ein gequältes Grinsen ab. »Worte sind genauso mächtig wie Waffen«, meinte er und stocherte widerwillig im Fleisch herum.

Ich raunte ihm ins Ohr, damit es niemand an der Tafel mitbekam: »Der Kaiser kommt in dem Lied wohl nicht so gut weg. Unerbittlich sei er, weil er den armen Merbodo im Verlies schmoren lasse.«

»Also, die Soße hat einen merkwürdigen Geschmack«, stellte Trushard zweifelnd fest und spülte hastig mit einem Schluck Wein nach.

Spielerisch zupfte ich an meinen Flatterärmeln. »Ein ellenlanger, dürrer Kerl soll das Lied in den Gassen vorgetragen haben. Hilde hat ihn gesehen und sein Weib Richmodis vermisst.«

Gero schob den Teller beiseite, auf dem die Überreste einer Forelle lagen. »Der Fisch will schwimmen«, rief er lachend und kippte den Becher in einem Zug hinunter.

»Auf Elsbeth!« Die Runde prostete sich zu.

»He, du da!« Ludwig stieß Trushard an. »Wir füttern dich durch, da kannst du uns ruhig mal was Ordentliches vorspielen.«

»Ein Lied über Wein und Weib will ich hören!« Philipp hieb auf den Tisch.

»Fröhlich soll es sein«, verlangte Gero und schmiss einen abgenagten Knochen auf die Binsen. »Nach der Beerdigung brauchen wir eine Aufmunterung.«

Trushard warf mir einen resignierten Blick zu und entfaltete bedächtig die langen Knochen, die er unter dem Tisch zusammengeschoben hatte. Er holte sein Rebec aus der Ecke und rückte einen Hocker ans Ende des Tisches, wo er von allen gut gehört werden konnte. Er biss sich auf die Lippen, als er an den Steg griff und den Bogen ansetzte. Wie es die Männer verlangt hatten, röhrte er ein Lied aus der Taverne:

Drum Männer auf zum wilden Saufen,
lasst uns lieben, lasst uns raufen,
würfeln, grölen, satt uns fressen,
um den Alltag zu vergessen.
Fleisch und Weib, Gesang und Wein,
sollen unsre Freude sein.

Ich verdrehte die Augen. Was für ein Schwachsinn! Diesen Bockmist hatte sich Trushard doch wohl hoffentlich nicht selbst ausgedacht. So wenig Verstand traute ich ihm gar nicht zu. Ich musterte ihn scharf. Wenn Trushard sang, leuchtete sein Gesicht auf. Jetzt jedoch wirkte er müde und abgekämpft. Lustlos schlug er auf dem Rebec herum. Das kam davon, wenn man seine ganze Kraft mit Turteln und Töten vergeudete, dachte ich. Aber zumindest mit dem Turteln würde es noch heute Abend vorbei sein.

Das Lied kam bei den Männern gut an, wie ich befriedigt zur Kenntnis nahm. Sie johlten den Refrain mit und gerieten immer mehr außer Rand und Band. Ich staunte, mit wie wenig sich die Männer zufrieden gaben: ein guter Tropfen, reichliches Essen und ein munteres Lied mit einem Text, der selbst von einem Einfaltspinsel verstanden werden konnte.

»Besser ist es, eine Hure zu sein, als eines Spielmanns Weib!« Philipp hatte so laut gesprochen, dass Trushard es verstanden haben musste. Die anderen hieben zustimmend auf den Tisch. Aber der Gaukler ließ sich nichts anmerken und sang unverdrossen weiter.

Unter dem Tisch griff Philipp nach meinem Knie. Wütend schubste ich die Hand beiseite. »Haltet Euch gefälligst zurück!«, zischte ich ihn an. »Außerdem will ich mein Tuch wiederhaben.«

»Warte nur, ich krieg dich schon!« Philipp grinste breit und entblößte eine Reihe fauliger Zahnstümpfe. Das flaue Gefühl in meinem Magen verstärkte sich.

Trushard war fertig mit seinem wilden Gesang und räusperte sich. »Ich trage jetzt eine eigene Komposition vor, die ich vor zwei Tagen verfasst habe. Gestern habe ich sie noch ein wenig abgeändert und eine Strophe hinzugefügt.«

Was jetzt wohl kam? Bestimmt gefühlvolle Verse über laue Frühlingsluft und das Glück in den Armen einer Frau. Vielleicht hatte ihn die hübsche Gisla so inspiriert?

Trushard legte den Bogen beiseite, zupfte langsam auf dem Rebec und entlockte ihm eine wehmütige Melodie:

Was gibt uns Kraft in jeder Not?
Liebe ist stärker als der Tod.
Unbezwingbar ist sie wie die Flut,
unersetzlicher als unser Gut.
Mächtiger als jedes Schwert,
wird sie mehr als Gold begehrt.

Auch mich ergriff der Liebe Flammen,
mag mich die Welt dafür verdammen.
Ihr Blick hat mich in Bann geschlagen,
für sie will ich nun alles wagen.
Niemals kann ich ihr Herz gewinnen,
ich darf sie nur von Ferne minnen.

Doch geb ich ihr mein Leben hin,
frag nicht nach Gut noch nach Gewinn.
Will ich beenden ihre Qual,
dann bleibt mir keine andre Wahl
als preiszugeben mich dem Hohn.
Ihr Glück – das sei mein einz'ger Lohn.

Während er sang, sah Trushard mich unverwandt an, als wartete er auf meine Reaktion. Wie erstarrt saß ich da, gebannt von seinen nachthimmelschwarzen Augen. Auch ich konnte meinen Blick nicht von ihm abwenden. Meine Wangen brannten. Das war doch das Lied, das ich gestern in seinem Spielmannsbuch entdeckt hatte!

Ich riss mich zusammen. Wahrscheinlich sang Trushard so etwas jeder Burgherrin vor, egal wie hässlich sie war. Schließlich wollte er reichlichen Lohn bekommen. Ich kannte die Spielregeln. Natürlich wurde in derlei Liedern der Name der angeblich so begehrten hohen Frau nie erwähnt. Das war der Trick dabei: Jede sollte sich angesprochen fühlen und dahinschmelzen wie Butter in der Sonne. Wer an den Geldbeutel wollte, musste zuvor das Herz öffnen.

Vielleicht wollte Trushard mich mit seinem Lied weich klopfen und anschließend zu einem Schäferstündchen überreden, auf dem einsamen Söller und natürlich mitten in der dunklen Nacht. Und während er dann so tun würde, als ob er mich küssen wollte, würde er mir zärtlich den Dolch ins Herz rammen. Nach dem verfehlten Mordversuch in der vorletzten Nacht hatte er jetzt wohl die Taktik geändert. Ich sollte ihm freiwillig in die Arme laufen, damit er mich ungestört meucheln konnte.

Trushard war ein Mörder, Erpresser und Frauenheld, das durfte ich nicht vergessen. Auch seine sanfte Stimme war im Grunde doch nur Verstellung. Am liebsten hätte ich mir die Ohren zugehalten, denn ihr Klang verzauberte mich immer wieder. Ich riss mich zusammen. In wenigen Tagen würde ich Meinlohs Frau werden. Wie wohl mein Leben mit ihm aussehen würde? Im Großen und Ganzen konnte ich von Glück sagen, dass er mich erwählt hatte. Er besaß mehr Vorzüge, als ich mir jemals erträumt hatte. Mit der Zeit würden auch die Gefühle für ihn wachsen. Und falls nicht, konnte ich ihm immer noch die wundersame Paste verabreichen, von der ich Trushard zu kosten gegeben hatte.

Trushard presste sich die Hände vor den Magen, legte das Rebec zur Seite und stand auf. Hastig stürmte er aus dem Saal. Was hatte er nur? Wirkte meine Paste schon?

Auch für mich wurde es langsam Zeit, mich wie verabredet zur Kemenate zu schleichen.

Ich stahl mich aus dem Saal. Ehe ich nach oben ging, musste ich noch einmal das heimliche Gemach aufsuchen. Gerade hatte ich es wieder verlassen, als die Tür zum Saal aufgerissen wurde. Hastig zupfte ich meine Gewänder zurecht.

»Endlich sind wir alleine, mein Täubchen«, quäkte Philipp und schielte mich wollüstig an.

Der Mistkerl war mir hinterhergeschlichen. Jetzt hieß es, Ruhe zu bewahren und ihn in seine Schranken zu weisen.

»Gerne überlasse ich Euch den Platz im heimlichen Gemach«, sagte ich honigsüß und wollte mich an ihm vorbeidrücken.

»Du bleibst hier!« Philipp stieß mich an die Wand und quetschte seinen Körper gegen mich. Die fettige Haarsträhne fiel ihm über das linke Auge. Schaudernd dachte ich an die behaarte Warze, die sie verbarg. Allein vom Einatmen seiner Weinfahne konnte man schon betrunken werden. Angewidert drehte ich den Kopf zur Seite. »Aus uns wird nichts. Sieh das endlich ein!«

Seine linke Hand fuhr an meine Kehle. »Wenn du schreist, drücke ich zu.« Mit der Rechten lockerte er die Schnüre an den Seiten des Obergewandes. »Du solltest besser nett zu mir sein. Bisher habe ich dich noch geschützt, aber das kann sich schnell ändern.«

Ich schluckte. »Du bist dafür da, uns zu schützen.«

»O nein, da irrst du dich, mein Täubchen. Ich soll die Sicherheit der kaiserlichen Gäste garantieren, nicht die Sicherheit von Hexen. Auf der Burg gärt es. Deine eigenen Leute sind ganz schön unruhig. Es ist einfach zu viel passiert in den letzten Tagen. So schlichte Gemüter, wie sie Ludwig und Gero haben, verstehen das alles nicht mehr.« Die Hand schob sich unter das Obergewand und umfasste meine Taille.

Mir wurde heiß. »Lass mich gehen«, flehte ich.

»Stell dich nicht so an! Der Spielmann hat's dir doch auch schon besorgt. Oder wo war er sonst in den vergangenen Nächten? An seinem Schlafplatz im Saal jedenfalls nicht!« Seine Hand wanderte abwärts.

»Hände weg!« Mit gezücktem Messer stand Trushard vor uns. In seinen dunklen Augen blitzte es Unheil verkündend.

Zögernd lockerte Philipp den Griff um meine Kehle. Ich stieß hörbar die Luft aus. Mein Gott, war das knapp gewesen. Erleichtert lächelte ich Trushard an. Wie hatte er sich so lautlos anschleichen können? Mein Blick fiel auf die Schnabelschuhe. Er hatte sich die Glöckchen abgerissen. Auch der Schellengürtel fehlte.

In der Kemenate über uns fiel etwas polternd zu Boden. Trushard blickte unwillkürlich nach oben. Philipp machte sich zunutze, dass er kurz abgelenkt war, sprang auf ihn zu und entriss ihm das Messer. Er holte weit aus und zielte in meine Richtung. Entsetzt schrie ich auf.

Da warf sich Trushard vor mich, breitete seine Arme schützend vor mir aus und presste mich ganz fest an die Wand. Mir stockte der Atem. Mit voller Wucht sauste die Klinge auf uns zu. Im letzten Augenblick drückte Trushard unsere Körper zur Seite. Dicht neben meiner Schulter sah ich etwas Silbernes aufblitzen, dann blieb das Messer im Holzbalken stecken.

Philipp prallte gegen Trushard, der ihn weit von sich stieß, sodass er auf die gegenüberliegende Wand flog, wo er sich zusammenkrümmte und sich keuchend die Hand vor die Magengrube hielt.

Ich stieß die Luft aus. O mein Gott, war das knapp gewesen. Um ein Haar wäre Trushard getroffen worden. Hätte er mich nicht geschützt, wäre ich jetzt wohl nicht mehr am Leben.

»Was ist denn hier los?« Ludwig tauchte an der Tür auf. Breitbeinig baute er sich vor uns auf und blinzelte uns verwirrt an. Sein glasiger Blick fiel auf mein gelockertes Oberteil. Ich schämte mich entsetzlich.

Ein durchtriebener Ausdruck trat in Philipps Gesicht. »Die Hexe hier wollte mich verführen. Da ist ihr Gaukler ein bisschen eifersüchtig geworden.«

Das war ja wohl die Höhe! »Das stimmt nicht«, fiel ich ihm erregt ins Wort. »Philipp wollte sich an mir vergreifen, das ist es!«

Anklagend deutete Philipp auf Trushard, der einen Schritt vor mir stand. »Er hat mich bedroht. Mit einem Messer.«

»Wo bleibt ihr denn so lange?« Jetzt erschien auch noch Gero in der Tür. Er schwankte leicht. Der Flur vor dem heimlichen Gemach entwickelte sich langsam zu einem öffentlichen Treffpunkt.

Ludwig drehte sich zum Einäugigen um. »Unsere Herrin soll Philipp aufgelauert haben, um ein bisschen Spaß mit ihm zu haben. Das hat dem Knochenpoeten wohl nicht gepasst.« Er hickste.

»Ich glaube, sie hat mir einen Liebestrank in den Wein geschüttet«, legte Philipp nach. »Er hat so merkwürdig geschmeckt. Kann wohl nie genug kriegen, die Kleine.«

»Bist du jetzt völlig verrückt?« Außer mir vor Wut ballte ich die linke Faust. In diesem Augenblick rutschte mein Fläschchen aus dem Ärmel und fiel klirrend auf den Boden. Schreckensstarr sah ich auf meine Fußspitzen. Ich traute mich nicht, den Kopf zu heben. O heilige Margarete, lass das nicht wahr sein, mach das rückgängig!

»Was ist denn das?« Wieselflink schnappte sich Philipp das Fläschchen.

Mein Gesicht war gewiss feuerrot. »Nur eine Medizin gegen Kopfschmerzen«, versicherte ich hastig. Trushard wandte seinen Kopf um und warf mir einen schrägen Blick zu. Plötzliches Verstehen zeichnete sich in seinem Gesicht ab.

»Da haben wir den Beweis für ihre Schuld. Sie ist eine Hexe.« Philipp triumphierte.

»Ich habe nichts getan«, widersprach ich heftig und sah unsere Männer flehend an. »Mein Gott, ihr kennt mich doch! Sagt ihm, dass ich keine Hexe bin.«

Gero schwankte zur Treppe und stellte sich breitbeinig davor. Mir wurde ganz flau im Magen. Jetzt gab es kein Entkommen mehr. Und unsere Männer hatten viel zu viel getrunken.

Ludwig wich meinem Blick aus und strich über seinen Vollbart. »Hm«, brummte er. »Vor ein paar Tagen haben wir Knochen gefunden, und niemand weiß, woher sie kommen.«

Sprachlos starrte ich unsere Burgmannen an. Warum verteidigten sie mich nicht?

Philipp wandte sich zu Ludwig und Gero. »Sind hier im Wald noch nie Reisende verschwunden?«

Sie sahen sich nachdenklich an. »Doch«, gab Ludwig zögernd zu. »Seit Martini wird eine verwirrte alte Frau aus Lautern vermisst.« Seine Augen weiteten sich. »Ihr glaubt doch nicht etwa ... o nein ... das kann ich mir gar nicht vorstellen!«

Mein Herz schlug schmerzhaft gegen die Rippen. »Wovon redet ihr? Ich habe nichts getan!«, protestierte ich.

»Hexen brauchen Knochen für ihre Zaubertränke«, erklärte Philipp. Stirnrunzelnd musterte er Gero und Ludwig. »Sagt bloß, ihr habt das nicht gewusst!«

»Doch, doch«, versicherte Ludwig hastig. »Es ist nur ... wir kennen sie doch schon seit Jahren, und bisher ist noch nie etwas vorgefallen.« Unschlüssig trat er von einem Bein auf das andere.

Nachsichtig sah Philipp die Burgmannen an. »Ihr ahnt nicht, wie sehr sich Menschen verstellen können. Was meint ihr, was ich in all den Jahren am kaiserlichen Hof erlebt habe? Aber habt ihr euch nie gefragt, warum Rotrud noch nicht verheiratet ist? Und warum sie so merkwürdige grüne Augen hat? Ich habe mal einen Blick in ihren Verschlag geworfen. Da sind äußerst giftige Kräuter drin. Was glaubt ihr wohl, wozu? Die Knochentruhe, der Mord an Wibald, der angebliche Unfall eurer Magd – denkt ihr etwa, das alles sei Zufall?«

Ich öffnete den Mund, um Trushard anzuklagen, aber er kam mir zuvor. »Rotrud hat mit den Morden nichts zu tun«, rief er beschwörend aus. »Sie hatte gar keine Möglichkeit, die Tatwaffe in der Truhe zu verstecken, denn sie kam erst mit den kaiserlichen Soldaten zur Burg zurück und war von diesem Zeitpunkt an ständig von Zeugen umgeben.«

Philipp blinzelte listig. »Ihr steckt bestimmt unter einer Decke. Sie hat Wibald umgebracht, und du hast das Messer in die Truhe gelegt. Ihr habt den Verdacht auf Merbodo gelenkt, weil er euer Verhältnis nicht gebilligt hat.«

Gero warf Trushard einen verächtlichen Blick zu. »Unser Burgherr ist ein anständiger Mensch – ganz im Gegensatz zu dir! Und wenn er nicht der Mörder ist, bleiben nicht mehr so viele andere übrig, die es getan haben könnten.«

Philipp blickte von Ludwig zu Gero. »Ihr habt Glück, dass ihr noch lebt.« Er stellte es ganz sachlich fest, aber ich bemerkte, dass sich Gero auf die Lippen biss. Philipp wandte sich zur Tür, die in den Saal führte.

»Halt!« Ludwig schnappte seinen Ärmel. »Was sollen wir denn nun mit den beiden machen? Wir können sie doch nicht einfach so gewähren lassen. Am Ende hast du Recht, und die Morde gehen weiter.« Panik klang aus seiner Stimme.

Philipp drehte sich um und sah mir ins Gesicht. In seinen Augen las ich tiefe Genugtuung. »Lassen wir doch den Kaiser entscheiden, was er mit ihnen anfängt«, schlug er vor. »Wir werfen sie ins Verlies, und morgen bringen wir sie zu Barbarossa. Er ist unser aller Herr, er wird wissen, was zu tun ist.«

Neben mir steckte das Messer im Holzbalken. Plötzlich wirbelte Trushard herum und riss es heraus.

»Halt, Freundchen!« Ludwig, der geübte Kämpfer, war trotz der vielen Kannen Wein noch sehr reaktionsschnell. Er stürzte zu Trushard und schlug ihm das Messer aus der Hand. Klirrend fiel es auf den Boden. Ludwig griff nach Trushards Armen und hielt sie ihm hinter dem Rücken fest. Der Spielmann wand sich wie ein Aal, hatte aber keine Chance gegen den starken Ludwig.

»Du hättest wohl besser ein bisschen kämpfen geübt, anstatt auf der Klampfe herumzuschlagen«, höhnte Philipp und hob das Messer auf.

»Rotrud ist unschuldig«, rief Trushard beschwörend. »Glaubt mir, ich habe Wibald und Elsbeth umgebracht.« Ich sah ihn verblüfft an. Nun verstand ich gar nichts mehr. Wie passte das alles zusammen? Erst war er hinter mir her, um mich umzubringen, dann riskierte er mutig sein Leben für mich – und jetzt klagte er sich selber an. Bereute er seine Schandtaten inzwischen? Wollte er seine Seele vor der Hölle retten?

Philipp lachte höhnisch auf. »Sie ist genauso schuldig wie du«, fuhr er Trushard an. Ein lüsternes Grinsen stahl sich in Philipps Gesicht. »Aber bevor wir sie ins Verlies bringen, wollen wir uns noch ein wenig mit ihnen amüsieren. Soll der Knochenpoet doch einmal die Messer werfen, wenn sein Liebchen am Pfeiler steht. Mal sehen, ob er dann noch trifft.«

Ludwig und Gero brummten zustimmend.

Ich rang nach Atem. Meine Eingeweide fühlten sich an, als

würde jemand mit dem Schürhaken darin herumstochern. Trushard wurde blass wie eine Wasserleiche.

Philipp steckte sich das Messer in den Gürtel und packte mich an den Armen. Gero hielt uns die Tür auf. Philipp schubste mich vorwärts, ohne den harten Griff zu lockern. Trushard warf mir einen besorgten Blick zu und ließ sich dann von Ludwig fast widerstandslos mitziehen.

◆

»Nun, du Knochenpoet, deine letzte Vorstellung wird bestimmt der Höhepunkt deines künstlerischen Schaffens.« Grinsend deutete Philipp mit dem Kopf auf den Holzpfeiler, der mitten im Saal stand. Längst hatte sich trotz Trushards Vorsichtsmaßnahmen bis zu ihm herumgesprochen, über welch außergewöhnliche Fertigkeit der Spielmann verfügte. Erst gestern hatte er Philipp eine Kostprobe seines Könnens liefern müssen.

»Ich hole ein Seil.« Gero sprang bereitwillig zur Tür.

»Vergiss nicht, etwas mitzubringen, womit man ihr die Augen zubinden kann, sonst behext sie ihn noch mit ihrem Blick«, rief Philipp ihm hinterher. »Das hast du jetzt davon«, raunte er mir ins Ohr, während er meine Arme noch weiter nach hinten riss. Vor Schreck stöhnte ich auf.

Trushard öffnete den Mund, aber ich schüttelte unmerklich den Kopf. Es hatte keinen Sinn, die Männer unnötig zu reizen. Resigniert schwieg er.

Ludwig ging zu der Ecke, in der Trushard seine Sachen aufbewahrte, und kramte die Messer aus dem Leinenbeutel. Mein Herz setzte aus, als ich die Klingen sah. Wie hatte Trushard noch gesagt? »Ich kann nicht zielen, wenn Menschen am Brett stehen. Vor lauter Angst würde ich sie treffen.« So grausig würde das Fräulein vom Beilstein also enden – vom Messer eines Gauklers wie ein Stück Braten aufgespießt auf einen Holzpfeiler!

Ein Blick auf den Spielmann stimmte mich auch nicht zuversichtlicher. Er zitterte am ganzen Leib. Wenn er sich nicht in den Griff bekam, hatte ich keine Chance. Mein Leben lag – im wahrsten Sinne des Wortes – in seiner Hand. Trushard wandte mir den Kopf zu. Er schluckte schwer. »Du darfst dich nicht bewegen, egal, was passiert«, wisperte er mir zu.

»Ab mit dir!« Philipp stieß mich vorwärts. Gero war zurückgekommen und hatte Stricke und einen Lappen mitgebracht. Während Philipp mir hinter dem Pfeiler die Hände zusammenband, wickelte Gero das schwere Seil um meinen Körper. Er fing bei den Füßen an und arbeitete sich hoch. Je näher er an meinen Kopf kam, desto panischer wurde ich. Wie eine Giftschlange fraß sich die Angst durch meine Eingeweide. Aber ich versuchte, mir nichts anmerken zu lassen. Nur keine Schwäche zeigen, das Vergnügen würde ich ihnen nicht bereiten! Der raue Hanf riss meine Haut auf und kratzte am Hals. Das Seil schnürte mir fast die Luft ab. Ich würgte.

Ludwig nahm sein Schwert und baute sich vor Trushard auf. »Alle sechs Messer wirfst du!« Sechsmal zittern. O heilige Margarete!

Gero fuchtelte mit der Augenbinde herum. Er hatte nichts anderes gefunden als einen dreckigen Putzlappen aus der Küche, in dem noch Brotkrümel hingen.

Ich warf Trushard einen letzten Blick zu. Einige Körperlängen entfernt stand er neben dem Hocker und bereitete sich vor. Er fuhr sich mit der Hand durch die Locken, während er den linken Fuß schräg nach hinten stellte und die Knie beugte. Die linke Hand hatte er um das erste Messer gekrampft. Er fing meinen Blick auf, brachte aber nur ein schwaches Lächeln zustande.

Ich nahm dieses Bild mit, als Gero mir die Binde vor die Augen presste. Aber irgendetwas stimmte nicht beim Anblick des Gauklers, der sich auf das Messerwerfen vorbereitete. Es war nur eine Kleinigkeit, und doch ... Dieses undeutliche Gefühl, dass an Trushard etwas anders war, hatte ich in den vergangenen Tagen schon mehrmals gehabt, auch gerade eben beim Leichenschmaus. Ich kam nicht darauf, was es sein könnte. Aber jetzt spielte es ohnehin keine Rolle mehr.

Die Brotkrümel pikten in den Augen. Der Stofffetzen verströmte einen scharfen Zwiebelgeruch, der in Augen und Nase biss. Er war so durchdringend, dass mir die Tränen über die Wangen liefen.

Hoffentlich stellte Trushard sich einfach vor, ich wäre eine Marmorstatue. Ich wünschte mir, ich wäre genauso gefühllos wie der Stein.

Ohne die Seile wäre ich umgekippt, so schwach war ich. Der Schweiß rann an meinem Rücken herunter, tränkte das Untergewand und klebte es an der Haut fest.

Mein Blut fühlte sich an wie siedendes Öl, pochte und glühte. Ich versuchte, den wild galoppierenden Herzschlag zu zähmen, wie ein Pferd, dem man Zügel anlegt, versuchte, ganz langsam zu zählen. Eins, zwei, drei, vier, fünf ... Immer noch holperte es in meiner Brust.

Wie sollte ich den Kopf bloß stillhalten, während um mich herum die Messer flogen? Ich musste mich ablenken und an irgendetwas anderes denken. Ein Getreidefeld! Der Wind fuhr über den Acker, der mit Klatschmohn und Kornblumen gesprenkelt war, und wiegte die Ähren sachte hin und her. Eins, zwei, drei, vier, fünf ... Die Getreidehalme schaukelten in die andere Richtung. Eins, zwei, drei, vier, fünf ... Langsam beruhigte ich mich etwas.

»Also, dann leg mal los!« Nach Philipps Aufforderung wurde es totenstill im Saal.

Meine gefesselten Hände krampften sich wie von selbst zusammen. Ich zählte bis zwei, dann kam ein scharfes Zischen näher. Ich hielt den Atem an und biss die Lippen fest zusammen, um nicht aufzuschreien. Drei, vier … Zack! Neben meinem rechten Ohr schlug das Messer mit ungeheurer Wucht krachend ins Holz, blieb zitternd darin stecken. Der harte Aufprall fuhr mir durch Mark und Bein. So laut hatte ich es mir nicht vorgestellt. Wenn eines der nächsten Messer mit solcher Macht meine Augen treffen würde oder meine Ohren … Immerhin tat mir bisher nichts weh. Ganz langsam stieß ich die Luft aus.

Die Männer jaulten, klatschten Beifall. Was für ein makabrer Spaß.

Ich konzentrierte mich auf das Kornfeld mit dem roten Klatschmohn und fing wieder an zu zählen. Diesmal schaffte ich es bis zur Vier. Womm! Nun knallte es neben meinem linken Ohr. Inzwischen war ich aber darauf vorbereitet. Zwei Messer hatte ich schon schadlos überstanden. Mein Magen fühlte sich an wie ein harter Stein. Der Beifall steigerte sich.

Das dritte Messer flog auf mich zu, streifte meine Haare, bohrte sich über meinem Kopf in das Holz und nagelte dabei eine Locke fest. Es ziepte in meinem Haar. O mein Gott. Das war äußerst knapp gewesen. Die Männer schrien. Ein lauter Pfiff ertönte.

Jetzt hatte Trushard nicht mehr viel Platz übrig für die restlichen drei Messer. Die Wahrscheinlichkeit, dass er mich treffen würde, stieg mit jedem Wurf. Mein ganzer Körper war so angespannt wie ein Bogen, der zum Schießen bereit war.

Mittlerweile war ich fast dankbar für die Augenbinde. Ich wollte nicht sehen, wie sich die Männer mit glasigen Blicken an meiner Angst ergötzten und wie Trushard mit zitternder Hand zum nächsten Wurf ausholte. Vor allem aber wollte ich die spitze Eisenklinge nicht sehen, die sich mit tödlicher Sicherheit bald in mich bohren würde.

In meinen Ohren rauschte es. Ein unerbittliches Fauchen

raste auf mich zu. Neben meiner rechten Schläfe ploppte es, das Messer steckte fest. Noch zwei Würfe. Einer von ihnen würde mich treffen, dessen war ich gewiss.

»Jetzt wird's eng für sie.« Philipp klatschte begeistert in die Hände.

»Eine tolle Darbietung! Endlich ist hier mal richtig was los.« Das war Gero.

Ich schluckte die Tränen hinunter, die sich in meinem Hals zusammengeballt hatten. Nur keine Blöße geben.

Wohin würde Trushard jetzt zielen? Das nächste Messer spürte ich mehr, als dass ich es hörte. Über meiner linken Schläfe zuckte die Waffe im Holz. Noch ein Wurf ...

Mein Herz schlug mir schmerzhaft bis in den Hals.

Das letzte Messer raste auf mich zu, ich hörte sein Zischen, versteifte meinen Körper – jetzt würde es passieren! Nur eine Haaresbreite neben meinem Kinn rutschte die Waffe ab und fiel klirrend zu Boden.

»Wiederholen, wiederholen!« Die Männer trommelten auf den Holztisch.

O nein. Die Binsen knisterten. Ein schwacher Lavendelduft stieg mir in die Nase. »Du bist großartig. Halte durch!« Ehe ich antworten konnte, war Trushard wieder davongehuscht.

»Weitermachen!«, brüllte Philipp.

Langsam fühlte ich mich wirklich wie ein Stein. Meine Glieder waren ganz taub von den einschnürenden Seilen.

Ein Wind fächelte über die Getreidehalme. Eins, zwei, drei, vier, fünf ... Wo blieb das Messer? Die Ähren wogten in die andere Richtung – eins, zwei. Wieder kam das Surren pfeilschnell näher, kaltes Eisen streifte meine Wange, blieb stecken. Ich wurde ohnmächtig.

»Mann, ist die schwer!« Über mir keuchte Philipp. Meine Beine schleiften über den Boden. Er hielt mich an den Armen gepackt und zerrte mich über den Burghof. Was war passiert?

Erst ganz langsam kamen die Erinnerungen wieder. Der Leichenschmaus, das heimliche Gemach, Philipps ekelhafte Weinfahne, die Messer – mein Gott, die Messer! Mein Herz blieb stehen. Ich lebte! Und bis auf meine Beine, die von den Steinchen auf dem Burghof aufgerissen wurden, tat mir auch nichts weh. Erleichtert atmete ich auf. Aber dann fiel mir ein, dass es nur eine kleine Galgenfrist war, bis wir an den Kaiser ausgeliefert würden. Und sein Ermittler war von meiner Schuld felsenfest überzeugt.

Gero stieß die Tür des Bergfrieds auf und deutete mit seinem Schwert auf die Luke. »Runter mit Euch!« Ludwig zerrte Trushard hinter sich her. Wir hatten keine andere Wahl, als am Strick ins Verlies hinunterzuklettern. Unten schloss Philipp unsere rechten Füße in lange, schwere Eisenketten ein.

Wenn ich schon im Verlies darben musste, würde ich mir vorher noch eine kleine Genugtuung gönnen. Leise zischelte ich Philipp ins Ohr: »Möge dein Gemächte verdorren und schrumpeln wie eine Trockenpflaume!« Dann lachte ich irre.

Philipps Hand zerquetschte mein Handgelenk. »Nimm das sofort zurück!«

»Zu spät, mein Lieber«, erwiderte ich, zutiefst befriedigt. »Dieser Fluch ist äußerst wirksam. Ich kann ihn nicht mehr zurücknehmen. Gestern Nacht habe ich außerdem drei Haare von dir unter einer Eiche vergraben.« Vor lauter Angst würde Philipp tatsächlich kein Vergnügen mehr mit Frauen empfinden können. Um Trushards Mundwinkel spielte ein feines Lächeln.

Philipp packte mein Handgelenk und verdrehte es, bis ich aufschrie. »Du glaubst doch nicht etwa, dass ich dich dem Kaiser überlasse«, flüsterte er so leise, dass nur Trushard und ich ihn hören konnten. »O nein, du gehörst mir. Und dein Spielmann auch. Wenn alle schlafen, komme ich wieder. Mit meinem Schwert.« Er senkte die Stimme noch weiter ab. »Es soll

Hexen und Zauberer geben, die so viel Macht besitzen, dass sie sich selbst aus Kerkern befreien können.« Er grinste. »Ihr habt tiefe Weiher in eurer Gegend. Da kann man Leichen unauffällig verschwinden lassen.«

Sprachlos sah ich ihm nach, wie er sich schnaufend am Seil in die Höhe hangelte. Über uns fiel die Klappe krachend zu. Es wurde stockdunkel, als habe mir jemand ein pechschwarzes Tuch vor die Augen gezogen. Die schweren Männerschritte entfernten sich. Ich war alleine – mit einem Mörder?

◆

Die Finsternis verschlang mich. Ich verlor den Boden unter den Füßen – ein Gefühl, als ob ich in einen Schacht stürzte. Tief und immer tiefer sauste ich hinab, ein endloses Fallen in ein Loch ohne Grund. Meine Beine gaben nach, und ich sackte in mir zusammen, rutschte an der glitschigen Wand hinunter und plumpste auf die klammen Binsen, die den Boden bedeckten. Nie wieder würde ich die Sonne sehen, nie wieder ihre Wärme auf meinem Gesicht spüren. Mühsam schluckte ich die Tränen hinunter.

In einer Ecke lauerte der Tod wie ein ausgebleichtes Skelett, aus dessen Bauch eine Schlange hervorzüngelte. Ein Spielmann war er, der auf seinem Rebec einen wilden Totentanz strich und mir mit seiner knöchernen Hand schadenfroh zuwinkte: *Folge mir, mein Kind, es ist Zeit zu gehen!*

Dicht neben mir knisterte Stroh. Mir fiel ein, dass es hier unten nicht nur Ratten gab, sondern auch fette Spinnen – und vor allem mehrere Blindschleichen. Bestimmt würde sich eine von ihnen bald an meinem Bein hochwinden. Ich hatte eine panische Angst vor allem, was auf der Erde herumkroch.

Eine spitze Schnauze drückte sich an meine Wade, hysterisch schrie ich auf. Die Ratte huschte quiekend davon.

»Beruhige dich, ich bin bei dir«, flüsterte Trushard. Seine Eisenkette klirrte, als er näher rückte. Der zarte Lavendelduft, der seiner Kleidung entströmte, dämpfte den Schimmelgestank des Kerkers.

»Wir sollten jetzt besser für unsere Seelen beten«, schlug ich mit zitternder Stimme vor.

Trushard schnaubte. »Das habe ich in Wibalds Kerker zur Genüge getan. Meine Seele ist rein wie die eines Lämmchens.«

Ich kauerte mich zusammen und schlang die Arme um meinen Körper. »Bist du dir auch ganz sicher, dass seitdem keine Todsünde mehr hinzugekommen ist?«, fragte ich streng. »Immerhin hast du Wibald und Elsbeth umgebracht.«

»Ich hatte gehofft, sie würden dich in Ruhe lassen, wenn ich die ganze Schuld auf mich nehme. Und du hast es im Ernst geglaubt?« In Trushards Stimme schwang Enttäuschung mit.

Ich kaute auf meinen Fingernägeln herum. »Ich glaube es nicht, ich weiß es.«

Trushard lachte bitter auf. »Klar, der Mörder ist immer der Spielmann. Du machst es dir verdammt einfach. Streng mal lieber dein Gehirn an, um die Wahrheit herauszufinden!«

Jetzt wurde er ungerecht. »Im Gegensatz zu dir habe ich das schon längst getan«, fauchte ich ihn an. »Du denkst wohl, ich wäre zu blöd, um die Holzfasern auf deinem Rock zu entdecken.«

»Was ... wie bitte? Seit wann ist das denn ein Verbrechen?«

Jetzt spielte er mir auch noch etwas vor! Für wie dumm hielt er mich eigentlich?

Ich ballte die Fäuste. Am liebsten wäre ich auf ihn losgegangen, aber das wäre in meiner Lage unklug gewesen. Ich fuhr ihn an: »Falls du es vergessen haben solltest: Du hast Elsbeth mit einem Holzscheit erschlagen und anschließend die Treppe hinuntergestoßen.«

Stille. Augenscheinlich wusste er darauf nichts mehr zu entgegnen. Ich hatte Recht mit meiner Anschuldigung. Wieso sagte er nichts?

Trushard schniefte auf. Geräuschvoll putzte er sich die Nase. »Rotrud, für wen hältst du mich eigentlich? Wenn ich wirklich so ein abgrundtiefer Schurke wäre, dann würde ich wohl kaum tatenlos auf eurer Burg herumsitzen und warten, bis man mich festnimmt.«

Ich lachte höhnisch auf. »Von wegen tatenlos! Mit einem heimtückischen Pfeil wolltest du mich ermorden.«

»Was faselst du denn jetzt schon wieder?« Seine Verblüffung klang echt.

»Gerne helfe ich deinem Gedächtnis ein wenig auf die Sprünge, falls du bei deinen vielen Untaten den Überblick verloren hast«, sagte ich bissig. »In der vorletzten Nacht hast du mir im Burghof aufgelauert und mit einem Pfeil auf mich gezielt. Und wenn nicht ein dicker Pferdeapfel vor mir gelegen hätte, wäre ich jetzt mausetot.«

»Daher stammt also dein Verband«, murmelte er. Schwang Besorgnis in seiner Stimme mit? »Wenn man nicht wie ein Wachhund auf dich aufpasst, rennst du von einer Schwierigkeit in die nächste. Und wieso sollte ich dir nach dem Leben trachten?«

»Frag nicht so dumm«, antwortete ich ungeduldig. »Du weißt doch genau, dass ich Ohrenzeugin des Mordes bin.«

Ich hörte ein Hauchen, dann das Reiben von Händen. »Von Natur aus sind Gaukler faule Menschen. Du kannst mir glauben, lieber würde ich davonlaufen, als mir die Mühe zu machen, dir tagelang aufzulauern. Eben im Saal, beim Messerwerfen, hätte sich übrigens eine ausgezeichnete Gelegenheit geboten, dich unauffällig umzubringen. Und allmählich bereue ich schon, dass ich diese Chance nicht genutzt habe, denn lieber säße ich jetzt alleine, aber friedlich in diesem Verlies, als mir deine Vorwürfe anzuhören!«

So leicht kam er mir nicht davon. »Vielleicht bist du nur deshalb nicht getürmt, weil du jemanden erpresst und nur noch abwartest, bis er dir das Geld gibt. Von den Münzen scheinst du ja nie genug kriegen zu können.«

»Denkst du etwa, ich war derjenige, der Rainald heute Nacht im Burggarten so zugesetzt hat?«

Jetzt hatte ich ihn endlich! Triumphierend lachte ich auf. »Du hast dich verraten. Wer außer dem Erpresser wusste schon von dem Treffen!«

Verlegen brummelte Trushard: »Als ich deinen Verband bemerkte, wurde mir klar, dass du in Gefahr bist. Deshalb bin ich dir gestern Nacht hinterhergeschlichen und habe auch vor deiner Tür geschlafen.«

»So, und wo warst du vorgestern Nacht?«, schnappte ich.

Ein tiefer Seufzer neben mir. »Da habe ich ein wenig gesungen, um Mechthild zu beruhigen. Gisla hatte mich darum gebeten. Wir Spielleute werden oft zu den Kranken ans Bett geholt, weil man sich eine wohltuende Wirkung von der Musik verspricht.«

Mir fiel ein, dass ich sein Rebec und seinen Gesang gehört hatte, als ich über den Burghof gelaufen war. Und ich hatte geglaubt, ich hätte es mir nur eingebildet. Dieser Teil seiner Geschichte schien zu stimmen, aber ob er sie auch vollständig wiedergegeben hatte? Bei der Musik alleine war es wohl kaum geblieben. Zwei unverbesserliche Sünder, so dicht beisammen, und daneben eine bewusstlose Kranke, die ohnehin nichts mehr mitbekam – man musste schon eine weltfremde Nonne sein, um davon auszugehen, dass sich zu dem Musikgenuss nicht noch weitere Wonnen gesellt hatten.

»Hab Dank für die gemeinsame Nacht. Es war wunderschön mit dir.« Ich äffte Gislas Tonfall nach.

»Bist du etwa eifersüchtig?«, fragte Trushard ungläubig.

»Mein Gott, gibt es eigentlich irgendein Laster, das du mir nicht unterstellst?«

Ich dachte an meine sitzen gelassene Großmutter. »Man weiß doch, wie Spielleute sind«, verteidigte ich mich. »Ihr versprecht den Frauen das Blaue vom Himmel herunter, raubt ihnen die Unschuld und zieht zur nächsten holden Dame weiter.«

Sein Kiefer knackte. »Dir jedenfalls habe ich heute Abend die Unschuld bewahrt. Als Lohn für die gute Tat darf ich an diesem lauschigen Plätzchen weilen. Du hättest den Kerker übrigens ruhig mal putzen können, du bist doch sonst so reinlich.«

Das ließ ich nicht auf mir sitzen. »Beschwer dich nicht. Gegenüber dem Verlies in der Kaiserpfalz ist das hier die reinste Luxusherberge. Die Binsen haben wir erst letzte Woche ausgetauscht. Und sei froh, dass wir kein Halseisen angeschafft haben.«

»Ich platze vor Dankbarkeit.« Trushard rasselte mit seiner Eisenkette.

Nachdenklich wickelte ich meinen Zopf um den Zeigefinger. »Hast du den Erpresser erkannt?«

»Leider nicht«, gestand Trushard. »Ich habe nur gesehen, wie er aus dem Palas kam.«

»So weit war ich auch schon«, sagte ich entmutigt.

»Rotrud, bitte glaub mir«, flehte Trushard.

»Du schuldest mir noch eine Erklärung für die Holzstückchen auf deinem Rock«, erinnerte ich ihn.

In dem kleinen Geldbeutel, den Trushard immer bei sich trug, klirrten Münzen. Er wühlte darin herum. Was nahm er heraus? »Da du meinen Worten alleine ohnehin keinen Glauben schenkst, musst du näher rücken, ob du willst oder nicht.«

Die Neugier siegte. Zögernd rutschte ich zu ihm. Was hatte er jetzt wieder vor?

»Gib mir deine Hand.« Langsam streckte ich sie in seine Richtung. Trushard ergriff sie und zog mich zu sich. Behutsam öffnete er meine Faust und legte mit der linken Hand ein kleines, hartes Ding hinein. Was auch immer es war, es hing an einem Lederband. Eine Kette?

Dann schloss er meine Finger über dem Gegenstand, ganz langsam, einen nach dem anderen, und ließ meine Hand wieder los. »Das ist für dich.«

Ungläubig öffnete ich die Faust und betastete das Ding. Ein Amulett mit einem Spiralmuster! Ich erspürte ganz feine Rillen darin. Zu gerne hätte ich sie betrachtet. Es war bestimmt eine wunderschöne Arbeit. Ich legte mir die Kette um und schluckte. »Danke.«

»Ich habe es für dich geschnitzt«, sagte Trushard, mit einem Anflug von Stolz in seiner Stimme. »Ich wollte dir eine Freude bereiten, weil du so verzweifelt warst.«

Und wie vorhin im Saal beim Messerwerfen hatte ich wieder das Gefühl, dass eben etwas nicht gestimmt hatte.

Es durchzuckte mich. »Du bist Linkshänder!«, rief ich in plötzlichem Begreifen aus.

»Ja, natürlich«, antwortete Trushard erstaunt. »Aber was spielt das für eine Rolle?«

Erleichtert lachte ich auf. »Der Mörder muss Rechtshänder sein, denn der Tintenfleck war unter der linken Schulter.« Die Erklärung sprudelte nur so aus mir heraus: »Auf Wibalds Obergewand hat der Mörder Tintenspuren hinterlassen, als sich das Opfer beim Fallen an ihn krallte und er es von sich stieß. Dabei muss er die rechte Hand benutzt haben, denn wenn man jemanden von sich wegdrückt, hält man den Arm in der Regel gerade, nicht schräg, weil man andernfalls leicht das Gleichgewicht verlieren könnte.«

Gut, dass er nicht sehen konnte, wie tiefrot ich vor Beschämung wurde. Ich hatte ihn die ganze Zeit über verdächtigt, und er riskierte seinen Kopf für mich. Um ein Haar hätte ich ihn dem kaiserlichen Ermittler ausgeliefert. Ich schauderte.

Verlegen scharrte ich mit dem Fuß im Stroh. »Verzeih, wenn ich grob zu dir war, aber ich weiß nicht mehr, wem ich trauen kann und wem nicht. Und vielen Dank dafür, dass du dein Leben für mich riskierst. Wieso warst du eigentlich so schnell zur Stelle, als ich dich brauchte?«

»Mir war speiübel. Ich habe mich vor der Tür übergeben müssen«, stellte Trushard vorwurfsvoll fest. »Als ich die Treppe zum Saal hochgehen wollte, hörte ich, was los war.« Misstrauisch fragte er:»Sag mal, was war eigentlich wirklich drin in dem Fläschchen?«

»Dill, Bachminze, Lungenwurz und Schwertlilie«, antwortete ich kleinlaut.

»Es hat ekelhaft geschmeckt. Warum hast du es mir ins Essen getan?« Ich druckste. »Sag schon, immerhin wäre ich an dem Zeug fast krepiert«, brauste er auf und packte mein rechtes Handgelenk.

Von wegen krepiert! Quicklebendig und putzmunter war er. Aber Männer waren von Natur aus wehleidig. Kaum hörbar flüsterte ich: »Das Mittel tötet die fleischlichen Begierden ab.«

Verblüfft ließ er mein Handgelenk los. »Aber ich bin dir doch gar nicht zu nahe getreten.«

»Mir nicht, aber zweifellos anderen Frauen auf unserer Burg«, fauchte ich. »Ich war nur um dein Seelenheil besorgt.«

Neben mir gluckste es. »O Rotrud, als Unterhaltungskünstlerin bist du wirklich unschlagbar«, stellte Trushard fest. »Wo hast du das Rezept denn her?«

»Von Arnold, und der hat es von der Seherin Hildegard«, erklärte ich. »Er meinte, es könnte ganz nützlich sein, falls mein künftiger Gatte allzu aufdringlich wird.«

Dann schwiegen wir. Unser Gespräch hatte mich abgelenkt, aber in der Stille fiel die Angst wie ein wildes Tier über mich her. Ich wollte noch nicht sterben, verdammt! Ich war viel zu jung dafür. »Mitten im Leben sind wir vom Tode umgeben«, pflegten die Mönche und Prediger uns arme Sünderlein zu ermahnen. Eben noch hatte ich im warmen Saal gesessen, und nun war ich in diesem riesigen Eisblock gefangen. Die scharfe Kälte drang in mich von allen Seiten. Sie biss in jeden Knochen, durchkühlte jedes Härchen und ließ jeden Blutstropfen erstarren. Ich war nur noch ein bibberndes Etwas. Schutzlos war ich diesem unsichtbaren Feind ausgeliefert, der mit tausend Nadeln in meinen Körper stach. Ich war eingesperrt in einem Grab ohne Licht und Wärme, in einem Gefängnis aus schwarzem Eis.

Und ich würde es nie wieder lebend verlassen. Nur noch eine kurze Galgenfrist war uns beschieden, bis Philipp mit seinem Schwert zurückkam und dann. ... Die Panik würgte mir die Luft ab. Der Nagel meines Zeigefingers brach, als ich meine Hände in die Wand grub. Die Innenflächen rissen sich am bröckelnden Putz auf und glitschten über die moosigen Flechten, die sich mit Wasser voll gesogen hatten. Ich würde noch verrückt werden in diesem finsteren Loch. Verzweifelt sprang ich auf und rüttelte an der Eisenkette, in der mein rechter Fuß steckte. »Verdammt, ich will raus!«

Trushards dünne Arme umfingen mich. Ich wehrte mich, tobte und schlug wild um mich. Gewaltsam hielt er mich fest. »Beruhige dich«, flüsterte er mir zu. Seine Stimme funkelte vor Leben. Ich griff nach ihr wie nach einem rettenden Anker.

Ich brach in Tränen aus, umklammerte Trushards Hals und schluchzte in seine knochige Brust hinein. Die Wärme seines Körpers durchrieselte mich. An seinen Kleidern hing noch der Geruch des Kaminfeuers, der sich mit dem Lavendelduft und dem Aroma seiner Haut mischte.

»Wenn wir deine Tränen aufgefangen hätten, bräuchten wir über Wassermangel in der Burg nicht mehr zu klagen«, flüsterte er mir ins Ohr.

Trushard griff nach meinem Zopf, entknotete das Haarband und breitete die dicken Locken wie einen Schleier über meinen Schultern aus. Sie fielen bis zu den Hüften hinab. »Dein Haar wird dich wärmen.«

Mit den Fingerspitzen schob er mir eine Strähne aus der Stirn. Als er seine Hand zurückzog, streifte er versehentlich meine Wange. Ich hörte abrupt auf zu schluchzen und hielt den Atem an. Vorsichtig tupfte er mit seinem Ärmel meine Tränen ab. Der glatte Leinenstoff linderte das Brennen in meinem Gesicht.

Sachte strich er mir über die Haare. Ein Finger verfing sich in den Flechten, zaghaft griff er tiefer in die Locken hinein, ertastete darunter meinen Nacken. Ein Knistern lief über meinen Rücken. Angst und Kälte lösten sich auf.

Ich roch seinen warmen Atem, der jetzt schneller ging. Zitternd schmiegte ich mich an ihn. Dunkelheit und Verzweiflung machten mich kühn. Unser beider Leben war verwirkt – daran hatte Philipp keinen Zweifel gelassen. Mir blieb nur noch diese eine Nacht. Jeder Augenblick zählte.

Mit den Fingerspitzen fuhr ich Trushards Nacken empor und zog seinen Kopf näher zu mir herunter. Überrascht hielt er inne.

Ich nahm meinen ganzen Mut zusammen. Jetzt oder nie. Mein Mund suchte nach seinem und hauchte einen Kuss darauf. Seine Lippen waren samtweich wie Pfirsichhaut. Trushard zögerte kurz, dann beugte er sich zu mir herab, legte seine Arme um meine Taille und erwiderte den Kuss. Ein erregender Schwindel erfasste mich, wie ich ihn bisher nur vom Tanzen kannte. Ich öffnete den Mund, unsere Zungen trafen sich, umkreisten einander, ganz scheu zuerst, dann immer leidenschaftlicher. Das Knistern breitete sich über meinen ganzen Körper aus.

In der Tiefe des Schachtes sah ich einen hellen Strahl. »Liebe ist stärker als der Tod«, hatte Trushard heute Abend gesungen. Ich verstand jetzt, was er meinte. Ich schwebte meiner Angst davon, einer bisher unbekannten Freiheit entgegen. Liebe war ein Tanz auf den Wolken. Mitten im Tode war ich vom Leben umfangen.

Ich kostete von seinen Lippen, trank seinen Atem und schmeckte seine Haut. Es war völlig verrückt. Wir kannten uns erst seit ein paar Tagen. So vieles war passiert, seit er durch unser Burgtor gekommen war. Trushard war kein strahlender Ritter, kein eleganter Höfling, kein reicher Kaufmann. Aber er hatte nachthimmelschwarze Augen und eine sanfte Stimme. Nie wieder wollte ich ihn loslassen.

Seine Hand wanderte zu meinem rechten Ohrläppchen, fuhr den Hals entlang und zeichnete die Umrisse meiner Schulter nach. Als sich unsere Lippen voneinander lösten, zog ich meine Haare wie eine Decke über ihn. Er fasste hinein und vergrub sein Gesicht darin. Ganz vorsichtig, um nicht die Narben zu berühren, schlang ich meine Arme um seine Hüften.

»*Tant fache diex de mon avis, qu'en enfer ou en paradis demeurt m'ame les vostre vis.*«

Ich hatte kein Wort von dem verstanden, was er geflüstert hatte, aber die unbekannten Laute tröpfelten wie Honig in mein Ohr.

»In unserer Sprache würden wir sagen: Auch wenn ich Gott durch meinen Wunsch erzürnen sollte, meine Seele soll bei Eurer weilen, ob in der Hölle oder im Paradies.«

Seine Hand glitt fast unmerklich unter die offenen Schnürungen des Bliaut und stahl sich von den Rippen zu meiner Brust, ein Gefühl, als ob sich lauter Schmetterlinge darauf niederließen. Ich hielt den Atem an. Wie ein Windhauch flatterten seine Finger auf und ab, und ich – ich war nur noch ein zitternder Körper, der irgendwo am dunklen Himmel trieb, umgeben von funkelnden Sternen.

Eng umschlungen glitten wir auf die Binsen, seine Eisenkette wickelte sich um mein linkes Bein. Die Kälte des Bodens war so scharf, dass ich mich unwillkürlich enger an Trushard presste. Dabei spürte ich etwas Hartes an meinem Bauch. Ich erstarrte.

Jetzt wurde mir alles klar! Arnolds mitleidiger Blick fiel mir ein, mit dem er mich bedacht hatte, als er mir das Rezept für die Paste verriet. Ich verstand, warum manche Frauen das Kloster der Ehe vorzogen. Sicherlich, ich wusste, wie Männer gebaut waren, schließlich pflegten Vater, Merbodo und ich wie alle anderen Menschen nackt zu schlafen, die ganze Familie in einem Bett. Und ich wusste auch, wie es die Tiere bei der Paarung hielten. Aber war der Mensch nicht die Krone der Schöpfung und pflegte eine verfeinerte Lebensweise? Niemand hatte mir bisher verraten, was in der Ehe auf eine Frau zukam. Verdammt, warum hatte Mutter mich nicht vorgewarnt?

Ich rückte von Trushard weg und setzte mich auf. Hastig zerrte ich an seiner Eisenkette, um mich von ihm zu lösen.

»Was ist los?«, fragte er verwundert.

»Ich hätte mir gleich denken können, dass du nur deshalb so zärtlich bist, um mich über das hinwegzutäuschen, was du in Wahrheit mit mir vorhast«, fauchte ich ihn an. »Du willst mich gefügig machen, damit ich mich willig wie ein Lämmchen zur Schlachtbank führen lasse. Aber zum Glück habe ich dich rechtzeitig durchschaut.«

»Wovon redest du?« An Trushards Stimme konnte ich hören, dass sich seine Verwunderung noch gesteigert hatte.

Ich wusste nicht recht, wie ich es sagen sollte. »Dein ... äh ... also es ist viel zu groß für eine Frau.«

»Was?« Er verstand nicht gleich, was ich meinte. Dann lachte er laut auf. »O nein. Die Frauen haben ihre Freude daran, weil es so groß ist.«

Zu guter Letzt hatte er sich doch noch verraten. Er war ein

unverbesserlicher Weiberheld. Vor Enttäuschung schossen mir die Tränen in die Augen. Wie gut, dass ich mich rechtzeitig aus seiner Umarmung gelöst hatte. »Wie vielen Frauen hat es denn schon Freude bereitet?«

Er griff nach meiner Hand, aber ich zog sie so schnell zurück, als habe ich mich verbrannt, und rutschte noch weiter von ihm weg.

»Wann hörst du endlich mit dem Thema auf?«, knurrte er ungehalten.

»Wenn es ein für alle Mal geklärt ist«, erwiderte ich patzig.

Ich hörte, wie er schwer schluckte. »Ich gebe zu, ich habe einige Erfahrungen gesammelt, als ich von zu Hause fortlief. Na und?« Seine Stimme klang trotzig.

»Erfahrungen nennst du das also!«, zischte ich empört. »Sprich die Wahrheit ruhig aus. Du hast unschuldige Mädchen verführt und sie anschließend schnöde sitzen lassen.«

»Von wegen unschuldig«, brauste er auf. »Du ahnst nicht, wie viele Burgherrinnen es faustdick hinter den Ohren haben. Vergiss nicht, dass Frauen sich ihre Gatten nicht selbst aussuchen dürfen. Die Zärtlichkeit, die sie in der Ehe nicht finden können, suchen sie sich dann eben außerhalb. Und wer ist für ein kleines Abenteuer besser geeignet als ein Spielmann, der ohnedies am nächsten Tag weiterzieht? Wenn er ihre Zudringlichkeiten abweist, schmeißen sie ihn flugs vors Burgtor.«

»Das dürfte dir wohl kaum passiert sein«, höhnte ich.

»O doch. Ziemlich oft sogar«, gab er heftig zurück. »Ich habe schon lange keine Frau mehr angerührt.«

Ich schnaubte. »Und das soll ich dir glauben? Woher kam denn dein Sinneswandel?«

Trushard seufzte. »Eines Tages hat sich ein Mädchen ernsthaft in mich verliebt. Sie war so ein liebes kleines Ding und hatte nicht verdient, dass ich ihre Gefühle verletzte, nur um meine körperlichen Gelüste zu befriedigen. Ich habe die

Finger von ihr gelassen. Seitdem lebe ich so keusch wie ein Mönch, auch wenn es zugegebenermaßen schwer fällt. Ich habe mir geschworen zu warten, bis ...«

Ich hätte Mutters Bernsteinkette darauf verwetten können, dass er jetzt rot wurde. Ich konnte mir denken, was er verschwiegen hatte, aber ich wollte es aus seinem Munde hören. »Bis was passiert?«, bohrte ich nach.

»Bis ich die Richtige finde«, erwiderte er so leise, dass ich es kaum hören konnte. »Rotrud, glaub mir, vor dir hatte ich ganze zwei ... äh ... Abenteuer, und das ist schon vier Jahre her. Ich habe mich damals einsam gefühlt. Schließlich war ich immer alleine unterwegs. Und glaub mir, niemals habe ich einer Frau etwas versprochen, was ich nicht gehalten habe.«

Was er sagte, klang aufrichtig. Immerhin saß er jetzt wegen mir im Verlies. Zaghaft tastete ich nach seiner Hand, und als ich sie endlich in der Dunkelheit fand, drückte ich sie ganz fest. »Trushard, verzeih. Ich bin so misstrauisch gegenüber Spielleuten, weil meine Großmutter ...« Ich wusste nicht recht, wie ich anfangen sollte.

Die Binsen raschelten, als er näher rückte. Ich spürte seinen warmen Atem neben meinem Gesicht. »Was war mit deiner Großmutter?«

In kurzen Worten erzählte ich ihm von Vaters Beichte. Es tat gut, sich einmal alles von der Seele zu reden.

»So, so, in deinen Adern fließt also Spielmannsblut.« Trushard stieß mir seinen Ellenbogen ganz leicht in die Rippen. »Das erklärt manches.« Dann wurde er ernst. »Wie sagtest du, heißt dein Großvater?«

»Raymond de Toulouse.« Eine Hoffnung keimte in mir auf. »Kennst du ihn vielleicht? Du bist doch lange in Okzitanien gewesen.«

»Hm«, brummte er nachdenklich. »Ich kenne nur ein Grafengeschlecht aus Toulouse, aber leider keinen Spielmann, der von dort stammt.« Er machte eine Pause. »Es gibt einen Troubadour, der Raymond heißt, und er könnte auch im richtigen Alter sein. In seinen Liedern hat er immer wieder seine Jugendliebe aus Deutschland besungen. Eine gewisse Guda ...«

»So hieß meine Großmutter«, rief ich aufgeregt aus.

»Klingt ganz so, als ob er dein Großvater ist.« In Trushards Stimme schwang Bewunderung mit. »Dann kannst du sehr stolz auf ihn sein. Er nennt sich Le Coq, das heißt der Hahn.« Er lachte leise auf. »Ich bin prächtig wie ein Hahn, stolz wie ein Hahn und laut wie ein Hahn, pflegte er zu sagen. Und das ist er in der Tat!«

Bei Trushards Worten hatte mich die Erkenntnis wie ein Blitz getroffen. »Das ist es!« Ich packte seinen Arm. »Mein Gott, der Hahn! Wie konnte ich den nur vergessen. Aber das hieße ja ...« Ich schluckte. »In der Knochentruhe, die wir kurz vor deiner Ankunft auf der Burg gefunden haben, war ein Zinnanhänger. Er zeigte einen Hahn.«

»Du meinst doch nicht ... um Gottes willen ... aber das kann gar nicht sein«, stammelte Trushard erschrocken. »Als ich Raymond vor zwei Jahren das letzte Mal gesehen habe, war er putzmunter.«

Ich ließ Trushards Arm los. »Aber es kann doch kein Zufall sein, dass wir ausgerechnet einen Hahn in der Truhe gefunden haben! Wenn die Knochen nicht von Großvater stammen, von wem denn dann?« Nachdenklich fuhr ich mit den Fingern über das Amulett, das Trushard mir geschnitzt hatte.

»Zerbrich dir nicht den Kopf, Rotrud, es spielt jetzt ohnedies keine Rolle mehr.« Ich spürte Trushards warme Wange an meiner. »Lass uns lieber noch die letzten Augenblicke auskosten.« Als er seine Arme um mich legte, berührte er meine Hand, die das Amulett umklammerte. »Gefällt dir mein Geschenk?«

Ich schmiegte mich an ihn. »Ein schöneres hättest du mir

nicht machen können. Es ist ein Stück von dir, das ich nun eng an meinem Körper trage.«

»Als ich es geschnitzt habe, dachte ich die ganze Zeit daran, dass es in deinem Ausschnitt liegen wird. Ich habe dieses Stück Holz darum beneidet.« Trushards Hände spielten mit dem Amulett. »Ich hätte auch gerne etwas von dir, das ich immer bei mir haben kann.« Auf einmal versteifte er sich. »Weißt du, was mir gerade durch den Kopf geht?«, sagte er zögernd. »Aber bitte zürne nicht mit mir, wenn ich es dir verrate.«

»Ganz bestimmt nicht«, erwiderte ich erstaunt.

»Wenn der Hahn nicht von Raymond ist, dann ...« Er druckste ein wenig herum. »Könntest du dir vorstellen, dass die Knochen von deiner Großmutter stammen? Der Hahn war vielleicht ein Geschenk von ihm, damit sie während ihrer Trennung ein Andenken an ihn hatte.«

Vater – ein Mörder? Trushards Unterstellung war so unglaublich, dass ich nach Luft schnappte. »Niemals hätte er der eigenen Mutter etwas zuleide getan!«, protestierte ich.

»Das habe ich auch nicht gemeint«, versicherte Trushard hastig. »Bestimmt gibt es eine andere Erklärung. Auf meiner Reise nach Santiago de Compostela habe ich einen Pilger kennen gelernt, dessen Frau verstorben war. Er mochte sie nicht in der Fremde begraben und hat das Fleisch von ihren Gebeinen ablösen lassen, damit er sie über die lange Strecke transportieren konnte. Sagtest du nicht, dass deine Großmutter während einer Pilgerfahrt in Köln gestorben ist? Vielleicht wollte dein Vater sie mit nach Hause nehmen, aber dann hat er sie doch nicht beerdigen lassen. Warum auch immer.«

»Angeblich hat er sie in Köln bestatten lassen«, erwiderte ich zögernd. »Das hat er zumindest behauptet. Aber ich weiß natürlich nicht, ob es stimmt, denn nur Großmutter und er waren zur Pilgerfahrt aufgebrochen.«

Wie hatte Vater am Ungeheuerfelsen zu mir gesagt? »Merbodo, du und ich – wir müssen die Strafe für ihr Verhalten tragen. Aber wenigstens habe ich dafür gesorgt, dass sie auch ...« Jetzt ahnte ich, was er verschluckt hatte: »... dass sie auch gestraft wird!« Ich biss mir auf die Lippen. »Sie gehörte nicht in die Gemeinschaft ehrbarer Menschen.« Das waren Vaters Worte gewesen.

»Du könntest Recht haben«, sagte ich langsam. »Großmutter starb eines natürlichen Todes. Der lebenden Frau hat Vater nichts angetan, aber an der Toten hat er Rache genommen. Vater gehört leider Gottes nicht zu den Menschen, die ein Unrecht, das man ihnen zufügt, vergeben und vergessen können. Ihre Knochen ließ er nicht in geweihter Erde bestatten, weil er sie für ihre angebliche Schuld bestrafen wollte. Bestimmt fürchtete er auch, eine Sünde zu begehen, wenn er sie in der Gemeinschaft ehrbarer Christen beerdigt hätte. Meine Schwester durften wir jedenfalls nicht auf dem geheiligten Boden eines Friedhofs begraben.«

»So könnte es gewesen sein«, meinte Trushard nachdenklich.

»Es passt alles zusammen«, erwiderte ich. »Mit ihrer Beichte hat sie ihm sozusagen den Boden unter den Füßen weggezogen. Vater war immer so stolz auf seine Abstammung als Ministeriale. Und deshalb sollte Großmutter im Tode ruhelos sein, wie ihr Spielmann zu seinen Lebzeiten. Vater hat mir wahrscheinlich absichtlich einen falschen Namen genannt, als ich ihn nach Großvater fragte, damit ich ihm nicht auf die Schliche komme.«

Ganz allmählich, Tropfen für Tropfen, sickerte die Erkenntnis, was das bedeutete, in meinen Kopf. Fast schien es, als wäre mein Verstand damit überfordert, diese Ungeheuerlichkeit auf einen Schlag zu erfassen. All das hier hatte mit dem Knochenfund angefangen. Nur deswegen saßen Trushard und ich in der Falle. Die Männer hielten mich für eine Hexe. Ich ballte die Fäuste. »Der angebliche Familienfluch hat einen Namen: Merbodo von Beilstein!«

Eine Sache war mir noch unklar. »Vater sagt, er habe sie sitzen lassen. Traust du das diesem Raymond zu?«

»Auf keinen Fall. Nach all den Jahrzehnten hatte er sie immer noch nicht vergessen. In seinen Liedern behauptet Raymond, sie habe ihm nach einer Liebesnacht einen Brief geschrieben und ihm mitgeteilt, dass sie sich gegen das harte Leben auf der Landstraße entschieden habe.« Trushard drückte meinen Arm. »Ich musste immer in unserer Sprache mit ihm reden. Er sagte, die vertrauten Klänge erinnerten ihn an seine verflossene Liebe.«

»Und Großmutter hat seinen Anhänger aufbewahrt. Bis zu ihrem Tode war sie davon überzeugt, dass er sie nur deshalb nicht abgeholt hatte, weil etwas dazwischengekommen war.« Ich scharrte mit den Füßen im Stroh. Irgendetwas war faul, aber was? Plötzlich fiel es mir ein. »Großmutter hat ihm doch angeblich einen Brief geschrieben, nicht wahr?«, fragte ich aufgeregt. Ich wartete Trushards Bestätigung nicht ab, sondern fuhr gleich fort: »Er kann aber nicht von ihr sein, denn sie hat lesen und schreiben erst zusammen mit meiner Schwester und mir gelernt.«

»Also hat jemand die beiden Liebenden absichtlich auseinander gerissen«, stellte Trushard fest. »Wer könnte ein Interesse gehabt haben, ihre gemeinsame Zukunft zu vereiteln? Und vor allem: Wer konnte schreiben?«

Ich dachte angestrengt nach. Unsere Familie war in Saulheim schon immer etwas Besonderes gewesen, weil wir alle gebildet waren. Sogar die Frauen, auch wenn manche wie Großmutter erst spät mit dem Lernen angefangen hatten. Die Frauen ...!

»Urgroßmutter war es!«, rief ich aus. »Vater hat gesagt, sie war eine Frau, die sehr wohl wusste, was Sitte und Anstand erfordern. Und sie hatte schon als Kind schreiben gelernt. Wann hat Raymond den Brief erhalten?«

»Augenblick, ich muss mich an den genauen Wortlaut des Textes erinnern.« Trushard sang eine traurige Melodie vor sich hin. »Kurz bevor er seine Liebste abholen wollte. Sie habe ihm den Brief auch nicht persönlich gegeben, sondern durch einen Jungen überbringen lassen.«

Ich pfiff durch die Zähne. »Es war klar, welchen Weg er von Mainz aus nach Saulheim nehmen würde. Da war es für Urgroßmutter ein Leichtes, ihn mit dem Brief abzufangen. O, verdammt. Vater hätte lieber Urgroßmutters Gebeine strafen sollen. Aber die sind schon längst vermodert.«

»Urteile nicht so hart über sie. Vielleicht wollte sie nur verhindern, dass ihre Tochter ins Unglück rennt?«, gab Trushard zu bedenken. »Eine ehrbare Frau gehört nicht auf die Landstraße, wo das Leben gefährlich und rau ist.«

»Großmutter wäre als Spielweib sehr glücklich geworden«, widersprach ich ihm. »Sie liebte die Musik über alles. Sie war es auch, die meiner Schwester und mir das Singen beigebracht hat.«

Ich griff nach dem Amulett, das Trushard beinahe an den Galgen gebracht hätte. Sollte ich jemals diese Nacht überleben, so schwor ich mir im Stillen, würde ich um ihn kämpfen. Keine Macht der Welt sollte uns auseinander reißen. Ich würde so leben, wie Großmutter es sich immer gewünscht hatte: frei und mit dem Mann, den ich liebte.

Meine Lippen tasteten so behutsam nach seinem Mund, als wäre er aus kostbarem Glas. Wieder und wieder küssten wir uns, ganz sanft zuerst, dann immer leidenschaftlicher, bis ich an nichts anderes mehr denken konnte als daran, ihn ganz nahe bei mir zu fühlen. Meine Bedenken waren vergessen. Niemals würde Trushard mir wehtun.

Ich zog ihn auf den Boden und achtete darauf, dass er auf

der Seite zu liegen kam und nicht auf dem wunden Rücken. Dann legte ich mich neben ihn und liebkoste seinen Hals mit meinen Lippen. Trushard seufzte wohlig auf. Vor Verlangen zitternd schob ich beide Hände unter sein Hemd. Ich ertastete die knochigen Rippen, die scharf aus dem Oberkörper hervorstanden, und verspürte das Bedürfnis, ihn wenigstens einmal glücklich zu machen, bevor alles zu Ende war. Ich raffte meinen Rock hoch und zog Trushard zu mir heran.

Er stutzte. »Willst du wirklich?«, flüsterte er. Seine Stimme klang ungläubig.

Statt einer Antwort presste ich mich näher an ihn. Ich prickelte inzwischen vor Erwartung, halb ängstlich, halb verlangend. Ganz behutsam wanderte er mit der Hand meinen Oberschenkel hoch und legte sie zwischen meinen Beinen auf eine Stelle, deren Existenz ich nicht einmal geahnt hatte. Ich schnappte nach Luft. Das Glücksgefühl, das sich in meinem Unterleib ausbreitete, war so intensiv, dass ich Trushard losließ und meine Hand in die Binsenbüschel krallte, atemlos nach Luft ringend. Sachte kreisten Trushards Finger um einen Mittelpunkt, der aus purer Lust bestand, und wanden sich wie in einer Spirale immer tiefer hinein.

Es raschelte, als er die Beinlinge herunterstreifte. Meine Angst war dem Verlangen, ihn in mir zu spüren, gewichen. Nicht einmal mehr eine Handbreit sollte uns trennen. Er legte sich auf mich und glitt behutsam in mich hinein, ich verkrampfte mich kurz, aber es schmerzte ja gar nicht! Im Gegenteil, er fühlte sich in mir so wohlig an, als würde er selbstverständlich dort hingehören. War das wieder einer von Trushards Tricks oder eines von Gottes Wundern?

»Tut es weh?« Seine weiche Stimme schwebte über mir.

Ich umschlang seine Hüften fest mit beiden Armen und genoss das Gefühl, als er mich immer mehr ausfüllte. Ich spürte seinen Atem, der sich im Rhythmus mit meinem beschleunigte – magische Schwingungen, die uns beide verbanden. Wellen der Erregung durchfluteten mich. Plötzlich zerbarst etwas in mir und erfüllte mich bis in die kleinste Pore hinein mit einem fast unerträglichen Glücksgefühl. Überrascht schrie ich auf. Dann ebbte die Erregung ab, und eine angenehme Wärme strahlte nach. Als er sich aus mir zurückzog, war mir, als würde ich etwas Kostbares verlieren.

Nur widerwillig ließen wir einander los, setzten uns atemlos auf und zupften die zerdrückte Kleidung zurecht.

Er nestelte an den Schnürungen meines Bliaut und zog sie zusammen. »Bereust du es?«

»O nein.« Lächelnd klaubte ich ihm Binsen aus den Haaren. »Immerhin weiß ich jetzt, dass mein Mittelchen keinen Schaden angerichtet hat.«

Er knuffte mich in die Seite. »Also, wenn das der einzige Grund war ...«

Ich streichelte über die feinen Härchen auf seiner Hand und erspürte die hervorstehenden Adern. »Wie können die Priester nur behaupten, etwas so Wunderbares wäre Sünde?«

Trushard holte mich zu sich heran und umschlang mich von hinten. »Sie sind neidisch, weil ihnen die Liebe zwischen Mann und Frau verwehrt bleibt.«

Ich seufzte. »Mein ganzes Leben lang könnte ich nichts anderes mehr machen.« Dieser Satz holte mich brutal in die Wirklichkeit zurück. Erschrocken schlug ich mir die Hand vor den Mund. Während unserer Liebkosungen hatte ich verdrängt, was Philipp uns angedroht hatte, aber jetzt überrollte mich die Angst stärker als zuvor. Meine Kehle zog sich zusammen, bis sie so eng war wie ein Grashalm, durch den ich nur noch schlückchenweise die Luft einziehen konnte. Ich drückte mich in Trushards Umarmung hinein. »Ich will nicht sterben ...« Nur mit Mühe gurgelte ich die Worte hervor. Zitternd blieben sie in der eisigen Luft hängen.

Er strich mir die Haare aus dem Gesicht. »Als ich in Wibalds Kerker saß, kam irgendwann ein Punkt, an dem ich meinte, wahnsinnig zu werden vor Angst und Schmerzen. Mein Rücken brannte wie Feuer, und jeder einzelne Knochen fühlte sich an, als wäre er aufs Rad geflochten worden. In meiner Not fing ich an zu beten. Auf einmal spürte ich eine heilende Kraft in mir, ein strahlendes Licht erfüllte mich und breitete sich im ganzen Verlies aus.«

»Ein Licht? Im stockfinsteren Kerker?«, echote ich ungläubig. Warum nur erfand er immer wieder neue Geschichten? Wollte er sich damit wichtig machen?

»Ja«, bestätigte er. »Ich weiß, es klingt verrückt, aber du kannst mir glauben, es hat sich wirklich so zugetragen. So wahr ich hier sitze und Trushard heiße.« Er holte tief Luft. »Ich spürte meine Schmerzen zwar immer noch, aber ich konnte sie plötzlich ertragen. Es war ein Gefühl, als ob sich mein Körper auflösen und schweben würde.«

Ich suchte nach einer plausiblen Erklärung. »Du hattest bestimmt Wahnvorstellungen.«

»Ich war noch nie so klar im Kopf wie damals«, wehrte er ab. »Und die heilende Kraft ... Mein Gott, wie soll ich es erklären ...« Er stockte und suchte nach den passenden Worten. »Sie füllte mich aus, bis sie stärker war als meine Angst. Wie ein Kettenhemd legte sie sich schützend um mich.«

»Das sagst du nur, um mich zu beruhigen«, erwiderte ich misstrauisch. »Wieso sollte ausgerechnet ein einfacher Spielmann eine Vision haben, während sie frommen Mönchen verwehrt bleibt, die sich jahrelang kasteien, um Gottes Gebote zu erfüllen?«

»Na und?«, verteidigte er sich mit einem Anflug von Trotz in der Stimme. »Maria Magdalena war auch keine Heilige, bevor sie Jesus kennen lernte, und sie war die erste Zeugin seiner Auferstehung. Bei Gott ist alles möglich. Er kommt zu den

Menschen, die ihn am meisten brauchen. In der Bibel heißt es doch, dass er einen reuigen Sünder mehr liebt als neunundneunzig Gerechte.«

Ich war immer noch nicht überzeugt, aber ich wollte ihn nicht kränken. »Spürst du die Kraft jetzt auch?«

»Ja«, antwortete er schlicht. »Philipp mag Macht über unsere Körper haben, aber nicht über unsere Seelen. Die sind frei.«

Leise fügte er hinzu: »Am Ende erwartet uns das Licht, und der Tod ist nur der Weg dorthin. Wir kehren in Gottes Hand zurück.«

Ich fuhr mit dem Finger über das Amulett. Als Kind hatte ich immer die Legende von der heiligen Margarete geliebt, und Großmutter musste sie mir wieder und wieder erzählen. Mit der bloßen Kraft ihres Glaubens hatte Margarete einen Drachen bezwungen, der sie im Kerker bedroht hatte. Ihr Glaube war stärker gewesen als ihre Angst. Vielleicht steckte doch ein wahrer Kern in Trushards Geschichte? Wie ein Heiliger kam er mir wirklich nicht vor. Aber mir war schon mehrfach seine Gelassenheit aufgefallen. War sein Glaube der Grund dafür?

Trushard und ich verfielen in Schweigen. Jeder von uns hing seinen eigenen Gedanken nach. Ich hatte jegliches Zeitgefühl verloren. War es schon bald Morgen oder noch tiefe Nacht? In dem Niemandsland zwischen Leben und Tod, in das wir geraten waren, gab es keine Veränderung.

Das Einzige, was sich veränderte, war das Körpergefühl. Arme und Beine wurden allmählich taub, und wir rieben sie kräftig, damit sie nicht völlig auskühlten. Die Fußkette scheuerte das Gelenk wund. Besonders schmerzhaft war es, wenn wir aufstanden und ein wenig hin und her gingen, um uns warm zu halten. Meine Kehle wurde immer rauer.

Um mich abzulenken, sang Trushard mir seine Lieblingslieder vor. Ich hielt mich an seiner Stimme fest. Sie geleitete mich durch die Verzweiflung, zauberte bunte Bilder vor meine Augen und wärmte mich wie ein Becher heißer Würzwein.

Wir saßen eng umschlungen, als wir Stimmen vor dem Bergfried hörten. Oben schlug die Tür krachend auf. Das Geräusch fuhr mir wie ein Messer durch Mark und Bein. Hilfe suchend griff ich nach Trushards Hand. Er zog mich hoch. »Komm, wir wollen Philipp wenigstens in Würde empfangen.«

Ein Schwert klapperte. »Seid ihr da unten drin?« Das war eindeutig die Stimme von unserem Schmied! Machte er jetzt etwa auch mit?

Die Klappe des Verlieses wurde mit einem Ruck aufgerissen. Das einfallende Licht blendete mich schmerzhaft. Schützend hielt ich die Hand vor die Augen.

»Ich komme jetzt runter.« Hermann, dieser Schuft! Was hatten sie bloß mit uns vor? Verwirrt blinzelte ich in das helle Viereck über mir. Oben brannte eine Fackel. Draußen musste es also noch dunkel sein. Unbeholfen ließ sich der Schmied am Strick herunter.

Ich krampfte mich an Trushards schweißnasser Hand fest. Mit der anderen Faust umklammerte ich sein Amulett. Um nicht loszuschreien, biss ich mir auf die Unterlippe, bis sie blutete. Am liebsten hätte ich mich an die Wand gedrückt wie ein ängstliches Kind, aber ich blieb stehen. Um mich drehte sich alles, und ich fühlte mich einer Ohnmacht nahe. Gleich würden die Beine unter mir wegklappen.

Wie ein nasser Sack plumpste Hermann herunter. »Alles in Ordnung?«

Ich konnte mich nicht länger zurückhalten. »Natürlich! Wir haben gut geschlafen und uns prächtig amüsiert heute Nacht«, fauchte ich ihn an und spuckte ihm vor die Füße.

Hermann grinste. »Solange du noch die Kraft hast, so herumzuschreien, muss es dir gut gehen.« Dreizehn Worte! Ich staunte. Unser wortkarger Schmied hatte sich über Nacht in einen Redenschwinger verwandelt.

Er bückte sich und schloss die Fußketten auf. »Ihr seid frei.«

Verwirrt musterte ich ihn. »Frei?«, krächzte ich etwas dümmlich.

»Bedankt euch bei Gisla. Sie ist im Saal und hält die Männer in Schach, falls sie wider Erwarten doch aufwachen sollten.«

Ich verstand gar nichts mehr. Auch Trushard schien den Durchblick verloren zu haben. Er rührte sich nicht von der Stelle. »Was ist denn passiert?«

»Das erzählt euch am besten Gisla selbst. Kommt hoch, oben warten auch warme Decken und heißer Würzwein.«

Ganz allmählich sickerte in mein Bewusstsein, dass ich wirklich in Sicherheit war. Kein Härchen würde mir gekrümmt werden. Meine Beine gaben nach. Im letzten Augenblick fing Trushard mich auf.

Fürsorglich hob Hermann mich ein Stück hoch, bis ich das Einstiegsloch schon fast erreicht hatte. Leicht wie eine Feder fühlte ich mich in seinen bärenstarken Armen. Ich riss mir die Handinnenflächen an dem rauen Seil auf, aber das war mir egal. Auf einmal hatte ich es ganz furchtbar eilig hochzukommen.

Erst als ich draußen auf dem Burghof die frische Nachtluft tief einatmete, begriff ich, dass ich neugeboren war. Halb weinend und halb lachend, fiel ich Trushard um den Hals und tanzte mit ihm über den Hof zum Palas. Hermann betrachtete uns kopfschüttelnd.

»Ich hätte dich heute Abend mit dem wilden Pack nicht alleine lassen dürfen, Rotrud«, brummte Hermann verlegen. »Aber wer konnte denn ahnen, was sie mit euch anstellen würden!« Er redete so viel, dass ich mit dem Wörterzählen gar nicht mehr nachkam.

Obwohl meine ausgedörrte Kehle nach einem Schluck Wasser gierte, musste ich erst einen Blick auf unsere Peiniger im Saal werfen. Ich ließ Trushards Hand nicht los, als wir eintraten. Keine Heimlichkeiten. Ich hatte mich entschieden.

Schnarchend lagen die Männer vor dem Kamin, mit dicken Seilen verschnürt wie übergroße Gepäckbündel. »Wir wollten ihnen noch ein bisschen Wärme gönnen, bevor wir sie ins Verlies bringen«, grinste Hermann.

Gisla thronte an der Tafel, ein Schwert griffbereit neben sich auf der Bank. Stolz wie eine Königin, die ihre Untertanen musterte, so betrachtete sie die schlafenden Kerle. Ihr Gesicht strahlte, als sie uns sah. Sie sprang auf und umarmte uns. »Ich bin so froh, dass euch nichts passiert ist. Aber habe ich das nicht fein hingekriegt?«

»Zweifellos.« Trushard lachte sie an.

»Ihr braucht Wärme. Kommt schnell mit in die Küche.« Gisla zog uns hinter sich her.

Gertrud standen die Tränen in den Augen, als sie uns in der Küche empfing. »Ach Gott, ihr Leut!«, jammerte sie und schmatzte uns dicke Küsse auf die Wangen. Dann nötigte sie Trushard und mich auf die besten Plätze vor dem Feuer und wickelte uns wie Säuglinge in dicke Wolldecken.

Als Gertrud uns alle mit heißem Wein versorgt hatte, konnte Gisla nicht mehr an sich halten. »Ich habe gehört, was sie mit euch vorhatten. Laut genug waren sie ja, als sie euch vor dem heimlichen Gemach bedrohten. Sie hatten wohl vergessen, dass unsere Kemenate direkt darüber liegt. Um mitzubekommen, was im Saal passierte, habe ich mein Ohr an den Boden gepresst. Gut, dass ihr einen so einfach gebauten Palas mit dünnen Wänden habt. Die Männer hatten zwar gesagt, sie würden euch vor den Kaiser bringen, aber ich traue Philipp nicht über den Weg. Rotrud, ich bin sicher, er hätte sich bei dir mit Gewalt geholt, was du ihm freiwillig nicht gegeben hast. Mit diesem Mistkerl habe ich auch schon schlechte Erfahrungen gemacht.« Gislas Gesicht verdüsterte sich. Sie starrte in ihren Weinbecher, dann nahm sie einen kräftigen Schluck und setzte den Bericht fort. »Nachdem sie euch eingesperrt hatten, bin ich zu ihnen in den Saal. Ich habe ihnen vorgesäuselt, ich könne nicht einschlafen und bräuchte noch einen Schlummertrunk. Vorher habe ich mir natürlich die Schnüre am Oberteil gelockert und das Haar gelöst, damit bei ihnen der Verstand aussetzt. Das klappt immer.« Gisla grinste in sich hinein.

»Drei volltrunkene Kerle, und du bist einfach zu ihnen hinuntergegangen?«, fragte ich erstaunt. »Ganz alleine?«

»Das hätte auch schief gehen können«, pflichtete Trushard mir bei.

Mit einer lässigen Handbewegung wischte Gisla unsere Bedenken weg. »An die Lieblingshofdame der Kaiserin trauen sich selbst eure Männer nicht so ohne weiteres heran. Jedenfalls gab ich mir alle Mühe, sie gut zu unterhalten, bis der Schlaftrunk endlich wirkte.«

»Welcher Schlaftrunk?« Trushard zog mir die Wolldecke enger über die Schulter. Ich rückte an ihn heran und nahm seine Hand.

»Den Mohnsirup, den Rotrud für mich bereitet hatte, damit ich besser schlafen konnte. Mechthilds Hustenanfälle sind so laut, dass ich kaum Ruhe finde. Ja, und diesen feinen Tropfen habe ich ihnen in den Wein gemischt.« Stirnrunzelnd sah Gisla mich an. »Also, Rotrud, du solltest deine Rezeptur wirklich überdenken. Eine Frau kann von der Mischung einschlafen, aber so einen richtigen Kerl kriegt man damit nicht ruhig. Ich habe ihnen fünf Krüge auftischen müssen, bis sie endlich von den Bänken sanken.«

Neben mir hörte ich ein leises Schnauben. »Es gibt so einige Rezepturen, die Rotrud überdenken sollte. Und was hast du dann gemacht, Gisla?« Trushard sah richtig zufrieden aus.

»Ich bin zu Gertrud und Hermann gelaufen und habe Steinchen an ihr Fenster geworfen, um sie aufzuwecken. Gemeinsam haben wir die Männer gefesselt.«

Eine Sache beschäftigte mich noch. »Wieso hast du nicht gleich Gertrud und Hermann um Hilfe gebeten?«

An Gislas Händen funkelte nur ein einziger Rubinring. Sie drehte ihn hin und her. Wo waren die anderen Ringe? »Selbst zu dritt wären wir gegen sie nicht angekommen, denn sie hatten ihre Schwerter im Saal. Da war es klüger, sie in Sicherheit zu wiegen. Was sollte eine einzelne Frau ihnen schon antun können?«

Spitzbübisch lächelte Gisla vor sich hin. »Wir haben gleich die Gelegenheit genutzt, Mechthild in Sicherheit zu bringen. Hermann reitet gerade mit ihr zu Arnold. Ich schätze, sie und ihr Einsiedler werden gemeinsam fliehen. Ich habe Mechthild einen Teil von meinem Schmuck mitgegeben, damit die beiden nicht hungern müssen und auch genug Geld für ein Gasthaus haben, in dem sich Mechthild in Ruhe auskurieren kann.«

»Wohin sie wohl ziehen werden?«, überlegte ich laut und nahm genussvoll einen weiteren Schluck von dem heißen Wein. Ich war sicher, ein zweites Mal würde Arnold nicht vor seiner Verantwortung davonlaufen. Aber für beide würde es schwierig werden, den Glauben des anderen zu akzeptieren.

»In Okzitanien ist es am sichersten für sie«, erklärte Trushard. »Dort sind die Katharer so stark, dass sie sich nicht einmal vor Bischöfen und Grafen verstecken müssen. Selbst einige hohe Herren hängen ihrem Glauben an.« Trushard klopfte der Hofdame auf die Schulter. »Gisla, du hast heute Nacht eine Meisterleistung vollbracht und uns das Leben gerettet. Wie können wir dir danken?«

»Euer Glück ist Lohn genug.« Gisla sah uns an, wie wir Arm in Arm auf der Bank saßen. Ein Schatten huschte über ihr Gesicht.

Gertrud gähnte herzhaft und reckte die kurzen, dicken Glieder, bis es knackte. Dann stand sie auf und schlurfte zum Feuer, fachte es wieder an und nahm den Kessel. »Ich gehe Wasser holen.«

Gisla fuhr sich müde durch die Haare. »Üblicherweise liege ich um diese Zeit im Bett. Ich ziehe mich noch ein wenig zurück.« Mit wiegenden Hüften verschwand sie durch die Tür.

Draußen färbte sich der Himmel rötlich ein. Plötzlich merkte ich, wie erschöpft ich war. Ich zupfte Trushard am Ärmel. »Lass uns schlafen gehen«, raunte ich ihm zu.

Er zögerte. »Ich bin noch viel zu wach, um zu schlafen.«

»Du kannst trotzdem mit in meine Kammer kommen«, bot ich ihm an. »Ein warmes Bett wird dir gut tun.«

»Denk an deinen Ruf«, mahnte Trushard. »Wir sind schon viel zu weit gegangen.«

»Was passiert ist, können wir ohnedies nicht mehr ungeschehen machen.« Ich legte meine Hand auf seinen Arm. »Und ich will es auch gar nicht«, fügte ich hinzu. Bittend sah ich ihn an. »Lass mich nach dieser schrecklichen Nacht nicht alleine.«

»Es geht nicht«, widersprach Trushard energisch. »Wenn jemand mitbekommt, dass ich in deinem Bett schlafe, ist dein Ruf für alle Zeiten verdorben. Rotrud, sei vernünftig.«

Erstaunt sah ich ihn an. »Im Verlies hast du das anders gesehen.«

Er rutschte auf der Bank hin und her. »Rotrud, es tut mir so Leid ...«

Vor meinen Augen flimmerte es. »Ist das alles, was dir dazu einfällt? Ich habe dir eben meinen kostbarsten Besitz geschenkt. Ist dir eigentlich klar, was das für eine Frau bedeutet?« In mir kroch eine ungeheure Wut hoch. Ich hatte meine

Unschuld verloren, und Trushard machte einen Rückzieher. Wenn ich jetzt noch einen anderen Ehemann finden wollte, musste ich meine Schande verschweigen und Meinloh in der Hochzeitsnacht täuschen. Womöglich war ich auch noch schwanger geworden. Wenn ich ein schwarz gelocktes Kind zur Welt brachte, dann gnade mir Gott! Und das alles tat er ab mit einer einfachen Entschuldigung.

»Ich dachte, wir überleben die Nacht nicht. Niemals hätte ich doch sonst ... ich meine ... Himmelherrgott noch einmal!« Erregt stieß er mich zur Seite und schlug mit der flachen Hand auf den Tisch. »Ich bin nur ein Gaukler. Du musst mich vergessen, hörst du!«

Jetzt wurde ich wütend. »Niemals! Oder war ich heute Nacht nur ein netter Zeitvertreib für dich?« Ich packte ihn am Ärmel und zischte ihn an: »Du hast dich kein Stück geändert. Von wegen keusch wie ein Mönch. Angelogen hast du mich!«

Trushard schnappte nach Luft. »Du bist verdammt ungerecht! Ich habe dir doch nichts zu bieten außer einem Leben auf der Landstraße. Sieh dir meine Narben an. Und für Spielweiber ist es noch schlimmer. Freiwild sind sie. Jede Hure ist besser dran, da hatte Philipp ausnahmsweise Recht. Mein Leben lang müsste ich mir Vorwürfe machen, wenn du wegen mir so tief sinken würdest. Glaub mir, du musst mich vergessen! Ich darf deinem Glück nicht im Wege stehen.«

»Du bist mein Glück«, widersprach ich ihm. »Und vergiss nicht, es gibt auch Spielleute, die dank großzügiger Gönner reich geworden sind.«

»Das ist die Ausnahme, nicht die Regel. Mach dir da keine falschen Hoffnungen.« Bitter fügte er hinzu: »Such dir einen anderen Mann, das ist das Beste für dich.«

»Du willst entscheiden, was für mich das Beste ist?«, fragte ich gedehnt. Mein Misstrauen rührte sich wieder. »Oder ist das nur ein Vorwand, damit du mich elegant loswirst?«

Trushard hob beschwörend die Hände. »Wenn ich ein Ministeriale wäre oder ein Adeliger, dann hätte ich dich schon längst gefragt, ob du meine Frau werden willst. Keinen Augenblick hätte ich gezögert.«

Ich legte meine Hand auf seinen Arm. »Und ich würde keinen Augenblick zögern, ›Ja‹ zu sagen, wenn mich der Spielmann Trushard fragen würde.«

Ungläubig starrte er mich an. »Meinst du das wirklich ernst?«

»Natürlich.« Ich rückte ganz dicht an ihn heran. »Ich würde dich selbst dem König vorziehen. Denk dran, in meinen Adern fließt feinstes okzitanisches Spielmannsblut.«

»Närrin«, knurrte Trushard und rang die Hände. »Was habe ich da bloß angerichtet!«

Knarrend schwang die Tür auf. Ächzend watschelte Gertrud mit einem Kessel Wasser herein.

»Warte, ich helfe dir.« Trushard sprang auf und nahm ihr die Last ab. Er hievte den Kessel über das Feuer und hängte ihn am Eisenhaken auf. Dann drehte er sich zu mir um. »Schlaf gut.« Mit seinen langen Beinen machte er einen Satz und war draußen.

6. TAG

Höre, Tochter, sieh und neige dein Ohr:
Vergiss dein Volk und dein Vaterhaus!

Psalm 45

Ich schlief und schlief. Noch nie hatte ich mich in meinem Bett so wohl gefühlt. Beim Aufwachen dehnte und streckte ich jedes Glied, um mich zu vergewissern, dass es noch da war, und räkelte mich in den weichen Kissen. Die Sonne stand bereits hoch am Himmel, als ich es endlich schaffte, mich von meiner gemütlichen Lagerstatt zu trennen.

Schwungvoll hüpfte ich die Treppe hinunter und summte dabei das Frühlingslied vor mich hin, das ich zusammen mit Trushard in der Kaiserpfalz vorgetragen hatte. Aus dem Verlies drang leises Kettengeklirr zu mir hoch, ein Geräusch, das mein Ohr süßer umschmeichelte als jeder Minnesang. Ich konnte es mir nicht verkneifen, voller Genugtuung mit dem Fuß kräftig auf die hölzerne Luke zu stampfen und zu unseren Männern hinunterzurufen: »Ich hoffe, die edlen Herren haben wohl geruht!«

Auf dem Burghof hielt ich mein Gesicht in die Sonne. Wie das wärmte und prickelte! Mein Leben war mir neu geschenkt worden, und ich wusste genau, wie und vor allem mit wem ich es nutzen wollte.

Ausgerechnet in unserer Burg, in der ich mich immer so geborgen gefühlt hatte, wäre ich in der vergangenen Nacht umgekommen, wenn Gisla uns nicht so mutig gerettet hätte. Die

Männer, mit denen ich seit Jahren eng zusammenlebte und die ich zu kennen glaubte, hatten sich als Feiglinge entpuppt. Angst und Alkohol hatten ihre niedersten Instinkte geweckt. Und ich wurde auch das dunkle Gefühl nicht los, dass jemand diese Angst unauffällig geschürt hatte, weil er mit allen Mitteln danach trachtete, eine unliebsame Zeugin loszuwerden. Wenn meine Vermutung zutraf, dann hatte ich heute Nacht einen Sieg errungen, aber den Krieg lange noch nicht gewonnen.

Dicke Mauern, tiefe Gräben, Wachtürme, Waffen, Kettenpanzer und Helme – wir Menschen waren erfinderisch in unserem Bemühen um Sicherheit. Aber mit diesen Verteidigungsmaßnahmen täuschten wir uns einen Schutz vor, den es nicht gab und nie geben konnte. Das Leben war zerbrechlich wie eine Eischale und, gleichgültig wie man sich mühte, man konnte die Zeitspanne, die einem vorherbestimmt war, nicht verlängern. Am Ende lief man Gefahr, vor lauter Sorge um die Sicherheit die Schönheit des Augenblicks zu verpassen, die doch das einzig Greifbare war. Das war auch Trushards Botschaft, die er landauf, landab unters Volk streute. Seine Gaukeleien waren das wirkliche Leben und alles andere letzten Endes nur Gaukelei.

Mein Entschluss stand fest. Von nun an würde ich meiner inneren Stimme folgen und das Leben voll auskosten, gemeinsam mit dem Mann, der mir eine neue Welt erschlossen hatte.

Selbst bei dem Gedanken an Vater spürte ich zum ersten Mal seit Tagen die feste Zuversicht in mir, dass ich einen Ausweg finden würde.

Beinahe wäre ich auf eine junge Blindschleiche getreten, deren silbrigbrauner Leib auf dem staubbedeckten Boden des Hofes kaum auffiel. Ich blieb stehen und beobachtete fasziniert, mit welcher Eleganz sie sich davonschlängelte. Ihr glänzender Körper wand sich zu immer neuen Formen zusammen, bildete kleine und große Kreise, Halbmonde, Linien und Wellen. Er krümmte sich blitzschnell, um sich im nächsten Augenblick wieder zu strecken – bei aller Zielstrebigkeit ein fantasievolles Spiel.

Ich war so vertieft in diesen Anblick, dass ich zusammenschrak, als mir jemand von hinten auf die Schulter tippte. Ich fuhr herum und starrte in Josts wässrige Pupillen.

Mein Gesicht versteinerte. »Dass du dich überhaupt hierher traust, du Verräter«, brauste ich auf. »Willst du deine neue Burg vorab in Augenschein nehmen? Hat der Rotbart sie dir schon zugesprochen? Hau ab oder ich schreie um Hilfe!« Zornig bückte ich mich, nahm einen Dreckklumpen auf und schleuderte ihn nach Jost.

Ungerührt blieb er stehen und ließ den Schmutz an sich abprallen. Wahrscheinlich hatte er mit dieser heftigen Reaktion gerechnet, schließlich kannte er mein Temperament zur Genüge. Er packte mich am Ärmel und zog mich zu sich heran. »Hör mir zu, bevor du mich weiter verdächtigst! Hast du eigentlich schon einmal daran gedacht, dass es in der Nacht, bevor du deinen Vater aufgesucht hast, geregnet hatte? Die Spuren deiner Stute müssen sich deutlich im nassen Boden abgezeichnet haben.«

Betroffen sah ich ihn an. Hatte ich Jost etwa zu Unrecht verdächtigt, das Versteck meines Vaters verraten zu haben? Erst jetzt wurde mir bewusst, dass Gertrud und Hermann vor dem Palas standen und unseren Streit gebannt verfolgten. Hastig schlug ich vor: »Am besten setzen wir unser Gespräch im Burggarten fort.«

Hinter dem Apfelbaum waren wir vor neugierigen Blicken geschützt. Mit hoch aufgerichtetem Kreuz ließ ich mich auf der Bank nieder. Jost hielt gebührenden Abstand, als er neben mir Platz nahm. Ich drehte mich seitwärts zu ihm hin, faltete die Hände im Schoß und sah ihn abwartend an.

Ruhig gab er meinen Blick zurück. »Ich würde sagen, der

Verräter hat beobachtet, in welche Richtung du weggeritten bist, und einem der kaiserlichen Männer einen Hinweis gegeben. Anschließend war es natürlich ein Leichtes, den Hufabdrücken zu folgen und das Versteck zu finden.«

Nachdenklich breitete ich meine Röcke auf der Bank aus. »Du könntest Recht haben«, gab ich zögernd zu.

Josts Gesicht hellte sich auf. »Ich habe gehört, was heute Nacht passiert ist. Rotrud, ich bin froh, dass du noch lebst.«

»Das bin ich auch.« Die Worte kamen von alleine über meine Lippen. In Gedanken war ich immer noch mit dem beschäftigt, was der Schultheiß gerade gesagt hatte. Wenn Jost mich nicht verraten hatte, konnte es nur der Mörder gewesen sein, denn wer sonst hätte ein Interesse daran gehabt, dass Vater gefasst wurde? Ich ging alle durch, die auf der Burg gewesen waren, als ich losgeritten war. Ottino, Rainald, Meinloh, Gisla, Mechthild, Gertrud, Hermann, Philipp, Ludwig und Gero ... Wer war der Mistkerl, der Vater auf dem Gewissen hatte? Wehe ihm, wenn er mir jemals in die Hände fiel!

Jost grinste. »Barbarossa war weiß vor Wut, als Gisla ihm erzählte, was die Männer gestern Abend mit euch angestellt haben. Sie hat ausgesagt, dass sie mit angehört habe, wie Philipp dich bedrängte. Gisla hat sich für deine und Trushards Unschuld verbürgt. Der Kaiser hat entschlossen verkündet, er werde nicht zulassen, dass sich jemand an seinen Dienstleuten vergreift. Deshalb werde er unverzüglich fünf seiner kräftigsten Männer schicken, die deine Sicherheit garantieren sollen. Sie müssen gleich eintreffen.«

Sein Grinsen wurde noch eine Spur breiter. »Zu dem Vorwurf der Zauberei sagte Barbarossa, er dulde keinen Aberglauben unter seinen Leuten. Hexen gäbe es nicht. Und wenn du wirklich eine wärest, Rotrud, so hättest du deinen Vater schon längst aus dem Verlies gezaubert. Das hat der Kaiser wortwörtlich so gesagt.« Zur Bekräftigung nickte Jost.

Ich steckte eine Haarsträhne, die sich aus dem Gefängnis des Zopfes befreit hatte, in meinen Schopf zurück. »Welche Strafe steht den Männern wohl bevor?«

»Morgen kommen sie vor das Königsgericht, wo ihr Fall nach dem Mord an Wibald verhandelt wird. Bis dahin dürfen sie ihren Aufenthalt in eurem Kerker voll auskosten.«

Bei der bloßen Erwähnung des Königsgerichtes schauderte ich trotz der heißen Sonne zusammen.

Mein Schweigen ermunterte Jost zum Weiterreden. »Du willst doch bestimmt wissen, wie die Kaiserin auf Mechthilds Verschwinden reagiert hat. Sie hat eher halbherzig eine Suche angeordnet, aber nur in der näheren Umgebung.«

Das war eine ausgesprochen gute Nachricht. Nach allem, was in den letzten Tagen vorgefallen war, freute ich mich über jedes Menschenleben, das gerettet werden konnte. »Was dem Kaiser an Milde abgeht, scheint seine Gattin Gott sei Dank im Übermaß zu besitzen«, stellte ich erleichtert fest.

»Ketzerei ist ein schweres Vergehen«, bemerkte Jost missbilligend und zog die Nase kraus. »Ich glaube nicht, dass die Kaiserin richtig handelt, wenn sie es auf die leichte Schulter nimmt.«

Ein Ruck ging durch Josts drahtigen Körper. Er straffte die Schultern und sah mir direkt in die Augen. »Rotrud, wir kennen uns nun schon seit Jahren, und jeder weiß, was er vom anderen zu halten hat. Du hast zwar ein freches Maul, aber das kann man in den Griff kriegen. Ich bin sicher, du wirst schon noch lernen, wo dein Platz ist. Im Großen und Ganzen siehst du nicht schlecht aus, wenn man mal von deinen zotteligen Haaren absieht. Aber die wirst du ohnedies bald unter einem Schleier verstecken müssen, wie es sich für eine anständige Frau gehört.« Sein Blick glitt über meinen Körper, als musterte er eine Zuchtstute. »Immerhin sind deine breiten Hüften wie geschaffen dafür, Kinder zu kriegen. Und mit deinem Putzwahn könntest du dich in unserem Haus nützlich machen. Ich will nicht viele Worte machen. Ich habe den Kaiser um die Erlaubnis gebeten, dich heiraten zu dürfen, und er hat sein Einverständnis erteilt.« Es klang, als verkündete er eine unendliche Gnade, die ich demütig anzunehmen hatte.

Mir blieb die Spucke weg. Wie hatte ich mich so irren können? Ausgerechnet der Schultheiß! Also hatten meine Smaragdaugen Meinloh doch nicht genügend bezaubert. Ich grübelte darüber nach, woher Josts plötzlicher Sinneswandel kam, denn jahrelang hatte er kein sonderliches Interesse an mir gezeigt. Was ich auch nicht bedauerte, denn als Mann war er so prickelnd wie abgestandenes Bier. Er musste froh sein, wenn sich jemals ein Weib seiner erbarmte. In ganz Lautern kannte ich keine einzige Frau, die an ihm Gefallen fand, was angesichts seiner herablassenden Miesepetrigkeit und seiner ungepflegten Erscheinung auch nicht weiter verwunderlich war. Mit Sicherheit war das der Grund dafür, dass er ausgerechnet jetzt, wo ich in einer solch heiklen Lage steckte, meine Vorzüge als Ehefrau entdeckte. Jost baute darauf, dass ich einwilligen würde, denn welcher Mann, der seine Sinne beisammen hatte, holte sich die Tochter eines Mörders in sein Haus? Freiwillig wollte keine Frau Jost heiraten – also suchte er sich eine, die ihn nehmen musste, weil sie sonst unversorgt war. Ganz nebenbei konnte er durch eine Verbindung mit mir auch den Ruf erwerben, ein wahrhaft christlicher Mann zu sein, der sich selbstlos um zwei unglückliche Waisen kümmerte.

Um ein Haar wäre Josts kühle Rechnung aufgegangen. Gestern hätte ich sein Angebot sofort angenommen, um die Zukunft meines Bruders zu sichern. Aber in der letzten Nacht hatte ich mich unwiderruflich für Trushard entschieden. Mein Gewissen beruhigte ich damit, dass ich schließlich nicht nur eine Verpflichtung gegenüber meinem Bruder hatte, sondern auch gegenüber dem Spielmann. Er hatte sein Leben für mich riskiert. Durch die Nacht im Kerker und die gemeinsam ausgestandene Angst waren wir unauflöslich miteinander verbunden. Und dann war da noch jener Zaubertrank, von dem ich einen Tropfen zu viel gekostet hatte. Vernunft war das eine, Liebe das andere. Für Jost wäre ich doch nicht mehr als eine Magd und die Mutter seiner Kinder.

Trotzdem wollte ich ihn nicht kränken und wählte meine Worte mit Bedacht aus. »Jost, wir sind gute Freunde, und ich bin sehr glücklich darüber. Dein Angebot ehrt mich, doch leider kann ich es nicht annehmen.«

Vor Verblüffung blieb Jost der Mund offen stehen. »Das musst du aber, ich habe doch schon alles mit dem Kaiser abgemacht!«

Ich sprang auf und funkelte ihn aufgebracht an. »Vielleicht hättest du zuerst mit mir sprechen sollen.«

Irritiert starrte er mich an. »Das tue ich doch gerade.«

Mir riss der Geduldsfaden. »Es bleibt dabei: Ich sage Nein!«

»Steckt der Spielmann hinter deiner Absage?«, fragte Jost misstrauisch. »Oder hat dir dieser singende Bote mit seinen falschen Schmeicheleien den Kopf verdreht? Er hat sich beim Festessen unschicklich an dich herangemacht, und dir hat das auch noch gefallen. Ich habe genau gesehen, wie du ihm hinterhergestarrt hast, als er zur Empore eilte. Ein paar schöne Worte – und schon fallt ihr Frauen darauf herein!«

Statt einer Antwort zog ich die Augenbrauen hoch.

Jost ließ nicht locker. »Du willst doch nicht etwa das Weib eines Spielmannes werden? Weißt du, was das bedeutet? Immer umherziehen, egal, ob Winter oder Sommer, kreuz und quer auf allen Landstraßen! Willst du wirklich deine Rechte verlieren und auf eine Stufe mit Bettlern, Dirnen und Henkern sinken? So dumm kann doch selbst eine Frau nicht sein.« Eine feine Röte überzog Josts Gesicht. »Da gibt es noch etwas zu klären. Hast du in den vergangenen Tagen mit einem anderen

Mann, ähm, ich meine, ist bei dir noch alles so, wie es bei einer unverheirateten Frau sein sollte?«

Wie er sich wand, die Dinge offen auszusprechen! Seine Schamhaftigkeit amüsierte mich beinahe. Ich stemmte die Hände in die Hüften. »Du willst wissen, ob ich noch Jungfrau bin?« Ich lächelte viel sagend. »Mein Lieber, das geht nur meinen künftigen Ehegatten etwas an.«

Jost knirschte mit den Zähnen. »Hat dieser Knochenpoet dir etwa Gewalt angetan?« Sein Blick glitt über meinen Körper, als wolle er feststellen, wie viel ich jetzt noch wert sei.

Ich setzte mich wieder und ordnete meine Röcke. Bei der Erinnerung an die letzte Nacht spürte ich ein angenehmes Wärmegefühl in mir hochsteigen. »Ich würde es eher als Liebe bezeichnen.«

»Und wenn Trushard der Mörder ist?«, fragte Jost gedehnt.

»Er hat sein Leben für mich aufs Spiel gesetzt, während du dich in deinem sicheren Burgmannenhaus verkrochen hast«, schnaubte ich entrüstet. »Er hat mich sogar nachts bewacht und vor meiner Kammer geschlafen, und du? Wo warst du denn, als ich dich gebraucht hätte?«

Langsam erhob sich Jost, packte mein Handgelenk und zog mich ruppig zu sich hoch. »Hör gut zu. Ich habe die älteren Rechte an dir, und die werde ich mir von einem dahergelaufenen Gaukler nicht nehmen lassen. Heute Abend, wenn es dunkel wird, komme ich wieder. Und entweder lässt du mich dann über Nacht in deine Kammer, oder ich sage morgen Früh beim Königsgericht aus, dass du im Tiergarten warst, als Wibald ermordet wurde. Du hast die Wahl.«

Er ließ mich abrupt los und schritt davon. Am Zaun drehte er sich noch einmal um: »Vergiss nicht, dass die Ermittlungen noch nicht abgeschlossen sind. Der Kaiser mag missbilligt haben, was eure Männer und Philipp gestern Abend angestellt haben, aber das heißt noch lange nicht, dass du von jeder

Schuld freigesprochen bist. Wilhelm sucht nur nach einem Vorwand, um dich anzuklagen. Es sieht gar nicht gut aus für dich, meine Liebe.«

Sprachlos schaute ich seinem wendigen Körper nach, der hinter dem Zaun verschwand, den Burghof durchquerte und zu den Ställen hinuntereilte. Das Letzte, was ich von ihm sah, waren die igelborstigen Haare, die wie spitze Zacken über dem steilen Abhang in die Höhe ragten.

◆

Schwer atmend sank ich auf die Holzbank und starrte dumpf auf die mit Efeu überwucherte Sandsteinmauer. Bei allen Heiligen, wie kam ich aus dieser verfahrenen Situation bloß wieder heraus? Lieber würde ich mir selber den Strick um den Hals legen, als Jost auch nur in die Nähe meiner Kammertür zu lassen! Aber wenn er nun Rache an Trushard nahm? Ich traute es Jost durchaus zu, dass er morgen beim Königsgericht gegen den Spielmann eine falsche Aussage machte, sofern ich ihm heute Nacht nicht gab, was er verlangte.

Gedankenverloren klimperte ich mit dem Schlüsselbund herum, der am Gürtel hing. Das metallische Klingeln schlug wie eine Glocke in meinem Kopf an. Das war's!

Aufgeregt schnellte ich hoch und schlug mir vor die Stirn. Die ganzen Tage über hatte die Rettung so nahe gelegen, und ich war nicht darauf gekommen. Wie hatte Vater doch gesagt? »Buchen musst du suchen!«

Endlich verstand ich den Sinn seiner Aufforderung. Ich durfte keine Zeit mehr verschenken. Dringend brauchte ich Trushards Hilfe – aber wo steckte er bloß?

Wenn jemand auf dieser Burg den Überblick behielt, dann war es Gertrud. Über den Hof zog ein verlockender Duft nach frischem Brot, der mir das Wasser im Munde zusammenlaufen ließ. Zielstrebig marschierte ich zu dem Verschlag, unter dem sich der große Backofen befand.

Gertrud holte mit einem hölzernen Schuber einige knusprige Brotlaibe aus dem Feuer. Schmunzelnd drehte sie sich um. Unter dem schneeweißen Kopftuch leuchtete ihr Gesicht dunkelrot hervor.

Mit einem Schlag merkte ich, wie hungrig ich war. Ungeniert griff ich einen der bereits erkalteten Laibe, die Gertrud auf der Holzplatte abgelegt hatte, brach ein Stück ab und biss herzhaft hinein. Genießerisch ertastete meine Zunge den süßlich-herben Geschmack nach Sommer und Kornfeld.

Kauend fragte ich: »Hast du Trushard gesehen?«

Gertrud packte die nächste Ladung Teig auf den Schuber. »Er ist im Wald verschwunden.«

Ausgerechnet jetzt, wo ich seine tatkräftige Unterstützung benötigte, war er nicht da. Außerdem hätte ich ihn so gerne nach dieser schlimmen Nacht in die Arme genommen. Aber ich bezwang meine Ungeduld. Spätestens gegen Mittag war er wieder auf dem Beilstein.

Bis dahin musste ich die Zeit nutzen und das Zimmer von Rainald und Ottino durchsuchen. Bis zum Abend gab es noch so viel zu erledigen.

Seufzend schluckte ich den letzten Bissen hinunter und wandte mich zum Gehen. »Ich muss nochmal in mein Zimmer zurück«, log ich.

Gertruds Adleraugen durchbohrten mich. »Ich sehe Euch an, dass Ihr etwas im Schilde führt, Rotrud von Saulheim.«

»Frag mich besser nicht, was es ist«, wiegelte ich ab.

Gertrud walzte entschlossen einen Berg aus Teig platt. »Was immer Ihr auch ausbrütet, viel Glück dabei!«

◆

Bei der Suche nach Wibalds und Elsbeths Mörder musste ich wieder ganz von vorne anfangen. Ich beschloss, meine Untersuchungen auf Rainald zu konzentrieren. Triftige Gründe sprachen dafür, dass er es gewesen war: der Tintenfleck, das Fehlen von Zeugen für die Tatzeit und vor allem sein handfestes Motiv. Wibald hatte ihn erpresst und immer mehr verlangt, bis Rainald das Geld ausgegangen war. Da mochte ein verzweifelter Mensch leicht auf die Idee verfallen, seinen Quälgeist gewaltsam aus der Welt zu schaffen. Nur: Wie konnte ich es ihm nachweisen?

Verstohlen schlich ich mich in die Kammer von Ottino und Rainald. Auf meiner eigenen Burg kam ich mir plötzlich wie eine Diebin vor.

Zum Glück waren die Holzläden vor den Fenstern zurückgeklappt, sodass Licht in den Raum fiel. Nur ungern hätte ich mich am Fenster gezeigt. Ein wenig ratlos blickte ich mich um. Wo sollte ich anfangen? Alles war peinlich sauber aufgeräumt. Die Felle lagen ordentlich ausgebreitet auf dem großen Bett, die Kleidung war in der Reisetruhe verstaut, und auf dem kleinen Tisch erblickte ich einen Psalter.

Neugierig trat ich näher. Ich liebte Bücher, und ganz besonders dieses, das so viel Weisheit, Trost und Gotteslob enthielt. Leider kannte ich nur wenige Versatzstücke, denn ich war des Lateinischen nicht mächtig und es gab keine schriftliche Übersetzung in unserer Sprache. Aber Trushard hatte die Lateinschule besucht, und er würde gewiss die schönsten Psalmen für mich nachdichten.

Dieses Büchlein war besonders prächtig illuminiert. Verzierte Initialen schmückten den Beginn jedes Psalms, und um die einzelnen Seiten rankten sich Blüten und Blätter. Ein würdiger Rahmen für einen wunderbaren Text. Das Buch war geöffnet bei Psalm 38, der, wie ich wusste, von schwerer Heimsuchung sprach. Nach Hildegundes Tod hatte Mutter diesen

Psalm oft gebetet. Ihre Stimme klang noch in meinem Ohr. »Herr, strafe mich nicht in deinem Zorn und züchtige mich nicht in deinem Grimm. Denn deine Pfeile stecken in mir, und deine Hand drückt mich.«

Seufzend legte ich den Band zurück und wandte mich Rainalds Truhe zu. Angesichts seiner wenigen Habseligkeiten war sie schnell durchgesehen. Trotz gründlicher Musterung konnte ich an der Kutte, den Strümpfen und dem Umhang keine Holzfasern und auch keine Spuren von grüner Salbe entdecken. Auch sonst enthielt die Truhe nichts Aufschlussreiches: Seife, Kamm und einen Beutel mit einigen Silbermünzen. Ich war enttäuscht.

Rainald hatte nicht gelogen, er besaß tatsächlich keine nennenswerte Summe Geld mehr. Er musste jetzt in höchster Verzweiflung sein, denn wenn er nicht bald zahlte, würde sein Geheimnis preisgegeben. Nachdenklich sortierte ich den Inhalt der Truhe Stück für Stück wieder ein, sorgsam darauf bedacht, alles genau so zurückzulegen, wie ich es vorgefunden hatte.

Ich war fast fertig, als ich an meinem Nacken einen Windhauch spürte.

Erschrocken drehte ich mich um, in der Hand hielt ich noch ein Paar Strümpfe. In der Tür stand Rainald und sah mich mit seinen verschiedenfarbigen Augen so fassungslos an, als wäre ich ein Fabeltier.

Ich spürte, wie mir das Blut in den Kopf schoss. Eine Burgherrin, die das Gepäck ihrer Gäste durchwühlte – wie peinlich! Aber da auch eine Entschuldigung meine Situation nicht verbessern würde, beschloss ich, seine Überraschung auszunutzen und ihn mit meinem Wissen zu überrumpeln. Ich erhob mich und sah ihm direkt in die Augen. »Ihr werdet erpresst.«

Rainalds Augenlider flatterten kurz, aber gleich darauf hatte er sich wieder in der Gewalt. Er verschränkte seine schmalen Hände vor dem Bauch und atmete tief durch.

Ich legte nach. »In der vorletzten Nacht habe ich zufällig Euer Gespräch im Burggarten mitgehört.«

Rainalds Gesichtsfarbe wurde aschfahl, kraftlos ließ er sich auf das Bett sinken. Ich legte die Strümpfe in die Truhe, dann setzte ich mich unaufgefordert neben ihn, vorsichtig auf der äußersten Kante des Gestells balancierend.

»Dann wisst Ihr also alles«, sagte er matt.

Ich ließ mir nicht anmerken, dass ich heute Nacht nur die Hälfte des Gespräches verstanden hatte. »Warum werdet Ihr erpresst?«

Rainald seufzte tief auf, dann gab er sich einen Ruck. »Politik ist die Kunst der Wortverdrehung«, stellte er resigniert fest und knetete die spitz zulaufenden Finger. »Das habe ich schnell gelernt, als ich im vergangenen Jahr an den kaiserlichen Hof kam. Ich war stolz, als ich berufen wurde. Dem Reich zu dienen – was für eine hohe Aufgabe! Aber die Wirklichkeit sieht anders aus. Wisst Ihr, was sich vor einem halben Jahr auf dem Reichstag von Besançon zugetragen hat, als es zu dem Eklat kam zwischen den Gefolgsleuten des Kaisers und den päpstlichen Gesandten?«

Selbst nach Lautern war die Nachricht von diesen einschneidenden Ereignissen vorgedrungen. Tagelang hatten wir von nichts anderem gesprochen, denn wir fürchteten eine Auseinandersetzung zwischen Papst und Kaiser, wie schon hundert Jahre zuvor, als das Ringen zwischen Kaiser Heinrich IV. und dem Papst das Reich gespalten hatte. Ich gab wieder, was man mir erzählt hatte: »Die Gesandten des Papstes brachten ein Schreiben ihres Herrn mit, im dem er Barbarossa vorwarf, nichts zu unternehmen, um einen Erzbischof, der von burgundischen Banditen gefangen genommen worden war, zu befreien. Aber dieser Erzbischof hat sich ohne Einwilligung des Kaisers zum Oberkirchenfürsten von Schweden aufgeschwungen. Kein Wunder, dass Barbarossa keinen Finger krümmte, um ihm zu helfen. Aber der eigentliche Streit brach aus, weil der Papst in seinem Brief von Lehen sprach, die er Barbarossa angeblich verliehen habe. Der Kaiser als Lehensmann des Papstes – das würde bedeuten, dass er dem Nachfolger Petri untertan sei. Eine unerhörte Vorstellung. Darüber haben sich die Fürsten zu Recht aufgeregt.«

»Falsch«, berichtigte mich Rainald milde. »Der Papst hat in seinem lateinisch gehaltenen Brief das Wort *beneficium* verwendet ...«

Dieses lateinische Wort kannte sogar ich, dank der vielen Gespräche über den Reichstag. »Es bedeutet ›Lehen‹.«

Der ehemalige Notar schüttelte den Kopf. »Man kann es genauso gut mit ›Wohltat‹ übersetzen, und bestimmt hat es der Papst auch in diesem Sinne gemeint. Ich war anwesend, als unser Kanzler seine Übersetzung dem gesamten Hof vortrug. Dabei hat Rainald von Dassel ganz bewusst nur das Wort ›Lehen‹ verwandt, um die päpstliche Seite ins Unrecht zu setzen und die geistlichen und weltlichen Fürsten geschlossen hinter dem Kaiser zu vereinigen. Eine zielgerichtete Täuschung. Fast wären die päpstlichen Gesandten von den Fürsten umgebracht worden, so groß war die Empörung. Barbarossa konnte das Blutvergießen nur durch sein entschlossenes Einschreiten verhindern.«

»Der Papst ist auch nicht besser«, warf ich ein. »Denkt nur an den Vertrag von Benevent, den er hinter dem Rücken Barbarossas mit den ärgsten Feinden des Reiches, den Normannen, geschlossen hat.«

»Da habt Ihr völlig Recht«, gab Rainald zu. »Beide Seiten kämpfen mit allen Mitteln, nicht nur mit Waffen, sondern auch mit Worten. Das nennt sich dann Diplomatie. Am Hof erlebe ich tagtäglich, wie die Fürsten, Bischöfe und Könige heucheln, tricksen und lügen, nur um ihre politischen Ziele durchzusetzen und sich zu bereichern. Wenn die Großen sich schon nicht an das Recht halten, wieso sollen es dann die einfachen Leute tun?«

Rainald hatte sich in seinen Ärger hineingesteigert. Warum erzählte er mir das alles eigentlich? Was hatte das mit der Erpressung zu tun? Ich war erstaunt darüber, wie gesprächig er sich plötzlich zeigte. Die Worte quollen aus ihm heraus wie aufgestautes Wasser, das sich Bahn brach. Es schien ihn zu erleichtern, sich den Kummer endlich von der Seele zu reden. Wie lange mochte es wohl her sein, dass ihm jemand richtig zugehört hatte?

Er verschränkte die Arme vor der Brust. »Die kleine Fälschung, die ich begangen habe, nimmt sich gegen diese unerhörte Intrige unseres Kanzlers nahezu bescheiden aus. Und sie hat großes Leid verhindert.«

Die Neugier, dieses Laster, das ich schon seit Jahren ebenso hartnäckig wie vergeblich bekämpfte, war mittlerweile überlebenswichtig geworden für mich. »Wie ist es dazu gekommen?«

»Eines Tages habe ich erlebt, wie eine arme Witwe um ihr Erbteil gebracht werden sollte. Einer ihrer Nachbarn versuchte, ihr mit einer gefälschten Urkunde das Gut wegzunehmen, auf dem sie mit ihren kleinen Kindern lebte. Sie hätte alles verloren, was sie besaß. Weinend stand die Frau vor mir. Von Barbarossa erhoffte sie sich Hilfe. Aber die Urkunde war so gut gefälscht, dass ich dem habgierigen Nachbarn nichts nachweisen konnte. Angeblich war sie von König Konrad ausgestellt worden. Der Inhalt besagte, dass das Gut dem Nachbarn übertragen wurde. Selbst wenn Barbarossa eine neue Urkunde ausgestellt hätte, wäre sie wirkungslos gewesen, weil altes Recht neues Recht bricht.«

»Der Frau konnte also nur mit einer noch älteren Urkunde geholfen werden«, folgerte ich.

»Genau. Und weil ich ihr Elend nicht ertragen konnte, habe ich für sie eine Urkunde gefälscht. Sie stammte angeblich von

Konrads Vorgänger, König Lothar, und sah wirklich sehr echt aus, mit allen notwendigen lateinischen Formeln, einem vergilbten Pergament und einem äußerst beeindruckenden Siegel. Eine Meisterleistung.« In Rainalds Worten schwang ein gewisser Stolz über seine Kunstfertigkeit mit.

Hoffentlich hielt sein außergewöhnliches Redebedürfnis an. »Habt Ihr um Eure Entlassung nachgesucht, weil Ihr erpresst wurdet?«

Rainald nickte. »Ich habe die ständige Angst vor Wibald nicht mehr ertragen. Daher kehre ich jetzt in mein Kloster zurück und werde mich wieder dem Gebet und der stillen Arbeit widmen.«

Ich musste seine Offenheit ausnutzen, um so viel wie möglich in Erfahrung zu bringen. »Wie hat Wibald Euer Geheimnis herausgefunden?«

Rainald wippte mit den Beinen auf und ab. »Er hat gesehen, wie ich der Witwe die Urkunde ausgehändigt habe. Ich hatte mich mit ihr in der stillen Ecke einer Pfalz getroffen, weil ich annahm, dass wir dort ungestört sein würden, aber Wibald kam zufällig dazu. Er brauchte ständig Geld, um seine aufwändige Lebensweise zu finanzieren, und wollte sich daher diese einmalige Gelegenheit nicht entgehen lassen, auch wenn bei mir nicht viel zu holen war. Außerdem liebte er es, Menschen zu quälen.«

Rainald hatte tollkühn gehandelt. »Ihr habt Eure Stellung für eine arme Frau aufs Spiel gesetzt«, bemerkte ich kopfschüttelnd.

»Ja«, sagte Rainald schlicht. »Aber rechtfertigte das gute Ziel nicht dieses Mittel, zumal die Gegenseite auch gefälscht hatte? Sollte ich gleichgültig zusehen, wie die Witwe alles verlor? Ich wollte nur dafür sorgen, dass sie ihr Auskommen hat. Angeblich ist der Kaiser doch der Beschützer der Witwen und Waisen. Und was hätte Christus an meiner Stelle getan?«

Auf diese Frage wusste ich auch keine Antwort. Fieberhaft überlegte ich, wie ich den Namen des Erpressers herausbekommen konnte, ohne zu verraten, dass ich nur die eine Hälfte des Gespräches verstanden hatte. »Und wieso meldet sich die zweite Person erst jetzt bei Euch?«

»Mein Quälgeist hat Wibald und mich am Tag des Mordes bei einem Gespräch belauscht und tritt jetzt in seine Fußstapfen.« Bitter fügte Rainald hinzu: »Euer sehnlichster Wunsch wird bestimmt bald in Erfüllung gehen. Da ich kein Geld mehr habe, wird diese Ratte morgen dem Kaiser mitteilen, dass ich eine Urkundenfälschung begangen habe und von Wibald erpresst wurde. Dann bin ich fast ebenso verdächtig wie Euer Vater, zumal ich auch die Gelegenheit zum Mord gehabt hätte.«

Mehr würde ich aus Rainald nicht herausbekommen. Aber das Gespräch war sehr ergiebig gewesen.

Ich erhob mich und strich den Rock glatt. In Rainalds bernsteinfarbenem Auge blitzte es spöttisch auf. »Ihr könnt mit Eurem Wissen nichts anfangen. Euch wird der König ganz sicher keinen Glauben schenken, und Beweise gegen mich habt Ihr nicht in der Hand.«

Aber ich hatte ohnehin schon eine andere Idee, wie ich Vater helfen konnte, nein, musste. Auf die vage Hoffnung, dass Rainald morgen angeklagt würde, durfte ich mich nicht verlassen. Bei aller Wut über Vaters Verhalten – den Galgen verdiente er wahrlich nicht.

Sachte zog ich die Tür hinter mir zu.

◆

Selbst nach dem Mittagsmahl war Trushard immer noch nicht wieder aufgetaucht. Dabei konnte ich es kaum abwarten, ihm mitzuteilen, was ich herausgefunden hatte.

Außerdem graute mir vor dem Weg, den ich nun ohne Begleitung reiten musste. Viel lieber hätte ich Trushard an meiner Seite gehabt. Aber mir blieb keine andere Wahl, denn die Zeit drängte. Spätestens gleich nach dem Abendessen musste ich aufbrechen, um Jost aus dem Weg zu gehen.

Ohne Nachfrage ließen mich die Männer, die Barbarossa zu meinem Schutz abgestellt hatte, passieren. Ich lenkte meine Stute in Richtung Ungeheuerfelsen, in dem Vater Zuflucht gesucht hatte. Ich glaubte jetzt zu wissen, was er mit der geheimnisvollen Bemerkung »Buchen musst du suchen!« gemeint hatte.

Um mich abzulenken, ging ich während des Rittes noch einmal alle Punkte meines Planes durch. So sehr ich auch grübelte und prüfte, ich konnte in meinen Überlegungen keinen Fehler entdecken. Eigentlich musste es klappen. Die Voraussetzung für das Gelingen war allerdings, dass ich am Felsen auch tatsächlich das fand, was ich zu entdecken hoffte.

Wie schon beim letzten Mal, band ich meine Stute neben dem Weg an einer Fichte fest und ging den Rest zu Fuß. In mir kribbelte es vor Erwartung. An dem steilen Abhang, der zum Felsen führte, wuchsen zahllose Buchen und Fichten. »Buchen musst du suchen!«, tönte Vaters Stimme in meinem Kopf.

Sorgsam ging ich Buche für Buche ab, prüfte mit den Augen, ob es irgendwo eine hervorstehende Wurzel, einen kleinen Zwischenraum, ein Loch im Baum oder sonst irgendetwas Auffälliges gab. Ich konnte es kaum noch abwarten herauszufinden, ob ich mit meiner Vermutung richtig lag.

Aber so gründlich ich auch alle Buchen musterte, ich wurde nicht fündig. Wieder und wieder zog ich meine Kreise – absolut nichts!

Enttäuscht stampfte ich mit den Füßen auf. Mein Plan war perfekt durchdacht, und ich war mir so sicher gewesen, dass ich Vater richtig verstanden hatte. Verärgert setzte ich mich auf einen Baumstamm und zupfte an dem Moos herum, das sich zu meinen Füßen ausbreitete.

»Ruhig Blut«, murmelte ich vor mich hin. Wo lag bloß mein Denkfehler? Manchmal musste man den Blickwinkel ändern, wenn man nicht weiterkam.

Der Blickwinkel! Bisher hatte ich meine Suche auf den Boden konzentriert und auf die Zweige, die in Augenhöhe hingen. Aber was, wenn sich das Gewünschte weiter oben befand, an irgendeinem Ast, versteckt hinter dem hellgrünen Blätterwerk? Sollte ich an den Bäumen rütteln? Und wenn ich dann den herunterfallenden Gegenstand nicht mehr wiederfand? Der ganze Boden war ein einziges Gewirr von trockenem Laub, Fichtennadeln, Zapfen, Sträuchern und Wurzelwerk.

Mein Mut sank wieder. Ich konnte doch nicht auf jeden Baum steigen. Dann würde ich bis zum Anbruch der Nacht nicht fertig. Und morgen schon sollte das Gericht tagen. Die Zeit lief mir davon wie ein durchgehendes Pferd. Einmal mehr bedauerte ich, dass Trushard nicht bei mir war. Seine außergewöhnliche Körperlänge wäre jetzt sehr hilfreich gewesen.

Dafür besaß ich einen außergewöhnlichen Verstand, und den galt es zu nutzen. Ich musste die Bäume systematisch durchsuchen. Immerhin kamen nur diejenigen infrage, die schon eine zarte Begrünung aufwiesen und bequem zu ersteigen waren, denn sonst wäre auch Vater nicht hinaufgekommen. Entschlossen stand ich auf und warf das Moos beiseite, das ich in der Hand hielt.

Mit zusammengebissenen Zähnen krabbelte ich die Bäume hoch und wieder hinunter, schürfte mir die Hände blutig, riss die Ärmel auf und befreite meinen Zopf, der immer wieder an den feinen Zweigen hängen blieb. Meine Beine wurden müde, und in meiner Wunde stach es heftig, wenn ich mich an den Stämmen hochzog. Ich wünschte, ich wäre ein Eichhörnchen, das leichtfüßig über Bäume tänzeln konnte.

Die Sonne hatte ihren Höchststand schon überschritten, als ich völlig erschöpft auf einem dicken Ast sitzen blieb. Der breite Stamm bot eine gute Lehne für meinen schmerzenden Rücken. Mein Gewand war durchgeschwitzt, und ich krempelte die Ärmel hoch, um mir ein wenig Kühlung zu verschaffen. Da ich in den letzten Tagen entschieden zu wenig Schlaf bekommen hatte, gestattete ich mir ein kurzes Verschnaufen. Die Lider wurden schwer und senkten sich über meine Augen, die vom Schlafmangel gerötet waren. Übermüdet döste ich vor mich. Meine Aufmerksamkeit ließ nach, und plötzlich verlor ich den Halt, kippte seitlich weg, mein Oberkörper fiel ins Nichts, der linke Arm griff verzweifelt um sich – und konnte sich im letzten Augenblick an einem Zweig festkrallen.

Ein leises Klirren machte mich sofort putzmunter. Aus den Augenwinkeln nahm ich wahr, dass ein eiserner Gegenstand an mir vorbei zu Boden fiel. Mein Herz hüpfte.

Ungeduldig glitt ich herunter, ohne darauf zu achten, dass ich mir die Handinnenflächen aufschürfte. Als ich atemlos vom letzten Ast sprang, sah ich etwas im Moos aufblitzen. Ich lachte vor Erleichterung laut los, dann lief ich hin und hob es auf. Ein großer schwerer Schlüsselbund, der meinem Vater den Weg in die Freiheit öffnen würde! Es waren die Schlüssel, die Vater bei seiner Flucht dem Schultheißen abgenommen hatte. Sie passten in die Türen der unterirdischen Felsengänge, die aus der Kaiserpfalz herausführten. Vater hatte den Schlüsselbund mit in sein Versteck am Ungeheuerfelsen genommen, und da er wohl befürchtete, gefasst zu werden, hatte er ihn dort sicher versteckt. Glücklicherweise hatte ich Vaters geheimnisvolle Bemerkung über die Buchen rechtzeitig enträtselt. Und war damit auf die einfachste Lösung aus unserem Dilemma gestoßen.

Wenn ich auch den wahren Mörder nicht entdeckte, konnte ich Vater wenigstens in Sicherheit bringen. Heute Nacht würde ich ihn aus dem Verlies befreien. Ein guter Schlummertrunk für den Gefangenenwärter würde mir dabei helfen. Und dann konnten wir durch die unterirdischen Gänge die Kaiserpfalz heimlich verlassen. Ich drückte den Bund an mein Herz, dann verstaute ich ihn in dem kleinen Beutel, der an meinem Gürtel hing.

Auf dem Ritt zurück zum Beilstein erschien mir der dunkle Weg nicht ganz so Furcht erregend wie sonst. Alles würde gut werden, davon war ich nun fest überzeugt. Ich schöpfte Mut. Wieder und wieder betastete ich die kostbaren Schlüssel, an denen das Leben meines Vaters hing, um mich zu vergewissern, dass sie wirklich da waren.

In unserer Burg lief ich wie immer als Erstes in die Küche. Gertrud hackte gnadenlos eine Möhre klein.

»Weißt du, was Trushard jetzt macht?«, fragte ich atemlos.

Gertrud schüttelte den Kopf und griff sich die nächste Möhre. »Er war nur kurz hier. Zwei ganze Becher Branntwein hat er in einem Zug heruntergekippt. Ich habe mich gewundert, weil er doch sonst schon nach einem halben Becher Wein betrunken ist. Dann ist er wortlos fortgelaufen.«

Trushard und Branntwein – das war so unvorstellbar, als hätte mir jemand erzählt, dass es draußen schneien würde. Man sagte Spielleuten nach, dass sie Bacchus allzu gerne huldigten, aber auf Trushard traf diese Behauptung nicht zu. An Wein und Bier nippte er nur, und härtere Getränke lehnte er völlig ab. Eine heftige Unruhe überfiel mich. O heilige Margarete, hoffentlich war ihm nichts passiert!

Hastig stand ich auf. »Ich werde ihn suchen gehen.«

Ich lief durch die ganze Burg, aber Trushard war nirgends zu entdecken. Meine Sorge wuchs immer mehr. Im Saal fand ich sein Rebec und das Bündel. Der Umhang hingegen war fort.

Als ich den neuen Torwächter fragte, einen von Barbarossas

Männern, erinnerte er sich sofort. »Ja, dieser knochendürre Spielmann hat vor einiger Zeit die Burg verlassen.«

Merkwürdig. Wenn er nur kurz spazieren gehen oder ungestört komponieren wollte, wieso hatte er dann an diesem heißen Tag seinen Umhang mitgenommen? Ohne sein geliebtes Instrument würde er nicht weit fortlaufen. Aber wo steckte er bloß? Dieser Mann war ein wandelndes Rätsel auf zwei schlauchlangen Beinen. Nie verhielt er sich so, wie man es erwartete. Verdammt, gerade jetzt brauchte ich ihn so dringend.

Ich unterdrückte meine Unruhe. Bestimmt war er bald zurück. Bis dahin musste ich noch einiges erledigen. In der Kräuterwerkstatt bereitete ich einen neuen Schlaftrunk zu und verdreifachte den Anteil an Mohnsaft. »Das müsste ja wohl genügen, um den dicksten Kerl sofort in den Schlummer sinken zu lassen«, brummelte ich zufrieden vor mich hin. Heute Nacht durfte ich kein Risiko eingehen.

◆

Die Pflichten der Gastfreundschaft mussten erfüllt werden, auch an diesem Abend. Ottino und Gisla waren erst am späten Nachmittag von der Pfalz auf die Burg zurückgekehrt. Der Abt war in bester Laune, während Gisla seltsam traurig wirkte.

Das Mahl schien ein ganzes Jahr zu dauern, so endlos kam es mir vor. Nach Ottinos Tischgebet, das er wie einen Kampfbefehl hervorgebellt hatte, waren Gisla, Rainald und ich in tiefes Schweigen versunken.

Ottino war ganz erfüllt von der kaiserlichen Aura, in die er für einen Abend eingetaucht war. Den Grund für seine gute Stimmung erfuhren wir, als er sich die dritte Scheibe Wildschweinbraten auf sein Brotstück legte.

»Ich habe die Urkunde bekommen«, verkündete er. »Damit

gehören nun fünf Fischteiche, ein großes Waldgebiet und mehrere Äcker endgültig zu meinem Kloster.«

Er schenkte sich Wein nach. »Der Kaiser höchstpersönlich hat mein Kloster beauftragt, in Lautern eine Niederlassung zu gründen.« Er warf sich in die Brust und sah stolz in die Runde. »Wir sollen ein Spital aufbauen und die Pfarrseelsorge für die beiden Kapellen in der Pfalz und in der Martinskirche übernehmen.«

Ich achtete nicht recht auf seine Worte, so sehr plagte mich die Angst um Trushard. Mein Gefühl sagte mir, dass ihm etwas zugestoßen war. Nachdem ich mein Bündel für die Flucht gepackt hatte, war ich noch einmal auf die Suche nach dem Spielmann gegangen, hatte das ganze Gelände rund um die Burg abgeklappert und alle Orte in Augenschein genommen, an denen man ungestört dichten konnte. Sogar bis zum Entersweiler Hof war ich gelaufen. Aber Trushard blieb spurlos verschwunden.

Immer wieder wanderte mein Blick zum Rebec, das verlassen in der Ecke des Saales lag. Bedrückt umklammerte ich das Holzamulett, das Trushard für mich geschnitzt hatte. An jedem einzelnen Bissen würgte ich, als wäre er ein unverdaulicher Dreckklumpen, und schaffte es nur mit größter Anstrengung, ihn durch die viel zu enge Kehle hinunterzuquetschen.

»Du wirst sehen, noch vor Anbruch der Dunkelheit ist dein Spielmann zurück«, raunte Gisla mir zu und tätschelte tröstend meine eiskalte Hand.

»Ich muss aber gleich aufbrechen«, seufzte ich. »Und ich würde mich gerne vorher vergewissern, dass mit ihm alles in Ordnung ist.« Dass ich riskierte, Jost in die Hände zu fallen, wenn ich nach Vaters Flucht auf den Beilstein zurückkehrte, erwähnte ich natürlich nicht. Aber ohne Trushard würde ich Lautern nicht verlassen, so viel stand fest.

Abt Ottinos scharfen Ohren entging nichts. »Ihr solltet Euch lieber um Euer eigenes Seelenheil kümmern, anstatt Eure Gedanken an einen elenden Taugenichts zu verschwenden.«

Das Fass lief über. Ich stand so ruckartig auf, dass mein Weinbecher überschwappte, stemmte die Arme auf den Tisch und herrschte den Abt an: »Dieser Taugenichts hat heute Nacht sein Leben für mich riskiert.«

Das Eisauge blieb unbeeindruckt sitzen und häufte sich einige Möhren auf die Brotscheibe. »Mich wundert nicht, dass Ihr ihn verteidigt, schließlich seid Ihr durch unreine, fleischliche Beziehungen miteinander verbunden. Ihr seid kein Stück besser als er.«

Gefährlich ruhig gab ich zurück: »Und Ihr seid bloß neidisch – weil Ihr nie erfahren werdet, was es heißt, zu lieben und geliebt zu werden.« Dann setzte ich mich wieder hin, ordnete gelassen meine Gewänder und nahm einen tiefen Schluck Wein.

Gisla sah mich bewundernd von der Seite an, und der blasse Rainald wagte zum ersten Mal, seitdem ich ihn kannte, ein zaghaftes Lächeln.

Das Eisauge schwieg verdrossen – ein Wunder! Missmutig stocherte er in seinem Gemüse herum und warf mir einen Blick zu, der so viel bedeutete wie »Warte nur, das wirst du mir büßen«.

Aber seine Drohung würde er nicht mehr wahr machen können, denn mein Plan stand fest. Spätestens bei Tagesanbruch würde ich mit Vater und Trushard Lautern für immer verlassen und nach Okzitanien ziehen, einem Land, in dem selbst Ketzer geduldet wurden.

Nichts als Angst und Schrecken hatte Ottino auf dem Beilstein verbreitet. Seine Mönche taten mir Leid. Man müsste ihn das Fürchten lehren, am eigenen Leibe sollte er den Angstschweiß spüren, das Rasen des Herzens und das Zittern der Beine. Vielleicht würde er durch diese heilsame Erfahrung nachsichtiger. Seine eigene Neugier sollte ihn in die Falle locken.

Nachdenklich fuhr ich mit dem Finger über das Spiralmuster des Holzamuletts. Zeit für ein kurzes Gespräch konnte ich nach dem Essen noch erübrigen, außerdem wollte ich meinen Aufbruch möglichst lange hinauszögern. Vielleicht tauchte Trushard endlich wieder auf.

Ich beugte mich zu Gisla und blinzelte sie verschwörerisch an: »Wir treffen uns gleich nach dem Essen in meiner Kräuterhütte. Es geht um Mechthild.« Ich sprach so laut, dass Ottino es verstehen konnte, dämpfte die Stimme aber ab, als wäre meine Botschaft nur für Gisla bestimmt. Die Hofdame nickte überrascht. Ottinos Glaspupillen weiteten sich. Der Fisch zappelte am Haken.

◆

Das Rascheln der Kräuterbüschel kündigte Gislas Nahen an. Neugierig lugte sie um die Ecke. »Komm doch herein.« Ich zog sie durch die niedrige Holztür, die ich sorgfältig verschloss, legte den Finger auf meinen Mund und funkelte sie viel sagend an.

Als wir schleichende Schritte vor der Hütte vernahmen, die an der hintersten Ecke des Verschlages zum Stehen kamen, blitzte es in Gislas Augen auf. Sie nickte verstehend.

Ich räusperte mich. Gut vernehmlich sagte ich: »Vor der Flucht hat Arnold mir verraten, dass er mit Mechthild nach England reisen wollte. Ich finde, die Kaiserin sollte davon in Kenntnis gesetzt werden, damit sie weiß, in welche Richtung sie ihre Männer auf die Suche nach der verschwundenen Hofdame schicken soll.«

Gisla verbiss sich das Lachen. »Ich werde es Beatrix ausrichten«, gurrte sie.

»Ich hoffe, sie wird die Ketzerin schnappen«, fuhr ich fort. Dann fragte ich ganz unschuldig: »Hast du schon das Neueste von meinem Vater gehört?«

»Nein«, antwortete Gisla bedächtig und sah mich erwartungsvoll an.

Ich rückte unauffällig noch ein wenig näher an die hinterste Ecke heran. »Man weiß jetzt, wer der wahre Mörder ist.«

Vergnügt riss Gisla die Augen auf. Sie war wirklich äußerst schnell von Begriff.

Ich schob meinen Kopf dicht an die Holzwand. »Heute Nachmittag haben die kaiserlichen Männer noch einmal unauffällig unsere Burg durchsucht und dabei die Schuhe, die mit dem Wachsabdruck aus dem Tiergarten übereinstimmen, gefunden. Du wirst kaum glauben, wo sie waren.« Ich machte eine kleine Pause, bevor ich fortfuhr: »In Ottinos Truhe!«

Von der anderen Seite der Holzwand drang ein schwaches Kratzen zu uns. Es ging mir runter wie der süßeste Hirsebrei. Gisla biss sich auf die Fingerknöchel, um nicht laut loszuplatzen.

»Jetzt ist er dran«, fuhr ich ungerührt fort. »Morgen Früh wird er verhaftet. Man will ihn noch diese Nacht in Sicherheit wiegen, in der Hoffnung, dass er sich selbst durch eine Unvorsichtigkeit verrät. Die kaiserlichen Männer sind eifrig dabei, weitere Beweise für seine Schuld zu sammeln. Einer von ihnen ist angewiesen, den Abt hier auf der Burg nicht aus den Augen zu lassen.«

»Und falls er etwas merkt und flieht?« Gisla war eine ausgezeichnete Mitspielerin.

»Er hat keine Chance«, flötete ich. »Sollte er sich auch nur einen Schritt von der Burg entfernen, wird er sofort festgenommen.« Draußen gurgelte es leise. Dann entfernten sich müde Schritte. Der Abt hatte das Weite gesucht.

»O Rotrud!« Gisla japste nach Luft. »Das hat so gut getan.«

»Rache für Mechthild und Trushard«, sagte ich zutiefst befriedigt. »Niemand beleidigt ungestraft meinen künftigen Ehemann.« Schade nur, dass ich mich nicht mehr am Anblick des verstörten Eisauges weiden konnte, aber ich musste los. Es war schon recht spät.

Seit gestern war Gisla mir wie eine Schwester ans Herz gewachsen. Einem spontanen Gefühl nachgebend, umarmte ich sie. Ihren Haaren entströmte ein schwacher Moschusduft. »Siehst du Siegfried heute Abend?«, fragte ich.

Sie schüttelte den Kopf. »Erst morgen Früh wieder«, sagte sie bedauernd.

Ich lächelte sie an. »Er ist ein lieber Kerl.« Gerne hätte ich ihr ein paar freundliche Abschiedsworte gesagt, aber sie durfte nicht wissen, dass wir uns nicht wiedersehen würden.

Gisla drückte mich fest an sich. »Ich bin nur ein Abenteuer für ihn«, sagte sie bedauernd. »Eine wie mich heiratet man nicht.«

Bevor ich durch die Tür schlüpfte, drehte ich mich noch einmal um. Verloren stand Gisla in der Hütte und spielte mit den Enden ihres Gürtels. »Halte deinen Spielmann gut fest. Einen besseren Mann als ihn findest du nicht mehr.«

◆

Meine brave Stute hatte ich schon vor dem Gespräch mit Gisla gesattelt. Ich warf einen letzten Blick zurück, als ich zum Burgtor hinabstieg, und nahm das Bild des mächtigen Beilsteinfelsens in mir auf, der in der Abendsonne warm aufstrahlte. Nur noch ein einziges Mal, mitten in der Nacht, würde ich kurz zurückkehren, um Trushard abzuholen.

An meinen Umhang hatte ich Großvaters Zinnanhänger geheftet. Für die Enkelin des stolzen Hahns war keine Schwierigkeit unüberwindbar, machte ich mir selber Mut. Ich überprüfte noch einmal das sorgfältig geschnürte Bündel und tastete nach dem Schlüsselbund und dem Fläschchen mit dem Schlaftrunk für den Wächter. Alles war in Ordnung. Gertrud hatte ich mitgeteilt, dass ich versuchen wollte, die letzte Nacht vor dem Gericht bei Vater zu verbringen. Das war noch nicht einmal gelogen. Sie hatte mich an ihren wogenden Busen gepresst und mit erstickter Stimme alles Gute gewünscht.

Mit jedem Schritt, der mich vom Beilstein trennte, wuchs meine Angst um Trushard, blähte sich in mir auf und schnürte mir die Kehle zu. Die Sorge um meinen kleinen Bruder gesellte sich dazu. Wir würden ihn im Kloster zurücklassen müssen, denn nach Vaters Befreiung mussten wir uns kräftig beeilen, um bis zum Tagesanbruch einen Vorsprung zu haben. Ich tröstete mich mit dem Gedanken, dass der kleine Merbodo bei den Mönchen eine bessere Zukunft hatte als bei einer Familie auf der Flucht. Aber wie gerne hätte ich mich von ihm zumindest verabschiedet!

Als ich fast den Entersweiler Hof erreicht hatte, kam mir ein erschöpfter Wanderer entgegengeschlichen. Im Dämmerlicht des Fichtenwaldes konnte ich ihn nicht sofort erkennen. Erst die Handbewegung, mit der er sich über den Bart strich, verriet mir, wer er war. Mein Herzschlag setzte aus.

Ich galoppierte auf ihn zu, rutschte atemlos vom Pferd und fiel Vater um den Hals, lachend und weinend zugleich.

»Rotrud!« Er drückte mich ganz fest.

»Wie ist denn dieses Wunder geschehen?« Ich hielt ihn ein Stück von mir weg und musterte sein graues Gesicht, in das sich tiefe Kerben eingegraben hatten. Der Dornbart hing schlaff herab. Vater stank bestialisch nach Kerker.

Müde blinzelte er mich an. »Ja, weißt du es denn noch nicht? Der Mörder hat sich gestellt.«

»Was, so ganz plötzlich? Wer war es denn?« Ich war vom Donner gerührt. Eine böse Ahnung beschlich mich. Ich wusste schon, welchen Namen Vater nennen würde, noch bevor er den Mund aufgemacht hatte.

»Stell dir vor, wir haben einen Mörder auf unserer Burg aufgenommen. Es war Trushard.«

Trushards Lied fiel mir ein, das er gestern Abend gesungen hatte. »Doch geb ich ihr mein Leben hin, frag nicht nach Gut noch nach Gewinn. Will ich beenden ihre Qual, dann bleibt mir keine andre Wahl, als preiszugeben mich dem Hohn. Ihr Glück – das sei mein einz'ger Lohn.« O heilige Margarete, was war er für ein verdammter Narr! Die Tränen stiegen mir in die Augen. Er hatte es schon die ganze Zeit über vorgehabt, um mir meine Ehre, meine Familie und meine Zukunft zurückzugeben.

Stockend presste ich hervor: »Glaub mir, Trushard war es nicht. Er hat es nur vorgetäuscht, um dich und mich zu retten.«

Ungläubig schüttelte Vater den Kopf. »Wieso sollte er das denn tun?«

Ich wischte mir die Augen. »Auf der Burg ist nichts mehr, wie es war. Hast du schon gehört, was letzte Nacht passiert ist?«

Er nickte. »Unsere Männer hatten wohl doch Recht damit, Trushard zu beschuldigen.«

Nervös schaute ich zum Himmel, an dem sich das erste Glühen des Abendrots zeigte. »Vater, ich habe keine Zeit für lange Erklärungen. Vertrau mir einfach. Ich weiß genau, was ich tue. Ich muss zur Kaiserpfalz und Trushard befreien.«

Vater brauste auf. »Bist du denn von Sinnen? Wie willst du das überhaupt anstellen?«

In knappen Worten erklärte ich ihm meinen Plan. Entsetzt sah er mich an. »Ich verbiete es dir.«

»Ich war auf dem Weg, dich zu retten«, sagte ich schlicht und fügte entschlossen hinzu: »Und jetzt rette ich Trushard.«

»Auf gar keinen Fall!« Erregt stellte Vater sich mir in den Weg und packte mich am Ärmel. »Du kannst doch nicht dein Leben für einen dahergelaufenen Spielmann riskieren.«

»So Gott will, ist er bald mein Ehemann«, teilte ich Vater mit. Seine Überraschung machte ich mir zunutze, drückte ihn zur Seite und schwang mich auf die Stute.

Er lief zum Zügel und hielt ihn fest. »Zum letzten Mal: Das wirst du nicht tun!«

Es reichte. Mit seiner Unbeherrschtheit hatte Vater die ganze Katastrophe verursacht, und jetzt wollte er mich auch noch daran hindern, einen Unschuldigen zu retten. Meine Geduld war am Ende. Zornig blaffte ich ihn an: »Du bist weiß Gott der Letzte, der das Recht hat, mir Vorschriften zu machen! Wegen dir wären wir heute um ein Haar ums Leben gekommen. Nur weil du meintest, Großmutters Knochen die Bestattung in geweihter Erde versagen zu müssen.«

Vater riss entsetzt die Augen auf. »Woher weißt du das?«

Ich beugte mich vom Pferd ein Stück zu ihm hinunter. »Ich weiß noch viel mehr. Zum Beispiel, dass es Urgroßmutter war, die die Liebenden getrennt hat. Raymond Le Coq hatte keinesfalls die Absicht, Großmutter sitzen zu lassen.«

Sprachlos sah er zu mir hoch. Ich stieß seine Hand weg, die den Zügel umklammerte. »Vergiss nicht, der dahergelaufene Gaukler hat sein Leben gegen deines getauscht. Ohne ihn wärst du jetzt nicht frei.«

Ich preschte davon. Meine Wangen brannten vor Wut. Niemand würde Trushard und mich trennen, auch Vater nicht. Auf keinen Fall würde ich den Spielmann, der mich in der vergangenen Nacht so tapfer verteidigt hatte, im Stich lassen. Jetzt war der Zeitpunkt gekommen, meine Schuld abzutragen.

Der scharfe Wind kühlte mein Gesicht. Ich zwang mich zur Ruhe, denn man durfte mir nichts anmerken. Ich atmete tief durch und drosselte die Geschwindigkeit.

Jetzt wurde mir alles klar: Trushards Niedergeschlagenheit in den vergangenen Tagen, seine merkwürdige Andeutung, es werde schon nicht so weit kommen, dass Vater sterben müsse, und seine Aufforderung, mir einen anderen Mann zu suchen. »Du musst mich vergessen, hörst du!«, hatte er mir in der vergangenen Nacht gesagt. Niemals, schwor ich mir.

In meinem Bauch stachen tausend Hornissen, als ich die Kaiserpfalz endlich erreichte. Mit klopfendem Herzen stieg ich ab und rückte meinen Schleier zurecht. Aber das Glück schien mir hold zu sein an diesem Abend: Markward hielt Wache und ließ mich, eingedenk meiner Bekanntschaft mit Gisla, ohne weitere Nachfrage passieren.

»Ich habe gleich gewusst, dass Merbodo es nicht war«, tönte er. »Euer Vater ist ein Mann von Ehre. Ganz im Gegensatz zu diesem Lumpen von Spielmann. Man soll sich eben genau ansehen, wen man in seine Burg lässt. Mir wäre das nicht passiert.«

Ich rang mir ein gequältes Lächeln ab und schritt an Markward vorbei in den Burghof. Das erste Hindernis war geschafft.

Ich brachte die Stute in den Stall, nahm mein Bündel und lief zielstrebig über den Hof. Vorsichtshalber tastete ich nach dem kleinen Fläschchen, das ich im Beutel an meinem Gürtel trug, und vergewisserte mich, dass es beim Ritt unversehrt geblieben war.

Im Palas saß der Hof jetzt bei einem üppigen Schmaus zusammen. Eine dunkelrote Abendsonne verschwand hinter der Burgmauer. Durch die Fenster konnte ich sehen, dass die Diener in den radgroßen Kronleuchtern, die von der Decke des Festsaales herabhingen, bereits die Kerzen entzündet hatten. Was für ein Reichtum! Wie viele ungezählte Tage Arbeit steckten in den Kerzen, die der Hof an einem einzigen Abend verbrauchte.

Hoffentlich begegnete mir niemand, den ich kannte. Aber ich schaffte es, ungesehen in den Flur des Palas zu gelangen. Durch die offenen Türen drangen Gelächter und das aufgeregte Geplauder einer großen Festgesellschaft. Schnell nahm ich eine der Fackeln von der Wand, huschte zu der Tür, durch die mein Vater vor wenigen Tagen seine Flucht durch die unterirdischen Gänge angetreten hatte, und öffnete sie verstohlen.

Aufatmend lehnte ich mich von innen dagegen. Die Fackel verströmte eine unangenehme Hitze. Ich musste sie weit entfernt von meinem Körper halten, damit der Schleier nicht Feuer fing. Mein Arm schmerzte schon bald von der unnatürlichen Haltung. Mit der linken Hand musste ich gleichzeitig das Bündel an mich drücken und das Gewand raffen, um nicht über den Saum zu stolpern.

Vor mir lang eine enge Wendeltreppe. Endlos reihte sich eine Stufe an die nächste. Die Windungen der Treppe zogen mich wie ein Kreisel in die Tiefe. Mir wurde schwindlig. Mehrmals musste ich stehen bleiben, bis das Drehen in meinem Kopf wieder abgeklungen war. Aber zum Glück hatte ich ohnehin genügend Zeit, denn es war am sichersten, meinen Plan im Schutz der tiefen Nacht durchzuführen.

Als ich endlich den Vorraum zum Bierkeller erreicht hatte, hörte ich, wie die massive Tür oben zuschlug. Erschrocken huschte ich mit meinen Sachen und der Fackel zu der kleinen Tür, die in den Bierkeller führte. Von dort aus konnte man auch in die Felsengänge gelangen.

Schwere Männerschritte kamen immer näher. Verzweifelt fingerte ich nach dem Schlüssel und öffnete mit schweißnassen Händen das Schloss. Im letzten Augenblick schaffte ich es, mich durch die Pforte zu zwängen, sie hinter mir zu schließen und durch den Keller zu huschen, bis ich die Biegung erreicht hatte, hinter der das Felsenlabyrinth begann. Das war knapp gewesen.

Ein Schlüssel klirrte im Schloss, dann schwang die Tür knarrend auf.

»Es riecht so komisch, als ob jemand mit einer brennenden Fackel hier gewesen wäre«, bemerkte eine schnarrende Stimme.

Das Herz rutschte mir ein ganzes Stück tiefer.

»Ich weiß nicht, was du immer hast«, brummte sein Begleiter mürrisch und ruckelte an einem Bierfass. »Wer soll denn hier um diese Zeit mit einer brennenden Fackel herumlaufen?«

»Wohl wahr«, murmelte der Schnarrer versöhnlich. »Aber seit der Mord passiert ist, bin ich ein wenig schreckhaft. Nur gut, dass der Verbrecher sicher im Verlies sitzt. Morgen wird er verurteilt, übermorgen gehängt, und dann ist die Sache zum Glück ausgestanden.« Der Deckel des Fasses fiel polternd zu Boden, sodass ich zusammenzuckte. Fast wäre mir die Fackel aus den Fingern geglitten.

Ich hörte das leise Gluckern des Bieres, das in die Krüge geschöpft wurde, dann wurde der Deckel krachend auf das Fass zurückgehievt. Endlich verließen die beiden Diener den Keller.

Ich wartete, bis die Tür oben zugeschlagen wurde, dann schlüpfte ich vorsichtig aus dem Felsengang.

Mit Schaudern sah ich mich in dem Raum um. Erinnerungen an die vergangene Nacht im Verlies überfielen mich. Der Keller war genauso klamm und kalt. Von den Sandsteinwänden rieselte Wasser. Rechts neben dem Eingang war ein Ziehbrunnen in den Felsen gehauen, damit die Burg auch in Zeiten der Belagerung mit Wasser versorgt werden konnte. Der Keller war zwar fast genauso groß wie der Saal im Palas unserer Burg, aber durch die vielen Holzfässer, die an den Wänden aufgereiht standen, wirkte er erheblich kleiner.

Ich legte mein Bündel auf ein Fass, streifte mir das schlichte Gewand über, das früher einmal Elsbeth gehört hatte, und stopfte meine Locken unter das Kopftuch. Um die Verwandlung von einem Burgfräulein zur Magd zu vervollkommnen, hatte ich meine ältesten Schuhe angezogen.

Ich schnappte mir den Krug, den ich mitgebracht hatte, schöpfte aus einem der Fässer etwas Bier und schüttete vorsichtig den Inhalt meines Fläschchens hinein. Sicherheitshalber rührte ich alles gründlich um mit einem Stöckchen, das ich eigens dafür eingesteckt hatte. »Ein Trunk nach Art des Hauses«, murmelte ich befriedigt.

In der Verkleidung fühlte ich mich sicherer als zuvor. Wenn mir jetzt jemand begegnete, würde er mich für eine Magd halten, die im Keller etwas zu besorgen hatte. Nun begann der schlimmste Teil des Abends – das untätige Herumsitzen im Keller, bis das Essen endlich vorüber war.

Seufzend ließ ich mich in einer Ecke nieder. Ich wäre viel lieber spät vom Beilstein aufgebrochen, aber es war für eine Frau zu gefährlich, in der Dunkelheit alleine durch den Wald zu reiten. Und außerdem musste ich Jost aus dem Weg gehen. Wenn er morgen zu Wilhelm ging, um mich anzuschwärzen, war ich hoffentlich schon längst auf und davon.

In der Stille wurde mir erst klar, auf welches lebensgefährliche Abenteuer ich mich da eingelassen hatte. Ich wusste nicht, welche Strafe Burgfräulein erwartete, die angebliche Verbrecher befreiten, aber sie würde gewiss fürchterlich sein.

Nichts jedoch konnte schlimmer sein, als Trushard am Galgen zu sehen. Das wäre gleichbedeutend mit einem lebenslangen Todesurteil für mich, ohne Aussicht auf Begnadigung. Ein sich endlos ausdehnendes Leben ohne ihn, tagaus, tagein mit dem quälenden Selbstvorwurf, ich hätte nicht genug getan, um ihn zu retten, hätte ihn feige im Stich gelassen. In der Nacht, wenn sich die Dunkelheit über mich warf, würde mich das Bild heimsuchen, wie er am Strick baumelte und hilflos nach Luft schnappte, wieder und wieder, bis ich das Bettlaken durchgeschwitzt hätte. Ich würde nicht einmal sterben, sondern jede Nacht aufs Neue.

Auch Großmutter hätte alles daran gesetzt, ihren stolzen Hahn zu retten. Ihr Bild tauchte in meinen Gedanken auf: eine zierliche Frau in dunklen Gewändern, die ihr kupferfarbenes Haar sittsam unter einem blütenweißen Schleier verbarg. Nur ihre funkelnden grünen Augen verrieten das Temperament, das in ihr steckte. So ehrbar sie auch nach außen hin erschien, in ihrem Inneren war sie ein wildes Geschöpf. Nachts unter der Bettdecke erzählte sie Hildegunde und mir die unglaublichsten Geschichten über fremde Länder, Geister, heilige Jungfern, tapfere Recken und unglücklich Verliebte, die sie Gott weiß wo aufgeschnappt hatte. Sie sammelte Erzählungen, wie andere Leute Geld horteten. Und trotz ihrer Sehnsucht nach einem freien Leben, das ihr versagt geblieben war, hatte sie es jahrzehntelang geschafft, den langweiligen Alltag an der Seite eines ungeliebten Mannes zu bewältigen. Und da sollte ich es nicht schaffen, für eine Nacht dem Drachen der Angst zu trotzen?

Um mich ein wenig zu beruhigen, beschloss ich, Psalmen aufzusagen. Beten war immer hilfreich. Ich sank auf die Knie. Als Erstes richtete ich einen Dank an die heilige Margarete, die ich derzeit über die Maßen beanspruchte. Dann murmelte ich die wenigen Psalmenverse, die ich auswendig konnte, wieder und wieder vor mich hin. Als meine Knie von dem harten Boden schmerzten und meine Beine ganz steif gefroren waren, erhob ich mich.

Endlich konnte es losgehen. Ich rührte das Bier noch einmal um, schnappte den Krug und klemmte mir den mitgebrachten Schinken unter den Arm. Das salzige Fleisch würde dem Wachmann einen starken Durst bescheren.

Ein letztes Stoßgebet an Margarete, dann schlüpfte ich aus dem Keller, zog die Tür hinter mir zu und stapfte die Treppe hoch. Auf dem Gang vor dem Festsaal herrschte mittlerweile ein munteres Treiben, sodass mich niemand beachtete. Ich war eine Magd unter vielen, die herumflitzte, um die Reste des Essens abzuräumen.

Hastig lief ich über den Hof auf den Bergfried zu. Ich beruhigte mich ein wenig mit dem Gedanken, dass der Wachmann auch nicht schlimmer sein konnte als der Drache der seligen Margarete. Hilfe suchend berührte ich Trushards Amulett, das ich unter dem Gewand trug. Ich rückte mein Kopftuch zurecht, hielt mich am Henkel des Bierkruges fest und stieß die Eingangstür auf. Mein Herz vollführte einen Trommelwirbel.

Ein fetter Mann mit strähnigen Haaren lümmelte sich an einem grob geschnitzten Holztisch. Sein Blick hellte sich auf, als ich mit wiegenden Hüften eintrat. Eine junge Frau war sicherlich eine angenehme Abwechslung bei der langweiligen Wache. Ich schob mich näher. Dabei achtete ich darauf, dem Schein der Fackel unauffällig auszuweichen.

»Na, meine Süße, was bringst du mir Schönes?« Sein scharfer Blick hatte schon die Leckereien erspäht.

»Ein kleiner Gruß vom Kaiser«, log ich tapfer. »Das Essen ist beendet, und als Stärkung für die lange Nacht schickt Euch Seine Majestät ein Stück Schinken und einen Krug vom besten Bier.« Mit fahrigen Händen stellte ich meine Mitbringsel auf dem Tisch ab.

»Das ist aber eine schöne Überraschung.« Lüstern tastete er mit den Augen meinen Oberkörper ab. Das Ergebnis schien ihn anzustacheln, denn er ging um den Tisch herum und zog mich an der Kordel, die ich als Gürtel um die Hüften geschlungen hatte, näher zu sich heran. Sein säuerlicher Atem erregte Übelkeit.

Geistesgegenwärtig legte ich meine Hand dorthin, wo bei anderen Männern eine Taille war. Ich dachte an Trushard und zwang ein neckisches Lächeln in mein Gesicht.

»Du bist ja ein strammer Kerl«, säuselte ich. Meine Hand glitt tiefer. »Aber ich muss jetzt leider in die Küche zurück«, fügte ich bedauernd hinzu und schlüpfte gewandt aus seiner Umklammerung.

Ich warf ihm einen letzten bewundernden Blick zu: »Keine Sorge, ich komme wieder.« Das war noch nicht einmal gelogen. Innerlich feixte ich.

Nach dieser verheißungsvollen Ankündigung glitt ich rasch zur Tür hinaus. Draußen erfrischte mich die klare Nachtluft. Es war einfacher gewesen, als ich gedacht hatte. Fast beschwingt eilte ich über den Hof und zog mich aufatmend in die Sicherheit zurück.

Seufzend ließ ich mich auf der letzten Treppenstufe nieder. Wenigstens war es hier trocken, ganz im Gegensatz zu dem Kellerboden, auf dem sich das Wasser, das von den Wänden herabtropfte, sammelte. Notfalls konnte ich von hier aus rechtzeitig den Bierkeller und die Fluchtwege erreichen, wenn jemand herunterkam.

Wieder lag eine lange Wartezeit vor mir. Gegen Mitternacht, wenn alle schliefen und auch mein angereichertes Bier seine Wirkung tat, wollte ich Trushard aus dem Verlies holen.

Ich hasste es, untätig herumzusitzen, und wurde immer unruhiger. Mein Blick schweifte durch den engen Vorraum. An den Wänden lagerten die leeren Fässer, die nach und nach in den Bierkeller zurückgebracht wurden. Die Sandsteinwände waren rau und zerklüftet, mit vielen kleinen Ausbuchtungen. Wehmütig dachte ich an meinen kleinen Bruder, der jetzt in seinem warmen Bett im Kloster lag. Was er hier für einen Spaß hätte! Er liebte es, seine kleinen Schätze zu verstecken und mich dann suchen zu lassen. Wenn ich sie nicht fand, klatschte er vor Vergnügen in die Hände.

Ganz langsam wurde mir klar, was ich da eben gedacht hatte. Die kleinen Nischen waren ein ideales Versteck, nicht nur für die Schätze von Kindern, sondern auch für verdächtige Gegenstände, die ein Mörder nach seiner Tat schnellstens verschwinden lassen musste.

Erregt sprang ich auf. Wieso war ich nicht schon früher darauf gekommen? Der Vorraum war für jeden zugänglich, auch für den Mörder. Erst für den Bierkeller benötigte man einen Schlüssel. Was lag also näher, als dass der Täter seine Schuhe genau hier versteckt hätte?

Ich riss die Fackel von der Wand. Wo sollte ich mit der Suche anfangen? Ich versetzte mich in die Lage des Mörders und entschied, an den unteren Teilen der Wände, dort, wo die Sicht durch Fässer verdeckt wurde, zuerst nachzusehen. Hastig rückte ich die leeren Fässer zur Seite und leuchtete in alle Winkel. In der hintersten Ecke erspähte ich eine Ausbuchtung in der Wand, genau über dem Boden. Ungeduldig trat ich näher und bückte mich.

Mit angehaltenem Atem schob ich meine rechte Hand hinein – und griff in ein Paar Schuhe! Ich hätte jauchzen können. Rasch zog ich meinen Fund aus dem Versteck.

Mein Herz blieb stehen. Ich erkannte die Schuhe auf Anhieb wieder. Ein Irrtum war nicht möglich. Das Böse, das mich seit Tagen verfolgte, besaß nun ein Gesicht. Auf den abgerundeten Spitzen der Schuhe prangten mehrere dunkle Flecken. Blut.

Benommen tastete ich mich in den Bierkeller zurück, steckte kraftlos die Fackel in den Haken und ließ mich auf den Boden sinken. Meine Gedanken überschlugen sich. Wie hatte ich mich nur so in einem Menschen irren können? Was war ich doch für eine ahnungslose Gans gewesen! Aufs Glatteis hatte ich mich führen lassen, anstatt meinem Verstand zu trauen.

Vor allem in einem Punkt hatte ich mich täuschen lassen. Aber auch wenn ich noch nicht genau verstand, wie die versprengten Mosaiksteinchen zusammenpassten – in meinen

Händen hielt ich den Beweis für Trushards Unschuld. Ich war sicher, dass der Abdruck dieser Schuhe mit dem Wachsabdruck vom Ort des Mordes genau übereinstimmen würde. Vor Erleichterung hätte ich lachen und weinen können.

Sollte ich Trushard trotzdem befreien? Mein Zutrauen in die königliche Gerichtsbarkeit war verschwindend gering. Trushard war nur ein Spielmann, dem man alles zutraute. Hinzu kam, dass die Schuhe nicht vom kaiserlichen Beauftragten gefunden worden waren, sondern von mir, einer Frau, die mit Trushard verbandelt war. Konnte ich die Schuhe nicht auch gestohlen und vorsätzlich mit dem Blut eines Tieres besprenkelt haben, um die Ermittler in die Irre zu führen? Würde der Kaiser mir glauben?

Nein, ich durfte kein Risiko eingehen. Es blieb dabei: Wir mussten fliehen. Aber ich würde versuchen, jeden Zweifel an einer möglichen Schuld von Vater oder Trushard auszuräumen. Fieberhaft überlegte ich. Zu wem konnte ich die Schuhe bringen? Jost schied aus. Kam sein Bruder vielleicht infrage? Ich war unschlüssig, ob ich Siegfried noch trauen konnte. Aber welche andere Wahl hatte ich denn? Keine.

Seufzend stand ich auf. Die Schuhe versteckte ich in einer Ecke des Kellers. Das Herz pochte schmerzhaft gegen meine Rippen. Jetzt kam der schwierigste Teil des Unterfangens.

Leise stahl ich mich aus dem Palas und schlich über den Hof.

Vorsichtig öffnete ich die Tür zum Bergfried. Der Wachmann hatte seinen Oberkörper auf dem Tisch ausgestreckt und schnarchte. Er schlief tatsächlich!

Noch nie hatte ich einen Menschen gefesselt. Ich nahm den Strick, den ich unter meinem Gewand versteckt hatte, und wand ihn um die fleischigen Hände des Wachmanns, ganz behutsam, um ihn nicht zu wecken. Er brummelte ein wenig, grunzte laut auf und drehte den Kopf zur anderen Seite. Das Schlimmste war geschafft.

Jetzt musste ich noch dafür sorgen, dass er nicht um Hilfe rufen konnte. Ich löste mein Kopftuch und legte es ihm um den Mund. Ein straffer Knoten, ich ruckelte an dem Tuch – es saß fest.

Ein zweites Seil kam unter meinem Gewand zum Vorschein. Mit einer gewissen Befriedigung wickelte ich es ihm um die Füße. Der Wachmann würde uns heute Nacht nicht mehr gefährlich werden.

Suchend sah ich mich um. Wo waren nur die Schlüssel für die eisernen Fesseln versteckt? Als mein Blick auf den Haken an der Wand fiel, an dem ein dicker Bund hing, atmete ich erleichtert auf. Ich griff danach und band ihn an meinem Gürtel fest.

Hoffentlich schrie Trushard nicht vor Überraschung auf, wenn er mich sah. Aus eigener leidvoller Erfahrung wusste ich, dass ihn das einfallende Licht nach der langen Finsternis blenden würde. Wahrscheinlich erkannte er mich erst, wenn ich ganz dicht bei ihm war.

Möglichst geräuschlos öffnete ich die Klappe und hangelte mich in das Verlies herunter. Auf dem letzten Stück glitten meine schweißnassen Hände ab, und ich plumpste in die Finsternis.

Mein Hintern schmerzte, als er unsanft auf dem Boden landete. Erschrocken lauschte ich nach oben, aber ich hörte immer noch das laute Schnarchen.

Mühsam rappelte ich mich hoch, rieb mir das geschundene Körperteil und hinkte auf Trushard zu. Von oben fiel etwas Licht durch die Klappe, aber langsam gewöhnte ich mich an die Dunkelheit.

Die Kaiserin hatte Wort gehalten: Das Verlies war gründlich gesäubert und trockengewischt worden. Frische Binsen bedeckten den Boden, auf dem sich jedoch schon wieder die ersten Wasserpfützen bildeten. Trushard hatte sich auf der Bank zusammengekauert, die langen Arme fest um die angezogenen Beine geschlungen. Den Kopf hatte er auf die Knie gelegt. Im Gegensatz zu Vater hatte man ihn nur mit den Füßen angekettet. Es würde also schneller gehen, als ich gedacht hatte.

Erst als ich dicht vor ihm stand, hob Trushard den Kopf. Seine Haut war durchscheinend wie Glas. Seine Pupillen hatten jeden Glanz verloren. Ungläubig musterte er mich. »Eine Magd, die grüne Augen hat wie Rotrud, und auch ihre Nase und ihre Lippen«, sagte er zu sich selbst. »Eine wundersame Erscheinung in meinem finsteren Verlies. Ich muss erfroren sein, ohne es gemerkt zu haben. Nie hätte ich gedacht, dass der Tod so sanft ist. Und ich hatte so viel Angst vor dem Strick. Schade, dass ich kein Lied mehr über diese interessante Erfahrung schreiben kann.«

Jeden Augenblick konnte jemand hereinkommen – und Trushard dachte über das Sterben nach! »Wenn du dich nicht beeilst, wirst du doch noch den Strick zu spüren bekommen«, zischelte ich ihm zu, während ich seine Fußfesseln mit zitternden Händen aufschloss. Ohne sich zu rühren, ließ Trushard es geschehen. Diese unnatürliche Reglosigkeit erinnerte mich an Rainald in seinen besten Tagen. Konnte er sich nicht mehr bewegen, weil er misshandelt worden war? Vor Schreck setzte mein Herzschlag aus. Am liebsten hätte ich ihn sofort gründlich untersucht, aber wir mussten weg, und zwar hurtig.

Trotz aller Eile zwang ich mich, die schweren Ketten langsam zur Seite zu legen, damit uns ihr Klirren nicht verriet. Als ich endlich Trushards Fußknöchel von den Fesseln befreit hatte, spürte ich eine frostige Hand in meinem Nacken. Ich erschauerte. Trushard zog mein Gesicht näher zu sich heran. Eisfinger strichen über meine Wangen, die Nase, den Mund. In seinen Augen blitzte es auf. Ein warmer Schimmer strömte in sie zurück. Seine Mundwinkel zuckten, erst ganz leicht, dann hoben sie sich ruckartig, bis sie fast die Ohren erreichten.

»Komm schon!« Ohne Rücksicht darauf, dass ich ihm wehtun könnte, packte ich sein Handgelenk und zerrte ihn zum Seil. Wenn wir hier nicht endlich verschwanden, würde er am Ende noch viel schlimmere Schmerzen erleiden müssen. Willig stolperte Trushard hinter mir her. »Du als Erster!«, flüsterte ich ihm zu, als wir das Seil erreicht hatten. Erleichtert beobachtete ich, dass er sich mit gewohnter Geschicklichkeit hochhangelte. Er war wohl doch unverletzt. Ich folgte ihm hastig, Trushard zog mich das letzte Stück hinauf. Als er den schlafenden Soldaten erblickten, grinste er anerkennend.

Hand in Hand, wie ein ganz gewöhnliches Liebespaar, gingen wir über den Burghof. Ich zwang mich zu einem langsamen Schritt. Falls uns zufällig der Torhüter erspähte, durfte er keinen Verdacht schöpfen. Zwei rennende Personen hätten gewiss sein Misstrauen geweckt.

Mein Herz sprang ungestüm wie ein junges Pferd, einerseits vor Angst, dass uns im letzten Augenblick jemand entdecken könnte, andererseits auch vor Erleichterung darüber, dass ich Trushard gerettet hatte und ihm allem Anschein nach kein einziges Löckchen auf dem Haupte fehlte.

In Windeseile stürzten wir die Treppe hinunter. Als wir den sicheren Vorraum erreichten, stellte ich mich auf die Zehenspitzen und hangelte mich an seinem Hals hoch. Ganz tief tauchte ich meine Finger in den tintenschwarzen Kringelschopf, bis sie darin verschwanden, und genoss das Gefühl, als die seidenweichen Locken meine Hände umflossen. Ich schloss die Augen und gönnte mir einen Atemzug voller Freude. Aus eigener Kraft hatte ich ihn befreit und ins Leben zurückgeholt. Nur noch wenige Schritte, und wir wären endgültig in Sicherheit.

Trushard barg mein Gesicht zwischen seinen Eishänden. Die schmerzhafte Kälte ließ mich erschauern.

»Dass ich dich noch einmal wiedersehen darf«, raunte er

mir ins Ohr. In seinen dunklen Augen entdeckte ich das Funkeln eines ganzen Sternenhimmels.

»Ich wollte nur mein grünes Haarband holen«, gab ich leise zurück.

Seine Pupillen weiteten sich. »Du hast es gemerkt?«

Über Trushards verdutzten Gesichtsausdruck musste ich lachen. »Meine Reichtümer sind nicht so zahlreich, dass ich den Überblick verlieren würde. Und ein einfaches Haarband nimmt man nur als Liebespfand mit. Was hast du damit gemacht?«

Trushard wurde rot. »Ich habe es um den Oberarm gewickelt, damit ich es immer spüre. Ich wollte im Verlies etwas von dir dabeihaben.«

»Du bist verrückt«, seufzte ich. »Warum hast du behauptet, du wärst der Mörder?«

Zwei Eishände wanderten meinen Rücken hinunter, zogen eine frostige Spur hinter sich her und zausten mich am Zopf. »Deine feinsinnige Schmeichelei gebe ich gerne zurück. Ich wollte dafür sorgen, dass du mit deiner Familie glücklich wirst. Du hast etwas Besseres verdient, als ein Spielweib zu werden und auf den Landstraßen herumzulungern.«

Ich spielte mit dem glatten Knochenkreuz, das über seinem Rock hing. »Du ahnst nicht, wie stumpfsinnig das Leben auf einer Burg ist, wenn man sich tagaus, tagein mit denselben Menschen langweilt und auf dasselbe Fleckchen Erde starrt.«

»Du wirst hungern und frieren«, kündigte Trushard an.

»Ich würde wochenlang fasten, nur um noch einmal vor Publikum singen zu können«, erwiderte ich ungerührt.

»Der Regen wird deine Knochen durchtränken, als seien sie so löchrig wie ein Sieb«, fuhr er fort.

»Ich werde fremde Länder kennen lernen, endlich das große Meer sehen, auf riesigen Schiffen segeln, von Orangenbäumen kosten und Lavendelfelder bestaunen.« Allmählich geriet ich ins Schwärmen.

»Ich besitze nur das, was ich am Leibe trage«, erinnerte mich Trushard.

Ich umschlang Trushards Hüften und zog ihn zu mir heran. »Eher geht ein Kamel durchs Nadelöhr, als dass ein Reicher in den Himmel gelangt. Das sagt zumindest unser Pfarrer, und der sollte es ja eigentlich wissen. Petrus wird uns beiden gewiss das schönste Plätzchen in Gottes Reich zuweisen. Und was ist schon die kurze Spanne eines entbehrungsvollen Erdendaseins gegenüber der ewigen Glückseligkeit?«

Er gab auf. »Jede Schweinebacke hat mehr Verstand als du.«

»Geistige Beschränktheit ist eine unerlässliche Voraussetzung, um dich überhaupt ertragen zu können.« Ich grinste ihn an. »Ich habe nur eine Bitte: Halte dich künftig von Verliesen fern, auch wenn sie eine magische Anziehungskraft auf dich ausüben. Noch so eine Aufregung verkrafte ich nicht mehr.«

Er küsste mich auf die Stirn. »Wie hast du den Wachmann bloß schachmatt gesetzt?«

»Ich erzähle dir alles später. Wir müssen uns jetzt sputen. Ich habe eine Überraschung für dich.«

Ich zog ihn zu der Ecke, in der ich die Schuhe versteckt hatte, und hielt sie ihm vor die Nase. Verblüfft betrachtete er die Beweisstücke. »Wem gehören sie?«

Als ich ihm den Namen nannte, schüttelte er ungläubig den Kopf. »Das hätte ich nie gedacht.«

»Wir müssen uns jetzt trennen, aber nur für kurze Zeit und zum letzten Mal. Du läufst durch den Bierkeller.« Ich deutete auf die niedrige Tür. »Dahinter beginnen die Felsengänge. Du musst dich immer Richtung Norden halten, bis du zu einer schweren Holztür kommst.« Ich drückte Trushard den Schlüsselbund in die Hand. »Mit einem von diesen Schlüsseln kannst du den Ausgang öffnen. Dort wartest du auf mich.«

Ich sah die Frage in seinen Augen. »Ich bringe die Schuhe zu Siegfried und komme dann nach.«

Verlegen zog ich mein Gewand aus. Schließlich war es im Kerker stockfinster gewesen, als wir uns geliebt hatten, und auch so eisig kalt, dass wir die Kleider nicht entbehren konnten. Aber ich musste die Pfalz in derselben Aufmachung verlassen, in der mich der Torwächter beim Eintreten gesehen hatte. Jetzt war keine Zeit für falsche Scham. Etwas ängstlich musterte ich Trushards Miene. Aber zu meiner großen Erleichterung entdeckte ich nur Verlangen in ihr.

»Wieso kommst du nicht einfach sofort mit mir?«, fragte Trushard. Er hängte den Schlüsselbund an seinen Gürtel und nestelte an den Schnüren meines Obergewandes.

Ich japste nach Luft, als er sie zuzog. »Wir verlieren zu viel Zeit, wenn ich vom Ausgang des Felsenlabyrinths zum Rittersberg und dann wieder zurücklaufe. Außerdem kann ich auf diese Weise meine Stute unauffällig aus der Pfalz bringen. Zu Pferd sind wir bei der Flucht viel schneller. Später können wir es verkaufen und davon ein neues Rebec für dich bezahlen.« Sanft strich ich über seinen Arm. »Bald bin ich wieder bei dir, und dann sind wir für immer zusammen.«

Trushard legte die Hände um meine Taille. »Lass uns jetzt sofort gemeinsam fliehen«, drängte er. »Was spielt es schon für eine Rolle, ob man mich hier für einen Mörder hält, wenn wir erst einmal in Okzitanien sind?«

Ich blieb fest. »Es geht um unsere Ehre.«

»Ehre?« Trushard schüttelte verständnislos den Kopf. »Ein Spielmann hat keine Ehre – und seine Frau auch nicht.«

»Aber Ministerialen haben eine Ehre«, versetzte ich. »Und mein Vater wird wohl in Barbarossas Diensten bleiben. Da macht es sich nicht so gut, wenn seine Tochter einen angeblichen Mörder befreit hat. Außerdem muss ich Vater von jedem weiteren Verdacht reinigen. Es wäre doch möglich, dass er trotz deines Geständnisses wieder des Mordes bezichtigt wird. Wer weiß, was die Leute so reden. Immerhin wurden auf unserer Burg Menschenknochen gefunden. Es ist besser, wenn die Verbrechen zweifelsfrei aufgeklärt werden.«

Ich drückte Trushard unser Bündel in die Hand und presste die Schuhe an mich. Bevor ich die Wendeltreppe hinauflief, drehte ich mich noch einmal um. »Was hast du wegen mir durchgestanden in den letzten Tagen!«

Trushard legte den Kopf schief und lächelte mich ein wenig verlegen an. »Ich würde es wieder tun, und noch viel mehr.«

Entschlossen machte ich mich auf den Weg. Hoffentlich wachte Jost nicht auf, wenn ich Steine an die Fensterläden seines Bruders schmiss.

Vorsichtig sah ich mich um, als ich auf den Hof trat. »Sieh an, Jungfer Rotrud. Was macht Ihr denn noch so spät hier?«

Die melodische Stimme schlug wie eine Alarmglocke an mein Ohr. Fast hätten meine Knie vor Schreck nachgegeben. Ich ließ jegliche Vorsicht beiseite und rannte über den Hof zum Tor. Nur wenige Körperlängen vor dem rettenden Eingang stolperte ich über den langen Saum und schlug mit dem Gesicht hart auf. Die Schuhe glitten mir aus der Hand.

Fürsorglich half Meinloh mir auf. »Warum rennt Ihr denn mitten in der Nacht über den dunklen Hof?«, fragte er kopfschüttelnd und sah mich forschend an. »Euer ganzes Gesicht ist verschrammt.« Er zog ein Taschentuch aus seinem Ärmel und tupfte mir das Blut unter der Nase ab. In seinen Augen glitzerte es verdächtig. Bestimmt überlegte er jetzt, wie er die Situation nutzen konnte, um mich in eine dunkle Ecke zu geleiten.

»Nach dem Schrecken solltet ihr Euch ein wenig ausruhen. Ich bringe Euch in die Kapelle«, bot Meinloh an. »Dort werdet Ihr zur Ruhe kommen.«

Zur ewigen Ruhe meinte er wohl! »Es ist alles in Ordnung«, log ich tapfer und zwang ein Lächeln in mein Gesicht. »Ich muss dringend etwas zur Torwache bringen.«

Aber noch ehe ich mich von ihm losreißen konnte, hatte Meinloh die Schuhe entdeckt. Sein Gesicht versteinerte. Blitzschnell griff ich nach den Schuhen und drückte sie an mich wie einen Schatz.

Ich setzte zu einem Schrei an, um die Wachen auf mich aufmerksam zu machen, aber Meinloh hatte bereits mein Handgelenk umklammert. »Du kommst jetzt mit, und wenn du nur einen Mucks von dir gibst, steche ich zu.«

In meinem Rücken spürte ich die Spitze seines Dolches, die mich unerbittlich vorwärtsdrückte. Jetzt war alles zu Ende. Verzweifelt versuchte ich, mich aus seinem eisenharten Griff zu winden. Die Tränen liefen mir über das Gesicht, als ich über den Hof stolperte. Angst sprang mich an wie ein wildes Tier. Mir war klar, dass Meinloh mich nicht entkommen lassen konnte. Ich wusste zu viel. Ich war wütend auf mich selber, weil ich die Zeichen nicht gedeutet hatte. Meinloh war nie unter meinen Verdächtigen gewesen, aus dem einfachen Grund, weil er keine Gelegenheit gehabt hatte, die Tatwaffe in der Truhe zu verstecken. Als er uns vormittags besucht hatte, war Wibald noch quicklebendig gewesen. Ich hatte unterschätzt, wie kaltblütig der Mord geplant worden war. »Ein Messer mehr oder weniger fällt in der Burgküche gar nicht auf«, hatte der Koch gesagt. Wie Recht er doch gehabt hatte! Die Mosaiksteinchen des Rätsels setzten sich zusammen.

Das Bild, wie wir vertraut im Burggarten gesessen hatten, blitzte in meinem Gedächtnis auf. Meinloh war mit seinen Händen gerade in der Nähe meines Halses gewesen, als Rainald uns überraschte. Ich erinnerte mich daran, wie verblüfft ich gewesen war, als der Mönch so unvermutet angefangen hatte zu sprechen. Die zweite Decke, die er von mir gefordert hatte, war natürlich nur ein Vorwand gewesen, um mich von Meinloh wegzulocken. Er wusste, wie rücksichtslos der Bote sein konnte, und ahnte, dass er mit mir nichts Gutes im Schilde führte. Die ganze Zeit über hatte ich geglaubt, Trushard würde sich an mich heranmachen, um mich bei einem einsamen Schäferstündchen umzubringen, und dabei war es Meinloh gewesen, der die unverhoffte Gelegenheit im dunklen Burggarten hatte ausnutzen wollen. Sein Bedauern über Rainalds Störung war aufrichtig gewesen. Und nun würde er in aller Ruhe nachholen, was er in den letzten Tagen nicht geschafft hatte.

Der Bierkeller eignete sich besser als jeder andere Ort in der Pfalz dazu, ungestört zu morden. Ein eiskalter Hauch überlief meinen Rücken. Ich hoffte und fürchtete zugleich, dass Trushard noch da war.

Meinloh schnappte sich eine der Fackeln, die den Flur des Palas beleuchteten, und stieß mich grob die Treppe in den Keller hinunter. Im Vorraum blieb er stehen, entriss mir die Schuhe und warf sie achtlos in eine Ecke. Wenn er mit mir fertig war, würde er sie in Ruhe vernichten oder wieder verstecken. Ohne mich loszulassen, hängte er die Fackel in den eisernen Halter.

Ich wand mich in seinem Griff, aber Meinloh verfügte über eine erstaunliche Kraft. Mit einer Hand löste er meinen Gürtel und fesselte mir die Hände. Durch einen Tränenschleier sah ich, wie die Spitze seines Dolches vor meinem Gesicht aufzuckte.

Ein ungeheurer Zorn stieg in mir auf und spülte die Angst beiseite. Wenigstens stand ich dem Mann, der mich seit Tagen verfolgte, endlich von Angesicht zu Angesicht gegenüber und konnte ihm meine Verachtung zeigen. Ich hatte es satt, aus dem Hinterhalt wie ein Tier gejagt zu werden. Ich spuckte Meinloh an, aber er lächelte nur herablassend und zog den Gürtel ganz bedächtig noch ein weniger fester um meine Hände, bis sich die Schnalle schmerzhaft ins Fleisch bohrte.

»Mörder! Eiskalt bringst du einen Unschuldigen an den Galgen«, fauchte ich ihn an. »Und auf mich hast du heimtückisch mit einem Pfeil gezielt.«

»Schade nur, dass ich dich verfehlt habe«, zischte er zurück. »Was treibst du dich auch nachts alleine in der Burg herum? Ich habe dich gesehen, als ich von dem runden Turm zurückkam, wo die arme Elsbeth solch ein bedauerliches Ende gefunden hat. Eure Magd war einfach zu neugierig. Sie ist mir auf die Schliche gekommen.«

»Verrate mir noch eines deiner vielen Geheimnisse – wie hättest du den Mord an mir eigentlich getarnt? Eine Leiche mit einem Pfeil im Rücken, die auf dem Burghof gefunden wird, wirft viele Fragen auf.«

Er zuckte gleichmütig die Schultern. »Ich hätte dich vom Turm geworfen. Jeder hätte sofort an Selbstmord geglaubt. Und von deinem Körper wäre unten nicht mehr viel angekommen, jedenfalls wäre der kleine Einschuss im Rücken gar nicht mehr aufgefallen. Übrigens habe ich mir auch erlaubt, Philipp und deine Burgmannen ein wenig gegen dich aufzuhetzen. Fast wäre der Plan aufgegangen. Eure Leute sind wirklich fürchterliche Angsthasen, die sich selbst vor einer Frau in die Bruche machen. Und Philipp – nun ja, du hättest ihm besser gegeben, was er von dir verlangte.«

Ich hielt die Luft an. Meinloh arbeitete mit allen Mitteln, um mich fertig zu machen. Aber mit einem kleinen Stachel wollte ich ihn doch noch piken. »Ich hatte dich übrigens gar nicht gesehen im Tiergarten. Die Mühe, die du dir gemacht hast, um mich zu erledigen, hättest du dir schenken können.«

Doch in Meinlohs Gesicht regte sich kein Muskel. »Ich durfte kein Risiko eingehen. Erst als du im Burggarten so arglos neben mir sitzen geblieben bist, ahnte ich, dass du mich nicht erkannt hattest. Aber ich konnte mir nie sicher sein. Vielleicht wolltest du mich auch bei unserem trauten Beisammensein im Dunkeln aus Rache für deinen Vater erdolchen? Oder mich geschickt aushorchen? Du hattest Glück, dass Rainald uns gestört hat. Meine Hände waren schon auf dem Weg zu deiner Gurgel. Und dann wäre es auch möglich gewesen, dass du heimlich Beweise gegen mich sammeltst und nur auf den richtigen Zeitpunkt wartest, um als Zeugin gegen mich auszusagen. Immerhin hattest du mein Salbentöpfchen eingesteckt. Das hätte ich übrigens gerne zurück. Wo hast du es? Ich habe deine ganze Kammer durchsucht.«

»Du warst also derjenige, der meine Sachen durchwühlt hat. Das Töpfchen ist in meinem Beutel. Nimm es dir ruhig«, sagte ich verächtlich. »Die Salbe wird jetzt deine Schmerzen lindern, aber glaube mir, gegen die Höllenqualen, die nach deinem Tode auf dich warten, hilft dir gar nichts mehr.«

Meinloh zuckte die Achseln. »Für die Kunst muss man eben Opfer bringen. Glaubst du, ich wäre gerne zum Mörder geworden?«

»Seit wann verlangt die Kunst, dass man ihretwegen Menschen tötet?«, gab ich verständnislos zurück.

»Seit es Neid und Missgunst gibt«, antwortete Meinloh kurz angebunden. »Und du, mein Täubchen, bist das nächste Opfer für die Poesie. Eigentlich schade um dich. Unter anderen Umständen hätte ich mir durchaus überlegt, dich zur Frau zu nehmen.«

Ich musste Meinloh dazu bringen, so laut zu werden, dass man ihn noch im Felsenlabyrinth hören würde. Aber wie konnte ich das schaffen? Trushards Ausspruch fiel mir wieder ein: »Worte sind genauso mächtig wie Waffen.« Wer nichts mehr besaß, um sich zu verteidigen, hatte wenigstens noch seine Zunge.

Ich musste Meinloh dort angreifen, wo es ihm am meisten wehtun würde. »Nimm einen letzten guten Ratschlag von mir an! Du bist ein raffinierter Mörder, das muss man dir lassen.

Davon verstehst du etwas, im Gegensatz zur Dichtkunst. Bleibe bei dem, was du kannst, und ermorde Menschen. Aber trage nie wieder deine Lieder vor! Jeder Straßenköter singt besser als du.«

Befriedigt sah ich, wie sich Meinlohs Gesicht verdüsterte. »Du elende Schlampe!«, brüllte er mich an. »Was verstehst du denn schon von Musik!«

Großartig. Seine Beschimpfung hallte von den Wänden wider. Hoffentlich hatte Trushard sie gehört. Und wenn nicht, dann hatte ich mich an Meinloh zumindest ein wenig gerächt und ihm eine unsichtbare Wunde beigebracht. Meine letzten Worte würde er so schnell nicht vergessen.

Meinloh packte mich an der Schulter. »Mit Wonne werde ich in deine Smaragdaugen sehen, wenn ich zusteche.« Seine Stimme klang so sanft, als flüsterte er mir eine höfische Schmeichelei ins Ohr.

Mir wurde schwindlig, und ich sackte kraftlos zusammen. Meinloh griff nach der Fackel, stieß mit dem Fuß die Tür zum Bierkeller auf, die Trushard anscheinend vergessen hatte abzuschließen, und zog mich wie ein eingewickeltes Bündel hinter sich her. Die Tür flog ins Schloss. »Wenn ich deine Überreste in den Gängen verstecke, werden sie wohl erst bei der nächsten Belagerung gefunden werden – und das kann dauern. Dank unseres Kaisers wird man in Lautern noch lange die friedlichen Zeiten genießen können.«

Er hängte die Fackel in die Halterung und presste mich mit seinem Körper hinter der Tür an die feuchte Wand. Die gefesselten Hände drückte ich schützend vor den Unterleib, in dem sich ein Gift auszubreiten schien, das die Eingeweide verätzte. Um keinen Angstlaut durchzulassen, presste ich die Kiefer zusammen, bis meine Backenzähne hart aneinander rieben. Wo blieb Trushard denn bloß? War er am Ende doch schon zu weit entfernt?

Mit der Klinge fuhr Meinloh spielerisch über die Wange, das Kinn, den Hals und den Brustkorb. Über dem Herzen hielt er inne. Ich musste die Knie zusammendrücken, damit die Beine nicht unter mir wegrutschten. Meine blutleeren Finger krampften sich ineinander.

Dreimal war ich dem Tod knapp entronnen. Jetzt holte er mich doch noch ein, aber ich wollte ihm nicht entgegentreten wie eine Bettlerin. Ich zwang mich, Meinloh direkt anzusehen. So war es also, wenn man starb. Das letzte Bild, das ich mitnehmen würde: traubenblaue Augen mit einem Stich ins Violette, die meinen Blick gelassen zurückgaben. Der letzte Geruch: seine von Rosenwasser durchtränkten Haare. Das letzte Geräusch: Meinlohs Atem, der gleichmäßig, fast entspannt ging. Das letzte Gefühl: der Druck einer Klinge durch die dicken Kleidungsschichten hindurch. Würde er sie langsam, Stück für Stück, in mich hineinschieben oder plötzlich zustechen?

Ein dumpfes Geräusch riss mich aus meiner Erstarrung. Meinloh taumelte zurück, griff sich stöhnend an den Kopf und ließ den Dolch fallen. Rasch schubste ich mit dem rechten Fuß die Waffe von ihm weg. Mit seinen langen Beinen machte Trushard einen großen Sprung und packte den Dolch.

»Vielleicht sollte ich auf Steinewerfen umsatteln.« Trushard grinste. »Hier in den Gängen liegen überall Sandsteinbrocken herum. Wie praktisch.«

Aber Meinloh hatte sich überraschend schnell wieder gefasst. Er zog mich zu sich heran und presste meinen Körper wie einen Schutzschild vor seinen. Mit der linken Hand hielt er mich umklammert, mit der rechten würgte er mir die Luft ab. Ich schluckte.

»Du hast den Dolch, aber ich habe Rotrud. Wenn du näher kommst, muss sie dran glauben«, drohte Meinloh und drückte mich vorwärts, bis wir neben dem Brunnen angelangt waren.

»Nur einen Schritt – und ich werfe dein Liebchen in den Brunnen!« Um seine Worte zu unterstreichen, presste Meinloh die Hand noch fester auf meinen Kehlkopf, bis ich um Atem rang. In Trushards Augen stand das blanke Entsetzen.

Es gab noch eine letzte Möglichkeit. Zum Glück hatten wir dafür bereits – wenn auch unfreiwillig – kräftig geübt. Ich holte tief Luft, um mein klopfendes Herz zu beruhigen, und zwang mich zur Ruhe. Stillstehen, unbeweglich sein wie eine Marmorstatue. Unmerklich blinzelte ich Trushard zu. Kein Muskel zuckte in seinem Gesicht. Hatte er verstanden, wozu ich ihn aufforderte?

Ich schloss die Augen, um ihn mit meinen Blicken nicht abzulenken, und wartete.

Das vertraute Zischen kam pfeilschnell näher. Ich spannte den ganzen Körper an.

Neben meinem Ohr hörte ich, wie sich der Dolch in weiches Fleisch bohrte. Meinloh schrie so laut auf, dass ich vor Schreck zusammenzuckte. Er ließ mich los, ich fiel hart auf den Boden. Kieselsteine brannten sich in meine Knie.

Meinloh keuchte. Wie ein eiserner Rachefinger steckte der Dolch in seiner rechten Schulter. Aus der Wunde strömte Blut und durchtränkte den hellen Rock.

Geistesgegenwärtig riss Trushard die Waffe heraus, ohne sich um Meinlohs Aufjaulen zu kümmern, zog mich dann an den Schultern hoch und schleppte mich zur Wand. Dankbar lehnte ich mich dagegen. Mit zitternden Händen löste Trushard meine Fesseln, ohne den Blick von Meinloh zu wenden, der sich stöhnend auf dem Boden wälzte. Das Blut strömte in meine tauben Finger zurück und belebte sie wieder.

Trushard gab mir den Dolch und fesselte Meinlohs Hände so stramm, dass der Bote das Gesicht verzog.

Dann zog Trushard den schweren Schlüsselbund hervor und schloss die Tür zum Bierkeller ab. »Damit du uns nicht verraten kannst«, erklärte er grinsend. »Jetzt musst du leider ganz alleine warten, bis dich hier morgen jemand entdeckt. Rotrud und ich werden dich verlassen.«

»Vielleicht sollten wir Meinlohs Wunde noch versorgen«, schlug ich unsicher vor. »Sie sieht wirklich böse aus.« Zur Mörderin wollte ich nicht werden. Meinloh war es nicht wert, dass ich diese Todsünde auf mein Gewissen lud. Ich nahm meinen Schleier vom Kopf und reichte ihn Trushard.

»Na schön. Verdient hat er es aber nicht.« Mit dem Tuch in der rechten Hand beugte Trushard sich zu Meinloh herab, den Schlüssel immer noch in seiner linken.

Ich sah das schlaue Glitzern in Meinlohs Augen, schrie auf, um Trushard zu warnen, aber es war zu spät. Mit einem triumphierenden Grinsen entriss ihm Meinloh mit den gefesselten Händen den Schlüsselbund und schleuderte ihn in hohem Bogen in den Brunnen.

Eine halbe Ewigkeit später hörten wir ein lautes Klatschen. Aus. Ende. Vorbei.

»Verdammter Mist«, knurrte Trushard und stieß Meinloh verärgert in die Seite.

»Ihr kommt mir nicht so leicht davon.« Meinloh lachte meckernd. »Jetzt sitzt ihr in der Falle. Was werden Barbarossas Männer sagen, wenn sie Trushard sehen, zusammen mit der Frau, die ihn ganz offensichtlich befreit hat? Und was denkt ihr, wem der Kaiser mehr Glauben schenkt, mir oder euch! Ich werde behaupten, ich hätte versucht, euren Fluchtversuch zu vereiteln, und dabei hättet ihr mich angegriffen. Nette Geschichte, oder?«

Nun stand ich doch kurz davor, zur Mörderin zu werden. Ich hätte ihn abstechen können. Hier und jetzt. Das elende Schwein. Vor hilfloser Wut traten mir die Tränen in die Augen.

Zusammen mit dem Mörder saßen wir in der Falle. Die Tür

zur Treppe hatte Trushard selbst versperrt, und der Ausgang des Felsenlabyrinths war ebenfalls nur mit dem Schlüssel zu öffnen.

Trushard hatte Meinloh inzwischen auch die Füße gebunden. »Ich hätte auf deinen Kopf zielen sollen statt auf deine Schulter, du Ausgeburt der Hölle!«

»Ein letzter Ratschlag von einem erfahrenen Dienstmann, der sich mit den Gepflogenheiten des kaiserlichen Hofes auskennt. Noch eine Leiche mehr macht sich gar nicht gut für euch. Es wäre besser, ihr würdet mich am Leben lassen.« Meinlohs Kommentare zerrten an meinen Nerven.

»Vielleicht lässt sich die Tür am hinteren Ende der Eingänge eintreten.« Ich glaubte selbst nicht recht daran. Der Ausgang musste schon sehr solide gebaut sein, sonst könnte auch der Feind leicht in die Pfalz eindringen.

»Wir müssen es versuchen.« Trushard nahm die Fackel von der Wand. Ohne noch einmal zurückzuschauen, ließen wir den Bierkeller hinter uns und stolperten Hand in Hand durch die Gänge. Unsere Schritte hallten von den feuchten Wänden wider. Je tiefer wir in die Felsengänge hinabstiegen, desto kälter und unheimlicher wurde es in diesem unterirdischen Irrgarten. Von den Sandsteinwänden rieselte Wasser. Meine Lederschuhe saugten sich mit Nässe voll, als wir durch die Pfützen hasteten. Die unruhigen Schatten, die die Fackel auf die Wände malte, tanzten uns voraus.

»Bist du dir ganz sicher, dass es hier langgeht?«, fragte Trushard misstrauisch. »Ich glaube, die Richtung, die du mir vorhin gezeigt hast, befindet sich woanders.«

»Ich kenne mich aus«, beruhigte ich ihn, obwohl ich mittlerweile auch meine Zweifel hegte. Hätte ich eben vielleicht doch abbiegen sollen? Eigentlich müssten wir schon längst an der Tür sein. Es war schon Jahre her, dass Jost mir einmal den Weg gezeigt hatte.

Die Wände zogen sich zusammen, und die Gänge wurden immer niedriger, bis selbst ich den Kopf einziehen musste. Als es so schmal wurde, dass ich schon fürchtete, zwischen den engen Felsspalten hängen zu bleiben, erkannte ich erleichtert die Stelle wieder. Hier war ich mit Jost entlanggelaufen. Er hatte noch gewitzelt, dass sein Bruder abspecken müsse, sollte er jemals durch diesen Gang fliehen wollen. Ganz in der Nähe musste sich der Ausgang befinden. Ohne auf Trushard mit der Fackel zu warten, stürmte ich los. Wenige Schritte weiter stolperte ich und knallte der Länge nach auf den Boden. Mein Gesicht schrammte über die wassergetränkten Kieselsteine. Es brannte wie Feuer.

Als ich benommen den Kopf hob, starrte ich in einen leeren Totenschädel. Mein Schrei hallte von den Wänden. »O mein Gott ...«, keuchte ich entsetzt.

»Hier ist alles voll mit Knochen.« Trushard schüttelte sich und zog mich behutsam hoch. Ich stützte mich an der Wand ab, die sich grobkörnig und feucht anfühlte. Meine Beine waren wabbelig wie Grütze.

»Du blutest ja.« Mit seinem Ärmel wischte Trushard über meine Wangen. »Hast du noch weitere Verletzungen?«

Ich schüttelte den Kopf. »Ich bin nur zu Tode erschrocken«, gab ich zu und riskierte einen vorsichtigen Blick auf den Boden. Die verstreuten Gebeine erinnerten mich an unsere umgekippte Truhe. Ich atmete tief durch. »Es sind die Überreste von Leichen, die vor langen Zeiten auf dem Gelände der Pfalz bestattet wurden. Nichts weiter. Komm, wir müssen uns beeilen.«

Trushard nahm mich an die Hand, und wir bahnten uns vorsichtig einen Weg durch die Gebeine, sorgsam darauf bedacht, keinen Knochen zu zertreten.

Ich stieß einen Seufzer der Erleichterung aus, als endlich der Ausgang vor uns auftauchte. Wir rüttelten an der Tür und stießen mit den Füßen dagegen. Vergeblich. Die massive Eichentür bewegte sich nicht.

Ich schrie meinen Zorn auf Meinloh hinaus: »Oh, verfluchter Bockmist! Elender Wicht!«

»Begrüßt man so seinen Vater? Wo bleibt die Ehrerbietung, die mir zusteht?«

Wenn die heilige Margarete zu mir gesprochen hätte, wäre ich nicht minder verblüfft gewesen. Aber das war eindeutig die Stimme meines Vaters.

»Was machst du denn auf der anderen Seite der Tür?« Ich legte meine Ohren ans Schloss, um die Antwort besser verstehen zu können.

»Hast du etwa ernsthaft geglaubt, ich lasse dich alleine, du Wahnsinnige? Ich habe euch ein Pferd gebracht, damit ihr schneller fliehen könnt. Sogar Trushards Rebec und seine Messer habe ich eingepackt.«

Trushards Gesicht leuchtete auf. »Habt Ihr irgendetwas dabei, womit wir die Tür aufkriegen?«

»Ach, sieh an, da ist auch der Nichtsnutz, der meinem Kind den Verstand geraubt hat. Hast du es also doch geschafft, ihn zu befreien, Rotrud! Für meine Tochter ist eben nichts unmöglich.« Stolz schwang in Vaters Stimme mit. »Habt ihr etwa den Schlüssel nicht? Dann kann ich euch auch nicht weiterhelfen, denn auf meiner Seite wird die Tür noch durch ein schweres Eisengitter geschützt. Mit meinem Schwert kriege ich das nicht auf.«

Mein Mut sank. Selbst wenn Vater es schaffen würde, rettendes Werkzeug herbeizuholen, würde es mindestens einen halben Tag dauern, bis er das Gitter geknackt hatte. So kurz vor dem Ziel hatten wir verloren. Nun stand uns doch der Galgen bevor. Gab es denn wirklich keine Möglichkeit, aus diesen verfluchten Gängen herauszukommen?

»Ich habe eine Idee.« Der Nichtsnutz an meiner Seite wurde ganz aufgeregt. Je länger ich seinen Worten lauschte, desto skeptischer wurde ich. Ob das glatt gehen konnte? Ich bezweifelte es. Auch mein Vater sträubte sich anfangs gegen Trushards Vorhaben, doch schließlich gab er nach. Wir hatten keine Wahl. Ehe er sich davonmachte, um alles vorzubereiten, zögerte er noch einmal merklich. »Trushard. Habt Dank für alles. Ihr habt meiner Tochter und mir das Leben gerettet. Das kann ich nie wieder gutmachen.« Vater klang ungewohnt kleinlaut. Dann verloren sich draußen seine Schritte.

Ich hatte meine Bedenken, ob Trushards Idee wirklich so klug war, aber mir fiel auch nichts Besseres ein.

Bedrückt wandten wir uns zur Rückkehr, wieder in dieses verhasste Labyrinth hinein. Jetzt konnten wir nur beten, dass Trushards Plan klappen würde.

Meine Füße waren inzwischen völlig durchnässt. Wie eine Ente patschte ich durch die Pfützen. Gleich würden mir Schwimmhäute zwischen den Zehen wachsen.

»In Köln lautet einer unserer zehn heiligen Grundsätze: Es ist noch immer gut gegangen«, versuchte Trushard, mich aufzumuntern, und drückte meine klamme Hand.

»Wie schön, dass wenigstens einer von uns zuversichtlich in die Zukunft blickt«, murmelte ich wenig überzeugt.

Ich fühlte schon die Schlinge um meinen Hals. Mit Schaudern erinnerte ich mich an das würgende Gefühl von Meinlohs Fingern. Wie viel Zeit Vater wohl benötigen würde? Ich hatte keine Ahnung.

»Da seid ihr ja wieder!« Meinloh blickte spöttisch zu uns auf, als wir in den Bierkeller einbogen. Trotz des Blutverlustes schien er noch ganz munter zu sein. »Das ging aber schnell. Ohne Schlüssel ist es recht schwierig, hier herauszukommen, nicht wahr?«

Trushards Fäuste zuckten nervös, als er die Fackel in die Halterung steckte.

Auch ich musste mich zur Ruhe zwingen. »Wir haben gedacht, wir leisten dir noch ein bisschen Gesellschaft, damit du nicht so alleine bist«, gab ich zurück.

Meinloh jaulte auf, als Trushard ihn ruckartig in eine sitzende Position hievte. Stöhnend hielt er sich die verletzte Schulter.

»Ihr seid wahrhaft barmherzige Christen«, stellte er höhnisch fest und sog zischend die Luft ein. Ungerührt sah ich, wie ein Rinnsal Blut zwischen seinen Fingern hindurchlief. »Übrigens, wie hast du es eigentlich angestellt, Trushard zu befreien, meine Liebe? Hast du den Wachmann bei einem Schäferstündchen rumgekriegt? Wählerisch scheinst du ja nicht zu sein bei der Auswahl deiner Bettwärmer.«

Langsam glitt Trushard neben Meinloh in die Hocke und zog mich auf seine andere Seite. Ich hielt Trushards zuckende Fäuste fest, damit er nur ja keine Dummheit anstellen konnte, und bemühte mich, den Gesprächsfaden nicht abreißen zu lassen. Sehr ausführlich, in allen Einzelheiten, schilderte ich Meinloh, wie ich vorgegangen war, und sah ihm dabei genau in die Augen.

Ich erzählte und erzählte. Danach ging ich dazu über, meine einzelnen Verdächtigungen in epischer Breite auszuführen, bis ich irgendwann nicht mehr weiterwusste. Fieberhaft überdachte ich, wie viel Zeit inzwischen verstrichen sein mochte. Dann holte ich tief Luft. Ich musste es jetzt riskieren.

Verstohlen drückte ich Trushards Hand. »Da ich deine Neugier befriedigt habe, schuldest du mir auch eine Auskunft, Meinloh«, begann ich. »Warum hast du Wibald umgebracht?«

Ich hielt den Atem an. Würde er reden?

Sein Motiv war das einzige Rätsel, das ich bisher noch nicht gelöst hatte.

Er lächelte mich an und sagte kein einziges Wort. Ich biss

mir auf die Lippen vor Enttäuschung. Denk nach, hämmerte es in mir, denk nach! Was hatte er vorhin gerufen, als er mich bedroht hatte? »Für die Kunst muss man Opfer bringen.« Könnte es sein, dass Meinloh so verrückt war?

»Dein Lehen«, brach es aus mir heraus. »Wibald hat verhindert, dass du ein Lehen bekommst, mit dem du dich ganz der Kunst hättest widmen können.«

In Meinlohs Augen blitzte es auf. Ich hatte richtig gelegen.

»Der Schuft.« Vor Wut keuchte er auf. »Wibald fühlte sich in seiner Standesehre gekränkt, weil ich, ein unfreier Dienstmann, der an Rang weit unter ihm steht, am Hof Erfolge als Sänger feiere. Als ein burgundischer Graf von meinen Fähigkeiten so beeindruckt war, dass er mir ein eigenes Lehen geben wollte, machte Wibald alles zunichte.«

Plötzlich war der Bann gebrochen, und Meinloh redete wie ein Wasserfall. »Dem Grafen gegenüber ließ er abfällige Bemerkungen über mich fallen, in denen er Zweifel an meiner Zuverlässigkeit säte. Selbst wenn ich irgendwann den nächsten Gönner gefunden hätte, Wibald hätte niemals Ruhe gegeben. Solange er lebte, hatte ich nicht die geringste Chance, jemals ein Lehen zu bekommen.« Seine Worte presste er mühsam hervor und schluckte zwischendurch immer wieder.

Ich hob meine Stimme ein wenig. »Und als sich mein Vater mit Wibald gestritten hatte, war die Gelegenheit gekommen, auf die du so lange gewartet hast. Dir war klar, dass jeder meinen Vater verdächtigen würde.« Ich holte tief Luft. Nun würde sich zeigen, ob ich mit meiner Schlussfolgerung richtig lag. »Nachts hast du dich in die Burgküche geschlichen und zwei Messer gestohlen. Mein Denkfehler bestand darin, dass ich die ganze Zeit dachte, das Messer, das in Vaters Truhe gefunden wurde, wäre die Tatwaffe gewesen. Aber in Wirklichkeit war das Blut, das an dem angeblichen Beweisstück klebte, dein eigenes Blut. Du hast dir an dem gebrochenen Bein eine

Wunde beigebracht und das Messer in der Truhe versteckt, als du uns morgens besucht hast. Von wegen Verse schreiben im heimlichen Gemach!«

»Damit hast du dich geschickt aus der Reihe der Verdächtigen gestrichen«, sagte Trushard. »Du warst der Einzige, der die angebliche Tatwaffe nicht nach dem Mord auf der Burg versteckt haben konnte.«

Ich lehnte mich vor und tastete Meinlohs Bein ab. Unter dem Obergewand und den Beinlingen spürte ich den Verband. »Da du ohnedies hinkst, fiel die zweite Wunde gar nicht auf. Du musstest nur dafür sorgen, dass niemand die Verletzung zu Gesicht bekam. Das war übrigens auch der Grund, warum du so hinter dem Salbentöpfchen her warst. Nicht nur wegen des Juckreizes und der Schmerzen, o nein! Wenn der Kaiser dich gezwungen hätte, deine Kleidung abzulegen, um zu prüfen, ob du die Krätze hast, wäre auch dein Verband am Oberschenkel aufgefallen. Die Salbe alleine wäre kein Beweis gegen dich gewesen – die frische Schnittwunde schon!«

»Für eine Frau bist du wirklich klug«, spöttelte Meinloh und biss die Lippen zusammen. Seine Augen flackerten unruhig.

»Gerne liefere ich dir noch eine weitere Kostprobe meines Scharfsinns. Erinnerst du dich daran, dass du im Burggarten gestolpert bist? Du hast einen kleinen Fehler begangen und dir anschließend nicht das Fußgelenk gerieben, um die Schmerzen zu lindern, sondern den Oberschenkel, der eigentlich gar nicht verletzt sein durfte. Aber die Schnittwunde war durch das Stolpern wieder aufgebrochen.« Ich war sehr zufrieden mit meiner Beobachtungsgabe und schob gleich die nächste Frage hinterher: »Was hast du mit der echten Tatwaffe gemacht?«

Meinloh atmete schwer. »Ich habe das Blut abgewaschen und das Messer heimlich in die Burgküche zurückgelegt.«

Eine kleine Überraschung wollte ich Meinloh noch bereiten. »Hast du eigentlich gemerkt, dass du auf Wibalds Gewand eine Spur hinterlassen hast?«

Verblüfft starrte er mich an. Tief befriedigt fuhr ich fort: »Du hattest wohl kurz vor dem Treffen im Tierpark noch einen Brief für den Kaiser geschrieben, und als es heftig anfing zu regnen, löste sich die Tinte an deinen Fingern. Als Wibald sich im Fallen an dir festgekrallt hat, hast du ihn von dir gestoßen und dabei einen Flecken auf seinem Obergewand hinterlassen.«

»Aber wieso musste Elsbeth sterben?« Das kam von Trushard.

»Die blöde Gans hat meinen Kopf im Fenster eurer Kemenate gesehen, als ich das Messer versteckte. Sie hat unterhalb der Burg Laub gesammelt. Nach dem Mord fiel ihr auf, dass ich in eurer Kemenate gewesen war, obwohl ich dort nichts zu suchen hatte. Sie zählte zwei und zwei zusammen und erpresste mich mit ihrem Wissen.«

Sein Mitteilungsdrang war stärker als der Schmerz. Das Erzählen schien ihn sogar von den Beschwerden abzulenken. »Wie hast du es denn angestellt, sie so umzubringen, dass es wie ein Unfall aussah?«, fragte ich. »Das war wirklich raffiniert!«

»Ich habe ihr aufgelauert, mit einem Holzscheit den Schädel zertrümmert und sie anschließend die Treppe hinuntergeschubst. Das blutverschmierte Holzscheit habe ich durch den Sitz im heimlichen Gemach geworfen. In dem stinkenden Burggraben wird bis zum Jüngsten Gericht niemand suchen.« Meinloh stieß ein keuchendes Lachen hervor. »Es war einfacher, als ich dachte. Keinen Mucks gab sie von sich, so schnell habe ich ihr eins übergebraten.«

Trushard knirschte mit den Zähnen. »Elender Drecksack«, knurrte er. Wut stieg in mir hoch, als ich Meinlohs abgebrühte Bemerkungen hörte. Wenn ich nicht die Hoffnung gehabt hätte, dass er für seine Schandtaten am Galgen bezahlen musste, hätte ich mich mit einem dicken Steinbrocken auf ihn gestürzt. »Warum hast du die Schuhe nicht einfach weggeschmissen?«, fragte ich weiter.

Meinlohs Stimme wurde schwächer. »Du weißt doch, wie teuer Schuhe sind. Ich nehme sie mit, wenn wir übermorgen aufbrechen. Auf einem Kriegszug wundert sich niemand über ein bisschen Blut auf den Schuhen.«

»Unter welchem Vorwand hast du Wibald in den Tiergarten gelockt?«, erkundigte sich Trushard.

Meinloh schnaufte schwer. »Ich sagte ihm, ich hätte noch eine wichtige Information über Merbodo für ihn, die für das Gespräch mit dem Kaiser nützlich wäre. Wibald hegte kein Misstrauen mir gegenüber, denn er wusste nicht, dass ich ihm wegen meines Lehens auf die Schliche gekommen war.«

Über eine letzte Sache musste ich mir noch unbedingt Klarheit verschaffen. »Du warst auch derjenige, der Vaters Versteck verraten hat«, stellte ich fest.

Meinloh flüsterte nur noch. »Vom Söller des Bergfrieds habe ich beobachtet, in welche Richtung du geritten bist – nicht nach Lautern, das im Westen liegt, sondern ...« Er rang nach Luft »... nach Süden.« Ein schwaches Grinsen zog sich von einem Ohr zum anderen, dann sank der Kopf auf die Schulter, und die Augenlider klappten zu.

Ich hielt den Atem an. War unser Plan aufgegangen?

Stille. Nichts regte sich. Trushard und ich sahen uns verzweifelt an. Ein metallisches Klicken ertönte, und die Tür schwang quietschend auf. Es klang wie Engelsmusik.

Als sich der beleibte Siegfried durch den Rahmen quetschte, sah es aus, als ob er ihn sprengen wollte.

»Wir haben genau zugehört«, grinste er und wedelte mit einem dicken Seil. »Als dein Vater uns geholt hat, wollten wir es nicht glauben. Aber jetzt ist der Fall klar.«

Hinter ihm erschien Jost. »O nein«, widersprach er energisch. »Bestimmt haben Trushard und Rotrud den armen Boten zu seiner Aussage gezwungen. Schaut euch seine Wunde an!«

Genau diese Reaktion hatte ich befürchtet. Wie wir es auch drehen und wenden mochten, das Netz zog sich immer enger um uns zusammen. So kurz vor dem Ende waren wir doch noch gescheitert. Vor hilfloser Wut stiegen mir die Tränen in die Augen. Alles war umsonst gewesen – Trushards Befreiung, meine erfolgreichen Ermittlungen, das Sammeln der Beweise und unser raffinierter Abhörtrick.

Entgeistert starrte Siegfried seinen Bruder an. »Kerl, was unterstellst du Rotrud da? Bist du von Sinnen?«

Jost sah mich voller Verachtung an. »Keineswegs. Wer sich mit einem Gaukler einlässt, kann nicht mehr bei klarem Verstand sein.«

Jetzt schob sich auch Wilhelm durch die Tür. »Der Soldat aus dem Bergfried ist wach geworden. Er hat ausgesagt, dass ihm eine Magd mit grünen Augen einen Schlaftrunk verabreicht hat. Und hier läuft ein Gefangener frei herum. Mir scheint, dieses zweifelhafte Pärchen verfügt über ein hohes Maß an verbrecherischer Energie.«

Ich stöhnte. Da hatten wir uns solche Mühe gegeben, um Meinloh vor versteckten Zeugen zum Reden zu bringen, und jetzt sollte alles vergeblich gewesen sein?

»Da hast du's!« Jost triumphierte. »Der Verletzte muss jetzt dringend versorgt werden. Wenn er morgen aufwacht, befragen wir ihn noch einmal in aller Ruhe.«

Das Ergebnis dieser Befragung stand für mich von vornherein fest. Ich spürte schon den Strick um meinen Hals. Anstatt Trushard zu retten, hatte ich mich selber dem Henker ausgeliefert.

Vorsichtig packte Jost den Boten unter den Achseln und

zog ihn hoch. Meinlohs Brustkorb, der sich in regelmäßigen Abständen hob und senkte, verriet mir, dass er noch lebte. Er musste ohnmächtig geworden sein.

Auch Trushard rappelte sich hoch. In seinen Pupillen zuckte wieder jenes Wetterleuchten, das ich mittlerweile nur zu gut an ihm kannte.

Siegfried war weniger zart fühlend als sein Bruder und rüttelte Meinloh an der unverletzten Schulter. »Sagt, habt Ihr Wibald getötet oder nicht?« Sein Bass, laut wie die Posaunen beim Jüngsten Gericht, hätte Tote aufgeweckt.

»Ja, ich habe Wibald getötet.« Zwar kamen die Worte nur leise und stockend, aber es war unverkennbar Meinlohs Stimme. Wieso hatte er dieses Geständnis gemacht, wo er doch alles so leicht hätte abstreiten können? Mit offenem Mund starrte ich erst auf Meinloh, dann auf Trushard. Die Situation kam mir bekannt vor – erst ein sprechender Karpfen und jetzt Meinloh, der ohne Not einen Mord zugab, obwohl er dafür am Galgen enden würde. Argwöhnisch musterte ich Trushard, aber er verzog keine Miene.

Siegfried war weniger misstrauisch als ich. »Na bitte. An Meinlohs Schuld kann jetzt wohl kein Zweifel mehr bestehen.« Er strahlte über beide Wabbelwangen.

Keine Anklage mehr wegen Mord, kein Strick und kein Galgen – weder für Vater noch für Trushard, noch für mich. Mir war zumute, als hätte ich soeben eine tiefe Schlucht überquert, auf einer wackligen Brücke, die jeden Augenblick einzustürzen drohte. Ich warf noch einmal einen Blick in den Abgrund und schrak zusammen.

Trushard ergriff meine Hand und zog mich hoch. »Komm, lass uns diesen Ort hier so schnell wie möglich verlassen.«

»Halt!« Wilhelm versperrte uns den Weg. »Der Mörder mag zwar gestanden haben. Aber das Königsgericht wird sich trotz allem mit Euch befassen. Immerhin ist Trushard ein Gefangener, und Rotrud hat ihn widerrechtlich befreit. Darauf steht Strafe.«

Mit zusammengekniffenen Augen musterte er uns, dann band er uns die Hände fest zusammen. Mit dem gezückten Schwert trieb er uns zur Wendeltreppe. Siegfried warf sich den verschnürten Meinloh so lässig über die Schulter, als wäre er ein zusammengerollter Teppich, und stapfte hinter uns her.

Trushard nahm die Verhaftung gelassen. »Ich ziehe mich wieder an meinen Stammplatz zurück«, sagte er mit einem Anflug von Galgenhumor, als wir im Kerker ankamen, und ließ sich würdevoll auf der Holzbank nieder. Kein Vorwurf kam über seine Lippen, dass wir schon längst auf und davon wären, wenn ich nicht darauf bestanden hätte, Siegfried die Schuhe zu bringen und Meinlohs Wunde zu versorgen. Ich war ihm zutiefst dankbar dafür.

Ansonsten wurde es eine ungemütliche Nacht. Im Kerker unserer Burg waren wir wenigstens noch unter uns gewesen. Jetzt hockte Meinloh auf der anderen Seite des Verlieses, mit einem Halseisen fest an die Wand gekettet. Wenigstens hatte Wilhelm so viel Verstand besessen, einen Sicherheitsabstand zwischen ihm und uns zu lassen, sonst hätte Meinloh womöglich noch einen dritten und vierten Mord begangen, und das hätte seiner unsterblichen Seele weiteren Schaden zugefügt. Ich befürchtete, er könnte uns mit Beleidigungen traktieren, aber er blieb die ganze Nacht still. Nur ab und an stöhnte er vor Schmerzen auf.

»Ich leiste Abbitte«, raunte mir Trushard zerknirscht ins Ohr. »Du hattest Recht, euer Verlies ist ein Palast gegenüber diesem feuchten Loch.«

»Wie kommt es nur, dass ich Dauergast im Kerker bin, seit ich dich kenne?«, gab ich flüsternd zurück.

Es war das erste Mal, dass ich über die undurchdringliche

Finsternis des Verlieses froh war. Meinloh konnte uns zwar hören, aber zum Glück wenigstens nicht sehen. Und so hielten wir uns auch diesmal wieder auf die bewährte, höchst angenehme Art warm.

7. TAG

Sprecht ihr in Wahrheit Recht, ihr Mächtigen?
Richtet ihr in Gerechtigkeit die Menschenkinder?

Psalm 58

Wie es der Brauch verlangte, tagte das Gericht auf den Treppenstufen, die links und rechts zum Eingang des Palas führten. Direkt vor der Tür, durch die man in das Innere des Palas gelangte, saß Barbarossa in einem prachtvoll verzierten Faltsessel, den Gerichtsstab in der rechten Hand. Sein Gesicht war so starr, als wäre es aus weißem Marmor gemeißelt.

Die Urteiler des Gerichts standen auf den Stufen. Da sie den alten Gebräuchen zufolge aus demselben Stand stammen mussten, aus dem auch die Beklagten kamen, hatte Barbarossa Angehörige seines Hofes und Dienstleute aus Lautern ausgewählt: Siegfried, Jost, Rainald und einen mir unbekannten Mann, der aber mit Sicherheit auch als Reichsministerialer am kaiserlichen Hof tätig war. Eine geschickte Entscheidung, durch die er deutlich machte, dass er niemanden bevorzugen wollte. Aber was bedeutete sie für mich? Nachdem ich ihn zurückgewiesen hatte, würde sich Jost zweifellos für die härteste Strafe einsetzen, die möglich war. Konnte er auch den unbekannten Reichsministerialen beeinflussen? Siegfried hingegen hielt felsenfest zu mir. Und Rainald? Er hatte mich schon einmal gerettet. Würde er es wieder tun, oder verübelte er mir, dass ich seine Sachen durchsucht hatte?

Hinter den Absperrungen drängelten sich die Zuschauer

mit langen Hälsen, lüstern gaffenden Augen und gierig tratschenden Mündern. Halb Lautern war versammelt, um sich an einem Spektakel allerersten Ranges zu ergötzen. Ein Mörder, der verurteilt und einer grausamen Strafe zugeführt wurde – das war für die meisten sogar noch aufregender als der festliche Einzug des Kaisers.

Gewiss wetzten viele ihre Zungen schon an der schaurigen Geschichte von dem schamlosen Burgfräulein, das sich in einen Gauklerlumpen verliebte und bei seiner Befreiung so kläglich scheiterte.

»Spielmannshure!« Das war unverkennbar die Stimme der dummen Fischersfrau, die nur wenige Schritte von mir entfernt gleich hinter der Absperrung stand. Ganz bewusst hatte sie es laut zu mir herübergerufen, das erkannte ich an ihrem hämischen Grinsen.

»Der arme Merbodo, so eine verkommene Tochter hat er nicht verdient«, pflichtete ihr die aufgedunsene Gattin des Seilers lautstark bei und musterte mich abfällig von oben bis unten. Sie kannten nichts anderes als ihre zehn engen Gassen, die für sie die ganze Welt darstellten. Ihr Leben bestand aus Kochen, Kinderkriegen und Kirchgang. An ihrer Wohlanständigkeit hielten sie sich fest wie an einem Rettungsanker. Tief in ihrem Inneren träumten sicher auch die Fischersfrau und ihre Freundin davon, einmal dieses atemberaubende Gefühl der Leidenschaft auszukosten, aber sie besaßen nicht den Mut, ihre Wünsche Wirklichkeit werden zu lassen, denn jeder, der gegen die ungeschriebenen Spielregeln verstieß, wurde aus der Gemeinschaft ausgestoßen. So wie die Gaukler.

Ich war froh, dass Trushard ganz dicht bei mir stand. Er versuchte ein klägliches Lächeln, das mich wohl aufmuntern sollte, mir aber stattdessen offenbarte, dass er genauso vor Angst schlotterte wie ich. »Dir kann nichts passieren, du hast nichts Strafbares getan«, raunte ich ihm zu, um ihn ein wenig zu trösten, aber statt einer Antwort zog er nur skeptisch die Augenbrauen hoch.

Zusammen mit den anderen Angeklagten warteten wir hinter der Absperrung, ganz in der Nähe der Treppe, bewacht von schwer bewaffneten Männern.

Ich schämte mich entsetzlich. Nach dem Aufenthalt im Kerker waren meine Kleider nass, zerdrückt und voller Binsen. Mein Gesicht war immer noch verschrammt. Ich hatte versucht, mir den Zopf neu zu flechten, aber in der Dunkelheit war er ein wenig schief geraten. Trushard sah auch nicht viel besser aus. Ich war froh, dass er nicht die grelle Spielmannskleidung trug, in der er am ersten Tag bei uns aufgekreuzt war, sondern die etwas anständiger wirkenden Sachen, die ich ihm aus Vaters Bestand geschenkt hatte. Meine Hände waren taub, denn die Fesseln schnürten das Blut ab.

Unsere Männer, die sich an Trushard und mir vergriffen hatten, scharrten mit den Füßen. In ihren Augen lag die blanke Angst. Meinloh hingegen zeigte keinerlei Gefühlsregung. Ob er überhaupt noch etwas mitbekam? Seit seiner Verhaftung war er verstummt. Er wusste wohl, dass er nicht mehr die geringste Überlebenschance hatte. War er innerlich versteinert, um das, was ihm bevorstand, gar nicht erst an sich heranzulassen? Oder hatte ihn der Blutverlust so geschwächt?

»Ich eröffne hiermit das Königsgericht!« Barbarossas Stimme drang mühelos über das Raunen der Zuschauer hinweg und brachte sie zum Schweigen. »Das vornehmste Amt des Königs besteht darin, denjenigen, die Zuflucht bei ihm suchen, zu ihrem Recht zu verhelfen. Die Gerechtigkeit ist die edelste aller Tugenden, denn nur dort, wo sie herrscht, wird Friede möglich. Wir werden daher die Wahrheit sorgfältig erforschen und alle Parteien anhören. Zunächst bitte ich alle Urteiler, den Eid auf den Schrein mit der Reliquie des heiligen Martin zu leisten.«

Wir in Lautern hatten keine eigene Reliquie, auf die jemand hätte schwören können. Daher musste der König auf seinen Hausheiligen zurückgreifen. Die angeblichen oder tatsächlichen Überreste des Mantels, den der selige Martin mit einem Frierenden geteilt hatte, schleppte der Königshof seit Karl dem Großen in einem wertvollen Schrein immer mit sich herum. Der heilige Martin hatte sich durch Barmherzigkeit ausgezeichnet. Konnte er nicht auch heute für ein Wunder sorgen?

Nachdem die Urteiler ihren Eid geleistet hatten, ergriff Barbarossa wieder das Wort. »Das Königsgericht wird die Frage zu entscheiden haben, wer den Mord an dem Adeligen Wibald vom Turme begangen hat. Der von mir beauftragte Ermittler wird jetzt noch einmal den Tathergang schildern und über den Verlauf der Untersuchungen berichten.«

Wilhelm genoss seinen Auftritt, für den er sich fein herausgeputzt hatte. Das sorgfältig frisierte Haar und das reich bestickte Obergewand zeigten deutlich, dass er sich der Würde des Gerichtes bewusst war und Eindruck schinden wollte. Mit gewichtiger Miene erzählte Wilhelm noch einmal die ganze Geschichte, wobei er sich natürlich selbst in das beste Licht rückte und so tat, als habe er die Schuhe gefunden, den Mörder überführt und alles aufgeklärt. Er erwähnte auch den Mord an Elsbeth. »Mir war gleich klar, dass es kein Unfall war«, posaunte er. Dabei war er noch nicht einmal auf der Burg gewesen, als wir sie gefunden hatten, und einen Blick auf die Leiche hatte er auch nicht geworfen!

Anschließend erklärte Siegfried, dass er ebenso wie Wilhelm Meinlohs Geständnis gehört hatte. Etwas widerwillig bestätigte der Schultheiß die Aussage seines Bruders.

Da Meinloh weiterhin hartnäckig schwieg und sich auch keinen Fürsprecher erwählt hatte, gingen die Urteiler schnell in die Beratung. Angesichts der eindeutigen Beweise waren sie sich sofort einig.

Barbarossa verkündete das von ihnen gefällte Urteil: »Meinloh von Lichtenau, Ihr seid des Mordes an Wibald vom Turme für schuldig befunden worden und werdet daher im Morgengrauen gehängt. Mit dieser Strafe, die das althergebrachte Recht vorsieht, wird ein warnendes Beispiel gegeben, um andere Übeltäter abzuschrecken.«

Meinloh stierte mit glasigen Augen dumpf vor sich hin. Wider Willen bewunderte ich seine Ruhe.

Dann waren Philipp, Gero und Ludwig an der Reihe. Ganz kleinlaut waren sie, blass und übernächtigt. Alleine ihr jämmerlicher Anblick entschädigte mich schon für die erlittenen Todesängste.

Zornig runzelte Barbarossa die Stirn. »Über Euren schändlichen Aberglauben zu befinden, ist Sache der Kirche. Vor dem Königsgericht müsst Ihr Euch verantworten, weil Ihr Euch an der Tochter eines Reichsministerialen, die unter meinem persönlichen Schutz steht, vergriffen habt. Wer dem Reich in Treue dient, kann auf die besondere Fürsorge des Königs zählen.«

Von Trushard war nicht die Rede, denn Spielleute waren rechtlos. Und ich würde es auch bald sein.

Ich wurde von Barbarossa vor das Gericht gerufen, um meine Klage vorzubringen. Mit wabbeligen Beinen trat ich vor und mühte mich, kurz und sachlich zu schildern, was in der Nacht auf dem Beilstein vorgefallen war. Gisla bestätigte meine Ausführungen. Das Urteil wurde rasch gefunden. Ein halbes Manngeld, das von Ludwig und Gero an mich auszuzahlen war. Philipp musste das Doppelte hinlegen. Nicht schlecht. Das war ein hübsches Sümmchen, mit dem wir uns sorgenfrei auf den Weg nach Okzitanien machen konnten, wenn ich jemals unverletzt freikäme. Barbarossa ermahnte mich, den erlittenen Schaden zu verzeihen, und unsere ängstlichen Recken forderte er eindringlich auf, den Frieden zu halten und nicht wieder neuen Streit anzuzetteln.

Nun waren Trushard und ich dran. So schnell konnte aus der Klägerin eine Beklagte werden. »Trushard von Köln, ich rufe Euch vor das Gericht!« Die Soldaten schubsten ihn zu mir. Als wir beide demütig auf die Knie fielen, wirbelte Staub auf und bedeckte unsere Gewänder. Wie Lanzen bohrten sich die Blicke der Gaffer in meinen Körper. Nur mit Mühe unterdrückte ich ein Husten. Die Sonne stand schon hoch am Himmel und brannte mir unbarmherzig auf den unbedeckten Kopf. Mein Untergewand war schweißdurchtränkt. Fest blickte ich auf das Holzamulett. Wenigstens hatte ich nichts zu bereuen, denn ich hatte Trushard das Leben geschenkt.

Welche Strafe stand wohl auf die Befreiung von Gefangenen? Auspeitschen? Pranger? Dieben wurde die rechte Hand abgehackt. Und einen Diebstahl hatte ich gewissermaßen begangen. Trotz der Hitze wurde mir plötzlich eiskalt. Und was machten sie mit Trushard? Ihn wenigstens mussten sie doch unversehrt laufen lassen, er hatte weder einen Mord begangen noch sonst irgendetwas Verbotenes angestellt.

Noch ehe Barbarossa das Wort ergreifen konnte, schob sich die Kaiserin durch die Schranken. »Welch ein Mut!«, sagte sie schwärmerisch und hob Trushards Kinn hoch. »Für seine Liebe gesteht er einen Mord, den er gar nicht begangen hat, und nimmt dafür den Strick in Kauf!«

Trushard wurde über und über rot. Von meinem Mut war natürlich nicht die Rede. Aber als Frau zählte man ohnehin nicht viel, das war mir schon lange klar.

Barbarossa starrte sichtlich verärgert auf seine Frau, die sich auf so unziemliche Weise in das Gericht eingemischt hatte. Würdevoll raffte Beatrix ihre Gewänder und begab sich zurück an ihren Platz. Aber es war klar: Mit dem Lob hatte sie Trushard unter ihren persönlichen Schutz genommen, daran kam jetzt auch ihr königlicher Gatte nicht mehr vorbei. Doch was wurde aus mir?

Unzählige Gesichter drehten sich vor meinen Augen. Gleich würde ich in der sengenden Sonne ohnmächtig werden. In meinen Schläfen dröhnte es, aber ich kratzte das bisschen Würde zusammen, das mir noch geblieben war, drückte den schmerzenden Rücken durch, hob das Gesicht und schaute Barbarossa direkt in die Augen.

»Und jetzt zu Euch, Rotrud von Saulheim«, sagte er langsam. »Zu denjenigen, die dem Reich in Treue dienen, gehört auch der Wachmann, den Ihr heute Nacht mit einem Schlaftrunk betäubt haben sollt, um einen Gefangenen zu befreien, der wegen Mordverdachts im Kerker saß.«

Er winkte den fetten Kerl zu sich heran. »Ist sie das?«, fragte er und deutete auf mich.

Der Wachmann schürzte die Lippen und musterte mich nachdenklich. »Sie trug andere Kleidung und hatte das Haar mit einem Kopftuch bedeckt. Aber an die grünen Augen kann ich mich sehr gut erinnern. Wie eine Katze, das habe ich gestern Abend noch gedacht.«

O Großmutter, wieso hattest du mir bloß diese Augen vererbt! Ich hatte schon immer geahnt, dass sie mich ins Verderben führen würden. Ich presste die Lippen fest zusammen. Von mir würden die Schaulustigen keinen Laut hören.

Dann trat Wilhelm vor. Triumphierend hielt er mein Kleiderbündel in die Höhe. »Das haben wir in den Felsengängen gefunden. Sieht nach der Kleidung aus, in der die angebliche Magd aufgetreten ist. Oder?« Fragend wandte er sich zum Wachmann um.

»Kein Zweifel möglich.« Mein Opfer nickte.

»Es gibt keine vorgeschriebene Strafe für Gefangenenbefreiung«, erinnerte Barbarossa. »Sie bleibt also unserem Ermessen überlassen. Und jetzt bitte ich die Beisitzer, zu einem Urteil zu gelangen.«

Starr sah ich geradeaus und fixierte eine Säule in den Arkadenfenstern des Palas. Die Beisitzer raunten. Es gab einen heftigen Wortwechsel zwischen Jost und den anderen. Sorgenvoll beobachtete ich die Auseinandersetzung. Heftig gestikulierend redeten die Urteiler aufeinander ein. Ich spitzte die Ohren, konnte aber nichts verstehen.

Endlich schienen sie sich einig zu sein. Rainald teilte sachlich mit: »Wir haben ein Urteil gefällt.« Leise gab er es an Barbarossa weiter.

Um mich herum versank alles. Ich hatte das Gefühl, unter die Oberfläche eines Wooges zu tauchen und durch das Wasser hindurch alles nur ganz verschwommen wahrzunehmen.

Der König erhob sich und sah mich streng an. »Als Vorsitzender verkünde ich hiermit das Urteil des Königsgerichtes. Rotrud von Saulheim, Ihr seid der Gefangenenbefreiung für schuldig befunden worden.«

Ich wagte kaum noch zu atmen, und mir wurde schwarz vor Augen. Schuldig, mein Gott! Meine Hände gruben sich tief in den feuchten Stoff des Obergewandes.

Wie von ferne drang Barbarossas Stimme an mein Ohr. »Es ergeht folgendes Urteil: Aufgrund Eurer eindeutigen Schuld, an der kein Zweifel bestehen kann, werdet Ihr zu einer Geldbuße von einem halben Manngeld verurteilt, die Ihr an den Geschädigten, also den Wachmann, zahlt. Ihr seid frei, genauso wie der Spielmann Trushard, obwohl er versucht hat, sich dem Gericht zu entziehen. Aber immerhin war er unschuldig. Die Nacht im Kerker dürfte für Euch beide wohl Strafe genug gewesen sein, zumal es ja nicht Eure erste Bekanntschaft mit dem Verlies war. Ich erkläre hiermit das Gericht für beendet.«

Frei – wirklich frei? Alle beide? Nur eine kleine Geldstrafe! Ich hätte jauchzen können. Ich warf den Urteilern einen dankbaren Blick zu. Siegfried sah sehr zufrieden mit sich und der Welt aus und strich sich aufatmend über den dicken Wanst. Er hatte mit Sicherheit Hunger nach dem anstrengenden Gericht. Rainald lächelte mich schüchtern an. Selbst der unbekannte Reichsministeriale gab mir einen aufmunternden Blick zurück. Nur Jost lief vor Ärger rot an, als er sah, dass mich Trushard in den Arm nahm, nachdem die Soldaten unsere Fesseln gelöst hatten.

Der unerwartete Erfolg musste kräftig gefeiert werden. Heute würde ich mich voll stopfen und betrinken, gemeinsam mit Vater, Trushard und den treuen Freunden. Ich spürte plötzlich einen Bärenhunger. In den letzten Tagen hatte ich kaum etwas gegessen, aber das würde ich nachholen.

»Ich muss mich noch bei der Kaiserin bedanken.« Suchend blickte sich Trushard um. Beatrix hatte sich bei ihrem Mann untergehakt und redete auf ihn ein. Barbarossa krauste die Nase und schüttelte immer wieder den Kopf. Die beiden kamen näher.

Trushard und ich knicksten, als das Paar vor uns stehen blieb.

»Habt herzlichen Dank, Eure Majestät«, stotterte Trushard.

Beatrix blickte ihn freundlich an. »Ihr habt wahrhaft gehandelt wie ein edler Ritter. Wer seiner Liebsten so tapfer die Treue hält und vor der Gefahr nicht zurückschreckt, wird auch seinem Herrn unerschrocken zur Seite stehen, nicht wahr, Friedrich?« Worauf wollte sie hinaus?

»Äh ja, da hast du völlig Recht.« Konsterniert sah er sie von der Seite an. Sie hakte sich noch ein wenig fester bei ihm ein.

»Friedrich, dir fehlt jetzt ein Bote, ganz zu schweigen von einem guten Minnesänger, der uns an langen Abenden mit seiner Kunst erfreut. Gebildete Männer, die nicht nur lesen und schreiben können, sondern auch Latein und Französisch beherrschen, sind sehr schwer zu finden. Trushard wäre der ideale Ersatz für Meinloh.« Zufrieden lächelte sie ihren Mann an. Ohne das Stirnrunzeln ihres Gatten zu beachten, plapperte sie munter weiter: »Trushard kennt sich im Wegenetz des Reiches aus und ist bestens mit fremden Sitten vertraut.«

Auch Beatrix hatte Mut, das musste man ihr lassen. In der nächsten stillen Stunde erwartete sie ein handfester Ehekrach. Mit hochgezogenen Augenbrauen musterte der Kaiser den dreckverschmierten Spielmann, der noch vor kurzem als Mordverdächtiger im Kerker gesessen hatte. Auch Trushard sah alles andere als begeistert aus.

»Meine Frau hat eine Schwäche für Minnesänger«, erklärte Barbarossa säuerlich. »Könnt Ihr überhaupt Französisch?« In seiner Stimme schwang eine leise Hoffnung mit.

Meinem sonst so wortgewandten Spielmann schien es zunächst die Sprache verschlagen zu haben. Aber dann griff er begierig den rettenden Strohhalm auf, den der Kaiser ihm hinhielt. Verlegen brachte er heraus: »Nicht wirklich, nur ein paar Brocken, es reicht gerade mal so für ganz einfache Lieder.«

Fast hätte ich laut losgelacht. Aber zu unserem Unglück war mein Vater herangetreten. Demütig verbeugte er sich. »Mein künftiger Schwiegersohn stellt sein Licht wie immer unter den Scheffel. Er beherrscht die Sprache perfekt. Vor ein paar Tagen hat er äußerst kunstvolle französische Minnelieder vorgetragen.«

»Fein, dann wäre ja alles abgemacht.« Strahlend drehte sich Beatrix zu ihrem Mann um.

Endlich fiel ihr Blick zur Abwechslung auch einmal auf mich. »Ihr wart sehr mutig.«

Jetzt war es an mir zu erröten. Aus lauter Verwirrung knickste ich noch einmal.

»Ich beklage den Verlust einer liebenswerten Hofdame. Aber ich bin sicher, wir beide werden uns auch gut verstehen, Jungfer Rotrud. Morgen reisen wir ab.«

In meinen Ohren klingelte es. Ich sah meine Zukunft vor mir, und sie erschien mir äußerst trostlos: immerzu diese grässlichen höfischen Gewänder tragen, mit den anderen Damen über Nichtigkeiten tratschen und langweilige Altardecken sticken. Das Schlimmste aber war, dass Beatrix und Barbarossa häufig getrennte Wege einschlagen mussten. Auf dem Italienfeldzug würde sie ihn nicht begleiten, sondern stattdessen ihre eigenen burgundischen Lande aufsuchen, um dort nach dem Rechten zu sehen. Viel zu oft und viel zu lange würde ich von meinem Mann getrennt sein. Und ich hatte mich schon so auf das ungebundene Leben als Spielweib und die gemeinsamen Auftritte mit Trushard gefreut. Ich rang mir ein Nicken ab. »Habt Dank für Eure Güte, Majestät«, krächzte ich. Meine Stimme hatte sich noch nicht vom feuchten Kerker erholt.

Das kaiserliche Paar schwebte davon. Resigniert blickte ich ihnen nach.

»Mist, verfluchter!« Trushard ließ seinen Gefühlen freien Lauf, als Barbarossa und Beatrix weit genug entfernt waren. »Wie ein Ding werde ich ihm gehören.«

Ich wagte einen kläglichen Versuch, ihn zu trösten. »War deine bisherige Freiheit mit Hunger und Schutzlosigkeit nicht allzu teuer bezahlt? Und überhaupt – wer ist schon wirklich frei?«

»Unbedingter Gehorsam war noch nie meine Sache.« Von Trushards rheinischem Optimismus war keine Spur mehr übrig geblieben. Selbst im Verlies hatte er fröhlicher gewirkt als bei der Aussicht, dem Kaiser Tag und Nacht auf jeden Wink hin zur Verfügung zu stehen.

»Ihr seid undankbar.« Verständnislos blickte Vater uns an. »Am Hof zu dienen ist doch das Beste, was einem widerfahren kann. Ihr werdet viel herumkommen, während ich auf unserer Waldburg versauere.« Anerkennend schlug er Trushard auf die Schulter. »Ich bin stolz auf euch beide.«

Das Loch in meinem Bauch erreichte die Ausmaße eines Wooges. »Ich muss jetzt etwas essen, sonst falle ich um. Und das würde sich für eine künftige Hofdame wohl kaum ziemen.«

◆

In der Schänke, die der Wirt nach den aufregenden Ereignissen flugs umgetauft hatte und die jetzt nicht mehr »Zum fetten Karpfen« hieß, sondern den verheißungsvollen Namen »Zum sprechenden Karpfen« trug, drängelten sich die Menschen. Der Wirt machte das Geschäft seines Lebens. Wie der Wind war die Nachricht von Barbarossas Urteil von Haus zu Haus geeilt. Jetzt wollten alle unsere Bekannten von uns persönlich die Geschichte unseres Kampfes um Leben und Tod haarklein erzählt bekommen. Und wir kannten viele Leute, fast alle, die in Lautern wohnten. Meine Stimme war schon ganz heiser. Selbst die Fischersfrau und ihre Klatschkuh von Freundin waren so dreist, uns ihre Glückwünsche ins Ohr zu säuseln. Einen kaiserlichen Boten und eine Hofdame wollten sie wohl nicht verprellen. Ich war völlig erschöpft und sehnte mich nach Ruhe. Nur zu gerne hätte ich mich jetzt mit meinem Liebsten in ein gemütliches Bett gekuschelt.

Aber in erstaunlich kurzer Zeit hatte Trushard so viel Wein in sich hineingeschüttet, dass er leicht schwankte. »*Bacchus forte superans pectora virorum, in amorem concitat animos eorum*«, summte er vor sich hin und wippte mit dem linken Fuß im Takt.

Ich hatte nur »*amor*« verstanden, und dieses Wort erinnerte mich an das, was ich heute noch vorhatte. Zu viel Alkohol minderte die Manneskraft in bedenklichem Maße. Wer wusste schon, wann wir bei Hofe das nächste Mal ungestört sein konnten. Eigentlich wollte ich die letzte Nacht auf dem Beilstein noch auskosten.

»Jetzt ist Schluss!« Energisch nahm ich ihm den Krug aus

der Hand, den er gerade wieder an die Lippen setzen wollte. »Morgen brechen wir im Gefolge des Kaisers auf und du wirst dich nicht gleich an deinem ersten Tag bei Hofe mit einem Brummschädel blamieren. Außerdem gibt es zahlreiche weitere gute Gründe, sich nicht zu besaufen.«

»Gegen dich ist jeder Drache ein sanftes Schoßhündchen«, säuselte Trushard. »Lass mich doch, ich muss meine Wut herunterspülen. Mein Leben lang bin ich den Großen aus dem Weg gegangen, um ihnen nicht nach dem Maul reden zu müssen, und ab morgen muss ich dem selbst ernannten Herrn der Welt wie ein Leibeigener dienen.«

Wütend schlug er mit der flachen Hand auf den Tisch. »Sogar unsere Kinder werden Barbarossa gehören. Nach Belieben darf er über uns verfügen und kann uns sogar verschenken, wenn es ihm einfällt.«

»Reiß dich zusammen«, fuhr ich ihn an. »Du darfst wenigstens als Bote herumreisen, während ich Tag für Tag Messgewänder besticken muss.«

»Ihr seid noch nicht einmal verheiratet und streitet schon wie die Kesselflicker.« Unbemerkt hatte sich Jost durch die Menge geschoben.

Abschätzig sah ich ihn an. »Willst du uns deine besten Glückwünsche überbringen oder dich bei mir dafür entschuldigen, dass du für den Pranger plädiert hast?« Rainald hatte mir erzählt, dass Jost sich als einziger der Urteiler gegen die milde Geldbuße ausgesprochen hatte.

»Deine Schande hätte öffentlich gemacht werden sollen«, knirschte Jost. »Ein sittenloses Weib bist du.«

»Beleidige Rotrud nicht!« Trushard war immerhin noch so klar im Kopf, dass er mitbekam, welches Gift Jost versprühte.

Die beiden hätten sich sicherlich eine wilde Prügelei geliefert, wenn Siegfried nicht gekommen wäre. Rettende Engel hatte ich mir immer als zarte, goldlockige Geschöpfe vorgestellt, aber nun wusste ich: Sie sahen aus wie fette Bären. Siegfried walzte sich durch die Menge heran und drückte seinen schmächtigen Bruder einfach weg. Die Pranke des Engels donnerte mir auf die Schulter. Fast wäre ich umgefallen.

»Gut gemacht, Mädchen«, dröhnte er.

Ich wuchs um einen halben Kopf.

Siegfried wedelte lässig mit seiner Schaufelhand. »Herr Wirt, noch zwei Becher Wein, aber schnell!« Resigniert sah ich zu, wie sich Trushard und Siegfried zuprosteten. Mit dem Ärmel wischte sich Siegfried den Mund ab.

»Ich bin auch ein Dichter«, posaunte er und schlug sich an die mächtige Brust.

»So?« Trushard musterte ihn zweifelnd.

Stolz schnaubte Siegfried: »Drei Dinge darf man nie vergessen: lieben, saufen, kräftig fressen!«

Trushard und ich tauschten einen belustigten Blick. »Mit solchen Versen wirst du die Herzen der Damen sicherlich im Sturm erobern«, sagte ich lachend.

»Schade, dass der Hof schon morgen weiterzieht.« Siegfried seufzte, den Blick fest auf Gisla gerichtet. Es war bestimmt nicht der Kaiser, den er vermissen würde.

»*Carpe noctem!* Junge, ihr habt noch eine ganze Nacht für euch«, ermunterte Trushard ihn und tätschelte die fette Pranke.

Eine Sache musste ich unbedingt noch wissen. »Sag, wie hast du das eigentlich mit dem sprechenden Karpfen und mit Meinloh hingekriegt?«

Trushard schob seinen grinsenden Mund ganz dicht an mein Ohr. »Ich bin Bauchredner.«

»Eine äußerst nützliche Fertigkeit. Du musst mir unbedingt beibringen, wie das geht.« Wahrlich, dieser Mann steckte voller Überraschungen. Ein ganzes Leben würde nicht ausreichen, Trushards sämtliche Tricks kennen zu lernen.

»Mal sehen, was sich machen lässt. Aber jetzt muss ich mein Lieblingslied noch einmal singen, zum Abschied. Bei Hofe werde ich es nicht vortragen können.« Er schnappte sich das Rebec, das Vater mitgebracht hatte, quetschte sich neben eine dicke Matrone auf die Holzbank und legte los:

Den Menschen will ich Freude bringen,
nicht ihre Abgaben erzwingen.
Will keine Waffen bei mir tragen,
mich nicht für hohe Herren plagen,
nicht alle meine Kraft vergeuden,
für andrer Leute Macht und Freuden.

Denn hinter aufgeputztem Schein,
steckt ein rückgratloses Sein.
Nur wer buckelt, kommt nach oben.
Ist er erst einmal dort droben,
muss er weiter schleimend seine Kreise drehen,
sonst verliert er wieder Huld und Lehen.

Nach und nach wird er der Herren Schatten,
wie eine Hure lässt er sich begatten,
von Mächtigen, die in ihn dringen.
Nach ihrer Pfeife muss er springen,
verliert die Seele und die Würde.
Solch Dienst ist eine schwere Bürde.

Ein Lachen ist mehr wert als Gold,
und ist mir auch der Ruhm abhold,
so find ich Lohn genug im Singen.
Lass ich das Rebec laut erklingen,
bin ich voll Glück und Lebenslust
und danke Gott aus voller Brust.

Die Taverne tobte und belohnte seinen Auftritt mit anhaltendem Handgeklapper. Trushard ließ sich nicht lange bitten, spielte ein Lied nach dem anderen und sah dabei wieder ganz glücklich aus. Hier in dieser engen Bude, unter tanzenden und klatschenden Menschen, war er in seinem Element. Er war Musiker mit Leib und Seele. Und jetzt sollte er als Bote herumreisen und nur dann und wann gelangweilten Höflingen aufspielen. Ob das wohl gut ging?

Als er erschöpft innehielt, zupfte ich ihn am Gewand. »Wenn du es beim Kaiser gar nicht mehr aushalten solltest, fliehen wir nach Okzitanien. Bis dorthin reicht seine Macht Gott sei Dank nicht mehr.«

»Wir versuchen es zunächst mal am Hof. Wird bestimmt eine interessante Erfahrung.« Trushards Stimme kippte bedenklich.

»Tu einfach, was dir der Rotbart sagt. Schmeicheleien kannst du dir bei ihm schenken, denn er hat schon gemerkt, dass du ihn nicht ausstehen kannst. Wenn du als Bote herumreist, siehst du ihn auch gar nicht oft.«

»Dich aber auch nicht«, seufzte Trushard und fügte hinzu: »Inzwischen weiß ich, was dir passieren kann, wenn ich dich aus den Augen verliere.«

Ich drückte mich an ihn. »Wenn du ohne mich reist, wirst du bestimmt mit jedem Kerker zwischen dem Nordmeer und Sizilien Bekanntschaft machen.« Besorgt dachte ich daran, dass er mit dem Kaiser in einen gefährlichen Krieg ziehen musste. Und als Bote war man oft alleine im Feindesland unterwegs.

Vater kam strahlend zu uns, seine treue Hilde im Arm und Merbodo an der Hand. Ich freute mich, dass er sein Verhältnis mit der netten Magd nicht mehr verheimlichte und sie anscheinend sogar heiraten wollte, denn sonst hätte er sich nicht mit ihr in aller Öffentlichkeit gezeigt. In den letzten Tagen hatte Vater wohl gelernt, worauf es im Leben wirklich ankam.

Mit wildem Kriegsgeheul stürzte sich mein Brüderchen auf mich. Gerührt schloss ich ihn in die Arme. »Du hast mir so gefehlt«, flüsterte ich ihm zu. Wie gut, dass er von all den Schrecken nichts mitbekommen hatte. Ich schwor mir, dafür zu sorgen, dass er auch so schnell nicht erfuhr, was passiert war. Er war noch viel zu klein, um Geschichten über Mord und Hexerei zu hören. Das Burggesinde würde ich zu Stillschweigen verpflichten.

»Es war so langweilig bei den Mönchen«, maulte der kleine Merbodo. »Hab immer nur im Bett gelegen. Noch nicht einmal singen durfte ich.« Die verbundene Hand hielt er stolz in die Höhe. »Aber der Bruch ist schon fast verheilt. Morgen klettere ich auf den Beilstein!« Triumphierend entblößte er seine Zahnlücke.

»Wenn du das tust, sage ich Gertrud, dass du eine ganze Woche lang keinen Kuchen bekommst«, drohte ich erschrocken. Nahmen die Sorgen denn nie ein Ende?

Unbeeindruckt von meiner Warnung tauchte Merbodo im Gedränge unter. Endlich konnte ich mit Vater unter vier Augen reden. »Bitte entschuldige uns kurz.« Ich lächelte Hilde an und zog Vater zur Seite. »Was machst du jetzt mit Großmutter?«, flüsterte ich ihm zu.

Er grinste. »Nach dem glücklichen Ausgang des Gerichts ist jeder in Lautern überzeugt, dass die Gebeine wirklich von der heiligen Lutrina stammen, die uns ihren Schutz gespendet hat. Um einen edlen Schrein werde ich nicht mehr herumkommen. Ich spende ihn, als Wiedergutmachung für meine Torheit. Ich hoffe nur, dass ich wenigstens die Idee mit der Burgkapelle abwehren kann. Aber du siehst, an Ehrerbietung gegenüber Großmutter wird es künftig nicht mehr fehlen.«

Ich lächelte Vater erleichtert an. Eine weise Lösung war gefunden worden. Auch Großmutter war eine Märtyrerin gewesen – für ihre Liebe hatte sie jahrzehntelang gelitten, und das war in meinen Augen kein geringeres Verdienst als für den Glauben zu sterben. Eine Würdigung hatte sie durchaus verdient.

Merbodo tauchte vor uns auf, ein dickes Stück Schinken in der Hand. »Nehmt ihr mich und Agnes mit nach Italien?« Flehend sah Merbodo mich an.

»Wieso Agnes?« Nach den ausgestandenen Aufregungen war ich langsam von Begriff.

»Na, die heirate ich doch«, trompetete Merbodo. »Wer weiß, ob ich noch eine andere finde. Und außerdem macht sie alles, was ich will.«

Um Trushards Mundwinkel zuckte es verdächtig. »Recht so, sei klüger als ich.« Er gab ihm einen freundschaftlichen Klaps auf die Schulter. »Aber mitnehmen können wir euch leider erst, wenn ihr beide größer seid. Dann holen wir euch ab – versprochen!«

Herausfordernd stemmte ich die Hände in die Hüften. »Wo wir schon bei den Versprechen sind: Trushard, du wolltest mich noch etwas fragen.«

»Was denn?« Auch sein Gedächtnis hatte im Kerker anscheinend gelitten.

Bereitwillig erinnerte ich ihn: »Du hast gesagt, wenn du Ministerialer wärst, würdest du mich sofort fragen, ob ich deine Frau werden will.«

Trushards dunkle Augen blitzten mich spöttisch an. »Ich habe es mir anders überlegt.«

Mein Herz setzte aus. »Wie bitte?« Ich holte tief Luft, sammelte alle Kraft und schnauzte ihn an: »Ich habe dir das Leben gerettet, und du, du stinkende Rotzratte, du undankbare Ausgeburt des siebten Höllenschlundes, du singendes Skelett mit dem Talent eines jaulenden Straßenköters, du wagst es, mir ins Gesicht zu sagen, dass du es dir anders überlegt hast?«

»Ja«, antwortete Trushard ganz gelassen und nahm noch einen Schluck Wein. Die Umstehenden wurden auf unseren lautstarken Streit aufmerksam und scharten sich um uns.

Aber davon ließ ich mich nicht beeindrucken, denn ich war eindeutig im Recht. Langsam lief ich mich warm. »Deine scharfe Zunge sollte man dir abschneiden für die falschen Versprechen! Ich hätte dich im Verlies verschmachten lassen sollen, da konntest du wenigstens kein Unheil anrichten, du frauenverschlingender Nimmersatt!«

Nun mischte sich unser Publikum ein. »Gib's ihm«, feuerte die gute Hilde mich an. »Aber nicht zu knapp«, pflichtete Vater mir entrüstet bei. »Undankbarer Schuft!« Das war die Meinung einer braun gelockten Schönheit. »So sind sie halt, die Männer«, seufzte ein Großmütterchen. Nur ein rotnasiger Kerl meinte zweifelnd: »Also, diese Zicke würde ich auch nicht heiraten.«

Derart angespornt, fiel mir mein hoch wirksamer Fluch wieder ein. Drohend schüttelte ich die Faust. »Möge dein Gemächte. ...« Weiter kam ich nicht.

Mit einem Satz sprang Trushard auf mich zu und verschloss mir mit seiner linken Hand den Mund. »Du willst dir doch wohl nicht selber schaden, oder?«

Ich riss mich los, wirbelte herum und wandte mich an die Umstehenden. »Habt ihr das gehört? Heiraten will er mich nicht, aber sein Bett soll ich wärmen. Das könnte ihm wohl so passen, diesem wollüstigen Brunfthirsch!«

Trushard verdrehte die Augen in gespielter Entrüstung. »Aber du hast mich doch gar nicht ausreden lassen, mein Liebes!«

»Mein Liebes« – diese ungewohnte Anrede klang so, als ob

er mich zum Besten halten wollte. Misstrauisch beäugte ich ihn. Was hatte er jetzt schon wieder vor?

Trushard zog mich am Zopf zu sich heran. »Für das, was du für mich getan hast, ist eine schlichte Frage viel zu wenig. Deine Heldentat muss entsprechend gewürdigt werden. Außerdem bin ich nicht so einfallslos wie andere Männer, denn ich ...«

Er richtete seine Knochen zu ihrer vollen Länge auf. Die Umstehenden verstummten und blickten ehrfürchtig zu ihm empor. Über die Köpfe hinweg verkündete er feurig: »Denn ich bin der im ganzen Reich geschätzte Minnesänger Trushard Scharfzunge und ich stelle meiner Angebeteten nicht einfach eine Frage, wie es jeder Tölpel kann. Nein, ich kleide den Heiratsantrag in ein kunstvolles Lied und trage ihn singend vor.« Seine Worte untermalte er mit weit ausholenden Handbewegungen. Die Umstehenden klatschten begeistert.

O heilige Margarete, schenke mir Geduld mit diesem schrillen Pfau! Kaum war er den Schrecken des Kerkers entkommen, plusterte er sich auf und wurde frech. Schier unerträglich war es, wie er seinen großen Auftritt genoss. Ich dummes Gänschen war auf ihn hereingefallen. Und wie hatte er sich an meiner Verwirrung geweidet! Das würde er mir büßen.

Listig blinzelte ich ihn an. Geschickt entwand ich ihm meinen Zopf und warf ihn über die Schulter zurück. »Gleich morgen Früh, mein Liebling«, verlangte ich mit sanfter Stimme. »Du wirst im Staub auf dem Hof knien und unter meinem Fenster singen. Die ganze Burg soll hören, was du mir zu sagen hast.«

»Das hat sie gut gemacht«, raunte Hilde der braun gelockten Schönheit zu. »Den Männern muss man Saures geben.«

Trushard knirschte mit den Zähnen. »Einverstanden. Du hast gewonnen.« Ganz leise flüsterte er mir zu: »Hauptsache, du sagst Ja.«

Ebenso leise gab ich zurück: »Sei unbesorgt, eingedenk deiner selbstlosen Heldentat werde ich meine Zustimmung lautstark vom Bergfried herabrufen.«

Verlangend sah ich Trushard an. Wenn wir uns beeilten, waren wir vor Vater auf der Burg und hatten das Zimmer noch ein wenig für uns. Weiche Kissen, kühle Laken, eine flauschige Bettdecke – und mittendrin Trushard mit seinen nachthimmelschwarzen Augen und den zarten Händen, die nicht nur mit Messern, Bällen und Musikinstrumenten so geschickt umzugehen verstanden.

»Komm, lass uns losreiten«, raunte ich ihm zu.

»Du hast Recht, es gibt viele gute Gründe, sich nicht zu betrinken. Du bist der knautschigste davon.« Trushard grinste. Ehe ich mich recht versah, zauberte er mein Haarband aus seinem Ärmel und warf es mitten in die saufende und lachende Gästeschar.

Er schnüffelte an meinem Gewand, das sich mit dem Gestank des Kerkers voll gesogen hatte. »Du bist eine wahrhaft atemberaubende Frau«, stellte er schmunzelnd fest. »Aber ich glaube kaum, dass die Kaiserin Läuseschleudern an ihrem Hof duldet. Du solltest noch in den Badezuber schlüpfen, bevor wir morgen aufbrechen.« Er fasste mich um die Hüften und schwenkte mich sanft ins Freie.

GLOSSAR

Bacchus forte superans pectora virorum, in amorem concitat animos eorum	Bacchus, sobald du einmal in eines Mannes Brust gedrungen bist, entzündest du seinen Geist für die Liebe.
Bergfried	Wehr- und Wachturm einer Burg
Bruche	mittelalterlicher Vorläufer der Unterhose
Carpe noctem!	Nutze die Nacht!
Dienstlehen	ein vom Dienstherrn auf Zeit vergebenes Lehen
Heimliches Gemach	Toilette
Kemenate	beheizbarer Raum (»Kaminzimmer«), diente gewöhnlich als Wohn- und Schlafraum.

Kotte	über dem Hemd getragenes Obergewand
Marschall	eines der Ämter am Königshof. Der Marschall hatte die Oberaufsicht über den königlichen Stall und die Gästeunterbringung.
Ministerialen	unfreie Dienstleute, vergleichbar den heutigen Beamten. Für Adel, Klerus und Könige erfüllten sie militärische, administrative und wirtschaftliche Aufgaben.
Minne	ursprünglich bedeutet es so viel wie »freundliches Gedenken«, bürgert sich dann immer mehr als Bezeichnung für die höfische Liebe ein.
Okzitanien	Südfrankreich
Palas	mehrgeschossiges Wohngebäude in einer Burg
Pfalz	Die mittelalterlichen Könige und Kaiser hatten keine feste Residenz, sondern zogen unablässig durch das Reich. Sie verfügten deshalb über feste Stützpunkte, die an besonders wichtigen Orten errichtet wurden. Die Pfalzen waren repräsentative Bauten, die für eine bestimmte Zeit als Regierungssitz dienen konnten. Das Wort »Pfalz« leitet sich vom lateini-

schen »*palatium*« ab und war ursprünglich der Name der kaiserlichen Residenz auf dem Palatinischen Hügel in Rom. Später bürgerte sich der Begriff »Pfalz« als allgemeine Bezeichnung für ein öffentliches Amtsgebäude ein.

Rebec	birnenförmiges Saiteninstrument mit zartem Ton, ein Vorläufer der Violine
Rock	männliches Obergewand, das über dem Hemd getragen wurde
Schapel	kranzförmiger Kopfschmuck, im hohen Mittelalter von Frauen und Männern gleichermaßen getragen
Sext	Stundengebet um 12 Uhr
Truchsess	eines der königlichen Hofämter. Der Truchsess war zuständig für die Speisen und die Tischordnung.
Woog	pfälzischer Ausdruck für Weiher

NACHWORT

Wo heute König Fußball regiert, residierten im Mittelalter die Herrscher des Reiches. Nicht nur Barbarossa weilte gerne inmitten der üppigen Lautrer Wälder, sondern auch sein Sohn Heinrich VI. und sein Enkel Friedrich II. 1269 wurde in Kaiserslautern sogar die Hochzeit König Richards von Cornwall mit Gräfin Beatrix von Falkenburg gefeiert. Einer der Gäste, der englische Augustinermönch Thomas Wykes, war voll des Lobes über die Schönheit der von Barbarossa errichteten Pfalz: »In den verschiedenen Reichen hält kein Palast mit ihm einen Vergleich aus.«

Die Kaiserpfalz war aber nicht nur eine Augenweide und eine riesige Luxusherberge für den Herrscher und sein großes Gefolge. Sie war auch Verwaltungsmittelpunkt des Lautrer Reichslandes und der großen Forstbezirke sowie militärischer Stützpunkt. Und sie war – wie es in meinem Buch beschrieben wird – ein Hort der Rechtsprechung, denn in ihren Mauern tagten das Burgmannen- und das Königsgericht.

Heute erinnern nur noch Ruinen an den einstigen Glanz der Anlage. Die kümmerlichen Reste von Fundamenten und Mauern werden überragt von dem 84 Meter hohen modernen Rathaus. Das frühere Aussehen der Kaiserpfalz kann nur aus zeitgenössischen Berichten, späteren Zeichnungen und Ausgrabungen annähernd rekonstruiert werden. Wer es ganz genau wissen will und auch vor unheimlichen Begegnungen nicht zurückschreckt, hat noch eine andere Möglichkeit, um das alte Gemäuer in seiner vollen Schönheit zu sehen: Am 10. Juni, dem Todestag Barbarossas, erhebt sich um Mitternacht die versunkene Pfalz – prächtig wie eh und je. Und die treuen Ritter ziehen, schwarz gekleidet und auf feurigen Rossen, durch das Tor zu ihrem Kaiser. Mein Mut hat allerdings bisher noch nicht ausgereicht, um die Richtigkeit dieser Sage zu überprüfen.

Tatsächlich existent sind die unterirdischen Felsengänge, die ich aber aus Gründen des Handlungsaufbaus im Roman anders beschrieben habe, als sie heute aussehen. Vor allem enden sie nicht nördlich des früheren Geländes der Kaiserpfalz, sondern schon auf dem Rathausvorplatz. Sie sind bei Stadtrundgängen zu besichtigen, und man kann sogar noch ein paar schaurige Knochen bestaunen. Tatsächlich wurde das Gelände der ehemaligen Kaiserpfalz schätzungsweise vom 7. bis 11. Jahrhundert als Friedhof genutzt. Welchem Zweck die Gänge – ursprünglich tiefe Spalten im Felsplateau, die ausgebaut und überwölbt wurden – dienten und wann genau sie entstanden, ist bis heute rätselhaft.

Der erste Besuch Barbarossas in Lautern fand nachweislich Ende April/Anfang Mai 1158 statt. Der Kaiser ordnete Familienangelegenheiten und hielt Beratungen über den bevorstehenden Italienzug ab. Von Lautern aus brach er direkt zu seiner Heerfahrt auf.

Wie hat Kaiserslautern wohl zu Zeiten Barbarossas ausgesehen? Auch auf diese Frage kann es leider keine genaue Antwort geben. Wer die Stadt kennt, hat Mühe, sich vorzustellen, dass sie früher einmal durch Felseninseln, Sümpfe, Bäche, Wöge und natürlich das Flüsschen Lauter geprägt war. Die Höhenunterschiede sind heute kaum noch sichtbar (von Felsen ganz zu schweigen), die Sümpfe sind längst trockengelegt und die Lauter fließt unterirdisch durch die Stadt.

Wie ich es im Buch erwähnt habe, gründete Barbarossa auch ein Prämonstratenserstift – entweder bei seinem ersten Besuch in Lautern oder 18 Jahre später. Die Mönche betreuten ein Hospital und übernahmen die Pfarrseelsorge in den beiden Kapellen der Pfalz und der Martinskirche, die heute Stiftskirche genannt wird.

Für die Organisation der Burgbesatzung in staufischer Zeit sind wir auf Vermutungen angewiesen. Ob die Burgmannen auf dem Gelände der Pfalz wohnten, in eigenen Häuschen auf dem heutigen Rittersberg oder vielleicht sogar im Marktflecken – man kann es nicht mit Bestimmtheit sagen. Genauso wenig wissen wir, wie die Organisation einer Pfalz in der Praxis funktionierte. Sicher ist nur, dass die Unterbringung des Kaisers und seines großen Gefolges eine logistische Meisterleistung darstellte, die selbst wir mit unseren modernen Hilfsmitteln wie Telefon, Mail und Fax nur mit Mühe bewältigen würden.

Mit den vielfältigen Aufgaben im Landesausbau, in der militärischen Sicherung und der Verwaltung des Reichslandes beauftragte der Kaiser Reichsministeriale, von denen einige den Aufstieg in höchste Ämter schafften, sogar in Italien. Als Beispiele für die Lautrer Ministerialität habe ich Jost von Lautern und Merbodo von Beilstein eingeführt.

Ahnherr der bedeutenden Familie, die sich nach Lautern benannte und wohl aus der Alzeyer Gegend stammte, war in der Tat ein gewisser Jost. Seine Söhne – Heinrich, Reinhard, Siegfried und Johann – sind zu wichtigen Ämtern am kaiserlichen Hofe und in Lautern gelangt. Unter anderem waren sie als Richter und oberste Verwaltungsbeamte tätig. Deshalb ist es gut möglich, dass auch Jost von Lautern das Amt des Schultheißen bekleidete. Sein Bruder Siegfried hingegen ist eine fiktive Person.

Die Ruine der in der ersten Hälfte des 12. Jahrhunderts erbauten Burg Beilstein liegt etwa fünf Kilometer östlich der Innenstadt auf einer Anhöhe mitten im Wald. 1185 wird erstmalig eine Reichsministerialenfamilie schriftlich erwähnt, die sich nach der Burg benannte und den Leitnamen Merbodo trug. Dieser Leitname findet sich nicht nur bei dem Beilsteiner Geschlecht, sondern auch bei den Wartenbergern, den Herren von Wilenstein und Breidenborn. Der Ursprung dieser Gruppe dürfte im rheinhessischen Saulheim zu finden sein. Um den Leser nicht mit verwirrend vielen Personen zu konfrontieren, habe ich darauf verzichtet, die familiären Beziehungen gründlicher zu beleuchten.

Mit seinen Maßnahmen – dem Bau der Pfalz, der Berufung von Reichsministerialen und Prämonstratensern – legte Barbarossa den Grundstein für den Aufschwung des Marktfleckens Lautern, in dem zu seinen Lebzeiten höchstens ein paar Hundert Menschen gewohnt haben dürften. Daher wird Kaiserslautern mit Fug und Recht auch »Barbarossastadt« genannt.

Ein kniffliges Problem stellten für mich die Bezeichnungen für Berge, Wöge und Felsen dar. Der Einfachheit halber bin ich in der Regel bei den heutigen Namen geblieben, oder ich habe mir Namen ausgedacht wie zum Beispiel »großer Woog« für den Fischteich, der die Pfalz umspülte. Er existiert schon lange nicht mehr.

Die Personen im Roman sind zum Teil erfunden, zum Teil historisch verbürgt. Abt Stephan stand bis ca. 1180 dem Zisterzienserkloster Otterberg vor, das der geistliche Mittelpunkt für die von Barbarossa nach Lautern geholte Reichsministerialität war. Ein gewisser Rainald arbeitete seit dem Reichstag zu Besançon im Oktober 1157 bis Anfang März 1158 – also für eine verhältnismäßig kurze Zeit – als Notar in der kaiserlichen Kanzlei. Warum nur hat er nicht länger durchgehalten? Eine Steilvorlage für eine Kriminalgeschichte!

Auch die Figur des armen Arnold geht auf eine historische Begebenheit zurück. Der Biograf Barbarossas, Otto von Freising, schildert das Ereignis, das sich am Krönungstag des Kaisers abspielte, als einer seiner Ministerialen sich dem Kaiser zu Füßen warf »in der Hoffnung, ihn wegen der heiteren Stimmung des Tages erweichen und vom harten Rechtsstandpunkt abbringen zu können. Er aber verharrte bei seiner früheren Strenge ...« Mich hat die Frage umgetrieben, was aus diesem armen Kerl geworden sein mochte.

Hartmann, seit 1140 Bischof von Brixen, war ein Berater, den Kaiser Friedrich außerordentlich schätzte. Auch im Frühjahr 1158, als sich der Herrscher in Lautern mit führenden Geistlichen beriet, stand er dem Kaiser zur Seite. In jenen Tagen soll er einen wundersamen Fischfang bewirkt haben. So berichtet es zumindest die Lebensbeschreibung des Bischofs – »*Vita beati Hartmanni*«.

Abbitte leisten muss ich beim Prämonstratenserkloster Rot an der Rot. Aus ihrem Abt Ottino, der von 1140 bis 1182 das Kloster zur ersten Blüte führte, habe ich einen zwar gottesfürchtigen, aber allzu strengen Menschen gemacht. Als sympathische Figur wäre Ottino für die Handlung jedoch ziemlich langweilig gewesen. Ich hatte überlegt, ob ich statt seiner eine fiktive Person aufnehmen sollte. Aber durch ihn konnte ich nebenbei Informationen über das Wirken der Prämonstratenser in Lautern einfließen lassen.

Mechthild, Gisla, Wibald, Meinloh, Philipp und Wilhelm sowie das Gesinde der Burg Beilstein sind frei erfunden. Ebenso wie Rotrud und Trushard, die beiden Hauptfiguren des Romans. Eine sagenhafte Gestalt ist Lutrina. Sie soll – wie Rotrud es schildert – in Zeiten harter Verfolgung aus Trier geflohen und die Siedlung Lautern gegründet haben. Ihre Gebeine wurden niemals gefunden, aber als Schutzpatronin der Stadt lebt sie in der Prinzessin des Karnevalvereins Kaiserslautern weiter. Es wird behauptet, Lutrina habe Lautern den Namen gegeben. Tatsächlich stammt er aber von dem Eigenschaftswort »lauter«, das so viel wie »hell, klar« bedeutet und sich auf die ausgezeichnete Wasserqualität des gleichnamigen Flüsschens bezieht.

In solch reinen Gewässern gedeihen Fische besonders gut. Deshalb zeigt das Stadtwappen einen Fisch. Ob es ein räuberischer Hecht oder ein knuddeliger Karpfen ist, darüber streiten sich bis heute die Gemüter. Jedenfalls ranken sich mehrere Sagen um das Wappentier der Stadt. Ich konnte der Versuchung nicht widerstehen, meine eigene – frei erfundene – Karpfengeschichte hinzuzufügen.

Noch ein wichtiger Hinweis: Totentanzdarstellungen sind erst seit dem Spätmittelalter verbreitet, aber bereits im Hochmittelalter wird der Tod personifiziert. Da Spielleute als »Lockvögel des Teufels« galten und man ihnen allerlei schlechte Eigenschaften unterstellte, ist es nicht ausgeschlossen, dass so manchem bereits im 12. Jahrhundert der Tod als Spielmann erschien.

Ein historischer Roman ist ein Kompromiss zwischen Wissenschaft und Fantasie. Ich gestehe es offen: Als Historikerin hätte ich das Manuskript am liebsten nie zur Veröffentlichung freigegeben, da mir klar ist, dass es eine zu 100 Prozent richtige Darstellung der damaligen Lebensverhältnisse gar nicht geben kann, zumal wir in vielen Fragen auf Spekulationen angewiesen sind. Auch literarische Gründe führten dazu, dass ich da und dort von der historischen Wahrscheinlichkeit abgewichen bin. Am liebsten hätte ich zu jeder einzelnen der vielen Fragestellungen, die im Roman verarbeitet wurden – angefangen von der Mode über die Rechtsprechung bis hin zu Barbarossas Außenpolitik – mindestens so gründlich wie für eine

Habilitation recherchiert. Wäre ich wider Erwarten jemals damit fertig geworden, hätte ich wieder von vorne anfangen müssen, da es bis dahin mit Sicherheit neue wissenschaftliche Erkenntnisse gegeben hätte. Aber auch so beläuft sich die Anzahl der von mir studierten und zurate gezogenen Bücher, Aufsätze, Zeitungsartikel und CDs auf mehrere Hundert Titel.

Doch irgendwann wurde mir als Schriftstellerin klar: Der Roman sollte noch zu Lebzeiten erscheinen.